리플리의 게임

리플리의 게임

퍼트리샤 하이스미스 지음
김미정 옮김

을유문화사

리플리의 게임

발행일 · 2023년 10월 25일 초판 1쇄
지은이 · 퍼트리샤 하이스미스
옮긴이 · 김미정
펴낸이 · 정무영, 정상준
펴낸곳 · (주)을유문화사
창립일 · 1945년 12월 1일
주소 · 서울시 마포구 서교동 469-48
전화 · 02-733-8153
FAX · 02-732-9154
홈페이지 · www.eulyoo.co.kr

ISBN 978-89-324-7495-3 04840
978-89-324-7492-2 (세트)

1

"완벽한 살인이란 존재하지 않아요." 톰이 리브스에게 말했다. "그건 방구석에서나 꿈꾸는 게임일 뿐이죠. 미제 살인 사건이 얼마나 많은데 그런 소리를 하느냐는 반박이 당연히 나오겠지만, 그건 달라요." 톰은 지긋지긋했는지 큼직한 벽난로 앞을 서성였다. 벽난로 안에서 포근한 불꽃이 작게 타다닥 타올랐다. 톰이 거들먹거리면서 오만하게 말한 듯싶었지만, 리브스를 도울 수 없다는 게 요지였다. 톰은 일찌감치 쐐기를 박았다.

"당연히 그렇겠죠." 리브스가 노란 실크 암체어에 앉아 깡마른 몸을 숙인 채 깍지 낀 두 손을 무릎 사이에 두고 있었다. 뼈만 남은 얼굴, 짧게 친 갈색 머리, 서늘한 회색 눈동자. 썩 좋은 인상은 아니었다. 흉터만 없었더라면 미남이었을 것이다. 오른쪽 관자놀이에서 시작해 뺨을 지나 거의 입까지 내려오는 흉터가 10센티미터도 훌쩍 넘게 그어져 있었다. 흉터 부위가 얼굴색보다 살짝 더 벌건 걸 보니 봉합을 대충 했거나 아예 하지 않았던 것 같았다. 톰은 어쩌다 생긴 흉터냐고 묻지 않았다. 먼저 얘기를 꺼낸 건 리브스였다. "어떤 여자가 콤팩트로 이래 놨다니까요. 상상이 갑니까?" (아니, 톰은 상상할 수 없었다.) 리브스가 다급히 쏩쓸한 미소를 지어 보였다. 리브스가 웃는 경우는 톰의 기억 속에 몇 번 없었는데, 그때가 그중 한 번이었다. 그가 다르게 설명할 때도 있었다. "말에서 떨어졌는데 안장 발 받침대에 한참 끌려가는 바람에 그만." 리브스가 누군가에게 그렇게 말할 때, 그 자리에 톰도 있었다. 톰은 리브스가 어디선가 지저분한 몸싸움을 벌이다가 뭉뚝한 칼에 맞은 자국일 거라고 짐작했다.

이제는 리브스가 사람을 소개해 달라고 톰에게 매달렸다. 한두 명정도 처리하는 '간단한 살인'을 하는 동시에 뒤탈 없고 어렵지 않은 절도까지 해 줄 사람을 알선해 달라는 것이다. 리브스는 톰과 의논하려고 독일 함부르크에서 프랑스 빌페르스까지 내려왔다. 얘기가 잘되지 않을 경우, 톰의 집에서 하룻밤 묵은 다음 파리로 이동해 다른 사람을 만나고 함부르크로 돌아가 조금 더 고민할 것으로 보였다. 그는 본업이 장물아비였는데, 최근 들어 함부르크에서 불법 도박업에 손을 대기 시작했고 현재는 책임지고 막는 일을 하고 있었다. 뭘 막는다는 걸까? 불법 도박업에 진출하려는 두 명의 이탈리아 사기꾼들을 막겠다는 것이다. 한 명은 함부르크에 거주하는 이탈리아인으로 마피아에서 선발대로 파견한 똘마니였고, 다른 한 명은 다른 마피아 패밀리에서 보낸 조직원이었다. 리브스는 둘 중 하나, 혹은 둘 다 제거해 도박업에 진출하려는 마피아의 시도를 무력화시키는 동시에 함부르크 경찰이 위협적인 마피아에 주목하게 만들어 뒷일은, 그러니까 마피아를 내모는 일은 경찰에게 떠넘기려는 속셈이었다. "여기 함부르크 애들은 점잖은 편이죠." 앞서 리브스가 힘주어 말했었다. "사설 카지노 두 군데를 운영하는데 그건 불법이에요. 대신 클럽은 불법이 아니지만 이렇다 할 수익을 못 내고 있습니다. 미국 경찰이 코앞에서 지켜보는데도 마피아가 모두 접수해 버린 라스베이거스와는 상황이 달라요."

톰은 부지깽이를 쥐고 불씨를 한군데로 모은 다음, 깔끔하게 세 토막 낸 나무를 하나 집어넣었다. 오후 6시가 가까웠다. 조금 있으면 식전주를 마실 시간이었다. 지금 마시면 안 될 이유가 있을까? "술이나 한잔……."

바로 그때, 집안일을 해 주는 가정부 아네트 여사가 주방 복도에서 거실로 나왔다. "실례합니다만, 지금 술을 드시겠어요? 손님께서 여태 차도 안 드셔서요."

"그렇게 해 줘요. 안 그래도 그럴까 했거든요. 아내한테도 같이 마시자고 전하세요." 톰은 엘로이즈가 분위기를 띄워 주기를 기대했다. 톰이 오후 3시에 공항으로 출발하기 전에 리브스가 업무차 의논하러 온다고 했더니, 엘로이즈는 하루 종일 정원에 있거나 2층에 틀어박혀 있었다.

"직접 할 생각이 없다는 건 알겠는데." 리브스가 희망을 버리지 못하고 마지막으로 다급히 톰을 붙잡고 늘어졌다. "이렇게 부탁하는 건 당신이 아무 관계 없는 사람이라서 그래요. 뒤탈도 없겠다, 9만 6천 달러면 나쁘지 않잖아요."

톰은 고개를 내저었다. "내가 당신하고는 관계가 있잖아요." 젠장, 톰은 그동안 리브스 마이넛을 대신해 자잘한 일들을 해 주었다. 리브스가 치약 안에 물건을 심어 두었다고 하면, 손님이 아무것도 모른 채 가져오는 치약에서 마이크로필름 같은 작은 물건을 빼내서 부치는 일 따위 말이다. "내가 첩보 영화에서나 나올 법한 일을 얼마나 잘할 수 있다고 생각하는 겁니까? 내겐 지켜야 할 평판이 있다고요." 톰은 썩 웃고 싶었지만, 그 순간 심박이 빨라지는 게 느껴졌다. 톰은 허리를 더 꼿꼿이 세우고 자신이 사는 근사한 저택과 현재 누리는 안락한 일상을 떠올렸다. 더와트 사건도 벌써 6개월 전 일이 되었다. 참사로 끝날 뻔한 상황을 간신히 모면한 톰은 약간 의심을 사는 정도에 그쳤다. 살얼음판이 깨지지 않은 것이다. 톰은 영국 형사 웹스터와 두 명의 감식반과 함께 톰이 화가 더와트로 추정되는 시신을 화장한 잘츠부르크의 어느 숲까지 갔었다. 형사가 두개골을 박살 낸 이유를 물었다. 톰은 그 순간을 떠올리면 지금도 온몸이 움찔거렸다. 두개골을 박살 내 윗니를 여기저기에 뿌려서 숨길 생각이었기 때문이다. 쉽게 빠진 턱뼈는 멀리 묻어 버렸다.* 감식반이 윗니 몇 개를 수습했지만, 더와트의 진료 기록은 런던 내 치과 그 어디에도 없었다. 더와트가 죽기 전 6년간 멕시코에 살았기 때문이었다(다들 그렇게 믿고 있었다). "화장 절차이기도 했고, 시신을 재로 만들어야겠다는 생각에서 그런 것도 있습니다." 톰이 대답했다. 톰이 화장한 시신의 주인은 버나드였다. 새카맣게 타 버린 두개골 위로 바위를 떨어뜨린 짓이 섬뜩했던 만큼, 위험했던 그 순간을 떠올리기만 해도 여전히 오금이 저렸다. 그래도 톰은 버나드를 죽이진 않았다. 버나드 터프츠가 스스로 목숨을 끊은 것이다.

"당신 주변에 그 일을 하겠다고 할 사람이 있지 않을까요?" 톰이 말했다.

"있긴 있겠지만, 죄다 엮여 있어서요. 당신보다 다들 이래저래 얽혀 있는 데다가, 내가 아는 사람들은 대체로 알려진 사람들입니다." 리브스의 목소리에 쓸쓸한 패배감이 묻어났다. "당신은 선망받는 사람을 많이 알잖아요. 너무 깨끗해서 비난받을 일은 아예 안 하는 사람들을요."

톰이 웃었다. "그런 사람들을 무슨 수로 설득한답니까? 리브스, 가끔 보면 당신은 정신 나간 소리를 하더군요."

"농담이 아닙니다. 무슨 말인지 알잖아요. 단지 돈 때문에 하겠다고 나설 사람이 있을 겁니다. 전문 킬러일 필요는 없어요. 방법은 우리가 다 마련해 뒀다고요. 공개 처형하는 거나 비슷합니다. 혹시라도 의심받는다고 해도, 그런 짓은 절대로 못 할 것 같은 사람이면 됩니다."

아네트 여사가 술병이 든 카트를 밀고 왔다. 은제 얼음 통이 반짝거렸다. 카트가 살짝 삐걱거렸다. 톰은 벌써 몇 주째 기름칠을 해야 한다고 생각하면서도 미루고만 있었다. 톰이 리브스와 농담을 주고받을 수 있었던 건 다행히도 아네트 여사가 영어를 모르기 때문이었다. 안 그래도 얘기가 지겨웠던 차에 아네트 여사가 나타나자 톰은 반색했다. 여사는 60대였고 노르망디 혈통을 물려받았다. 매력적인 이목구비에

---

* 『지하의 리플리』에서는 종이에 싸서 강에 내다 버렸다고 나온다. 작가가 착각한 부분으로 보인다.

다부진 체격을 지녀서 가정부로는 최고였다. 아네트 여사 없이 벨옹브르가 제대로 굴러간다는 건 상상할 수 없었다.

정원에 있던 엘로이즈가 실내로 들어오자 리브스가 자리에서 일어났다. 엘로이즈는 밑단이 퍼지고 전체적으로 분홍색과 빨간색이 어우러진 줄무늬 리바이스 작업복을 입고 있었다. 긴 금발이 찰랑거렸다. 톰은 윤기 나는 머리칼을 보며 생각했다. 지금 의논하던 얘기에 비하면 얼마나 순수한가! 반짝이는 머리칼에서 금빛 광채가 돌자 돈이 연상됐다. 그에겐 사실 돈이 더 필요하진 않았다. 더와트의 작품이 팔릴 때마다 판매 대금에서 일정 비율을 받았는데, 조만간 더와트의 작품이 바닥나 그 돈이 끊긴다고 해도 더와트 미술용품 회사에서 받는 돈은 계속 들어올 것이다. 게다가 손수 작성한 그린리프의 유언장 덕분에 받게 된 유가 증권에서 나오는 소소한 수익이 서서히 불어나고 있었다. 장인이 엘로이즈에게 지원해 주는 생활비도 있었다. 톰이 돈 욕심을 낼 이유가 없었다. 살인이라면 질색이었다. 꼭 필요한 경우라면 모를까.

"말씀은 잘 나누셨어요?" 엘로이즈가 영어로 묻더니 노란 소파에 우아하게 앉았다.

"네, 덕분에요." 리브스가 대답했다.

그다음부터는 불어로 대화가 이어졌다. 엘로이즈가 영어로 말하길 부담스러워 했기 때문이다. 리브스는 불어가 서투른데도 대화에 동참했다. 세 사람은 시시콜콜한 대화를 나누었다. 정원 가꾸기라든가, 올 겨울은 별로 춥지 않게 지나가 버렸다든가. 3월 초라 수선화가 슬슬 피기 시작했다. 톰은 카트에 있던 술병을 들어 엘로이즈에게 샴페인을 따라 주었다.

"함부르크는 어때요?" 엘로이즈가 한 번 더 용기를 내 영어로 물었다. 리브스가 뻔한 대답이라도 굳이 불어로 말하려고 애쓰자, 엘로이즈의 두 눈에 놀라움이 가득 차올랐다. 그 모습을 톰은 지켜보고 있었다.

리브스는 함부르크도 별로 춥지 않았다고 했다. 알스터 호숫가에 그가 사는 '작은 집'에도 정원이 있다고 했다. 알스터 호숫가에는 정원이 딸린 집이 많았는데 보트까지 갖춰 놓고 사는 사람들이 꽤 있었다.

엘로이즈는 리브스 마이넛을 못마땅해하고 못 미더워했다. 남편이 리브스와는 거리를 두기를 바란다는 걸, 톰은 익히 알고 있었다. 오늘 밤에는 리브스의 제안을 거절했다고 아내에게 솔직히 말할 수 있다는 게 톰은 뿌듯했다. 엘로이즈는 친정아버지가 뭐라고 할지 늘 마음을 졸이며 살았다. 톰의 장인인 자크 플리송은 제약 회사를 운영하는 백만장자이자 프랑스의 민족 자결주의를 주장하는 드골파였다. 그런 장인은 톰을 마음에 들어 한 적이 한 번도 없었다. "아빠가 더는 편들어 주시지 않을 거야!" 엘로이즈가 이따금 톰에게 경고했다. 그래도 엘로이즈는 친정에서 받는 경제적 지원이 끊기지 않는 것보다 톰의 안위에 관심이 더 많았다. 톰은 그걸 알고 있었다. 엘로이즈는 친정아버지가 생활비 지원을 끊겠다는 으름장을 자주 놓는다고 전했다. 그녀는 샹티이에 있는 친정에서 일주일에 한 번, 주로 금요일에 가서 점심을 먹었다. 톰은 장인이 지원을 끊으면 둘이 벨옹브르에서 사는 것 자체가 불가능하다는 걸 알고 있었다.

저녁 메뉴는 비프 메달리온이었다. 메인 요리를 먹기 전에 아네트 여사가 만든 특제 소스를 곁들인 차가운 아티초크부터 먹었다. 엘로이즈는 장식이 없는 하늘색 원피스로 갈아입었다. 그녀는 리브스가 원하는 바를 얻지 못했다는 걸 진작 눈치채고 있었다. 잠자리에 들기 전, 톰은 리브스에게 필요한 걸 모두 챙겨 주었는지 점검했고, 차나 커피를 몇 시에 방으로 올려다 주면 되는지도 확인했다. 리브스는 오전 8시에 커피를 갖다 달라고 부탁했다. 톰은 리브스에게 2층 왼쪽 중앙에 있는 손님방에서 자고 엘로이즈의 욕실을 쓰라고 했다. 아네트 여사가 엘로이즈의 칫솔을 톰의 욕실로 옮겨다 놓았다. 톰의 욕실은 톰의 침실에서 떨어져 있었다.

"리브스가 내일이면 간다니 좋아. 저 남자는 대체 왜 저렇게 긴장하는 거야?" 엘로이즈가 양치하며 물었다.

"원래 저래." 톰은 샤워를 마치고 나와서 큼직한 노란 타월로 재빨리 온몸을 감쌌다. "그래서 살이 안 찌잖아." 둘이서 영어로 대화했다. 엘로이즈는 톰과 대화할 때는 영어로 거침없이 말했다.

"둘이 어쩌다가 만나게 됐어?"

톰은 기억나지 않았다. 언제였더라. 5~6년 전이었나. 로마였던가? 리브스가 누구 친구였더라? 톰은 너무 피곤해서인지 곰곰이 생각할 수가 없었다. 그건 중요하지 않았다. 그에겐 어디에서 만났는지 말하기 곤란한 사람이 대여섯 명은 있었다.

"리브스가 무슨 부탁 했어?"

톰은 엘로이즈의 허리에 팔을 두르고 여미지 않은 나이트가운을 그녀의 몸에 밀착시키고 차가운 뺨에 입을 맞추었다. "말도 안 되는 부

11

탁이라 거절했어. 봤지? 리브스가 풀이 죽었잖아."

　그날 밤 올빼미가 울었다. 벨옹브르 뒤에 있는 공유지 소나무 숲 어딘가에서 올빼미가 외로이 울어 댔다. 톰은 엘로이즈에게 왼쪽 팔을 뻗어 팔베개를 해 주었다. 그녀가 잠들었는지 숨소리가 잦아들더니 느려졌다. 톰은 한숨을 내쉬고 생각을 이어 갔다. 생각이 논리적이고 건설적인 방향으로는 흘러가지 않았다. 커피를 두 잔이나 마셨더니 잠이 오지 않았다. 한 달 전 퐁텐블로에서 열린 파티에 갔던 때가 떠올랐다. 어느 부인의 생일을 축하하는 편안한 자리였다. 남편 이름이 뭐였더라. 영국식 이름이었는데, 조금 있으면 기억이 날 듯했다. 파티를 주최한 남자는 30대 초반이었고, 부부에겐 어린 아들이 있었다. 퐁텐블로 주택가에 있는 좁다란 3층 집이었고, 뒤편에 손바닥만 한 정원이 있었다. 남자는 액자를 제작해서 파는 일을 업으로 하는 사람이었다. 톰은 피에르 고티에가 운영하는 그랑드가의 미술용품점에서 물감과 붓을 사곤 했는데, 고티에의 손에 이끌려 가게 된 파티였다. 고티에가 말했다. "같이 갑시다, 리플리 씨. 부인도 모시고 가죠! 파티를 여는 남자가 사람을 많이 데려오랬어요. 그 남자가 우울증을 살짝 앓고 있거든요. 어찌 됐든, 액자 가게를 하는 사람이니 주문할 일이 있지 않겠어요?"

　톰은 어둠 속에서 눈을 깜빡이다가 속눈썹이 엘로이즈의 어깨에 닿을까 봐 고개를 뒤로 살짝 뺐다. 키가 큰 금발의 그 영국 남자를 떠올리자 뭔지 모를 부아와 혐오가 치밀어 올랐다. 바닥에는 너덜너덜한 리놀륨이 깔려 있었고, 19세기 얇은 양각 양식의 철제 천장에는 그을음이 찌들어 있었다. 그 참담한 주방에서 남자가 톰에게 기분 나쁜 말을 지껄였기 때문이다. 트류브리지였나 튜크스버리였나, 아무튼 비슷한 이름을 가진 그 남자가 빈정대며 말했다. "아, 맞다, 당신 얘기 들은 적 있어요." 톰은 인사를 건넸다. "빌페르스에 사는 톰 리플리라고 합니다." 톰은 남자에게 퐁텐블로에 산 지는 얼마나 됐냐고 물을 참이었다. 프랑스 아내를 둔 영국 남자라면 그리 멀지 않은 곳에 프랑스 아내하고 사는 미국 남자와 친해지고 싶어 할 거라 착각했기 때문이었다. 톰은 용기를 내 보려다가 무례한 꼴을 당한 것이다. 그 남자 이름이 트레바니였던가? 남자는 금발 직모에 네덜란드 혈통을 물려받은 것처럼 보였다. 사실 영국 남자가 네덜란드 남자 같아 보일 때도 있고, 네덜란드 남자가 영국 남자 같아 보일 때도 있긴 했다.

　톰은 지금에서야 그날 밤늦게 고티에가 해 준 말이 떠올랐다. "그 남자가 심란해서 그래요. 못되게 굴려는 게 아니에요. 혈액 질환을 앓

12

는다던데 백혈병이라나. 꽤 중증이래요. 집 꼴만 봐도 알잖아요? 엉망
으로 해 놓고 사는 걸 봐요." 고티에의 한쪽 눈은 의안이었다. 누런 흰
자위에 녹색 눈동자를 그려 넣은 유리 의안이었다. 의안은 호기심을
불렀다. 진짜 눈처럼 보이려는 시도는 분명했으나, 실패로 끝나고 말
았다. 고티에의 의안을 보면 죽은 고양이의 눈이 떠올랐다. 의안을 보
는 사람은 고개를 돌렸다가도 홀리듯 그 눈을 따라갈 수밖에 없었다.
고티에가 해 준 암울한 말들에 의안까지 떠오르자 톰은 죽음의 그림자
가 진하게 느껴져 그 모습이 잊히지 않았다.

　"아, 맞다, 당신 얘기 들은 적 있어요." 그렇다면 트레바니인가 뭔
가 하는 남자도 버나드 터프츠가 톰 때문에 죽었다고 생각하는 건가?
그에 앞서, 디키 그린리프도 톰이 죽였다고 생각하려나? 아니면 그 영
국 남자가 몸이 아파서 아무에게나 닥치는 대로 시비를 거는 건가? 늘
복통에 시달리는 사람처럼 과민해서 그런 걸까? 그제야 톰은 트레바니
아내의 모습이 기억났다. 빼어난 미인은 아니지만 매력적인 여인이었
다. 밤색 머리칼에 다정하고 외향적인 성격으로, 손님들을 불러 놓고
의자가 몇 개밖에 없어서 앉을 데도 없는 비좁은 거실과 주방에서 안
간힘을 쓰고 있었다.

　톰의 머릿속에서 한 가지 생각이 떠올랐다. 그 남자라면 리브스
가 부탁하는 일을 해 주지 않을까? 톰은 트레바니에게 흥미롭게 접근
할 방법이 떠올랐다. 판이 깔리기만 한다면 누구에게나 통할 방식이었
다. 그런데 이번 경우엔 이미 판이 깔려 있었다. 트레바니는 자기 몸이
라면 과하게 벌벌 떠는 사람이었다. 톰이 생각해 낸 방법은 장난인 동
시에 고약한 농담에 지나지 않았다. 먼저 고약하게 군 건 트레바니였
다. 톰이 칠 장난은 고작해야 하루 이틀을 넘기지 못할 것이다. 트레바
니가 의사에게 달려가면 끝날 장난이었다.

　톰은 상상하다가 들뜬 나머지 엘로이즈에게서 몸을 살살 뺐다. 이
제는 웃음을 참다가 잠시 온몸이 들썩거려도 아내가 깨지 않을 것이
다. 트레바니가 귀가 얇아서 리브스가 부탁한 일을 군인처럼 해낸다
면? 트레바니가 해낼지도 모르니, 어디 한번 물어나 볼까? 톰이야 밑
질 게 없었다. 트레바니도 마찬가지였다. 어쩌면 트레바니가 득을 볼
지도 모른다. 리브스 말대로라면 리브스에게도 득이 되겠지만, 그건
그가 알아서 하게 놔두기로 했다. 리브스가 뭘 원하는지는 그동안 그
가 마이크로필름을 가지고 한 짓거리들만큼 불분명했기 때문이다. 아
마 국제 스파이전과 관계된 일이었을 것이다. 그렇다면 각국 정부가

일부 스파이들이 별난 짓들을 하고 다니는 걸 인지했을까? 총과 마이크로필름을 소지하고 부쿠레슈티*를 출발해 모스크바와 워싱턴을 오가느라 여기서 번쩍 저기서 번쩍 정신없이 돌아다니는 스파이들 중 일부가 그에 못지않은 열정으로 우표를 수집하거나, 장난감 전동 기차의 비밀을 캐내려고 국제전을 벌이며 기운을 뺀다는 사실을 말이다.

2 그로부터 열흘 정도 지난 3월 22일, 퐁텐블로 생메리가에 사는 조너선 트레바니는 친우 앨런 맥니어가 보낸 묘한 편지를 받았다. 앨런은 영국 전자 회사의 파리 지점장으로 있다가 뉴욕으로 발령받았는데, 미국으로 떠나기 직전에 트레바니의 집에 들른 그다음 날 하필이면 편지를 보낸 것이다. 조너선은 앨런이 환송 파티를 열어 줘서 고맙다고 편지를 보낼 거로 예상은 했었다(실은 예상하지 못했다). 그런데 앨런이 감사하다고 몇 마디를 건네더니 당혹스러운 내용을 이어 갔다.

> 조너선, 네가 오래 전부터 앓고 있는 혈액암 상태에 대해 듣고 놀랐어. 그게 그렇게까지 심각한 건 아니기를 지금도 바라고 있어. 듣자 하니 넌 그걸 다 알면서도 친구들한테는 말하지 않는 거라면서? 넌 정말이지 의연하구나. 그런데 친구란 게 왜 있는 건데? 우리가 널 피할 거란 생각도, 무척 침울해할 널 보기 싫어할 거라는 생각도 하지 말길. 우리가 늘 네 곁에 있잖아. 하고 싶은 말을 차마 여기에 쓸 수는 없으니, 다음에 만나면 얘기해 줄게. 두 달 후에 어떻게든 휴가를 내 볼 테니, 여기에 적힌 거슬리는 말들은 용서해 주길.

앨런이 무슨 소릴 하는 걸까? 페리에 박사가 나한테 하지 못한 말을 친구들한테는 한 걸까? 내가 살날이 얼마 남지 않았다는 소린가? 페리에 박사가 앨런의 송별 파티에는 오지 않았지만, 다른 데 가서 무슨 얘기를 한 걸까?
　　페리에 박사가 말했는데 시몬이 나에게는 비밀로 한 건가?
　　조너선은 여러 가지 가능성을 따져 보면서 오전 8시 반에 정원에

* 루마니아 수도

14

서 있었다. 스웨터만 입고 나왔더니 날이 쌀쌀했다. 손에는 흙이 묻어 있었다. 오늘 페리에 박사를 만나서 물어보는 게 제일 좋을 것 같았다. 시몬하고 얘기해 봐야 소용없을 것이다. 아내가 연기할지도 모른다. '여보. 그게 무슨 소리야?' 조너선은 아내가 연기를 하는 건지 아닌지 구별할 수 있다는 확신이 서지 않았다.

페리에 박사를 믿을 수 있을까? 박사는 늘 괜찮을 거라는 말만 했는데, 가벼운 증상을 앓는 사람이 이런 말을 들었다면 괜찮아졌을 것이다. 증세가 이미 반쯤은 사라진 것 같고 심지어 다 나은 듯한 기분이 들지도 모른다. 그런데 조너선은 자기가 그렇게 가벼운 병을 앓는 게 아니라는 것쯤은 알고 있었다. 그는 황골수가 과잉 증식하는 골수성 백혈병을 앓고 있었다. 지난 5년간, 일 년에 적어도 네 번은 수혈을 받았다. 기력이 달릴 때마다 주치의를 찾아가거나, 수혈을 받으러 퐁텐블로 병원까지 가야 했다. 페리에 박사(그리고 파리에 있는 전문의)는 병세가 급격히 악화하는 시점에 이를 경우, 수혈로는 통하지 않을 거라고 했다. 조너선은 자신의 병과 관련된 서적을 섭렵했기에 그런 사실을 스스로도 잘 알고 있었다. 골수성 백혈병의 치료법을 찾은 의사는 여태 아무도 없었다. 평균적으로 봤을 때, 발병 후 6년에서 12년, 혹은 6년에서 8년 사이에 사망했다. 조너선은 발병 6년 차였다.

조너선은 벽돌로 만든 작은 구조물 안에 갈퀴를 도로 갖다 놓았다. 야외 화장실로 쓰던 공간을 지금은 창고로 쓰고 있었다. 그는 그곳에서 나와 뒷문 계단으로 향했다. 한쪽 발을 첫 번째 계단에 올린 채 신선한 아침 공기를 들이마시며 생각했다. '이런 아침을 앞으로 몇 주나 더 누릴 수 있을까?' 사실 작년 봄에도 같은 생각을 했었다. 기운 내자, 그는 혼잣말했다. 자신이 서른다섯 살까지 못 살지도 모른다는 사실을 6년째 의식하고 있었다. 여덟 개의 철제 계단을 꾹꾹 밟으며 올라갔다. 벌써 오전 8시 52분이니, 9시나 9시를 조금 넘긴 시각까지는 가게에 도착해야 했다.

시몬이 조르주를 유아 학교에 데려다주러 가서 그런지 집이 휑했다. 조너선은 싱크대에서 채소를 닦는 솔로 손을 씻었다. 시몬이 허락하지 않을 일이었기에 솔을 깨끗이 헹궈 놓았다. 3층 화장실까지 올라가야 세면대가 있었다. 집에는 전화가 없어서, 출근하자마자 페리에 박사에게 전화부터 할 작정이었다.

조너선은 라파루아스가까지 걸어가 왼쪽으로 꺾어 사블롱가로 접어든 다음 길을 건넜다. 자신이 운영하는 가게에 도착한 다음, 페리에

15

박사에게 전화부터 걸었다. 그는 병원 번호를 외우고 있었다.

간호사가 당일 진료는 예약이 꽉 찼다고 했다. 조너선이 예상했던 바였다.

"너무 급해서요. 잠깐이면 됩니다. 딱 하나만 여쭤보면 되거든요. 박사님을 꼭 뵈어야 해요."

"오늘도 기운이 없으신 거예요, 트레바니 씨?"

"네." 간호사가 질문하자마자 조너선이 곧바로 대답했다.

예약이 12시로 잡혔다. 12시면 그 소문에 종지부를 찍게 될 것이다.

조너선은 액자를 만들었다. 그림에 댈 매트 보드를 자르고 유리를 재단하고 프레임을 짰다. 마음을 정하지 못한 손님을 대신해, 갖고 있는 재고에서 프레임을 골라 주기도 했다. 아주 가끔은 경매장이나 고물상에서 오래된 프레임을 사들이기도 했다. 눈길이 가는 액자가 끼워진 그림을 사서 깨끗이 손질한 후, 쇼윈도에 전시해 판매했다. 하지만 돈 되는 일이 아니라서 근근이 생계를 이어 갈 수밖에 없었다. 7년 전만 하더라도 동업자가 있었다. 그도 영국인이었다. 맨체스터 출신 동업자와 조너선은 퐁텐블로에 앤티크 가게를 차린 후, 주로 고물을 사들인 다음 새로 단장해 팔았다. 그런데 둘이 먹고살 만큼 돈이 충분히 벌리지 않자, 로이가 손을 털고 나가 파리 근교에서 차량 정비사로 취직했다. 그 후 얼마 지나지 않아, 파리에 있는 의사가 조너선에게 조언했다. "빈혈기가 보이니 정기 검진을 받아야 합니다. 힘든 일은 피하시는 게 제일 좋아요." 그는 이 얘기를 런던에 있는 의사에게도 들었다. 그래서 장식장이나 소파 말고, 액자 프레임과 유리처럼 가벼운 물건을 다루는 업종으로 전환한 것이다. 조너선은 결혼을 앞두고 앞으로 살날이 6년밖에 안 남았을지도 모른다고 시몬에게 털어놓았다. 시몬을 사귈 무렵, 그는 병원 두 군데에서 그가 주기적으로 기운을 못 차리는 이유가 골수성 백혈병 때문이라는 진단을 받았다.

이제 조너선은 차분하게, 매우 착잡하게 하루를 시작하며 생각에 잠겼다. 그가 세상을 떠나면 시몬은 재혼할 것이다. 시몬은 프랭클린 루스벨트가에 있는 신발 가게에서 일주일에 5일 오후 2시 반부터 6시 반까지 일했다. 신발 가게는 집에서 걸어 다닐 만한 거리였다. 미국 유치원에 해당하는 프랑스식 교육 기관에 맡길 만큼 조르주가 자란 작년에야 시몬이 일을 시작할 수 있었다. 조너선 부부에겐 시몬이 주급으로 받는 2백 프랑이 필요했지만, 조너선은 신발 가게 주인 브레자르를 생각만 하면 짜증이 밀려왔다. 호색한 브레자르는 재미 삼아 종업

16

원의 엉덩이를 꼬집고, 재고 창고로 들어갈 때마다 자신의 운을 어김없이 시험해 보곤 했다. 브레자르는 시몬이 유부녀이니 넘지 말아야 할 선이 있다는 걸 아주 잘 알고 있었다. 그럼에도 브레자르 같은 인간이 시몬에게 아예 찝쩍대지도 못하게 막는다는 건 애당초 불가능한 일이었다. 시몬은 꼬리 치는 타입과는 거리가 멀었고, 신기할 정도로 부끄럼을 타는 여자라 자기가 남자들한테 인기가 없다고 여겼다. 조너선은 아내의 그런 면을 높이 샀다. 조너선이 보기엔 시몬이 성적으로 매력이 넘쳐흘렀지만, 평범한 남자들에겐 그런 면모가 잘 드러나지 않는 것 같았다. 이리저리 기웃거리는 돼지 브레자르라면 시몬이 지닌 남다른 매력을 눈치채고 그것을 탐할 게 분명하다는 생각이 들자, 조너선은 유난히 짜증이 솟구쳤다. 시몬은 브레자르 얘기를 거의 하지 않았지만, 딱 한 번 한 적이 있었다. 브레자르가 시몬 말고 다른 여자 종업원 두 명에게 찝쩍거렸다는 것이다. 오늘 오전에 조너선이 손님에게 수채화 액자를 보여 주고 있는데, 조신하게 거리를 두던 시몬이 추잡한 브레자르의 꾐에 넘어가는 모습이 순간 그려졌다. 브레자르는 미혼인 데다가 조너선보다 훨씬 돈이 많았다. 말도 안 돼, 시몬은 그런 남자라면 질색한다고, 조너선은 속으로 생각했다.

"어머나, 예뻐요! 마음에 들어요!" 새빨간 코트를 입은 젊은 여자가 감탄하더니 옆구리에 수채화 액자를 끼웠다.

숨어 있던 자그마한 태양이 구름을 헤치고 나와 그의 몸속에서 빛을 발하기라도 한 듯이 우울하고 침울했던 조너선의 얼굴이 서서히 미소로 물들었다. 여자가 액자를 썩 마음에 들어 했다. 조너선은 이 손님이 누군지 잘 몰랐다. 그녀의 어머니로 보이는 노부인이 맡기고 간 그림을 이 여자가 찾으러 온 것이었다. 조너선이 처음 값을 부를 때 20프랑은 더 불렀어야 했다. 노부인이 골라 놓고 간 프레임(가게에 재고가 없었다)과는 다른 걸 썼기 때문이다. 그래도 조너선은 돈을 더 달란 말은 하지 않고 약속했던 80프랑만 받았다.

조너선은 마룻바닥을 빗자루로 쓸고, 깃털 먼지떨이로 가게 정면에 있는 작은 쇼윈도에 전시된 그림 서너 점의 먼지를 털었다. 그날 아침에는 좋게 말해 가게가 소박해 보였다. 알록달록한 구석은 전혀 없이 페인트가 발리지 않은 벽면에 각종 크기의 프레임이 기대어져 있었다. 나무 프레임 샘플이 천장에 주렁주렁 걸려 있었고, 주문용 샘플 책자와 자와 연필이 계산대 위에 놓여 있었다. 가게 뒤편에는 기다란 나무 책상이 있었다. 45도 각도로 나무를 짜 맞출 때 사용하는 연귀 맞춤

용 상자, 톱, 유리 커터가 그 위에 놓여 있었다. 큼직한 책상 위에는 그가 애지중지하는 매트 보드용 종이와 큼직하게 말린 누런 종이, 실뭉치, 와이어, 본드 통, 각종 크기의 못이 든 상자가 있었다. 책상 위 벽에는 칼과 망치를 올려놓는 선반이 여러 개 달려 있었다. 그는 원래 19세기풍을 선호했다. 상업적으로 지나치게 꾸미지 않은 분위기 말이다. 솜씨 좋은 장인이 운영하는 가게처럼 보이기를 바랐는데, 그런 면에서는 성공한 것 같았다. 조너선은 바가지를 씌운 적도 없었고, 주문받은 액자는 제때 완성했으며, 혹시라도 늦어지면 손님에게 엽서나 전화로 미리 알렸다. 손님들도 그걸 알아준다고 생각했다.

　오전 11시 35분에 조너선은 작은 그림 액자 두 개를 짜 맞추고 주문자 이름을 붙인 다음 세면대에서 찬물로 세수하고 머리를 정리했다. 몸을 꼿꼿이 세우고 최악의 사태를 각오했다. 페리에 박사의 병원은 그리 멀지 않은 그랜드가에 있었다. 조너선은 오후 2시 반에 돌아오겠다는 팻말을 입구에 걸고 문을 잠근 다음 길을 나섰다.

　그는 페리에 박사의 병원 대기실에 도착해서, 먼지가 내려앉고 시들시들한 협죽도 화분 옆에서 기다려야 했다. 이 화분에 꽃이 핀 걸 본 적이 한 번도 없지만, 협죽도는 죽지도 않고 자라지도 않은 채 볼 때마다 얼음처럼 성장이 멈춰 있었다. 조너선은 협죽도를 보면 자기 자신을 보는 것 같았다. 애써 딴생각하려고 해도 화분으로 계속 눈길이 끌렸다. 주간지 『파리스 매치』가 타원형 테이블 위에 몇 권 놓여 있었다. 발행된 지 꽤 오래돼서 손때가 덕지덕지 묻어 있었다. 조너선의 눈에는 협죽도보다 주간지가 훨씬 더 꾀죄죄해 보였다. 그는 페리에 박사가 퐁텐블로 종합 병원에서도 근무한다는 사실을 떠올렸다. 그게 아니었더라면, 이렇게 초라하고 코딱지만 한 개인 병원에서 일하는 의사에게 목숨을 믿고 맡긴다는 것이, 사람이 죽고 사는 문제를 상의한다는 것이 어리석어 보였을 것이다.

　간호사가 나오더니 손짓했다.

　"자, 우리 병원에서 가장 재미있는 환자분, 어떻게 지내셨어요?" 페리에 박사가 두 손을 문지르더니 한쪽 손을 조너선에게 내밀었다.

　조너선이 의사와 악수했다. "덕분에 잘 지내고 있습니다. 그런데요, 제가 두 달 전에 검사를 받았잖아요. 그때 그 검사 결과가 별로 안 좋았던 거, 맞죠?"

　페리에 박사가 어리둥절한 표정을 짓자, 조너선이 의사를 뚫어져라 보았다. 페리에 박사가 미소를 짓자 대충 다듬은 콧수염 아래로 누

18

런 치아가 드러났다.

"별로 안 좋았다니, 그게 무슨 소리죠? 결과 보셨잖아요?"

"보긴 봤는데 제가 결과를 제대로 이해하지 못해서요."

"제가 다 설명해 드렸는데, 뭐가 문제죠? 또다시 피로감이 드십니까?"

"그렇진 않아요." 조너선은 의사가 점심을 먹으러 나가려 한다는 걸 알고 있었기에 서둘러 말했다. "솔직히 말씀드리겠습니다. 제 상태가 조만간 심각해질 거라는 소문을 제 친구가 들었대요. 제가 오래 살지 못한다는 소리를요. 저로서는 선생님 입에서 이 얘기가 나왔을 거라고 당연히 의심할 수밖에 없어요."

페리에 박사가 고개를 저으며 웃었다. 그러더니 앞으로 걸어 나와 새가 날개를 풀썩이듯 깡마른 양쪽 팔을 가볍게 쭉 뻗어서 유리문이 달린 책장 위에 척 걸쳤다. "트레바니 씨. 첫째, 그게 사실이라고 해도 의사로서 그런 얘기를 함부로 할 리 없습니다. 의사 윤리에 어긋나는 일이거든요. 둘째, 지난번 검사 결과에 따르면 그건 사실이 아닙니다. 오늘 검사를 한 번 더 해 보시겠어요? 오늘 오후 늦게 병원에서 검사를 받으시면……."

"굳이 그럴 것까진 없고요. 제가 정말 알고 싶은 건, 그 소문이 사실이냐는 겁니다. 박사님께서 제게 숨기시는 건 아니죠?" 조너선이 웃으며 물었다. "제 속 편하라고요?"

"말도 안 되는 소리! 내가 그런 의사로 보입니까?"

네, 조너선은 그런 의사로 보인다고 생각하며 페리에 박사의 눈을 뚫어져라 보았다. 다른 경우였다면 의사에게 신의 축복이 함께하기를 기도했겠지만 말이다. 조너선은 자기가 진실을 알 자격이 있다고 생각했다. 사실을 직시할 수 있는 사람이기에. 조너선이 아랫입술을 깨물었다. 파리에 있는 병원에 가서 전문의 무쉬 박사를 한 번 더 만나야겠다고 우겨 볼까. 어쩌면 오늘 점심때 시몬에게 뭐라도 캐낼 수 있을지 몰라.

페리에 박사가 조너선의 팔을 토닥였다. "그 친구가 누군지는 묻지 않겠습니다만, 잘못 들었을 겁니다. 썩 좋은 친구 같진 않군요. 혹시 피로감이 밀려오면 말씀해 주셔야 합니다. 그게 가장 중요하니……."

20분 후 조너선은 집 앞 정문 계단을 오르고 있었다. 손에는 애플 타르트와 기다란 빵이 들려 있었다. 문을 열쇠로 열고 들어가 복도를 따라 주방으로 갔다. 감자튀김 냄새가 진동했다. 입안에 침이 고이는

19

냄새가 나는 건 늘 저녁 식사가 아니라 제대로 차린 점심 식사였다. 시몬이 만든 감자튀김은 길고 가느다래서 영국에서 파는 짤막하고 두꺼운 감자튀김하곤 달랐다. 그런데 조너선은 왜 영국 감자튀김이 생각난 걸까.

시몬이 원피스 위에 앞치마를 두른 채 기다란 포크를 들고 불 앞에 서 있었다. "자기 왔구나. 좀 늦었네."

조너선이 팔을 두르고 아내의 뺨에 입을 맞추었다. 그런 다음 식탁에 앉아 금발 머리를 숙이고 있는 조르주에게 다가가 종이 상자를 들고 흔들었다. 조르주는 다 먹은 콘플레이크 상자를 오려서 모빌에 매달 조각을 만들고 있었다.

"와, 케이크다! 무슨 케이크예요?" 조르주가 물었다.

"아빠가 애플 타르트 사 왔지!" 조너선이 종이 상자를 식탁 위에 올려놓았다.

셋이서 각자 스테이크를 조금씩 먹고 맛있는 감자튀김과 샐러드도 먹었다.

"브레자르가 재고 조사를 시작했어. 다음 주에 여름 상품이 들어오니 금요일과 토요일에 세일을 하려나 봐. 오늘 밤에 조금 늦을 거 같아."

그녀는 석면 접시에 애플 타르트를 올려서 데웠다. 조너선은 조르주가 장난감을 널어놓은 거실로 가거나 정원에 나가서 놀기를 초조한 마음으로 기다렸다. 조르주가 마침내 자리를 뜨자 조너선이 입을 열었다.

"오늘 앨런이 재미있는 편지를 보냈어."

"앨런이? 뭐가 재미있는데?"

"뉴욕으로 떠나기 직전에 보낸 편진데, 어디서 무슨 소리를 들었나 봐." 앨런이 보낸 편지를 보여 줘야 하나? 시몬은 영어를 곧잘 읽었다. 조너선은 하던 얘기를 계속하기로 했다. "내 건강 상태가 더 나빠져서 조만간 심각해질 거라는 풍문을 들었대. 당신, 뭐 아는 거 없어?" 조너선은 아내의 눈을 주시했다.

시몬이 진짜로 놀란 눈치였다. "아니. 당신이 말 안 해 주면 내가 어디서 그런 소릴 듣겠어?"

"방금 페리에 박사 만나고 오느라 좀 늦었어. 박사님 말로는, 내 상태는 그대로라는데, 내가 페리에 박사님을 모를까!" 조너선이 미소를 지으면서도 시몬을 걱정스러운 눈으로 계속 쳐다보았다. "이게 그 편지야." 조너선이 뒷주머니에서 앨런의 편지를 꺼내 그 부분만 해석해 주었다.

"세상에나! 앨런이 대체 어디서 들었을까?"

"그러게, 그게 문제야. 앨런한테 편지로 물어보려고. 어떻게 생각해?" 조녀선이 다시 미소를 지었다. 이번에는 조금 더 진심이 담긴 미소였다. 시몬이 이 일에 대해서는 전혀 모르는 게 확실했다.

조녀선은 작은 잔에 커피를 한 잔 더 따른 다음, 좁고 네모난 거실로 나갔다. 조르주가 오려 낸 종잇조각을 바닥에 널어놓은 채 엎드려 있었다. 조녀선이 책상에 앉았다. 그곳에 앉으면 거인이 된 것만 같았다. 앙증맞은 프랑스식 필기대였는데, 시몬의 가족이 선물해 준 것이었다. 조녀선은 필기대를 너무 힘주어 누르지 않으려고 조심했다. 뉴요커 호텔에 있을 앨런 맥니어 앞으로 항공 우편을 썼다. 가볍게 서두를 연 다음, 두 번째 문단에 다음과 같이 적었다.

네가 보낸 편지에서 네가 듣고 놀랐다는 내 소식이 뭔지 나는 잘 모르겠다. 내 몸 상태는 괜찮지만, 오늘 아침에 퐁텐블로에 있는 주치의한테 가서 숨기지 말고 말해 달라고 했어. 그런데 의사는 내게 안 좋아진 징후가 전혀 보이지 않는다는 거야. 앨런, 네가 그런 소리를 어디서 들었는지 참으로 궁금하다. 급히 답장을 써 줄 수 있을까? 오해가 있었던 것 같아. 나도 잊어버리고 싶은데, 네가 어디에서 그런 얘길 들었는지 궁금해서 말이지. 이런 나를 이해해 주길.

조녀선은 가게로 가는 길에 있는 노란 우체통에 편지를 집어넣었다. 앨런이 보낸 답장을 받으려면 일주일은 기다려야 할 것이다.

그날 오후, 조녀선은 평소와 다름없이 쇠 자에 레이저 칼을 대고 흔들림 없이 금을 그으면서도 그가 부친 편지를 생각했다. 오늘 저녁이나 내일 아침이면 편지가 오를리 공항에 도착할 것이다. 그는 자기 나이를 떠올렸다. 서른넷. 앞으로 살날이 두 달밖에 남지 않은 것이 맞는다면 안타깝게도 해 놓은 게 별로 없었다. 아들 하나 낳아서 키운 게 대단한 일이긴 하지만, 그렇다고 딱히 칭송받을 업적은 아니었다. 그는 장차 시몬이 걱정 없이 살 수 있도록 해 주지 못할 것이다. 굳이 따지자면, 시몬은 그를 만나는 바람에 생활 수준이 내려갔다. 그녀의 친정아버지는 고작 석탄을 파는 장사치에 불과했지만, 세월이 흐르자 그녀의 가족은 여러 면에서 안락한 삶을 누리게 되었다. 이를테면, 자동차는 물론이거니와 고급 가구도 장만하게 되었고, 6월이나 7월이면 프랑스 남부에 있는 별장을 한 달간 빌려서 휴가를 떠나기도 했다. 작년에는 조너선과 시몬이 조르주와 함께 처가에서 한 달간 빌린 별장에서 지내다 오기도 했다. 조너선은 두 살 위인 친형 필립만큼 성공하지 못했다. 필립은 겉으로 보기엔 약골이었지만, 평생 덤덤히 진득하게 노력한 끝에 지금은 브리스톨대 인류학과 교수가 됐다. 조너선은 형이 뛰어나게 머리가 좋진 않아도 반듯하고 단단한 성품을 갖고 있어서 언젠가 크게 될 거라는 생각은 했었다. 형은 결혼해서 슬하에 두 아이를 두었다. 홀로 남은 조너선의 어머니는 영국 옥스퍼드에 사는 형네 부부를 자랑스레 여기며, 온종일 널찍한 정원을 가꾸고 쇼핑과 요리를 즐겼다. 조너선은 집안에서 자기가 가장 처진다고 여겼다. 몸도 성치 않은 데다가, 직업도 별로였다. 처음에는 배우가 되고 싶어서 열여덟 살 때부터 연기 학원을 2년간 다녔었다. 그는 자기가 배우로서 나쁜 얼굴은 아니라고 생각했었다. 이목구비가 뚜렷하고 빼어나게 잘생긴 얼굴은 아니지만, 로맨틱한 배역을 맡을 만큼은 생겼다고 자부했었다. 세월이 흐르면 묵직한 역을 맡을 만큼 무게감 있게 생겼다고 생각했었다. 하지만 그건 지나친 몽상이었다. 그는 런던과 맨체스터 연극판에서 3년이나 전전했지만, 달랑 두 개의 단역을 간신히 따내는 데에 그치고 말았다. 그래서 수의사 보조 같은 잡다한 일들을 닥치는 대로 하며 생계를 꾸릴 수밖에 없었다. 어느 감독은 그를 "덩치만 크지 자기 자신에 대한 확신이 없다"라고 평가한 적도 있었다. 그는 이것저것 별난 업종에서 일했는데, 그중엔 앤티크 가게 딜러도 있었다. 그는 앤티크 가게 일이 적성에 맞는 것 같았다. 그는 사장이었던 앤드루 모트에게 배울 수 있는 건 모조리 배웠다. 그런 다음, 친구 로이 존슨과 함께 프랑스로 이민을 감행한 것이다. 아는 건 별로 없어도 골동품 업자를 통해 앤티크 상점을 열겠다는 로이의 열정은 조너선 못지않았다. 조너선은 새로운 나라 프랑스에서 찬란하고 모험이 가득한 꿈을 펼치려 했다. 프랑스는 자유와 성공을 꿈꾸게 하는 나라였다. 하지만 성공하는 대신, 배울 만큼 배운 연인을 많이 만나는 대신, 보헤미안과 친분을 쌓는 대신, 상상은 해 봤으나 실제로 존재하지 않는 프랑스 사회의 다양한 계층과 친분을 맺는 대신, 조너선은 별의별 일을 하며 근근이 살게 되었다. 배역을 따내려고 버둥거리며 간신히 버티던 시절에 비해 나아진 게 별반 없었다.

그가 인생을 통틀어 유일하게 성공한 게 있다면, 시몬과 결혼한 일이었다. 그는 암 선고를 받은 그 달에 시몬 푸사디를 만났다. 팬스레 기력이 슬슬 떨어지기 시작했는데, 사랑에 빠지면 원래 그런 줄 알고 낭만적이라 착각했었다. 그런데 아무리 쉬어도 무기력함을 털어 낼 수가 없었다. 그러다가 네무르가를 걷다가 졸도하는 일이 생겼고, 그 바람에 찾아간 곳이 퐁텐블로에 있는 페리에 박사의 병원이었다. 박사는 혈액 검사 결과가 이상하다면서 조너선을 파리에 있는 무쉬 박사에게 전원시켰다. 전문의인 무쉬 박사는 이틀간 검사한 끝에 그에게 골수성 백혈병 선고를 내렸다. 앞으로 6년에서 8년, 운이 좋으면 최대 12년까지 살 수 있다고 했다. 그리고 조만간 비장이 비대해지는 증상이 나타날 거라 경고했다. 사실 조너선이 느끼지 못했을 뿐, 그 증상은 이미 발현되고 있었다. 시몬에게 청혼한다는 건 사랑과 죽음을 동시에 선포하는 어색한 고백문과 다르지 않았다. 다른 여자들이라면 다들 질색하거나 생각할 시간을 달라고 했겠지만, 시몬은 청혼을 받아들이며 사랑을 고백했다. "중요한 건 사랑이지, 사귄 기간이 아니야" 하고 시몬이 말했다. 조너선은 이 프랑스 여인과 사귀면서 계산은 아예 하지 않았다. 라틴계 여자들을 만날 때도 그랬었다. 시몬은 이미 부모님께 말씀드렸다고 했다. 그때가 두 사람이 만난 지 고작 2주 됐을 무렵이었다. 조너선은 지금껏 살아온 세상보다 훨씬 든든한 세상에 살고 있다는 기분이 별안간 밀려왔다. 단지 연애를 해서 그런 게 아니라 진정한 사랑이, 벅찬 사랑이 그를 기적적으로 구원해 준 것만 같았다. 어떤 면에서는 이런 사랑이 그를 죽음에서 구원해 주었다고 느꼈는데, 그건 사랑이 그에게서 죽음의 공포를 걷어 내 주었다는 뜻이기도 했다. 그로부터 6년 후, 파리의 무쉬 박사가 예상했던 대로 지금 조너선은 죽음을 앞두고 있었다. 그는 뭘 믿어야 할지 난감했다.

조너선은 파리로 가서 무쉬 박사에게 한 번 더 진찰을 받아 봐야겠다고 마음먹었다. 3년 전, 그는 파리 병원에서 무쉬 박사의 지휘하에 수혈을 받아 피를 완전히 교체한 적이 있었다. 수혈 요법이라 불리는 치료법을 쓰면 과잉 증식된 백골수와 황골수가 적골수로 전환되지 못하게 막을 수 있었다. 그런데 황골수가 과잉 증식되는 증상이 8개월 만에 재발한 것이다.

조너선은 앨런 맥니어의 답장부터 받고, 무쉬 박사와 예약을 잡고 싶었다. 앨런이라면 곧바로 답장을 써 줄 것이다. 앨런이라면 믿을 수 있었다.

조너선은 가게를 나서기 전에 디킨스 소설에 나올 법한 가게 안을 간절한 눈으로 훑어보았다. 진짜로 먼지가 내려앉진 않았지만, 벽에

페인트를 새로 칠해야 했다. 가게를 말쑥하게 꾸며서 손님을 끌어모으려는 노력이라도 해야 하나? 다른 액자 가게들처럼 황동 래커 칠을 해서 가격을 올려 받아야 하나? 조너선은 움찔했다. 그는 그런 타입은 아니었다.

그날은 수요일이었고, 금요일이 되자 조너선은 몸을 숙인 채 150년은 된 떡갈나무 프레임에 박혀 완강하게 버티는 고리 모양 나사를 잡아 빼려고 펜치를 들고 씨름하고 있었다. 포기할 마음이 전혀 없었는데도, 별안간 펜치를 뚝 떨어뜨린 채 앉을 자리부터 찾았다. 그는 벽에 기댄 나무 상자에 주저앉아 있다가 벌떡 일어나 최대한 몸을 숙인 자세로 세면대에서 세수했다. 5분쯤 지나자 어지럼증이 가셨다. 점심시간이 되자, 조너선은 그런 일이 있었던 것조차 까먹고 말았다. 그런 어지럼증이 두세 달에 한 번씩은 찾아왔는데, 길에서 쓰러지지 않은 게 천만다행이었다.

그가 앨런에게 편지를 보낸 지 엿새 만인 화요일이 되자, 뉴요커 호텔에서 편지가 한 통 도착했다.

3월 25일 토요일

조너선에게

주치의를 만나서 반가운 소식을 들었다니 정말이지 내가 다 기쁘다. 네 건강이 나빠지고 있다고 내게 말해 준 사람은, 머리가 살짝 벗겨지고 콧수염을 기른 남자였어. 한쪽 눈은 의안이었는데 40대가량으로 보이더라. 그 남자가 진심으로 널 걱정하는 것 같았어. 그러니 그 사람을 너무 원망하진 말길. 그 남자도 다른 사람한테 들은 눈치였어.

나는 뉴욕을 즐기고 있어. 너와 시몬도 뉴욕에 오면 얼마나 좋을까. 경비는 내가 다 댈 테니…….

앨런이 지목한 사람은 그랜드가에서 미술용품점을 운영하는 피에르 고티에였다. 조너선과는 친분은 없고 얼굴만 아는 사이였다. 고티에가 종종 액자를 맞출 손님들을 그에게 보내 주곤 했다. 앨런의 송별 파티가 열리던 날 밤, 고티에도 왔다는 걸 조너선은 똑똑히 기억하고 있었다. 고티에한테 말을 걸었던 기억도 또렷했다. 고티에가 악의적으로 말했다는 건 생각할 수 없는 일이었다. 소문이란 게 원래 돌고 돈다는 걸 알고는 있었지만, 조너선이 혈액암 환자라는 걸 고티에마저 알고 있다는 게 그저 놀라울 따름이었다. 조너선은 고티에한테 가서 어디에서 그런 소릴 들었는지 물어보기로 했다.

오전 8시 50분. 조너선은 어제 아침처럼 우체부를 기다렸다. 당장이라도 고티에의 가게로 달려가고 싶었지만, 그랬다간 꼴사납게 불안해하는 모습만 들킬 테니, 일단 평소처럼 출근해서 가게 문부터 열고 마음을 다스리는 편이 나을 것 같았다.

손님 서너 명이 들른 덕분에 10시 25분까지는 쉴 틈이 없었다. 조너선은 11시까지 돌아오겠다고 적은 팻말을 유리 출입문에 걸어 놓았다.

조너선이 고티에가 운영하는 미술용품점으로 들어갔을 때, 고티에는 여자 손님 두 명을 응대하느라 정신이 없었다. 조너선은 고티에가 한가해질 때까지 붓이 전시된 선반을 둘러보는 척하며 기다렸다가 인사를 건넸다.

"고티에 씨! 잘 지내셨어요?" 조너선이 손을 내밀었다.

고티에가 양손으로 조너선의 손을 감싸고 미소를 지었다. "그럼요, 잘 지내셨죠?"

"그럼요, 덕분에요……. 사실 시간을 뺏고 싶진 않습니다만, 물어보고 싶은 게 있어서요."

"그러세요? 뭔데요?"

조너선은 언제라도 벌컥 열릴지 모를 입구에서 먼 쪽으로 가자고 고티에에게 손짓했다. 가게가 작아서 서 있을 만한 데가 별로 없었다. "친구한테 들었어요. 제 친구 앨런한테요. 기억하시죠? 영국에서 온 친구 말입니다. 몇 주 전 저희 집에서 연 파티에서 만나셨을 텐데요."

"그럼요! 영국에서 오신 앨런, 기억나요." 고티에는 기억한다고 하더니 주의 깊게 귀를 기울였다.

조너선은 고티에의 의안을 쳐다보지 않으려고 애를 쓰면서 반대편 눈만 뚫어져라 보았다. "앨런한테 제가 많이 아프다고 말씀하셨다면서요. 제가 얼마 못 살 거라는 소문을 들으셨다고요."

고티에의 온화한 표정이 점점 굳어졌다. 그가 고개를 끄덕였다. "네, 들었어요. 사실이 아니기를 바랄 뿐입니다. 기억나요. 앨런하고 제일 친하다고 소개해 주셨잖아요. 그래서 앨런이란 분도 그 사실을 아시는 줄 알았어요. 제가 아무 말 말았어야 했는데, 미안합니다. 제가 눈치가 없었네요. 난 당신이 영국인답게 씩씩하게 대처하는 줄 알았거든요."

"당장 죽을 병은 아닙니다, 고티에 씨. 제가 아는 한, 그건 사실이 아니라고요! 주치의한테 얼마 전에 물어봤는데……."

25

"그런 게 아니라니, 잘됐네요! 아니라니 기뻐요, 트레바니 씨! 하하하!" 피에르 고티에는 망령을 떨쳐 버렸다는 듯이 화통하게 웃음을 터뜨렸다. 고티에는 조너선뿐만 아니라 그 역시 산 자들의 세상으로 돌아왔다는 사실을 깨달은 듯했다.

"누가 그런 말을 했는지 알고 싶습니다. 제가 아프다고 누가 그러던가요?"

"아, 그게⋯⋯." 고티에가 손가락으로 입술을 누른 채 생각에 잠겼다. "누구였더라, 남자였는데. 궁금해하시는 게 당연해요!" 고티에는 알면서도 말을 삼갔다.

조너선은 기다렸다.

"그 사람이 확실하진 않다고 했던 것 같아요. 자기도 들었다면서, 완치가 불가능한 혈액암이라고 했어요."

조너선은 지난 몇 주간 여러 차례 그랬듯이 불안해지자 온몸이 달아올랐다. 그는 입술을 축였다. "그래서 그게 누구였나요? 그 사람이 어디서 들었다는 말은 안 하던가요?"

고티에가 한 번 더 망설였다. "사실이 아니라니, 그냥 잊어버리시는 게 최선 아닐까요?"

"잘 아시는 분인가요?"

"아니에요! 잘 모르는 사람이에요. 그건 장담합니다."

"손님이군요."

"맞아요, 손님이에요. 참 괜찮은 분이세요. 신사답고요. 그런데 자기도 확실하진 않다면서 말을 전한 거니⋯⋯ 악감정을 갖진 마세요. 그런 말을 들으면 얼마나 화가 나실지 이해는 합니다만."

"일이 이렇게 되니, 그분이 제 증세가 아주 심각하다는 얘기를 어디서 어떻게 들었는지 궁금해지네요." 조너선은 그제야 웃으며 말을 이었다.

"그러게요. 흠. 중요한 건 그 소문이 사실이 아니라는 거죠. 그게 중요한 거 아니겠습니까?"

조너선은 고티에가 프랑스인답게 친절하게 대하고 이간질할 마음이 없다는 걸 눈치챘다. 그리고 예상했던 대로, 고티에는 죽음을 대화의 주제로 올리길 꺼렸다. "맞습니다. 그게 중요하죠." 그제야 둘 다 웃는 낯으로 악수한 다음 작별을 고했다.

그날 점심에 시몬이 앨런한테 답장이 왔냐고 묻자, 조너선은 그렇다고 대답했다.

26

"앨런한테 말한 사람이 고티에였어."

"고티에? 미술용품점 사장?"

"응." 조너선은 커피를 마시다 말고 담배에 불을 붙였다. 조르주는 정원에 있었다. "오전에 고티에를 만나서 어디에서 그런 소리를 들었느냐고 물었더니, 손님한테 들었대. 남자 손님. 웃기지 않아? 고티에는 누군지 말을 안 하려고 하더라. 그런 사람을 어떻게 탓하겠어? 당연히 실수였겠지. 실수라는 걸 자기도 알더군."

"그래도 충격적이긴 해." 시몬이 말했다.

조너선이 미소를 지었다. 시몬이 진짜로 충격받지 않았다는 걸 알았다. 페리에 박사가 희소식을 전해 주었다는 걸 시몬도 알고 있었기 때문이다. "이런 말이 있어. 쓸데없는 말은 함부로 지껄이면 안 된다."

그다음 주에 조너선은 그랑드가에서 페리에 박사와 우연히 마주쳤다. 박사는 12시 정각에 영업이 끝나는 소시에테 제네랄 은행으로 서둘러 들어가려던 참이었다. 그런데도 걸음을 멈추고 조너선의 몸 상태를 물어봐 주었다.

"덕분에 아주 좋습니다." 조너선이 대답했다. 그는 약 10미터 떨어진 생활용품점에 변기 뚫는 용품을 사러 가던 길이었다. 생활용품점 역시 12시면 문을 닫았다.

"트레바니 씨." 페리에 박사가 은행 출입문에 달린 큼직한 손잡이를 한 손으로 잡은 채 걸음을 멈추었다. 그러더니 뒤돌아서서 조너선에게 다가왔다. "요전 날 우리가 얘기했던 그 문제 말인데요. 환자의 상태를 장담하는 의사는 아무도 없습니다. 당신 같은 경우에는 말이죠. 깨끗하게 나아서 앞으로 몇 년간 면역력이 지속될 거라고 내가 장담했다고 오해하진 말았으면 좋겠습니다. 본인 몸이 어떤지는 본인이 잘 아시잖아요."

"그런 오해 안 합니다."

"그럼 그렇게 이해하신 거로 알겠습니다." 페리에 박사가 미소를 짓더니 서둘러 은행으로 들어갔다.

조너선은 물건을 사러 걸음을 재촉했다. 막힌 곳은 변기가 아니라 주방 싱크대였다. 시몬이 몇 달 전에 옆집에 물건을 빌려주었는데 여태 돌려받지 못했다. 조너선은 페리에 박사가 한 말을 곱씹어 보았다. 지난번에 받은 검사 결과가 뭔가 이상하다는 걸 박사가 알게 된 걸까? 그래서 조너선에게 확답을 해 주기엔 뭔가 부족하다는 사실을 알게 된 걸까?

생활용품점 출입구 앞에서 조너선은 짙은 머리칼에 미소를 짓는 여자와 마주쳤다. 여자가 문을 막 잠그더니 출입문 외부 손잡이를 잡아 빼고 있었다.

"죄송합니다. 12시에서 5분이나 지나서요."

3

3월 마지막 주 내내 톰은 캔버스를 가로로 놓고 노란 새틴 의자에 누운 엘로이즈의 전신 초상화를 그렸다. 엘로이즈가 포즈를 취해 주는 경우는 드물었는데, 소파에서 움직이지 않고 포즈를 잡아 주어 톰은 그 모습을 만족스럽게 캔버스에 담을 수 있었다. 게다가, 왼손으론 머리를 받치고 오른손은 큼직한 예술 서적 위에 올려놓은 엘로이즈의 자태를 예닐곱 장 정도 스케치했다. 그중 가장 잘 그린 두 장만 빼고 나머지는 없애 버렸다.

리브스 마이넛이 편지를 보냈다. 혹시 괜찮은 생각이 떠오른 게 있냐고 묻는 내용이었다. 할 사람을 찾았느냐는 뜻이었다. 편지는 톰이 물감을 사러 자주 가는 가게 주인인 고티에와 얘기한 지 이틀 후에 도착했다. 톰은 리브스에게 답장을 썼다. "나도 생각해 보려고 노력은 하고 있습니다만, 당신이 알아서 준비해야 할 겁니다." '노력은 하고 있습니다'라는 표현은 그저 예의만 차리는 거짓말이었다. 사교계의 여왕 에밀리 포스트*라면 사교적 대화라는 시스템이 원활히 굴러가도록 기름칠하는 숱한 말 중 하나라고 했을 것이다. 리브스가 벨옹브르가 경제적으로 윤택해지도록 도움을 주는 일은 거의 없었다. 톰이 이따금 중계자나 장물아비 역할을 해 준 대가로 리브스에게 받은 돈은 세탁소 드라이클리닝 값도 충당하지 못했다. 그럼에도 그와 우호적 관계를 유지해서 결코 손해 볼 일은 없었다. 리브스는 톰이 더와트 법인을 지킬 때 필요했던 가짜 여권을 만들어 파리로 급히 보내 준 적이 있었다. 리브스의 도움이 필요할 날이 언제 다시 올지 모른다.

하지만 조너선 트레바니와의 일은 그저 게임에 지나지 않았다. 도박업으로 돈을 벌려는 리브스를 돕자고 톰이 장난을 치는 건 아니었다. 톰은 도박이라면 혐오했고, 도박으로 생계를 꾸려 나가기로 했거나 다만 얼마라도 벌려고 하는 사람들을 경멸했다. 도박은 포주 짓이나 다름없었다. 톰이 트레바니와 게임을 시작한 건, 호기심 때문이었

---

* 미국 작가

다. 트레바니가 비아냥거리기도 했고, 톰이 거침없이 난사하는 총알이 과연 표적을 맞힐지 보고 싶기도 했다. 게다가 건방지고 독선적인 트레바니를 잠시나마 불안에 떨게 하려고 심술을 부리고도 싶었다. 때마침 리브스가 미끼를 던져서, 톰이 아예 트레바니를 노리고 그가 곧 죽을 목숨이라고 소문을 낸 것이다. 트레바니가 그 미끼를 물지는 않겠지만, 한동안 불안에 떨기는 할 것 같았다. 안타깝게도 그 소문이 얼마나 빨리 트레바니의 귀에 들어갈는지는 예측할 수 없었다. 입이 가벼운 고티에가 두세 명한테 떠든다고 해도, 트레바니 본인에게 대놓고 물어볼 사람은 아무도 없을 테니.

톰은 평소처럼 그림도 그리고, 봄을 맞아 정원도 가꾸며, 독일어(실러)와 프랑스어(몰리에르) 공부도 하며 바쁘게 지냈다. 벨옹브르 뒤뜰 오른편에 온실을 만드는 석공 세 사람을 부리기까지 했다. 그러면서도 날짜를 꼬박꼬박 세면서, 트레바니가 오래 살지 못할 거라는 소문을 들었다고 톰이 고티에에게 얘기한 3월 중순 어느 날 오후가 지나 벌어졌을 법한 일들을 상상해 보았다. 고티에가 트레바니에게 대놓고 물어봤을 가능성은 희박해 보였다. 톰이 생각한 것보다 두 사람이 아주 허물없는 사이라면 모를까. 고티에라면 그 얘기를 다른 사람에게 할 가능성이 더 컸다. 톰은 누가 곧 죽을지도 모른다는 이야기는 모두의 흥미를 부르는 주제라 믿었다(톰은 그게 사실이라고 확신했다).

톰은 2, 3주에 한 번은 빌페르스에서 대략 20킬로미터 떨어진 퐁텐블로까지 가곤 했다. 쇼핑하기에는 퐁텐블로가 모레보다 나았다. 스웨이드 코트를 세탁소에 맡기고, 라디오에 넣을 배터리를 사고, 아네트 여사가 요리에 쓸 희귀한 재료를 사다 주기에는 퐁텐블로가 더 좋았다. 톰은 조너선 트레바니의 가게에는 전화가 있지만, 생메리가에 있는 그의 자택에는 전화가 없다는 걸 전화번호부에서 확인해 두었다. 그간 톰은 조너선의 집 주소를 알아내려고 애써 왔는데, 직접 가서 보면 어딘지 알 것 같았다. 3월 말이 되자, 톰은 트레바니를 다시 보고 싶다는 호기심이 슬슬 발동했다. 당연히 먼발치에서 보고 싶다는 얘기였다. 장이 서는 어느 금요일 오전에 톰은 퐁텐블로로 향했다. 사려고 했던 토분 두 개를 사서 르노 스테이션왜건 뒷좌석에 실어 놓고, 트레바니의 가게가 있는 사블롱가를 따라 걸었다. 곧 있으면 12시였다.

트레바니의 가게는 페인트칠을 새로 해야 할 것 같았다. 노인네가 운영하는 가게처럼 우중충해 보였다. 톰은 트레바니 가게에서 액자를 맞춘 적이 한 번도 없었다. 더 가까운 모레에 솜씨 좋은 액자 가게가 있기 때문이었다. 출입문 위에 빛바랜 빨간색으로 '액자 주문 제작'이라고 적힌 나무 간판이 걸려 있는 작은 가게 옆으로 세탁소, 구둣방, 소규모 여행사가 줄지어 있었다. 가게 왼편에는 문이 나 있었고, 오른편에는 네모난 쇼윈도가 있었다. 그 안에는 각종 액자와 그림 서너 점이 수기로 적힌 가격표를 매단 채 전시되어 있었다. 톰은 자연스레 길을 건너며 가게 안을 들여다보았다. 노르딕 혈통을 이어받았는지 키가 훤칠한 트레바니가 카운터 뒤에 서 있는 모습이 6미터 남짓 떨어진 거리에서 보였다. 트레바니가 남자 손님에게 프레임 길이를 보여 주면서, 손바닥으로 프레임을 툭툭 치며 얘기하고 있었다. 그러다가 쇼윈도로 고개를 돌려 잠시 톰을 쳐다보았지만, 표정 하나 바뀌지 않은 채 손님과 하던 얘기를 계속했다.

톰은 계속 걸어갔다. 트레바니가 자기를 알아보지 못한 것 같았다. 톰은 오른쪽으로 돌아 프랑스가로 접어들었다. 그랑드가 다음으로 번화한 프랑스가를 계속 걷다가 생메리가 나오자 오른쪽으로 틀었다. 이런, 트레바니의 집이 왼쪽이었나? 아니다, 오른쪽이었다.

맞았다. 폭이 좁고 갑갑하게 생긴 회색 집이 보였다. 입구로 올라가는 계단에 가느다랗고 시커먼 난간이 달려 있었다. 계단 양옆 자투리 공간에는 시멘트가 발려 있었는데, 삭막함을 덜어 줄 꽃 화분조차 갖다 놓지 않았다. 그래도 뒤쪽으로 정원이 있었다는 게 생각났다. 눈이 부실 만큼 반짝거리고 깨끗한 유리창 때문에 오히려 축 늘어진 커튼만 도드라졌다. 2월의 어느 날 밤, 톰이 고티에를 따라왔던 그 집이 맞았다. 건물 좌측으로 좁은 통로가 있었는데, 그 길을 따라가면 정원이 나오는 게 분명했다. 자물쇠로 잠긴 정원 철문 앞에 녹색 플라스틱 쓰레기통이 놓여 있었다. 조너선 트레바니가 주로 주방 뒷문을 통해 정원으로 드나들 것 같다고 상상하는 순간, 실제로도 그가 그리로 드나들던 모습이 톰의 기억 속에 되살아났다.

톰은 길 건너편에서 느릿느릿 걸음을 옮기면서, 괜히 얼쩡거리는 것처럼 보이지 않으려고 조심했다. 혹시라도 트레바니 부인이나 다른 사람이 지금 창밖을 내다보고 있지 않으리라는 보장이 없기 때문이었다.

살 게 더 있었나? 징크 화이트. 물감이 거의 다 떨어졌으니, 미술용품을 파는 고티에의 가게에 가서 사야겠군. 톰은 걸음을 재촉하며 자축했다. 실제로 징크 화이트 물감을 사야 했다. 꼭 필요한 용무가 있어서 고티에의 가게에 가는 김에 호기심까지 해소할 수 있게 된 것이다.

가게에는 고티에 혼자뿐이었다.

"안녕하십니까, 고티에 씨!" 톰이 인사했다.

"어서 오세요, 리플리 씨!" 고티에가 웃으며 반겼다. "잘 지내셨죠?"

"그럼요, 덕분에요. 징크 화이트 유화 물감 있나요?"

"징크 화이트라." 고티에가 벽에 기댄 캐비닛에서 납작한 서랍을 잡아 뺐다. "여기 있네요. 렘브란트사 제품을 좋아하셨던 거로 기억하는데요."

그랬다. 더와트사에서도 징크 화이트는 물론 다른 색상의 물감이 나왔다. 더와트사 물감에는 기울어진 더와트의 서명이 검은색으로 짙게 찍혀 있었다. 톰은 집에서 물감을 집을 때마다 더와트라는 이름에 번번이 시선을 빼앗기면서 그림을 그리고 싶진 않았다. 톰이 돈을 내자 고티에가 잔돈을 거슬러 주고 작은 가방에 징크 화이트 물감을 담아 주며 말했다.

"아 참, 리플리 씨, 트레바니 씨 기억하십니까? 생메리가에서 액자 가게 하는 남자요."

"그럼요, 당연히 기억하죠." 안 그래도 톰은 트레바니 얘기를 어떻게 꺼내야 할지 고심하던 차였다.

"그게 말입니다. 트레바니 씨가 살날이 얼마 안 남았다는 소문을 들었다고 하셨잖아요. 사실무근이랍니다." 고티에가 미소를 지었다.

"그렇답니까? 아, 정말 잘됐네요. 듣던 중 반가운 소식이네요."

"그러게요. 트레바니 씨가 병원에 가서 의사를 만나기까지 했대요. 화가 좀 난 것 같더라고요. 누군들 안 그렇겠습니까? 하하! 그런데 다른 사람한테 들었다고 하셨잖아요, 리플리 씨?"

"네, 그날 파티에 왔던 남자한테 들었습니다. 2월에 있었던 트레바니 부인 생일 파티였죠. 그래서 그게 사실이라서 다들 아는 줄 알았어요."

고티에가 고민하는 눈치였다.

"트레바니 씨한테 말씀하셨어요?"

"아뇨. 그게 아니라, 이번 달에 트레바니 씨가 집에서 송별회를 열었는데, 그때 트레바니 씨하고 가장 친한 친구한테 제가 그 말을 했거든요. 그런데 그 친구가 트레바니 씨에게 제가 한 말을 전했나 봐요. 이렇게 말이 돌고 도네요!"

"가장 친한 친구라면?" 톰이 시치미를 떼며 물었다.

"영국에서 온 남잔데 앨런 아무개라고 하더라고요. 그 친구가 송별회 다음 날 미국으로 떠난다고 했어요. 그래서 말인데요. 혹시 누구한테 그 얘기를 들었는지 기억하십니까, 리플리 씨?"

톰은 고개를 서서히 저었다. "이름도 모르겠고, 생김새도 기억이 안 나네요. 그날 생일 파티에 온 사람이 한둘이 아니었으니."

"왜냐하면 그게……." 고티에가 몸을 숙이더니 목소리를 낮췄다. 마치 옆에 누가 있는 듯이 굴었다. "트레바니 씨가 와서 묻더라고요. 누가 그런 소리를 했느냐고요. 당신한테 들었다는 말은 당연히 안 했습니다. 오해를 살 수도 있으니까요. 당신까지 곤란하게 만들고 싶지 않았거든요. 허허!" 고티에의 유리 의안은 웃지 않았다. 의안 뒤편 어딘가에 고티에의 두뇌와는 다른 별개의 두뇌가 있다는 듯이 대놓고 톰을 노려보고 있었다. 누군가 프로그램에 입력하면 단박에 모든 걸 간파하는 컴퓨터 같은 두뇌가 따로 있는 것만 같았다.

"고맙습니다. 남의 건강 상태를 두고 사실이 아닌 말을 떠든 게 잘한 일은 아니니까요. 안 그렇습니까?" 톰은 이제 씩 웃으며 나갈 채비를 하다가 한마디 덧붙였다. "그런데 말입니다. 트레바니 씨가 혈액 질환을 앓는다고 하지 않으셨나요?"

"그건 사실이에요. 백혈병이라나. 평생 달고 살아야 하는 병이래요. 발병한 지는 몇 년 됐다고 트레바니 씨가 그랬어요."

톰이 고개를 끄덕였다. "아무튼 위중한 건 아니라니 다행이네요. 그럼 이만 가 보겠습니다. 고티에 씨, 여러모로 감사합니다."

톰은 주차해 둔 방향으로 걸어갔다. 트레바니가 충격을 받은 건 의사를 만나기 전까지 고작 몇 시간뿐이었겠지만, 적어도 자신감에는 살짝 금이 갔을 것이다. 단지 몇 사람이었더라도, 트레바니조차 그에게 살날이 고작 몇 주밖에 남지 않았다는 말을 믿었을 테니 말이다. 트레바니와 같은 병을 앓는 사람이라면 그럴 가능성이 아예 없진 않았다. 이제는 트레바니가 마음을 놓았다니 애석하긴 하지만 트레바니의 마음에 실금이라도 갔다면, 그게 리브스가 바라던 전부가 아닐까. 지금부터 게임이 2라운드로 접어들 것이다. 트레바니가 리브스의 제안을 거절한다면 그걸로 게임은 끝이다. 반대로, 리브스가 명운이 다한 남자에게 하듯 트레바니에게 접근했는데, 트레바니가 흔들린다면 일이 재미있어질 것이다. 엘로이즈가 파리에 사는 친구 노엘을 집으로 불러서 점심을 먹고 하룻밤 같이 자기로 한 날, 톰은 두 여자를 두고 타자기 앞에 앉아 리브스에게 편지를 썼다.

32

친애하는 리브스

　당신이 여태 원하는 사람을 찾지 못했다면 내게 떠오른
생각이 하나 있습니다. 이름은 조너선 트레바니, 30대 초반의
영국인입니다. 액자 가게를 운영하는데, 아내는 프랑스인이고
어린 아들이 있습니다. (톰은 트레바니의 집 주소와 가게 주소를
적고 가게 전화번호도 알려 주었다.) 돈이 좀 필요해 보이긴 하나,
당신이 찾는 그런 부류는 아닐 겁니다. 품위 있고 순수해 보이는
남자입니다. 그런데 당신이 더욱 주목해야 할 점이 있습니다.
그에겐 앞으로 살날이 몇 달, 어쩌면 몇 주밖에 남지 않았다는
점이죠. 백혈병 환자인데 얼마 전 안 좋은 소식을 들었답니다.
그러니 이제 돈을 더 벌겠다고 위험한 일이라도 기꺼이 하겠다고
할는지도 모릅니다.

　트레바니는 나와 개인적으로 친분도 없고, 난 그 남자와
친해지고 싶은 마음도 없습니다. 내 이름은 언급하지 말아 달라고
강력히 요청합니다. 만약 그의 속마음을 떠보고 싶다면, 당신이
직접 퐁텐블로로 내려와서 특급 호텔인 레글 누아르에 이틀 정도
묵으면서 그의 가게로 전화해 약속을 잡고 만나서 얘기하면 좋을
겁니다. 당신 본명 말고 다른 이름을 대라는 말까지 내가 일일이
일러 줘야 하는 건 아니겠죠?

톰은 별안간 그가 세운 작전이 그럴듯해 보였다. 리브스가 진솔한 자
세로 의심하고 불안해하는 트레바니를 무장 해제시켜 성인군자 못지
않게 뻗대는 그에게 계획을 늘어놓을 모습을 상상하니 웃음이 나왔다.
리브스가 트레바니와 만나는 날, 레글 누아르 호텔의 식당이나 바에
가서 옆 테이블에 앉아 있을까? 그건 지나친 처사로 보였다. 톰은 생각
이 여기까지 미치자 한 가지가 더 떠올라 편지에 덧붙였다.

퐁텐블로로 내려올 경우, 무슨 일이 있어도 나한테 전화나 편지를
하면 안 됩니다. 이 편지도 바로 찢어 버려요.

당신의 영원한
톰

33

4

3월 31일 금요일, 조너선의 가게로 전화가 왔다. 조너선은 큼직한 그림 뒤에 댈 누런 종이에 접착제를 막 발라서, 그 위에 놓을 것들을 찾아야 했다. '런던'이라고 적힌 오래된 사암, 접착제 통, 나무망치까지 올려놓고 나서야 수화기를 들 수 있었다.

"여보세요?"

"봉주르, 므시외. 트레바니 씨? 영어로 받으시네요. 저는 스티븐 위스터라고 합니다. 위-스-터요. 제가 퐁텐블로에 이틀간 묵을 예정인데요, 잠시 얘기를 나눌 수 있을까요. 관심을 보이실 만한 일이 있습니다."

수화기 너머의 남자가 미국식 악센트로 말했다. "그림은 안 삽니다. 액자만 취급하거든요." 조너선이 거절했다.

"일 얘기로 뵙자는 게 아닙니다. 유선상으로는 설명하기가 곤란한 일이라서요. 제가 지금 레글 누아르 호텔에 있습니다."

"아, 그러세요?"

"퇴근하고 오늘 저녁에 잠깐 뵐 수 있을까요. 대략 7시나 6시 반이면 어떨까요? 술을 한잔해도 좋고, 커피도 좋습니다."

"대체 저를 왜 보자고 하시는지 궁금하군요." 어떤 여자가 가게로 들어왔다. 이름이 티소인가 하는 부인이 액자를 찾으러 왔다. 조너선은 여자에게 미안하다는 듯 미소를 지어 보였다.

"그건 뵙고 설명해 드리죠." 다정하면서도 진정성 어린 목소리가 들렸다. "딱 10분이면 됩니다. 7시경에 시간 되십니까?"

조너선이 시간을 옮겼다. "그럼 6시 반이 좋겠네요."

"그럼 로비에서 뵙죠. 저는 회색 체크 양복을 입고 있습니다. 벨보이에게 말해 둘 테니 어렵지 않게 찾으실 겁니다."

조너선은 평소 6시 반이면 가게 문을 닫았다. 6시 15분이 되자, 세면대에 찬물을 틀고 양손을 문질러 씻었다. 날이 포근해서 터틀넥 스웨터 위에 낡은 베이지색 코듀로이 재킷을 걸쳤다. 레글 누아르 호텔에 가기엔 복장이 조금 초라했다. 가진 것 중에 두 번째로 괜찮은 맥코트를 걸쳐 봐야 초라함만 더욱 도드라질 것 같았다. 뭐 하러 신경을 쓰나? 물건이나 팔려는 남자일 텐데. 보나 마나 뻔했다.

가게에서 걸어서 5분도 채 걸리지 않는 거리에 레글 누아르 호텔이 있었다. 앞에는 높다란 철문으로 둘러싸인 작은 정원이 있었고, 계단을 몇 개 올라가야 정문이 나왔다. 흰칠하고 짧은 머리를 한 남자가 긴장한 듯이 서 있다가 반신반의하는 표정으로 다가왔다. 조너선이 물었다.

"혹시 위스터 씨?"

"네." 리브스가 옅은 미소를 머금은 채 손을 내밀었다. "바에서 한 잔하시겠습니까? 아니면 다른 데로 갈까요?"

호텔 바는 쾌적하고 조용했다. 조너선이 어깨를 으쓱했다. "좋으실 대로요." 위스터의 뺨에 죽 그어진 흉터가 눈에 들어왔다.

둘이 호텔 바의 넓은 입구로 향했다. 작은 테이블에 앉은 커플 말고는 다른 손님은 없었다. 고요함에 등이라도 떠밀린 듯이 위스터가 돌아서며 말했다.

"다른 데로 가시죠."

호텔에서 나와 오른쪽으로 돌았다. 조너선은 호텔 바로 옆에 바가 있다는 걸 알고 있었다. 저녁 무렵이면 카페 뒤 스포르라는 바에서 청년들은 핀볼 게임을 하고, 노동자들은 카운터에서 와자지껄 술을 마셨다. 예상치 못하게 전장으로 떠밀린 사람처럼 위스터가 카페 입구에서 멈칫했다.

"괜찮으시다면." 위스터가 돌아서며 물었다. "제 방으로 올라가시겠습니까? 조용해서 뭘 시켜 먹기에도 괜찮을 겁니다."

두 사람은 호텔로 되돌아가 한 층을 걸어 올라가 근사한 방으로 들어갔다. 스페인풍으로 꾸며진 방에는 검은 철제 장식과 라즈베리 색상의 침대보가 보였고, 연두색 카펫이 깔려 있었다. 받침대 위에 놓인 여행 가방만이 이 객실에 손님이 있음을 알려 주고 있었다. 위스터는 열쇠로 방문을 따지 않고 안으로 들어왔다.

"뭐 드시겠어요? 스카치?" 위스터가 전화기로 향했다.

"좋습니다."

위스터가 서툰 불어로 주문했다. 스카치를 한 병 주문하면서 얼음을 많이 갖다 달라고 했다.

이윽고 적막이 감돌았다. 남자가 대체 왜 어색해하는지 조너선은 의아해하면서 창가에 서서 창밖을 계속 내다보았다. 술이 오기 전까진 위스터가 말을 꺼내고 싶지 않은 게 분명했다. 문을 살살 두드리는 소리가 났다.

흰 재킷을 입은 웨이터가 미소를 띤 얼굴로 쟁반을 들고 들어왔다. 스티븐 위스터가 술을 넉넉히 따랐다.

"돈 버는 일에 관심이 있으신가요?"

조너선이 미소를 지으며 이제야 편안히 암체어에 몸을 맡겼다. 손에는 얼음이 든 큼직한 잔이 들려 있었다. "돈에 관심 없는 사람이 있

35

을까요?"

"제가 보기에 위험한 일이 있습니다. 위험한 일이라서, 수고비는 두둑이 쳐 드리겠습니다."

마약인가. 약을 전달하거나 맡아 달라는 얘기군. "무슨 일 하시는 분이죠?" 조너선이 정중히 물었다.

"이것저것 하긴 하는데, 현재로서는 딱 하나에만 손대고 있습니다. 도박업이요. 혹시 도박하십니까?"

"아뇨." 조너선이 미소를 지었다.

"저도 안 합니다. 중요한 건 그게 아니고." 남자가 침대 모서리에서 일어나 방을 느릿느릿 어슬렁거렸다. "저는 함부르크에 삽니다."

"아, 그러세요?"

"도박은 함부르크에서 합법이 아닙니다만, 프라이빗 클럽에서 성행하고 있습니다. 아무튼, 도박이 불법이냐 아니냐는 요점이 아닙니다. 한 명, 가능하면 두 명을 모두 제거하고, 더불어 절도까지 해 줄 사람을 찾고 있습니다. 이제 제가 든 패를 다 보여 드렸네요." 리브스가 진지하면서도 기대에 부푼 표정으로 조너선을 응시했다.

사람을 죽여 달라는 거잖아. 조너선은 화들짝 놀랐지만 미소를 잃지 않고 고개를 저었다. "제 이름을 어디서 들으셨는지 궁금하네요."

스티븐 위스터는 웃지 않았다. "그건 신경 쓰지 마시죠." 위스터는 술잔을 든 채 방을 계속 서성였다. 그의 회색 눈동자가 조너선을 쳐다보다가 시선을 돌렸다. "혹시 9만 6천 달러면 구미가 당기실까요? 환산해 보니 4만 파운드고, 48만 프랑이네요. 신프랑*으로 계산한 금액입니다. 한 명에게 딱 한 발만 쏘면 됩니다. 두 명에게 두 발을 쏠 수도 있겠죠. 그다음에 일이 어떻게 되어 가는지는 우리가 지켜볼 겁니다. 안전하고 실패할 리 없이 준비해 놓겠습니다."

조너선이 다시 고개를 저었다. "어디에서 무슨 소리를 들으셨는지 모르겠지만, 전 총잡이가 아닙니다. 다른 사람하고 착각하신 것 같은데요."

"아뇨, 안 했습니다."

남자의 강렬한 안광에 조너선의 미소가 힘을 잃어 갔다. "착각하신 게 맞을 텐데요……. 어쩌다 저한테 전화하게 된 건지 말씀해 주시겠습니까?"

---

* 프랑스는 1960년에 구1백 프랑을 신1프랑으로 바꾸는 화폐 개혁을 실시했다.

"그러니까 당신은……." 위스터의 표정이 전보다 더욱 힘겨워 보였다. "당신은 앞으로 몇 주밖에 살지 못할 사람입니다. 그건 본인도 잘 아시죠? 아내와 어린 아들이 있는데, 가실 때 몇 푼이라도 남겨 주고 가셔야죠?"

조너선은 얼굴에서 피가 빠져나가는 것 같았다. 위스터가 대체 어떻게 소상히 아는 걸까? 그러다가 그는 모든 게 연결되어 있음을 깨달았다. 그가 조만간 죽을 거라고 고티에에게 말한 사람이 이 남자와 아는 사이라는 걸, 그 사람이 이 남자와 관계있다는 걸 간파한 것이다. 조너선은 고티에에게는 이 말을 하지 않을 작정이었다. 고티에는 솔직한 사람이지만, 위스터는 사기꾼이었다. 스카치를 마시다 별안간 입맛이 뚝 떨어졌다. "별, 말도 안 되는 소문이 도는군요. 요즘에요."

이제 위스터가 고개를 저었다. "말도 안 되는 소문이 아닙니다. 의사한테 아직 제대로 듣지 못하셨군요."

"당신이 내 주치의보다 더 잘 압니까? 내 주치의는 거짓말할 사람이 아닙니다. 내가 혈액암을 앓는 건 사실이지만, 상태가 더 나빠지진 않았다고요." 조너선이 말을 멈추었다. "중요한 건, 내가 당신을 도울 수 없어서 유감이라는 거죠, 위스터 씨."

위스터가 아랫입술을 살짝 깨물자, 기다란 흉터가 살아서 꿈틀대는 벌레처럼 흉측하게 일그러졌다.

조너선이 시선을 돌렸다. 그렇다면 페리에 박사가 거짓말했다는 건가? 내일 아침에 파리 검사실에 전화해 몇 가지 물어보거나, 직접 파리로 올라가서 설명해 달라고 해야겠다는 생각이 들었다.

"트레바니 씨, 안타깝게도 못 들으신 게 확실합니다. 적어도 당신이 소문이라고 치부하는 그 얘기는 이미 들어서 알고 계시니, 제가 때를 잘못 잡은 건 아니네요. 이건 전적으로 당신의 자유의사에 달린 문제이긴 하나, 이런 상황에 이 정도 돈이면 괜찮지 않나요? 가게를 정리하고 여생을 즐기실 수 있어요. 예컨대 가족과 함께 크루즈를 타고 전 세계를 돌아다녀도 부인께 남겨 드릴 돈은……."

조너선은 머리가 어질어질해서 자리에서 일어나 숨을 깊이 들이마셨다. 어지럼증이 가셨는데도 계속 서 있고 싶었다. 위스터가 뭐라고 계속 떠드는데도 귀에 들어오지 않았다.

"……라는 게 제 생각입니다. 함부르크에 사는 지인 몇 명이 9만 6천 달러를 마련해 줄 겁니다. 우리가 제거하려는 남자는 둘 다 마피아예요."

조너선은 고작 반만 정신이 돌아왔다. "됐습니다. 전 킬러가 아니에요. 그만하시죠."

위스터가 얘기를 멈추지 않았다. "정확히 말하면 우리 중 아무하고도 연줄이 닿지 않으면서 함부르크에 살지 않는 사람을 찾고 있습니다. 제일 먼저 처리해야 할 남자는 마피아 똘마니에 지나지 않지만, 반드시 함부르크에서 제거해야 합니다. 우리는 경찰이 마피아 패밀리 두 가문끼리 함부르크에서 세력 싸움을 벌이는 거로 생각하도록 유도할 작정입니다. 그래야 경찰이 우리에게 유리한 쪽으로 개입할 테니까요." 위스터는 방을 오가며 바닥만 내려다보고 말했다. "첫 번째 대상은 인파 속에서 해치워야 합니다. 지하철 승객들 사이에서요. 독일에서는 지하철을 'U반'이라고 부르는데, 총은 발사 즉시 버리고 군중 사이로 섞여 들어가 사라지는 거죠. 이탈리아제 총이라, 지문이 묻지 않아 단서가 남지 않습니다." 위스터는 지휘자가 마무리 동작을 하듯 손을 내렸다.

조너선이 의자에 도로 앉았다. 잠시 앉아 있어야 할 것 같았다. "미안한데, 난 그런 일 안 한다니까요." 조너선은 기운을 차리자마자 문으로 걸어가려 했다.

"내일은 제가 하루 종일 호텔에 있다가 일요일 밤늦게 떠날까 합니다. 한번 생각해 보세요. 스카치 한 잔 더 하시겠어요? 도움이 될 겁니다."

"아뇨, 됐어요." 조너선이 몸을 일으켰다. "이만 가 보겠습니다."

위스터가 고개를 끄덕이며 실망한 표정을 지었다.

"술 잘 마셨습니다."

"무슨 그런 말씀을." 위스터가 조너선이 나가도록 문을 열어 주었다.

조너선이 방을 나섰다. 위스터가 이름과 주소가 적힌 명함을 손에 쥐여 줄 줄 알았는데, 그러지 않아서 다행이었다.

저녁 7시 22분, 가로등이 프랑스가를 밝히고 있었다. 시몬이 뭘 사다 달라고 했더라? 맞다, 빵이었지. 조너선은 빵집에 들어가서 바게트를 샀다. 익숙한 심부름을 하니 마음이 편안해졌다.

저녁 메뉴는 남은 헤드 치즈 몇 장을 곁들인 토마토 양파 샐러드와 채소 수프였다. 시몬은 일하는 곳에서 멀지 않은 상점에서 벽지를 세일한다고 떠들었다. 1백 프랑이면 침실을 도배할 수 있다면서, 연보라색과 녹색 패턴이 아름답게 어우러진 아주 화사한 아르 누보풍의 벽지를 봐 두었다고 했다.

"창문이 하나밖에 없어서 우리 침실이 너무 어둡잖아, 여보."

"괜찮을 것 같은데. 게다가 세일도 하고." 조너선이 대답했다.

"내 말이! 우리 사장처럼 쩨쩨하게 고작 5퍼센트 깎아 주는 게 아니야." 시몬이 빵 조각으로 샐러드 오일을 싹 닦아서 입에 쏙 넣었다. "당신 무슨 걱정 있어? 오늘 무슨 일 있었어?"

조너선이 갑자기 미소를 지었다. 그는 걱정하지 않았다. 그가 조금 늦었다는 걸, 술을 한잔했다는 걸 시몬이 눈치채지 못해서 다행이었다. "아니, 일은 무슨 일. 또 한 주를 버티느라 힘들어서 그래 보이겠지. 내일이면 주말이네."

"많이 피곤해?"

의사가 번번이 묻는 질문 같았다. "아냐⋯⋯. 오늘 밤 8시에서 8시 반 사이에 손님한테 전화해야 해." 8시 37분이었다. "지금 가서 전화해야겠어. 커피는 나중에 마실게."

"아빠, 나도 가도 돼요?" 조르주가 포크를 내려놓고 의자에서 내려오려고 몸을 뒤로 뻗대며 물었다.

"오늘 밤에는 안 돼, 왕자님. 아빠 바빠. 핀볼 게임 하고 싶다며?"

"할리우드 껌!" 조르주가 소리치면서 불어식으로 발음했다. "올리우 곰!"

조너선은 복도 고리에 걸어 둔 재킷을 집어 들다가 멈칫했다. 배수구나 정원에 이따금 나뒹구는 녹색과 흰색이 섞인 껌 종이에 싸인 할리우드 껌을 사다 달라는 말인가. 프랑스 아이들이 유난히 좋아하는 껌이었다. "사다 드리죠, 왕자님." 조너선은 이렇게 대답한 다음, 현관을 나섰다.

페리에 박사의 집 전화번호는 전화번호부에 실려 있었다. 오늘 밤박사가 집에 있었으면. 카페 타바*가 조너선의 가게보다 가까운 곳에 있었다. 그곳에도 전화기가 있었다. 공포에 휩싸인 조너선은 기우뚱한 기둥이 붉게 번쩍이는 카페 타바를 향해 걸음을 재촉했다. 카페 타바는 두 블록 떨어진 곳에 있었다. 조너선은 사실대로 말해 달라고 박사에게 매달릴 작정이었다. 바 테이블 뒤에 서서 일하는 젊은 남직원에게 고개를 숙여 인사를 건넸다. 남직원과는 안면이 있는 사이였다. 그런 다음 그는 전화기와 선반 위에 놓인 전화번호부를 가리켰다. "퐁텐블로 시내 전화 좀 할게요!" 조너선이 목소리를 높였다. 카페는 시끄러

---

* 담배 가게를 겸한 카페

운 데다가 주크박스에서 음악이 흘러나오고 있었다. 그는 전화번호를 찾아서 다이얼을 돌렸다.

페리에 박사가 전화를 받더니 조너선의 목소리라는 걸 알아챘다.

"검사를 한 번 더 받아 보고 싶습니다. 오늘 밤이라도 꼭 받고 싶어요. 지금이라도 샘플 채취가 가능하시다면요."

"오밤중에요?"

"제가 댁으로 찾아뵙겠습니다. 5분이면 갑니다."

"혹시 기력이 떨어진 건가요?"

"내일 파리로 검체 샘플을 보낼 수 있지 않을까요⋯⋯." 조너선은 페리에 박사가 온갖 검체 샘플을 토요일 오전마다 파리로 보낸다는 걸 알고 있었다. "혹시 오늘 밤이나 내일 아침 일찍 검사해 주실 수 있다면 말이죠."

"내일 아침에는 내가 출근을 안 합니다. 들를 데가 여기저기 있어서요. 그렇게 불안하면 당장 우리 집으로 오세요."

조너선은 전화 요금을 냈다. 그러고는 밖으로 나가려다 할리우드 껌 두 팩을 사야 한다는 게 생각나, 껌을 사서 재킷 주머니에 넣었다. 페리에 박사의 집은 마지노대로 너머에 있었다. 걸어서 대략 10분 거리였다. 조너선은 잰걸음으로 걸었다. 박사의 집에 간 적은 한 번도 없었다.

크고 우중충한 건물이었다. 수위는 나이가 많고 몸이 굼뜨고 깡마른 여자로, 인조 식물이 가득한 비좁은 유리방에서 텔레비전을 보고 있었다. 조너선이 금방이라도 허물어질 듯한 우리처럼 생긴 엘리베이터가 오기를 기다리는 사이, 수위가 느릿느릿 복도로 나오더니 궁금증을 참지 못하고 물었다.

"혹시 부인이 산통이 온 건가요?"

"아뇨, 그런 거 아닙니다." 조너선은 웃으며 대답하다가 페리에 박사가 가정 의학과 의사라는 사실을 떠올렸다.

엘리베이터에 탔다.

"대체 무슨 일이죠?" 페리에 박사가 묻더니 거실을 가로지르며 손짓했다. "이쪽으로 들어와요."

박사의 집은 조명이 침침했다. 어딘가에 텔레비전이 켜져 있었다. 두 사람이 들어간 방은 작은 진료실 같았다. 선반에는 의료 관련 서적이 꽂혀 있었고, 책상에는 검은 왕진 가방이 놓여 있었다.

"세상에, 누가 보면 조만간 쓰러질 사람으로 오해하겠어요. 얼굴

40

이 벌건 걸 보니 뛰어온 게 확실하군요. 설마 조만간 저승에 간다는 소문을 또다시 들었다는 말은 내 앞에서 꺼내지도 말아요!"

조녀선은 침착하게 말하려고 노력했다. "그냥 확실히 해 두고 싶습니다. 솔직히 말씀드리면, 기분이 썩 좋지는 않아요. 마지막으로 검사받은 지 고작 두 달밖에 안 됐다는 거 아는데요, 다음 검사는 4월 말이라고요. 그사이 악화될 수도 있고……." 그가 말을 끊더니 어깨를 으쓱했다. "골수 채취하는 거야 뭐 그리 힘든 일도 아니고, 내일 아침 일찍 보내면 되니……." 조녀선은 지금 '골수'라는 말을 꺼내는 순간 자신의 불어가 어눌해지는 걸 느꼈다. 그의 골수가 비정상적으로 누렇다고 상상만 해도 구역질이 치밀었다. 페리에 박사가 환자의 비위를 맞춰 주려고 애쓰는 게 느껴졌다.

"그럽시다. 골수 채취합시다, 뭐. 결과는 지난번하고 같을 겁니다. 트레바니 씨, 의사한테 백 퍼센트 확답은 기대도 하지 마세요……." 의사가 계속 말하는 사이, 조녀선이 스웨터를 벗고 페리에 박사의 손짓에 따라 낡은 가죽 소파에 누웠다. 의사가 마취 주사를 놓았다. "그래도 당신이 왜 걱정하는지는 이해합니다." 잠시 후 페리에 박사가 말하면서 조녀선의 흉골에 바늘을 찌른 다음 톡톡 쳤다.

조녀선은 으드득거리는 소리가 듣기 싫었지만 약간의 고통은 참을 만했다. 이번에는 결과를 제대로 알게 될 것이다. 조녀선은 입에서 튀어나오는 말을 막을 수가 없어서 박사의 집을 나서기 전에 물었다. "전 진실을 알아야겠어요, 박사님. 검사실에서 정확한 최종 수치를 알려 주지 않거나 하는 일은 설마 없겠죠? 무슨 수치가 나오든 전 그게 정확한 거라고 받아들일 각오가 되어 있습니다."

"이번에 어떤 수치가 나올지 환자에게 미리 알려 줄 수는 없어요, 젊은 양반!"

조녀선은 집으로 걸어갔다. 또다시 걱정되는 마음에 페리에 박사를 만나고 왔다고 시몬에게 말할까 고민했지만, 그럴 수는 없었다. 시몬은 이미 힘들 만큼 힘들어했다. 말해 봤자 시몬이 무슨 말을 하겠는가. 시몬 역시 걱정만 더 할 뿐일 텐데.

조르주는 벌써 2층에서 자려고 누웠고, 시몬은 책을 읽어 주고 있었다. 이번에도 아스테릭스 이야기였다. 조르주는 베개를 베고 누웠고 시몬은 전등 불빛 아래 작은 스툴을 놓고 앉아 있었다. 그 모습을 보니 시몬이 입은 바지만 빼면 1880년대 가정의 모습이 생생히 재현된 것 같았다. 조르주의 머리칼은 불빛을 받아 옥수수수염처럼 노래 보였다.

"껌은요?" 조르주가 빙그레 웃으며 물었다.

조녀선이 웃으며 하나만 건넸다. 나머지 하나는 나중에 주기로 했다.

"오래 걸렸네."

"카페에서 맥주 한잔했어."

다음 날 오후 4시 반에서 5시 사이에, 조녀선은 페리에 박사가 시킨 대로 뇌이쉬르센에 있는 에브를발랑 검사실로 전화를 걸었다. 그는 이름을 대고 스펠링을 부른 다음 퐁텐블로에 있는 페리에 박사님 병원에 다니는 환자라고 밝혔다. 그런 다음 담당 부서와 연결될 때까지 기다렸다. 그사이 전화기에서 1분마다 요금이 부과됨을 알리는 '철컥' 소리를 듣고 있었다. 조녀선은 펜과 종이를 들고 기다렸다. "성함을 다시한번 알려 주시겠어요?" 이윽고 어떤 여성이 결과지를 읽기 시작했다. 조녀선은 재빨리 숫자를 받아 적었다. 백혈구 증가증 190,000. 전보다 수치가 올라간 건가?

"주치의 앞으로 화요일까지 서면 결과지를 보내 드리겠습니다."

"이번 검사 결과가 저번보다 안 좋은 건가요?"

"저희는 저번 검사 결과를 모릅니다."

"혹시 옆에 의사 선생님이 계시면 통화할 수 있을까요?"

"제가 의삽니다."

"아, 그러세요. 그렇다면 저번 검사 결과와 비교하지 않더라도 이번 결과가, 이 수치만 봐도 안 좋은 거 맞죠?"

여자 의사가 교과서 같은 대답을 했다. "저항력 수치가 낮은 걸로 봤을 때는 잠재적으로 위험해질 수도 있습니다만……"

조녀선은 그의 가게에서 전화했다. '영업 종료'라는 팻말을 내걸고 입구에 커튼을 쳐 놓았지만, 창으로 그가 안에 있는 게 보였다. 그는 입구로 가서 팻말을 떼어 버렸는데, 문을 잠그지 않았다는 걸 그제야 깨달았다. 그날 오후에는 액자를 찾으러 올 손님이 없으니 가게 문을 닫아도 될 것 같았다. 오후 4시 55분이었다.

조녀선은 페리에 박사의 병원으로 걸어가면서 한 시간 넘게 기다릴 각오를 했다. 토요일이라 병원이 붐볐다. 대부분 출근하지 않는 토요일에 시간을 내서 진료를 받기 때문이었다. 조녀선 앞에 세 사람이 있었다. 그런데 간호사가 그를 부르더니 오래 걸리는 일이냐고 물었다. 조녀선이 아니라고 했다. 간호사가 다음 환자에게 양해를 구하고, 조녀선을 앞에 끼워 넣어 주었다. 페리에 박사가 간호사에게 귀띔해 두었나? 조녀선은 궁금했다.

조너선이 끼적인 메모를 보더니 페리에 박사가 검은 눈썹을 추켜세우며 말했다. "이걸론 알 수가 없어요."

"저도 알아요. 그래도 뭐라도 확인해 주실 수 있잖아요? 조금이라도 나빠진 거 맞죠?"

"누가 보면 나빠지고 싶어서 환장한 사람인 줄 알겠어요!" 페리에 박사가 예의 그 활기찬 모습으로 말했다. 그런데도 조너선은 믿음이 가지 않았다. "솔직히 말씀드리자면, 맞아요. 조금 나빠지긴 했어요. 그런데 아주 조금이라서 유의미하진 않습니다."

"몇 퍼센트나 나빠졌나요? 대략 10퍼센트?"

"트레바니 씨, 무슨 자동차 성능 검사합니까! 화요일에 제대로 된 검사 결과지를 받기 전에 제가 말하는 건 적절치 않습니다."

조너선은 무거운 발걸음으로 집으로 향했다. 사블롱가를 지나면서 혹시 가게로 찾아온 손님이 있는지 살폈다. 아무도 없었다. 오로지 세탁소만 정신없이 붐볐다. 세탁물을 잔뜩 든 사람들이 입구에서 오다가다 부딪혔다. 오후 6시가 다 된 시각이었다. 시몬은 이따금 평소보다 늦게 7시 넘어 구두 가게에서 퇴근할 때가 있었다. 일요일과 월요일에는 문을 닫으니, 한 푼이라도 더 벌려는 사장 브레자르의 욕심이었다. 위스터가 아직까지는 레글 누아르 호텔에 있겠지. 혹시 내가 나타나기를 기다리고 있을까? 내가 마음을 바꿔서 그 일을 하겠다고 나서기를 위스터가 기다리고 있을까? 만일 페리에 박사가 스티븐 위스터와 작당한 거라면, 둘이 작당해 에브를발랑 검사실을 사주해 나빠진 수치를 알려 주라고 한 거라면, 웃기는 일 아닐까? 거기에 중간에서 고티에가 나쁜 소식을 전해 주려고 합류한 거라면? 조너선은 자기 의사와는 관계없이 기묘한 일들만 벌어지는 악몽을 꾸는 것만 같았다. 그런데 이건 꿈이 아니었다. 페리에 박사나 에브를발랑 검사실이 스티븐 위스터에게 돈을 받았을 리 없다. 건강이 나빠진 건 꿈이 아니었다. 죽음이 조금 더 가까워졌다는 것도, 예상보다 빨라졌다는 것도 꿈이 아니었다. 그런데 또 하루를 살아 낸 사람이라면 누구나 죽음에 한 걸음 더 가까워지는 거 아닌가, 조너선은 되뇌었다. 늙어서 죽는 과정은 서서히 기울어지는 길, 말 그대로 내리막길과 같다. 대부분 사람들에겐 죽음을 서서히 받아들일 기회가 주어진다. 대략 인간은 55세부터 노화가 진행되어 70살, 죽는 날까지 서서히 죽어 간다. 반면 조너선에게 죽음은 절벽에서 추락하는 것처럼 다가왔다. 각오하려 해도 마음이 흔들리자 외면하고 말았다. 그는 마음가짐도, 정신도 아직 서른넷밖에 안 되었기에, 아직은 죽고 싶지 않았다.

땅거미가 지는데도 트레바니의 좁은 회청색 집에는 불 켜진 데가 없었다. 약간 우중충한 집이었는데, 바로 그 점에 반해 조너선과 시몬이 5년 전 이 집을 산 것이다. 당시 이 집과 퐁텐블로의 다른 집을 놓고 고민했을 때, 조너선은 이 집을 '셜록 홈스가 사는 집'이라고 불렀던 기억이 났다. 가스등과 반짝거리는 난간이 연상되는 1890년대 분위기를 풍기는 집이었다. 그런데 막상 이사 들어오자, 집에 있는 원목 중에 윤기가 나는 건 아예 없었다. 그런데도 그는 이 집을 세기말의 매력을 내뿜는 모습으로 변신시킬 수 있을 거라 여겼다. 방들은 작아도 재미있게 배치되어 있었고, 네모난 정원은 웃자란 장미 덩굴이 뒤덮고 있었다. 정원은 싹 쳐 내기만 하면 될 것 같았다. 뒷문 계단 위에는 부채꼴 모양의 유리 지붕이 작은 유리 현관을 덮고 있었는데, 그 모습에서 프랑스 화가 뷔야르와 보나르가 연상되었다. 이제 와 생각해 보니, 이 집에서 5년이나 살았건만 우중충함을 제대로 걷어 내지 못했음을 깨달았다. 벽지를 새로 바르면 침실 분위기야 밝아지겠지만, 달랑 방 하나만 밝아지고 말 것이다. 여태 대출금을 다 갚지 못해서 앞으로 3년은 더 갚아 나가야 했다. 신혼 때 살았던 퐁텐블로의 아파트가 더 저렴했지만, 시몬은 정원이 딸린 집에 사는 게 익숙했다. 평생 네무르에 있는 정원이 딸린 집에서만 살던 사람이었기 때문이다. 조너선은 영국인이라서 정원이 있는 집이 좋았다. 그는 수입의 일부가 뭉텅 들어가는 주택을 산 것을 한 번도 후회하지 않았다.

현관 앞 계단을 오르면서 조너선이 생각한 건, 앞으로 갚아야 할 대출금이 아니라 그가 이 집에서 죽는다는 사실이었다. 그는 장차 시몬과 더욱 화사한 집으로 이사 가지 못할 공산이 컸다. 셜록 홈스의 집은 그가 태어나기 전부터 수십 년간 서 있었으니, 그가 죽은 후에도 수십 년간 서 있을 것이다. 이 집을 고른 게 그의 운명처럼 느껴졌다. 어느 날 사람들이 그를 밖으로 들고 나갈 것이다. 숨은 붙어 있으나 죽어 가는 그가 남의 손에 들려 나가는 순간, 두 번 다시 이 집으로 돌아오지 못할 것이다.

뜻밖에도 시몬이 주방 식탁에 앉아 조르주와 카드 게임을 하고 있었다. 시몬이 고개를 들더니 미소를 지었다. 조너선은 그가 오늘 오후 파리에 있는 검사실로 전화한 사실을 시몬이 기억하고 있다는 걸 알아차렸다. 조르주가 있어서 그런지 아내는 아무 말도 없었다.

"짠돌이가 오늘은 일찍 문을 닫았어. 장사가 안됐거든."

"잘됐네." 조너선이 밝게 말했다. "지금 게임은 어찌 되어 가고 있지?"

"제가 이기고 있어요!" 조르주가 불어로 말했다.

시몬이 자리에서 일어나 조녀선을 따라 복도로 나왔다. 그사이 조녀선은 맥 코트를 걸었다. 시몬이 궁금한 눈빛으로 남편을 살폈다.

"걱정할 거 없어." 조녀선이 말했다. 그런데 시몬이 복도를 따라 거실로 나가자고 손짓했다. "살짝 수치가 나빠지긴 했는데, 달라진 느낌은 없어. 아무려면 어때? 지긋지긋하다. 우리 친차노*나 마시자."

"당신 그 소문 때문에 걱정했지?"

"그럼, 걱정했지."

"도대체 누가 그런 헛소문을 퍼트린 걸까." 가느다랗게 뜬 그녀의 눈에 씁쓸함이 묻어났다. "지저분한 소문이나 퍼뜨리다니. 누구한테 들었는지 고티에가 아예 말을 안 해?"

"안 하더라. 고티에 말로는 누가 착각했거나 소문을 부풀린 것 같대." 조녀선은 예전에 했던 말만 반복했다. 그러나 그것이 착각이 아니라는 것도, 철저히 계산된 소문이라는 것도 알고 있었다.

5 조녀선은 1층 침실 창가에 서서 시몬이 정원 한쪽 구석에서 빨랫줄에 빨래를 너는 모습을 바라보았다. 베갯잇, 조르주의 잠옷, 조르주와 조녀선이 벗어 놓은 양말 십수 켤레, 흰색 나이트가운, 브래지어, 조녀선의 베이지색 작업복까지, 이불보만 빼고 죄다 널었다. 이불보만큼은 세탁소로 보냈는데, 시몬이 제대로 다려진 이불보를 굉장히 중시했기 때문이었다. 시몬은 트위드 바지에 몸에 딱 달라붙는 얄팍한 빨간 스웨터를 입고 있었다. 큼직한 타원형 빨래 바구니 위로 몸을 숙였다가 행주를 너는 뒤태가 탄탄하면서 유연해 보였다. 햇살은 쩽하고 바람엔 여름 냄새가 살짝 묻어나는 날씨였다.

조녀선은 네무르에 가서 장인 장모와 점심을 먹는 자리를 계속 피했다. 원래는 시몬과 같이 격주 일요일마다 처가를 찾았다. 시몬의 오빠 제라르가 차로 데리러 올 때 말고는 버스를 타고 갔다. 처가에 가면 네무르에 사는 제라르 부부와 두 조카와 점심을 배부르게 먹곤 했다. 장인 장모는 조르주를 볼 때마다 호들갑을 떨면서 번번이 선물을 안겨 주곤 했다. 오후 3시경이면 장인 장노엘이 텔레비전을 켰다. 조녀

* 이탈리아산 베르무트 와인

선은 지루해도 시몬을 따라갔다. 마땅히 해야 할 일이기도 했고, 프랑스 사람들이 가족끼리 살갑게 지내는 모습을 존중했기 때문이었다.

"몸은 괜찮아?" 조녀선이 빠지겠다고 하자 시몬이 물었다.

"응. 오늘은 갈 기분이 아니라서 그래. 토마토 심을 자리나 갈아 놓을게. 조르주 데리고 갔다 와."

정오에 시몬이 조르주를 데리고 버스를 타고 갔다. 시몬이 뵈프 부르기뇽*을 작고 빨간 냄비에 남겨 두었으니, 출출할 때 데워서 먹기만 하면 되었다.

조녀선은 혼자 있고 싶었다. 정체 모를 스티븐 위스터가 제안한 일을 고심했다. 오늘까지 레글 누아르 호텔에 있을 위스터에게 전화할 생각은 아니었다. 다만, 위스터가 3백 미터도 채 떨어지지 않은 호텔에 여태 있을지가 굉장히 궁금할 따름이었다. 연락할 마음은 없었다. 그런데 그 생각을 하기만 해도, 묘하게 가슴이 벌렁거리면서 머리가 복잡해졌다. 별일 없던 인생이 별안간 한줄기 색감으로 물드는 것 같아서 그걸 지켜보며 즐기고 싶어졌다. 시몬은 남편이 무슨 생각을 하는지 알거나, 적어도 무슨 일이 있긴 있다는 것 정도는 눈치채고 있었다. 그가 일요일에 얼빠진 사람처럼 보여도 시몬이 무슨 일이냐고 캐묻지 않기를 조녀선은 바랐다. 그래서 괜히 힘들여 정원을 정리하며 몽상에 빠졌다. 4만 파운드라니. 그 돈이면 주택 대출금을 한 번에 청산하고, 할부로 장만한 물건 두어 개의 할부금도 모두 갚아 버리고, 집에 새로 페인트도 칠하고, 텔레비전도 개비하고, 조르주의 대학 등록금까지 따로 떼어 놓고도 부부가 새 옷을 몇 벌이나 살 수 있는 금액이었다. 마음이 이렇게 편할 수가! 근심 걱정을 다 벗어 버릴 수 있는 돈이야! 그는 마피아 조직원 한 명, 아니 두 명의 모습을 그려 보았다. 검은 머리에 덩치 좋은 깡패가 두 팔을 휘적이다가 바닥으로 쓰러지며 죽음을 맞이한다. 조녀선은 정원 흙바닥에 삽을 꽂은 채 상상해 보았다. 그가 누군가의 등에 총을 겨누고 방아쇠를 당기는 모습이라니, 도저히 상상할 수 없었다. 그보다 더 궁금하고 신기하고도 위험한 사실은, 위스터가 그의 이름을 어떻게 알았느냐였다. 그를 음해하려고 퐁텐블로에서 떠돌던 소문이 알 수 없는 경로로 함부르크까지 닿은 걸까. 위스터가 딴사람과 착각했을 리는 없었다. 그가 무슨 병을 앓는지, 아내와 어린 아들까지 언급했기 때문이다. 친구 혹은 최소한 친분이 있는 자가 그에게 악의를 품은 걸까.

* 와인을 넣고 끓인 쇠고기 스튜

46

위스터가 오늘 오후 5시면 퐁텐블로를 떠날 것이다. 3시쯤 됐을 때, 조너선은 점심을 먹고 거실 중앙에 놓인 둥근 테이블 위에 있는 잡동사니 서랍에 든 종이와 오래된 영수증을 정리했다. 그런 다음—조금도 피곤하지 않아서 기분이 좋았다—빗자루와 쓰레받기를 들고 기름 보일러 배관 겉면과 그 주변을 쓸었다.

오후 5시가 조금 넘어 조너선이 주방 싱크대에 서서 손에 묻은 그을음을 박박 문질러 씻고 있는데, 시몬과 조르주가 제라르 부부와 함께 집으로 들어왔다. 모두 주방에 모여 술을 마셨다. 조르주는 외할머니에게 선물을 받았다. 둥근 상자에 부활절 선물이 한가득 담겨 있다. 금빛 포일에 싸인 달걀, 토끼 초콜릿, 알록달록한 젤리가 든 상자 위에는 노란 셀로판지가 덮여 있었는데, 아직 뜯지 않은 상태였다. 네무르에서 조르주가 사탕을 많이 먹는 바람에 시몬이 뜯지 말라고 했기 때문이다. 조르주는 어린 외사촌들과 같이 정원으로 나갔다.

"물렁물렁한 데는 밟지 마, 조르주!" 조너선이 고함쳤다. 그는 땅을 헤집어 갈아 놓기만 하고 돌멩이는 조르주가 골라내게 그대로 두었다. 조르주는 사촌 둘에게 빨간 수레에 돌멩이를 싣는 걸 도와 달라고 했다. 조르주가 수레에 한가득 자갈을 싣고 오면 조너선이 아들에게 50상팀을 주었다. 가득 차지 않아도 수레 바닥에 깔리기만 하면 되었다.

빗방울이 후두두 떨어지자, 조너선이 순식간에 빨래를 걷었다.

"정원 참 예쁘지? 저기 봐, 오빠!" 시몬이 자그마한 뒤쪽 현관을 가리켰다.

조너선이 생각에 잠겼다. 지금쯤이면 위스터가 퐁텐블로역에서 기차를 타고 파리로 갔을 것이다. 위스터의 재력이라면 퐁텐블로역에서 택시를 대절해 오를리 공항까지 갔을지도 모른다. 어쩌면 이미 비행기를 타고 함부르크로 날아가고 있을 것이다. 옆에 시몬이 있고, 제라르와 이본 부부의 목소리가 들리는 현실이 레글 누아르 호텔에 있을 위스터를 지워 버렸다. 이제 위스터는 조너선의 상상 속에서만 사는 기이한 존재로 전락하고 말았다. 조너선은 자신이 위스터에게 전화하지 않았다는 데에서 소소한 승리감을 맛보았다. 전화하지 않았다는 사실만으로도 유혹을 성공리에 물리친 것 같았다.

전기 기사인 제라르 푸사디에는 단정하고 진지한 남자였다. 시몬보다 몇 살 위였고, 머리카락 색이 약간 더 밝았다. 잘 다듬은 누런 콧수염을 기르고 있었다. 해군 역사를 파고드는 게 취미라서 19세기와 18세기 모형 구축함도 만들었다. 거기에 작은 전구를 매달아서 거실 스위치 하나로 전체 혹은 일부에 불이 들어오게 해 놓았다. 제라르는 자기가 만든 18세기 구축함에 작은 전구가 달려 있다는 시대착오적 오류에 웃음을 터뜨렸지만, 그 효과는 눈부시게 아름다웠다. 집에 있는 다른 전등을 다 끄면 8척, 아니 10척의 구축함이 거실이라는 암해를 가르며 항해하는 것 같았다.

"시몬이 그러던데 걱정이 많다며, 자네 건강 때문에." 제라르가 진지하게 말했다. "유감이네."

"딱히 그렇진 않아요. 정기 검진 갔다 왔는데 결과야 늘 비슷비슷해요." 조너선은 상투적인 말들에 익숙했다. 기분이 어떠냐는 질문에 '덕분에 좋습니다'라고 대답하는 것하고 비슷했다. 조너선의 대답에 제라르가 흡족해하는 걸 보니 시몬이 별말 안 한 게 분명했다.

이본과 시몬은 리놀륨 얘기를 하고 있었다. 주방 스토브와 싱크대 앞 리놀륨이 너덜너덜한데, 애당초 이 집을 살 때부터 멀쩡하지 않았다고 했다.

"오늘은 꽤 괜찮은가 봐, 여보?" 오빠네가 떠나자 시몬이 물었다.

"괜찮은 정도가 아니라 아주 좋아. 보일러실까지 정리했거든. 검댕까지 싹 치웠어." 조너선이 씩 웃었다.

"자기 미쳤구나. 저녁에 맛있는 거 차려 줄게. 엄마가 점심때 먹은 송아지 포피에트를 세 덩이나 싸 주셨거든. 진짜 맛있어!"

밤 11시가 다 되어 잠자리에 들려는데 별안간 우울한 기분이 조너선을 덮쳤다. 두 다리가, 온몸이 끈끈한 물질 속으로 빨려 들어가는 것만 같았다. 골반까지 잠기는 진흙 속을 헤치며 걷는 느낌이랄까. 그저 피곤해서 그런 건가? 몸보다 마음이 문제였다. 그가 어둠 속에서 시몬을 두 팔로 감싸 안자 시몬도 그에게 팔을 둘러 주었다. 그러자 조너선은 긴장이 풀리면서 마음이 놓였는지, 그 자세로 잠이 들었다. 스티븐 위스터(본명일까?)가 지금쯤 깡마른 몸으로 비행기 좌석에 늘어지게 앉아 동쪽으로 날아가는 모습을 그려 보았다. 벌겋게 흥이 진 얼굴이 떠올랐다. 당황하며 긴장한 표정. 위스터가 트레바니는 잊고 다른 사람을 구하겠지. 후보가 두세 명은 더 있을 것이다.

아침이 되자 안개가 끼고 날이 쌀쌀했다. 오전 8시를 넘기자마자, 시몬이 조르주를 유아 학교에 데려다주러 갔다. 조너선은 주방에 서서 카페오레를 한 잔 더 마시면서 따뜻한 잔에 손을 데웠다. 난방을 충분히 뗄 수가 없었다. 지난겨울에도 다소 춥게 지냈는데, 봄이 왔는데도 아침이면 썰렁했다. 이 집을 살 때부터 달려 있던 보일러는 아래층 라디

48

에이터 다섯 개를 돌리기엔 충분했지만, 야심 차게 추가로 설치한 2층 라디에이터 다섯 개는 돌리지 못했다. 조너선은 용량이 부족하다는 경고를 들었던 기억을 떠올렸다. 용량이 훨씬 큰 보일러를 달려면 3천 프랑은 더 줘야 했는데, 돈이 모자랐다.

현관문 틈새로 우편물 세 통이 툭 떨어졌다. 하나는 전기료 고지서였다. 네모난 흰 봉투도 있었다. 조너선이 뒤집어 보니 뒷면에 레글 누아르 호텔이라고 적혀 있었다. 봉투를 열자 명함 한 장이 바닥으로 떨어졌다. 그는 명함을 집어 들었다. '스티븐 위스터 앞'이라고 적혀 있었고 아래 주소로 편지를 보내라는 글귀가 보였다.

629-6757
독일 함부르크 56
빈터후데(알스터)
아그네슈트라세 159번지
리브스 마이넛 댁
스티븐 위스터 앞

편지도 있었다.

19xx 4월 1일

친애하는 트레바니 씨
오늘 오전에도, 그리고 오후인 지금까지도 연락을 주지 않으셔서 유감입니다. 혹시 마음이 바뀔지도 모르니 함부르크에 있는 저희 집 주소와 명함을 동봉합니다. 제가 한 제안을 다시 생각해 보시고 언제든 수신자 요금 부담으로 전화하세요. 아니면 함부르크로 직접 오셔도 좋습니다. 연락이 닿는 즉시 왕복 교통비를 곧바로 송금해 드리겠습니다.
함부르크에 있는 전문의를 만나서 진찰을 받고 당신의 병세에 관한 다른 의견을 들어 보는 것도 좋지 않을까요? 그럼 마음이 한결 놓일 겁니다.
저는 일요일 밤에 함부르크로 돌아갑니다.

스티븐 위스터

49

조너선은 놀라면서도 신기했고 동시에 짜증이 밀려왔다. 마음이 한결 놓일 거라니 우스웠다. 위스터는 조너선이 조만간 죽는다고 굳게 믿고 있었다. 그럼 함부르크에 있는 전문의가 '당신에겐 앞으로 살날이 한두 달밖에 안 남았군요' 하는 소리를 들으면 마음이 한결 놓일 거란 소린 가? 조너선은 편지와 명함을 바지 뒷주머니에 쑤셔 넣었다. 공짜로 함부르크 여행이나 하라고 위스터가 온갖 유혹을 하고 있었다. 조너선이 일요일 아무 때나 전화할지도 모르는데, 위스터가 토요일 오후에 위와 같은 편지를 써서 부치고 조너선이 그 편지를 월요일 오전에 받았다는 것도 어이없었다. 이 동네에서는 일요일에 우편물을 수거해 가지 않았다.

오전 8시 52분. 조너선은 할 일을 점검했다. 플뢰에 있는 회사에서 매트 보드용 종이를 추가 주문할 것. 두 명의 고객에게 엽서를 보낼 것. 주문한 액자가 완성된 지 벌써 일주일이나 지났기 때문이다. 원래 월요일엔 문을 열지 않지만, 가게에 나가 잡다한 일들을 처리하며 시간을 보내곤 했다. 프랑스에서 주 6일 영업은 불법이었다.

조너선은 오전 9시 15분에 가게로 가서 출입문에 녹색 커튼을 치고 '영업 종료'라는 팻말을 건 채 문을 걸었다. 독일에 있는 전문의 의견을 들으면 좋을 것 같았다. 2년 전 런던에 가서 전문의의 진찰을 받은 적이 있었다. 런던 전문의의 소견은 프랑스 전문의의 소견과 같았다. 조너선은 일치하는 진단이 나와서 흡족해했었다. 독일 의사라면 조금 더 꼼꼼하고 최신 의학 정보에 더욱 밝지 않을까? 위스터가 제안한 여행을 수락한다면? (조너선은 엽서에 주소를 적고 있었다.) 그랬다간 위스터에게 신세를 지게 된다. 조너선은 위스터를 위해서 사람을 죽일 생각을 이리저리 해 보고 있었다. 위스터를 위해서가 아니라 돈 때문이었다. 마피아 조직원이라니. 마피아라면 하나같이 범죄자들 아닌가? 왕복 교통비를 받는다고 해도 언제든 갚으면 그만이다. 당장은 은행 잔고가 부족해 찾을 돈이 없다는 게 문제였다. 진심으로 몸 상태를 확인받고 싶다면, 독일(아니면 의료 분야라면 스위스)에 가면 제대로 알 수 있을 것이다. 여전히 세계 최고의 의사들이 포진한 독일 아니던가. 지금 조너선은 전화기 옆에서 '플뢰에 있는 종이 공급업체에 내일 전화할 것'이라고 메모를 적고 있었다. 그곳 역시 월요일인 오늘은 쉬기 때문이었다. 위스터의 제안이 실현 가능할지 누가 아는가? 조너선은 예컨대 독일 경찰이 쏜 총탄에 그의 온몸이 갈기갈기 찢기는 모습도 상상해 보고, 이탈리아 마피아를 쏜 직후에 그가 체포되는 모습도 그려 보았다. 조너선이 죽어도, 시몬과 조르주는 4만 파운드를 받게 될 것이다. 조너선은 현실로 돌아왔다. 그는 아무도 죽이지 않을 것이다. 말도 안 되는 일이다. 그래도 함부르크에 가면 재미 삼아 한숨 돌릴 수는 있을 것이다. 함부르크에 가서 끔찍한 진단을 받는다고 해도, 어찌 됐든 사실을 알게 되는 것 아닌가. 위스터가 당장 돈을 부쳐 준다면? 옷도 안 사고, 술집에서 맥주도 안 사 마시고 꾹 참으면 석 달이면 갚을 것이다. 그는 아내에게 말을 꺼내기가 미안했다. 그가 다른 의사를, 그것도 명의를 만나겠다고 하면 시몬이 당연히 그러라고 하겠지만 말이다. 조너선은 자기 용돈에서 제하기로 했다.

11시경, 조너선은 위스터가 사는 함부르크 자택으로 전화를 신청했다. 수신자 부담으로 걸지 않고 발신자 부담으로 건 것이다. 3~4분 후, 조너선의 전화기가 울렸다. 평소 파리로 통화할 때보다 훨씬 깔끔하게 연결되었다.

"네, 위스터입니다." 위스터가 경쾌하면서도 긴장된 목소리로 전화를 받았다.

"오늘 오전에 편지 받았습니다." 조너선이 입을 열었다. "함부르크로 오라고 하신 거요……."

"네, 못 오실 거 없잖습니까?" 위스터가 태연히 말했다.

"전문의의 진찰을 받아 보라고 한 얘기를 말씀드리는 겁니다."

"당장 전신환으로 돈을 부칠 테니 퐁텐블로 우체국에 가서 찾으세요. 두 시간이면 들어갈 겁니다."

"정말 친절하시군요. 일단 제가 함부르크에 도착하면……."

"오늘이라도 오실래요? 오늘 저녁 어때요? 주무실 방도 여기에 다 있고 하니."

"오늘은 글쎄요." 그런데 오늘 못 갈 이유도 없지 않나?

"표 끊으면 다시 연락해서 몇 시에 도착하는지 알려 줘요. 난 온종일 집에 있을 테니."

전화를 끊자 조너선의 심장이 조금 더 빨리 뛰고 있었다.

조너선은 점심때쯤 2층 침실로 올라가 여행 가방이 있는지 확인했다. 가방은 옷장 맨 위에 있었다. 1년 전 아를로 휴가를 갔다 온 이후 넣어 둔 자리에 그대로 있었다.

조너선이 시몬에게 말했다. "여보, 중요한 일이야. 함부르크에 가서 전문의를 만나기로 했어."

"어머 그래? 페리에 박사가 그러래?"

"아니, 그건 아니고 내가 생각한 거야. 독일 의사한테 진찰을 받아 보는 것도 나쁘진 않잖아. 돈이야 꽤 들겠지만."

"여보, 지금 돈이 중요해? 오늘 아침에 무슨 소식 들었어? 검사 결과는 내일 나온다며?"

"응, 그렇긴 한데 매번 똑같은 소리겠지. 난 새로운 소견을 들어 보고 싶어."

"그래서 언제 가는데?"

"조만간. 이번 주에."

오후 5시를 몇 분 앞두고 조너선이 퐁텐블로 우체국으로 전화를 걸었더니 돈이 들어왔다고 알려 주었다. 조너선은 신분증을 제시하고 6백 프랑을 받고, 우체국에서 두어 길 떨어진 프랭클린 루스벨트 광장에 있는 종합 안내소로 달려가 그날 밤 9시 25분에 오를리 공항을 출발하는 함부르크행 비행기표부터 끊었다. 서둘러야 했다. 그래야 생각에 매몰돼 주저하지 않을 테니 말이다. 조너선은 가게로 가서 함부르크로 전화했다. 이번에는 수신자 부담으로 걸었다.

이번에도 위스터가 받았다. "거, 잘됐네요. 11시 55분 도착이면 공항버스를 타고 도심 버스 터미널에서 내리세요. 거기에서 기다리겠습니다."

조너선은 중요한 그림을 맡긴 손님에게 전화해 집에 일이 생겼다는 가장 만만한 핑계를 대고 화요일과 수요일에 가게 문을 닫는다고 알려 주었다. 입구에 팻말을 적어서 이틀간 걸어 두면 크게 문제 되진 않을 것이다. 이 동네 가게 주인들은 종종 이런저런 이유로 며칠씩 문을 닫곤 했다. '과음으로 오늘 쉽니다'라고 적어 놓은 팻말도 있었다.

조너선은 가게 문을 닫고 짐을 싸러 집으로 향했다. 길어야 이틀짜리 여행일 것이다. 단, 함부르크 병원에서 며칠에 걸쳐 검사받으라고 한다면 얘기가 달라질 것이다. 그는 파리행 열차 시간을 확인했다. 저녁 7시경에 출발하는 기차를 타면 될 것 같았다. 파리에서 내려 앵발리드*에서 버스를 타고 오를리 공항으로 가야 했다. 시몬이 조르주를 데리고 집에 오자, 조너선이 가방을 들고 아래층으로 내려갔다.

"이 밤에 간다고?" 시몬이 물었다.

"빠르면 빠를수록 좋지. 마음이 동했어. 수요일에 올게. 어쩌면 내일 밤에 올지도 몰라."

* 파리에 있는 군사 박물관

"그럼 어디로 연락하면 돼? 호텔은 잡았어?"

"아니, 전보 칠게. 걱정하지 마, 여보."

"병원은 예약했어? 의사 이름이 뭐야?"

"아직은 몰라. 병원 얘기만 들었거든." 조너선이 여권을 재킷 안주머니에 깊이 넣었다.

"당신이 이러는 거 처음 봐."

조너선이 아내에게 미소를 지었다. "적어도 쓰러질 것 같진 않지?"

시몬이 퐁텐블로아봉역까지 같이 갔다가 버스를 타고 돌아오겠다고 했지만, 조너선이 말렸다.

"내가 도착하자마자 전보 칠게."

"함부르크가 어디에요?" 조르주가 또다시 물었다.

"알마뉴*! 독일!" 조너선이 대답했다.

조너선은 운 좋게도 프랑스가에서 택시를 잡을 수 있었다. 역에 도착하자 기차가 퐁텐블로아봉역으로 들어오고 있었다. 그는 가까스로 표를 사서 기차에 올랐다. 리옹역에 내린 다음 앵발리드까지는 택시를 탔다. 6백 프랑에서 쓰고 남은 돈이 좀 있어서, 당분간 돈 걱정은 하지 않아도 되었다.

비행기에서 조너선은 무릎에 잡지를 펴 놓고 비몽사몽 헤매고 있었다. 딴사람이 된 듯한 기분이 들었다. 비행기에 뛰어들 듯 타고 보니, 생메리가 진회색 집에 사는 남자를 뒤로하고 다급히 새사람으로 변신한 것만 같았다. 지금 이 순간, 제2의 조너선이 설거지를 거들며 시몬과 주방 바닥에 깔 리놀륨 가격 같은 시답잖은 얘기를 나누는 모습이 눈앞에 선했다.

비행기가 착륙했다. 공기가 매섭고 훨씬 쌀쌀했다. 가로등이 길게 늘어선 도로를 지나자 함부르크 도심의 거리가 보였다. 거대 고층 빌딩 숲이 밤하늘 위로 솟아 있었다. 프랑스와는 다른 색상과 모양을 한 가로등이 조너선의 시야에 들어왔다.

위스터가 미소를 머금은 채 다가와 악수를 청했다. "어서 와요, 트레바니 씨. 비행은 편안했나요? 차는 밖에 있습니다. 터미널까지 오라고 해서 마음 상한 건 아니죠? 내 기사가 사실은 전속 기사가 아니거든요. 내가 가끔 부르는 기사가 좀 전까지 정신없이 바빴어서 말이죠."

두 사람은 인도로 걸어 나갔다. 위스터가 미국식 억양으로 웅얼거

---

* 불어로 독일이라는 뜻

53

렸다. 얼굴 흉터만 빼면 그에게 난폭한 면모는 보이지 않았다. 위스터는 침착해도 너무나 침착했는데, 정신과적 측면에서 보면 그런 모습은 불길해 보였다. 아니면 그가 그저 궤양을 다스리려고 그러는 걸까? 위스터가 번쩍거리는 검정 벤츠 옆에 멈춰 섰다. 모자는 쓰지 않은 나이든 남자가 크지 않은 위스터의 짐 가방을 받아 주더니 차 문을 열어 주었다.

"칼입니다." 위스터가 소개했다.

"안녕하세요." 조너선이 인사했다.

칼이 미소를 짓더니 독일어로 인사했다.

차를 타고 한참을 갔다. 위스터가 함부르크 시청 청사를 가리켰다. "유럽에서 가장 오래된 건물로, 포탄도 피해 갔어요." 위스터가 엄청난 규모의 성당인지 교회인지 하는 건물도 보여 주었지만, 조너선은 이름을 기억하지 못했다. 조너선과 위스터는 뒷자리에 나란히 앉았다. 이윽고 함부르크 시내를 달리던 차가 교외 같은 분위기가 물씬 풍기는 동네로 들어섰다. 이번에도 다리를 건넌 후 더욱 어두컴컴한 도로로 진입했다.

"다 왔습니다. 여기가 내 집입니다."

차가 오르막 진입로로 들어서더니 저택 앞에서 멈춰 섰다. 불이 켜진 창문이 몇 개 보였다. 잘 가꿔진 입구에도 불이 켜져 있었다.

"네 가구가 사는 오래된 건물인데, 여기에 내 아파트가 있습니다." 위스터가 설명했다. "함부르크에는 이런 건물이 많아요. 가정집으로 개조한 건데, 이곳에서 알스터의 근사한 경관이 내다보입니다. 알스터 호수*라고 엄청나게 큰데, 내일 자세히 봅시다."

최신식 엘리베이터를 타고 올라갔다. 칼이 조너선의 짐 가방을 들어 주었다. 칼이 벨을 누르자 검은 원피스를 입고 흰 앞치마를 두른 중년 여성이 웃으면서 문을 열어 주었다.

"가비예요." 위스터가 조너선에게 소개했다. "가끔 와서 일해 주는 가정부죠. 이 건물 다른 집 살림을 도맡아 하면서 그 집에서 숙식하는데, 오늘 밤에만 우리 집에 와서 음식을 해 달라고 내가 부탁했습니다. 가비, 프랑스에서 오신 트레바니 씨예요."

가정부가 조너선에게 기분 좋은 미소를 지어 보이더니 코트를 받아 주었다. 둥근 푸딩 같은 얼굴이 선해 보였다.

* 함부르크에서 가장 큰 인공 호수

54

"씻을 거면 여기에서 씻어요." 위스터가 불 켜진 욕실을 가리키며 말했다. "스카치 한잔 갖다드리죠. 출출해요?"

조너선이 욕실에서 나오자, 넓은 거실 네 구석에 램프가 하나씩 켜져 있었다. 위스터가 녹색 소파에 앉아서 시가를 피우고 있었다. 스카치 두 잔이 커피 테이블 위에 놓여 있었다. 가비가 샌드위치와 동글동글한 연노랑 치즈가 담긴 접시를 들고 곧바로 들어왔다.

"고마워요, 가비." 위스터가 조너선에게 말했다. "늦은 시간인 거 아는데 손님이 오신다고 했더니 가비가 굳이 남아서 샌드위치를 만들어 주겠다고 하지 뭡니까." 위스터가 말은 기분 좋게 하면서도 미소는 짓지 않았다. 가비가 접시와 은 포크를 차리는 동안, 위스터가 불안한지 일자 눈썹을 가운데로 모았다. 가비가 자리를 뜨자 위스터가 입을 열었다. "몸은 괜찮은 거죠? 이제 본론부터 얘기하죠. 전문의 만나는 거 말입니다. 명의가 있어요. 하인리히 벤트첼 박사라고, 에펜도르퍼 병원의 혈액학자입니다. 에펜도르퍼 병원은 함부르크는 물론 세계적으로도 유명한 병원이에요. 내일 2시에 진료 예약을 잡아 두었는데, 괜찮죠?"

"당연히 괜찮죠. 고맙습니다." 조너선이 말했다.

"밀린 잠을 자기에 충분할 겁니다. 급히 떠난 남편을 부인께서 많이 걱정하지 않으셔야 할 텐데요……. 중증 질환일 경우 다른 의사한테도 진찰을 받아 보는 게 현명한 처사죠."

조너선은 반쯤 흘려듣고 있었다. 어지러웠다. 게다가 화려한 실내 장식 때문인지 집중이 잘 되지 않았다. 여기가 독일이라는 것도, 처음으로 독일에 왔다는 것도 실감 나지 않았다. 가구는 꽤 전형적이지만 고풍스럽다기보다 현대적이었다. 맞은편 벽에는 비더마이어 양식* 의 번듯한 책상이 놓여 있었다. 키 작은 책장이 녹색 커튼이 걸린 창가를 따라 사면을 둘러싸고 있었다. 구석에는 반짝이는 램프가 기분 좋게 빛을 내뿜고 있었다. 유리 커피 테이블 위에는 보라색 나무 상자가 열려 있었고, 칸칸이 나뉜 상자 안에는 각종 시가와 담배가 들어 있었다. 청동 장식이 달려 있는 하얀 벽난로는 지금은 꺼져 있었다. 다소 흥미로운 그림이 벽난로 위에 걸려 있었다. 더와트 작품 같았다. 그런데 리브스 마이넛은 어디 있는 걸까? 위스터가 마이넛인가? 자기가 실은

---

* 1900년대 독일과 오스트리아에서 유행한 가구와 실내 장식의 한 양식으로, 건조하고 소박한 것이 특징이다.

마이닛이라고 고백하려나? 조너선이 눈치챘다는 걸 위스터도 눈치챘을까? 조너선은 집 전체를 하얗게 칠해야겠다고 다짐했다. 아르 누보 스타일의 벽지를 침실에 바르겠다는 생각은 버려야 한다. 더욱 화사한 분위기를 내고 싶다면, 논리적으로 따져 봤을 때 흰색이어야 할 것 같았다.

"그리고 다른 제안도 생각해 봤겠죠." 위스터가 다정하게 말했다. "퐁텐플로에서 내가 했던 제안 말입니다."

"안타깝게도 그 문제에 관해서라면, 변한 게 없습니다. 이렇게 되면 제가 6백 프랑을 신세 지는 거네요." 조너선이 억지 미소를 지었다. 벌써 술기운이 도는 것 같았다. 그걸 깨닫는 순간, 긴장한 나머지 술로 입술을 다시 축였다. "3개월 안에 갚겠습니다. 지금은 전문의를 만나는 게 급해서요. 급한 일부터 먼저 하려고요."

"당연히 그래야죠. 돈 갚을 생각은 하지 말아요. 말도 안 되는 소립니다."

조너선은 언쟁은 피하고 싶었지만 묘하게 민망했다. 무엇보다 기분이 이상했다. 꿈꾸는 것 같기도 했고, 자기답지 않았다. 그저 모든 게 낯설었다.

"우리가 제거하려는 이탈리아 남자는 말이죠." 위스터가 두 손을 목뒤에 대더니 천장으로 시선을 올렸다. "번듯한 직업을 갖고 있어요. 하! 웃기지 않습니까! 그 남자는 꼬박꼬박 출근하는 척만 해요. 리퍼반 거리에서 조금 떨어진 클럽을 배회하면서 도박을 좋아하는 양조학자인 척 연기합니다. 내가 보기엔, 함부르크 와인 공장에서 일하는 친구를 둔 게 확실해요. 오후가 되면 꼬박꼬박 와인 공장으로 출근했다가, 저녁이면 프라이빗 클럽 한두 곳에 들러 테이블에 잠시 앉아 도박하면서 만날 만한 사람이 있는지 살피죠. 그렇게 밤을 새우니 오전에는 잠만 잡니다. 여기에서 중요한 건." 위스터가 앉은 채 허리를 세우더니 말을 이었다. "그 남자가 매일 오후 U반을 타고 집으로 간다는 겁니다. 아파트에 세 들어 살거든요. 진짜 같아 보이려고 6개월간 아파트를 계약하고, 6개월간 와인 공장에서 진짜로 일하고 있어요. 샌드위치 드시죠!" 위스터가 샌드위치가 나왔다는 걸 방금 눈치챈 사람처럼 접시를 내밀었다.

조너선은 우설로 만든 샌드위치를 먹었다. 양배추 샐러드와 딜 피클도 옆에 있었다.

"중요한 건, 그 남자가 U반을 타고 가다가 매일 오후 6시 15분경이면 슈타인슈트라세역에서 혼자 내린다는 겁니다. 회사에서 퇴근하는 직장인처럼 말이죠. 바로 그때를 노리려고요." 위스터가 뼈만 남은 손바닥을 아래로 쫙 펼쳤다. "그 남자의 등을 조준해서 딱 한 발만 발사하면 돼요. 확인 사살을 위해 한 발 더 쏠 수도 있겠죠. 그런 다음 총을 버리면 됩니다. 식은 죽 먹기 아닙니까?"

많이 들어 본 구닥다리 표현이었다. "그렇게 쉬운 일을 왜 나더러 하라는 거죠?" 조너선이 정중히 미소를 지었다. "아무리 좋게 말해도 난 초짜예요. 내가 다 망칠 거라고요."

위스터가 못 들은 것 같았다. "전철역에 있는 사람들이 둘러싸겠죠. 몇 명만 에워싸도 누가 누군지 분간이 될까요? 경찰이 아무리 빨리 출동해도 서른 명, 아니 마흔 명은 그 주위를 둘러쌀 겁니다. 슈타인슈트라세역은 규모가 어마어마해요. 주요 철도의 종점으로 쓰이는 역이거든요. 경찰이 사람들을 둘러본다고 해도, 과연 당신을 찾아낼 수 있을까요?" 위스터가 어깨를 으쓱했다. "당신은 총을 버렸어요. 얇은 스타킹을 낀 손으로 총을 쏜 다음에 발사 직후에 스타킹을 벗어 버리는 거죠. 손에는 건 파우더가 묻지 않을 테고, 총에는 지문이 남지 않아요. 당신은 죽은 남자와는 접점이 전혀 없고요. 아니, 거기까지 갈 리도 없어요. 혹시나 경찰이 당신의 프랑스 여권을 봤다고 치자고요. 벤트첼 박사의 진료 예약이 된 상태이니 당신은 결백합니다. 내 말의 요점은, 다시 말해 우리의 요점은, 우리든 클럽이든 관련이 있는 사람은 안 된다는 겁니다."

조너선은 듣기만 하고 아무 말도 하지 않은 채, 총 쏘는 자신의 모습을 상상하고 있었다. 그는 호텔에 있어야 할 것이다. 혹여 경찰이 어디에 묵느냐고 물을 수도 있으니 위스터의 집에 묵어서는 안 된다. 그럼 칼과 가정부는 어쩌지? 그들도 이 일에 대해 알고 있을까? 둘 다 믿을 만한 사람인가? 처음부터 끝까지 말이 되지 않았다. 조너선은 웃고 싶었다. 그런데 웃음이 나오지 않았다.

"피곤하신가 봅니다." 위스터가 말했다. "쓰실 방을 보여 드릴까요? 가비가 이미 짐을 갖다 놓았습니다."

15분 후, 조너선은 뜨거운 물에 샤워하고 파자마로 갈아입었다. 거실에는 정면으로 두 개의 창이 나 있었는데, 그가 있는 방에도 정면으로 난 창이 하나 있었다. 호수 표면을 내다보았다. 호숫가를 따라 조명이 켜져 있었다. 정박한 보트에서 붉은 조명과 녹색 조명이 반짝거렸다. 어둡지만 평화롭고 광활해 보였다. 서치라이트의 빛줄기가 지켜 주겠다는 듯이 하늘을 훑으며 지나갔다. 침대는 폭이 120센티미터 정도였고, 잠자리에 들기 좋게 이불이 단정히 젖혀져 있었다. 침대 옆 탁자 위에는 물이 담긴 듯한 잔과 지탄 담배 한 갑이 놓여 있었다. 그가 피우는 프랑스제 담배였다. 재떨이와 성냥도 있었다. 조너선은 잔을 들고 한 모금 마셨다. 진짜 물이 맞았다.

6 조너선은 침대 모서리에 걸터앉아서 가비가 방금 갖다주고 간 커피를 마셨다. 커피가 입에 맞았다. 진한 커피 위에 크림이 도톰히 올라가 있었다. 오전 7시에 눈을 떴다가 다시 잠이 들었고, 위스터가 문을 두드린 10시 30분에서야 깼다.

"미안해하지 말아요. 푹 잤다니 다행이네요." 위스터가 말했다. "가비가 커피를 더 갖다주려고 하던데, 혹시 차가 더 좋아요?"

위스터는 조너선이 묵을 호텔을 예약해 놓았다고 했다. 영어로 빅토리아 호텔이란 곳으로 점심 먹기 전에 옮기자고 했다. 조너선은 고맙다고 인사했다. 두 사람은 호텔에 대해서는 더는 얘기하지 않았다. 조너선이 어젯밤에 생각했던 대로, 호텔로 옮기는 게 시작으로 보였다. 위스터의 계획을 실행에 옮기려면 그의 집에 손님으로 묵어서는 안 되었다. 아무튼 두어 시간 후면 위스터와 한 지붕 아래 있지 않아도 된다니, 조너선은 마음이 놓였.

위스터의 친구인지 지인인지 모를 남자가 12시에 도착했다. 루돌프라는 남자는 젊고 마른 체격에 검은 직모를 갖고 있었다. 긴장했지만 예의 바르게 행동했다. 위스터의 소개에 따르면 의대생이라는데 영어를 못하는 게 확실했다. 조너선은 그를 보자 프란츠 카프카의 사진이 떠올랐다. 칼이 모는 차를 타고 다 같이 조너선이 묵을 호텔로 출발했다. 모든 게 프랑스와는 달라 보였다. 조너선은 함부르크가 폭격을 당해 초토화되었던 과거를 상기했다. 차가 상점가 앞에 섰다. 빅토리아 호텔에 도착한 것이다.

"직원들이 영어를 할 줄 아니 우린 차에서 기다리겠습니다." 위스터가 말했다.

조너선이 호텔로 들어가자, 벨보이가 정문에서 가방을 받아 주었다. 체크인할 때 그는 영국 여권을 펼쳐 놓고 여권 번호를 정확히 옮겨 적었다. 위스터가 시킨 대로 짐을 호텔방에 갖다 놓아 달라고 부탁했다. 이곳은 중급 호텔 정도로 보였다.

이제 다 같이 차를 타고 점심을 먹으러 식당으로 이동했다. 칼은 식사에 동석하지 않았다. 세 사람은 식사하기 전에 와인부터 시켰다. 루돌프가 슬슬 흥이 올랐다. 루돌프가 독일어로 말하면, 위스터가 몇 가지 농담을 번역해 주었다. 조너선은 2시에 병원에 갈 생각을 하고 있었다.

"리브스." 루돌프가 위스터를 리브스라고 불렀다.

루돌프가 아까도 위스터를 보고 리브스라고 불렀는데. 이번에도 조너선이 잘못 들은 게 아니었다. 위스터가, 아니 리브스 마이넛이 차분히 반응하자, 조너선도 잠자코 있었다.

"빈혈 때문에 오신 건가요?" 루돌프가 조너선에게 물었다.

"그보다 더 심각한 병이에요." 조너선이 씩 웃었다.

"슐리머(더 심각해)." 리브스 마이넛이 루돌프에게 연신 독일어로 설명했다. 조너선은 리브스가 구사하는 독일어가 자신의 불어만큼 서툴긴 해도, 둘 다 그 정도 외국어 실력이면 충분해 보였다.

음식은 훌륭했고 양도 꽤 많았다. 리브스가 시가를 꺼냈는데 그걸 다 피우기도 전에 병원으로 출발해야 했다.

병원은 광활한 부지에 자리 잡고 있었다. 숲과 꽃이 수놓인 오솔길 사이에 있는 건물 여러 채를 쓰고 있었다. 이번에도 칼이 차로 데려다주었다. 조너선이 가야 하는 병동은 미래의 연구실처럼 생겼다. 복도 양쪽에 연구실이 늘어선 모습만 보면 호텔과 흡사했지만, 대신 그 안에는 크롬 의자와 침대가 놓여 있고 다채로운 색상의 램프나 형광등이 켜져 있는 게 달랐다. 소독약 냄새가 아니라 기괴한 가스 냄새가 났다. 5년 전 조너선이 방사선 치료를 받을 때 나던 냄새하고 비슷했다. 백혈병 때문에 받은 치료였지만 아무런 도움이 되지 않았다. 아무것도 모르는 환자가 전지전능한 전문의에게 완전히 무릎을 꿇을 것 같은 장소라는 생각이 들자, 조너선은 당장이라도 기절할 것처럼 맥이 풀렸다. 방음재가 깔린 복도를 루돌프와 걷자니, 영원히 끝나지 않을 길을 걷는 것만 같았다. 루돌프가 필요한 순간에 통역을 해 주기로 했다. 리브스는 칼과 함께 차에 남아 있었다. 두 사람이 기다려 줄는지, 검사가 얼마나 걸리는지 조너선은 조금도 알지 못했다.

벤트첼 박사는 풍채가 좋고 허옇게 센 머리에 콧수염을 기르고 있었다. 토막 난 영어를 구사할 뿐, 길게 문장을 만들지 못했다. "얼마나?" 조너선은 6년 되었다고 답했다. 그리고 체중을 잰 다음, 최근에 체중이 줄었느냐는 질문에 대답했다. 허리춤 옷을 걷어서 비장 촉진 검사를 받았다. 박사가 독일어로 말하면, 간호사가 받아 적었다. 혈압 측정, 안구 검사, 소변 검사, 피 검사를 하고 마지막으로 흉골에 뾰족한 바늘을 찔러서 골수를 채취했다. 페리에 박사보다 신속하나 덜 아프게 검체 채취가 끝났다. 내일 오전 중에 결과가 나온다고 했다. 검사는 고작 45분 만에 끝났다.

조너선과 루돌프가 밖으로 나왔다. 차는 몇 미터 떨어진 주차장의 다른 차들 사이에 세워져 있었다.

"어땠어요? 결과는 언제 나온답니까?" 리브스가 물었다. "우리 집으로 갈래요, 아니면 호텔에 데려다줄까요?"

"호텔이 좋겠어요." 조너선은 긴장이 풀렸는지 자동차 뒷자리에 몸을 깊이 파묻었다.

루돌프가 리브스에게 벤트첼 박사의 칭찬을 늘어놓는 것 같았다. 차가 호텔에 도착했다.

"저녁 식사 시간에 맞춰서 데리러 오겠습니다. 오후 7시에요." 리브스가 기운찬 목소리로 말했다.

조너선은 열쇠를 받아 들고 방으로 올라갔다. 재킷을 벗고 침대에 엎드렸다. 잠시 후, 몸을 일으켜 책상으로 갔다. 서랍에 편지지가 들어 있었다. 책상에 앉아 편지를 썼다.

19xx 4월 4일

사랑하는 시몬
방금 검사를 받고 왔는데, 결과는 내일 아침에 나온대. 병원이 얼마나 체계적으로 돌아가던지. 의사는 오스트리아 황제 프란츠 요제프처럼 생겼는데 세계 최고의 혈액학자래. 내일 무슨 결과가 나오든 한결 후련할 것 같아. 당신이 이 편지를 받기 전에 내일 먼저 내가 집에 도착하는 행운이 있었으면. 벤트첼 박사가 몇 가지 검사를 더 하자고 하지만 않는다면 말이지.
나는 괜찮다고 얘기하려고 이제 전보를 치러 해. 보고 싶다.
당신도, 우리 돌멩이도.
금방 갈게, 내 사랑.

조너선

조너선은 가장 아끼는 짙은 남색 양복을 옷걸이에 건 다음, 가방에 있

60

는 짐은 그대로 두고 편지를 부치러 아래층으로 내려갔다. 아주 오래된 여행자 수표책에 남아 있던 10파운드짜리 수표 서너 장을 어젯밤 공항에서 환전했다. 그는 잘 있다고, 편지가 조만간 갈 거라고 시몬에게 짤막하게 전보를 쳤다. 그런 다음 밖으로 나가 거리 이름과 주변 경관을 메모한 다음—큼직한 곰 광고판이 가장 인상적이었다—산책을 나섰다.

거리는 쇼핑객들과 행인들로 붐볐다. 목줄을 한 닥스훈트도 보였고, 길모퉁이에 과일과 신문을 늘어놓고 파는 잡상인들도 있었다. 조너선은 예쁜 스웨터가 한가득 걸린 쇼윈도를 뚫어져라 보았다. 크림색 양모 위에 근사한 파란색 실크 가운이 걸려 있었다. 가격을 프랑으로 환산했다가 마음을 접었다. 관심이 없어서가 아니었다. 트램과 버스가 오가는 분주한 대로를 건너 보행자 전용 다리가 놓인 운하로 향했다. 다리는 건너지 않기로 했다. 커피나 마실까. 밝은 분위기의 카페로 걸음을 옮겼다. 쇼케이스 안에는 빵이 진열되어 있었고, 실내에는 카운터와 작은 테이블이 보였다. 하지만 안으로 들어갈 수 없었다. 내일 아침에 무슨 결과가 나올지 두려웠기 때문이다. 익숙한 예감이 들자 헛헛한 기분이 덜컥 밀려왔다. 휴지 조각처럼 하찮은 존재가 된 것 같았다. 생명이 증발하는지 이마에 식은땀이 맺혔다.

조너선이 알고 있는 게, 최소한 의심이 가는 게 있었다. 내일 아침 가짜 검사 결과를 받을지도 모른다는 의심이었다. 루돌프의 존재가 의심스러웠다. 의대생 루돌프는 아무런 도움이 되지 않았고, 필요 없는 존재였다. 영어라면 벤트첼 박사의 간호사도 할 줄 알았다. 설마 루돌프가 오늘 밤에 검사 결과지를 가짜로 만드는 건 아니겠지? 아니면 요령껏 바꿔치기하려나? 오늘 오후에 루돌프가 병원 용지를 슬쩍 집어 오는 모습이 상상 속에 떠올랐다. 아니 내가 미쳐 가는 건가, 조너선은 스스로에게 경고했다.

조너선은 호텔로 돌아가면서 지름길을 택했다. 빅토리아 호텔에 도착한 후, 열쇠를 받아 방으로 올라갔다. 신발을 벗고 욕실에서 타월을 적셔 침대에 누운 다음, 타월로 이마와 눈을 가렸다. 잠은 오지 않고 기분만 묘해졌다. 리브스 마이넛은 이상한 사람 같았다. 생판 남에게 6백 프랑을 송금하고 정신 나간 제안을 하면서 4만 파운드를 더 얹어 주겠다고 하다니. 사실일 리가. 리브스 마이넛이 그 돈을 절대로 줄 리 없었다. 리브스는 환상 속에 사는 사람 같았다. 사기꾼이 아니라 성격 파탄자 같아 보였다. 자기가 권력을 쥔 거물이라고 착각하는 타입 같았다.

전화벨 소리에 잠에서 깼다. 남자가 영어로 말했다.

"로비에서 신사분이 기다리고 계십니다."

조너선이 시계를 들여다보았다. 오후 7시에서 1~2분이 막 지난 시각이었다. "곧바로 내려가겠다고 전해 주시겠어요?"

조너선은 세수하고 터틀넥 스웨터를 입고 재킷을 걸쳤다. 그 위에 코트도 입었다.

차에는 칼이 혼자 타고 있었다. "오후엔 잘 쉬셨어요?" 칼이 영어로 물었다.

조너선은 가벼운 대화를 주고받다가 칼이 다채로운 영어 어휘를 구사한다는 걸 간파했다. 칼이 리브스 마이넛을 위해 이방인들을 얼마나 많이 태우고 다녔을까? 칼은 리브스가 무슨 일을 한다고 생각하고 있을까? 그게 칼에겐 문제가 되지 않을 것이다. 리브스는 무슨 일을 하려는 걸까?

칼이 저번과 마찬가지로 경사진 출입로에 차를 세웠고, 이번엔 조너선이 혼자 엘리베이터를 타고 2층으로 올라갔다.

리브스 마이넛이 회색 플란넬 바지에 스웨터를 걸친 차림으로 현관에서 조너선을 맞이해 주었다. "어서 와요. 오후에는 푹 쉬었어요?"

둘이 스카치를 마셨다. 두 사람을 위한 식탁이 차려져 있었다. 오늘 저녁에는 단 둘뿐이라는 걸 조너선은 눈치챘다.

"내가 노리는 남자의 사진을 보여 드리죠." 리브스가 소파에서 마른 몸을 일으키더니 비더마이어 양식의 책상 서랍에서 뭔가를 꺼냈다. 사진은 두 장이었다. 한 장은 정면 사진이었고, 또 한 장은 테이블 위로 몸을 숙인 사람들 틈에서 옆모습이 찍힌 사진이었다.

조너선은 룰렛 테이블에 앉은 정면 사진을 보았다. 여권 사진처럼 또렷했다. 남자는 마흔가량 되어 보였다. 이탈리아 남자답게 얼굴은 각지고 통통했고 코에서 두툼한 입술까지 팔자 주름이 이미 잡혀 있었다. 짙은 눈은 경계하면서도 놀란 기색이 엿보였다. 희미하게 머금은 미소를 지으며 '내가 무슨 짓을 했다고 그래?' 하고 잡아떼는 듯했다. 이름이 살바토레 비앙카라고 리브스가 일러 주었다.

리브스가 여러 명과 찍힌 사진을 가리켰다. "일주일 전에 함부르크에서 찍은 사진입니다. 비앙카가 도박은 안 하고 구경만 하고 있죠. 룰렛 바퀴를 쳐다보는 아주 드문 순간을 포착한 겁니다. 비앙카가 대여섯 명은 죽였을 겁니다. 그러지 않았다면 마피아의 똘마니가 될 수 없었겠죠. 그렇다고 해서 마피아 보스처럼 핵심 조직원은 아니고 소모

품에 지나지 않아요. 신규 사업에 진출할 때 필요한 선발대일 뿐이죠." 리브스가 설명하는 사이 조너선이 술잔을 비우자, 리브스가 한 잔 더 따라 주었다. "비앙카는 늘 모자를 쓰고 다녀요. 외출할 때 홈부르크 모자를 쓰고 트위드 코트를 주로 입죠."

리브스의 집에는 전축이 있었다. 조너선은 음악을 듣고 싶었지만, 틀어 달라고 부탁했다간 무례해 보일 것 같았다. 그가 부탁하면 리브스가 달려가서 조너선이 듣고 싶다는 음악을 정확히 틀어 주겠지만 말이다. 조너선이 마침내 입을 열었다. "생긴 것도 평범하고 홈부르크 모자를 푹 눌러 쓰고 코트 깃을 세워서 입는 사람을 이런 사진 두 장만 보고 어떻게 인파 속에서 골라내라는 겁니까?"

"내 친구 프리츠가 라트하우스역에서 비앙카와 같이 타고 가다가 다음 역인 메스베르크역에서 내릴 겁니다. 그다음이 슈타인슈트라세역이거든요. 자, 봐요!"

여기에서 리브스가 또다시 자세한 설명을 이어 갔다. 그는 조너선에게 함부르크 지도를 보여 주려고 아코디언처럼 접힌 지도를 쫙 펼치더니 파란 점이 찍힌 U반 노선도를 가리켰다.

"당신은 라트하우스역에서 프리츠하고 U반을 같이 탈 겁니다. 프리츠가 저녁 식사 후에 이리로 오기로 했어요."

실망시켜 드려서 미안하다고 조너선은 말하고 싶었다. 그는 이 지경까지 리브스를 끌고 왔다는 죄책감에 양심이 찔렸다. 아니, 리브스가 끌고 온 걸까? 그건 아니다. 리브스는 정신 나간 도박을 하던 사람이라 이런 일에 익숙해 보였다. 리브스가 처음 접근한 사람이 조너선은 아닐 것이다. 조너선은 자기가 처음이냐고 묻고 싶었다. 리브스가 건조하게 설명을 이어 나갔다.

"한 발 더 쏴야 할 경우가 분명 생길지도 모릅니다. 당신을 속이고 싶진 않습니다⋯⋯."

조너선은 실패할 가능성에 대해 듣게 되어 좋았다. 그동안 리브스는 내내 장밋빛 미래만 떠들어 댔었다. 식은 죽 먹기나 다름없는 총질을 하면 돈을 두둑이 챙겨서 프랑스든 외국이든 어디든 가서 훨씬 여유롭게 살 수 있다고, 크루즈선을 타고 전 세계를 누빌 수 있다는 말만 했었다. 조르주에게는 뭐든 최고로 해 줄 수 있고(리브스가 아들 이름을 물었었다), 시몬에게는 더욱 안정된 생활을 선사해 줄 거라고 했었다. 그 큰돈을 시몬에게 뭐라 설명하나, 조너선은 고민하고 있었다.

"알주페 드세요." 리브스가 말하더니 숟가락을 들었다. "함부르크

특제 요리죠. 가비가 아주 잘하는 요리랍니다."

알주페라는 장어 수프는 맛이 기막히게 좋았다. 차가운 모젤 와인도 훌륭했다.

"함부르크에 유명한 동물원이 있습니다. 세틀링겐이라는 곳에 하겐베크 동물원이 있어요. 드라이브 삼아 가기에 좋아요. 내일 아침에 가면 되겠네요. 그러니까……." 리브스가 별안간 괴로운 표정을 지었다. "내게 무슨 일이 생기지 않는다면 말이죠. 무슨 일이 일어날 수도 있거든요. 오늘 밤이나 내일 새벽을 잘 넘겨야 알 수 있어요."

누가 보면 동물원이 중요한 일정인 줄 알았을 것이다. 조너선이 말했다. "검사 결과가 내일 아침에 나오니 11시까지는 병원에 가야 해요." 절망감이 밀려왔다. 11시가 그의 죽음을 알리는 시간이 될 것만 같았다.

"당연히 그래야죠. 그럼 동물원은 오후에 갑시다. 동물들이 천연 서식지에서 사는데……."

사우어브라텐*과 적양배추도 먹었다.

초인종이 울렸다. 리브스가 가만히 앉아 있자, 곧바로 가비가 들어오더니 프리츠 씨가 왔다고 전했다.

프리츠는 손에 모자를 들고 초라한 코트를 입고 있었다. 나이는 쉰 정도로 보였다.

"이쪽은 폴입니다." 리브스가 조너선을 가리키며 말했다. "영국에서 오셨어요. 이쪽은 프리츠예요."

"안녕하세요." 조너선이 인사했다.

프리츠가 조너선에게 다정하게 손을 흔들었다. 프리츠가 생긴 건 거칠어도 미소는 다정해 보인다고 조너선은 생각했다.

"앉아요, 프리츠. 와인? 스카치?" 리브스가 독일어로 물었다. "폴도 우리 사람이에요." 리브스가 영어로 프리츠에게 덧붙이더니 목이 긴 큼직한 잔에 화이트 와인을 따라 건넸다.

프리츠가 고개를 끄덕였다.

조너선은 놀랐다. 큼직한 와인 잔은 바그너의 오페라에서나 나올 법했다. 이제 리브스가 의자에 몸을 비스듬히 기대고 앉았다.

"프리츠는 택시를 몰아요. 저녁에 비앙카를 집에 데려다준 적이 여러 번 있대요. 맞죠?"

* 시큼한 맛이 나는 구운 쇠고기

프리츠가 웃으면서 뭐라고 웅얼거렸다.

"여러 번은 아니고 두 번 태워 줬답니다." 리브스가 정정했다. "분명한 건, 우리가……." 리브스가 망설였다. 무슨 언어로 말해야 할지 혼란스러워하다가 조너선을 보며 영어로 말을 이었다. "비앙카가 프리츠의 얼굴을 모를 거라는 거죠. 안다고 해도 문제 될 건 없어요. 프리츠는 메스베르크역에서 내릴 테니까요. 여기에서 중요한 건, 당신이 내일 라트하우스역 앞에서 프리츠를 만날 거고, 프리츠가 우리의 비앙카가 누군지 알려 줄 거라는 거죠."

프리츠가 고개를 끄덕였다. 모든 걸 이해한 게 분명했다.

자정이 지났으니 내일이 오늘이 되었다. 조너선은 잠자코 듣기만 했다.

"라트하우스역에서 오후 6시 15분경에는 지하철을 타야 하니, 6시 전까지 역에 도착하는 게 제일 좋습니다. 비앙카가 일찍 올 수도 있으니까요. 사실 정확히 6시 15분에 오는 편이긴 해요. 칼이 라트하우스역까지 태워다 줄 테니, 그건 걱정할 거 없어요, 폴. 당신과 프리츠는 서로 가까이 붙어 있으면 안 되지만, 비앙카가 타는 칸에는 같이 타야 해요. 그래야 프리츠가 비앙카가 누군지 콕 집어서 알려 줄 수 있거든요. 여하튼 프리츠는 이전 역인 메스베르크역에서 내릴 겁니다." 리브스가 프리츠에게 독일어로 말하면서 손을 내밀었다.

프리츠가 안주머니에서 검은 리볼버를 꺼내 리브스에게 건넸다. 리브스가 문을 힐끔거렸다. 혹시 가비가 들어올까 봐 불안해하면서도 그리 걱정하는 눈치는 아니었다. 총은 손바닥 크기를 넘지 않았다. 리브스가 총을 대충 만지작거리다가 실린더를 열고 확인했다.

"장전이 되어 있고, 안전장치가 걸려 있어요. 받아요. 총에 대해 알긴 압니까, 폴?"

조너선은 수박 겉핥기로 알았다. 리브스가 프리츠의 도움을 받으며 시범을 보여 주면서, 안전장치가 중요하다며 그걸 푸는 방법을 숙지하라고 했다. 이탈리아제 총이었다.

프리츠가 가 보겠다며 조너선에게 고개를 숙여 작별 인사를 건넸다. "내일 봐요, 6시에!" 리브스가 프리츠를 문까지 배웅하더니 복도에 걸려 있던 적갈색 코트를 들고 돌아왔다. 새 옷 같진 않았다. "굉장히 헐렁할 겁니다. 어디 걸쳐 봐요."

조너선은 내키진 않았지만, 일어나서 코트를 걸쳤다. 소매가 길었다. 손을 주머니에 넣었다. 그제야 리브스가 오른쪽 주머니를 뚫어 놓았다고 했다. 재킷 주머니에 총을 넣고 있다가 코트 주머니 사이로 총을 쥐고 기왕이면 딱 한 발만 격발한 후에 버리라고 했다.

"사람들이 모여들 겁니다. 2백 명은 될 거예요. 현장에서 물러서는 사람들처럼 뒷걸음질 쳐야 해요." 리브스가 몸을 뒤로 빼며 뒷걸음질하는 시범을 보였다.

이제 둘이서 커피와 함께 슈타인하거*를 마셨다. 리브스가 파리에서의 생활과 시몬, 조르주에 대해 이런저런 질문을 했다. 조르주가 영어도 하는지, 불어만 하는지도 물었다.

"아이가 영어를 조금씩 배워 나가는 중이에요. 아들하고 같이 있는 시간이 별로 없어서 제가 불리하죠."

7 다음 날 오전 9시가 넘자마자, 리브스가 조너선이 묵는 호텔로 전화를 걸었다. 칼이 병원에 데려다주러 10시 40분까지 갈 거라면서, 루돌프도 동행한다고 했다. 조너선이 예상했던 바였다.

"행운을 빕니다. 나중에 봐요." 리브스가 말했다.

조너선은 아래층 로비에서 런던에서 발행한 『타임스』를 읽고 있었다. 루돌프가 예정보다 몇 분 일찍 도착했다. 수줍게 미소 짓는 루돌프의 얼굴이 오늘따라 유난히 카프카를 빼닮았다.

"안녕하세요, 트레바니 씨!" 루돌프가 인사했다.

루돌프와 조너선이 대형 승용차 뒷좌석에 탔다.

"결과가 좋게 나와야 할 텐데요." 루돌프가 밝게 말했다.

"의사도 만나려고요." 조너선도 유쾌하게 말했다.

조너선은 루돌프가 자기가 한 말을 이해했다고 확신했다. 그런데 루돌프가 약간 당황한 표정을 지으며 말했다. "그건 우리가 알아보겠습니다."

조너선은 루돌프와 같이 병원으로 들어갔다. 루돌프는 자기가 결과지도 받아다 주고, 벤트첼 박사한테 진료받을 자리가 남았는지도 알아봐 주겠다고 했다. 칼이 통역해 준 덕분에 조너선은 제대로 알아들을 수 있었다. 솔직히 칼은 이도 저도 아닌 중립으로 보였다. 그렇게 보이는 게 아니라 실제로 중립이었다. 그런데 분위기가 묘한 것이, 다들

---

* 독일 진의 일종으로, 주니퍼 베리 오일로 맛을 낸 증류주

연기하는 것 같았다. 그것도 대단히 어설픈 연기를 하는 것 같았다. 조너선마저 연기를 하고 있었다. 루돌프가 입구 데스크에 앉은 간호사에게 트레바니 씨의 검사 결과지를 달라고 했다.

간호사가 각종 크기의 밀봉된 봉투가 담긴 상자를 뒤적이다가 조너선의 이름이 적힌 봉투를 꺼내 주었다.

"벤트첼 박사님을 뵐 수 있을까요?" 조너선이 간호사에게 물었다.

"벤트첼 박사님이요?" 간호사가 칸이 처진 장부를 보더니 버튼을 누르고 수화기를 들었다. 잠시 독일어로 말하더니 전화를 끊고 조너선에게 영어로 설명했다. "담당 간호사 말로는 벤트첼 박사님이 오늘은 예약이 꽉 찼다고 합니다. 내일 오전 10시 반으로 잡아 드릴까요?"

"그렇게 해 주세요." 조너선이 대답했다.

"그럼, 그렇게 해 드리겠습니다. 그런데 담당 간호사가 그러는데, 결과지만 봐도 다 아실 거라던데요."

조너선과 루돌프가 차로 걸어왔다. 루돌프가 실망한 눈치였다. 아니, 루돌프가 실망했다고 조너선이 오해하는 걸까? 아무튼 조너선의 손에는 도톰한 봉투가 들려 있었다. 검사 결과지 원본이었다.

조너선이 차에서 "실례하겠습니다" 하고 루돌프에게 말하더니, 봉투를 열었다. 타이핑된 세 장짜리 결과지가 들어 있었다. 조너선이 훑어보자, 눈에 익은 불어는 물론, 영어와 상당히 겹치는 용어들이 보였다. 그런데 마지막 장에는 독어로 꽤 길게 적힌 두 개의 문단이 보였다. 그 속에서도 황골수를 지칭하는 용어가 눈에 들어왔다. 조너선은 백혈구 수치 210,000이라는 숫자를 보는 순간, 심장이 철렁했다. 프랑스에서 마지막으로 검사받았을 때보다 약간 높아진 수치이자 역대 최고치였다. 조너선은 굳이 마지막 장을 읽으려 하지 않았다. 결과지를 접자, 루돌프가 정중한 어조로 뭐라고 말하며 손을 내밀었다. 조너선은 내키진 않았지만 결과지를 넘겼다. 어쩔 수가 없었다. 그게 뭐 그리 대수라고.

루돌프가 칼에게 출발하자고 했다.

조너선은 창밖을 내다보았다. 루돌프에게 무슨 설명이든 해 달라고 부탁할 마음이 들지 않았다. 사전을 찾아보거나 리브스에게 부탁하는 편이 나을 것 같았다. 귀에서 윙 하는 소리가 나자, 몸을 뒤로 젖히고 숨을 깊이 들이마시려고 했다. 루돌프가 조너선을 힐끔 쳐다보더니 곧바로 창문을 내려 주었다.

칼이 어깨 너머로 말했다. "마이닛 씨가 두 분 다 점심 먹으러 오라시는데요. 점심 먹고 동물원에 가신답니다."

루돌프가 웃으며 독일어로 대답했다.

조너선은 호텔로 가 달라고 부탁하려 했지만, 가 봐야 호텔방에서 대체 뭘 하겠는가? 봐도 모르는 결과지를 붙들고 마음이나 졸이겠지. 루돌프가 어딘가에 내려 달라고 하자, 칼이 운하 근처에서 차를 세워 주었다. 루돌프가 손을 내밀더니 조너선의 손을 꽉 잡았다. 칼은 리브스 마이닛의 집으로 차를 몰았다. 알스터 호수가 햇빛에 반짝이고 있었다. 정박한 보트 여러 척이 기분 좋게 까딱이고 있었다. 두어 척은 새로 산 장난감처럼 깔끔하게 떠다니고 있었다.

가비가 문을 열어 주었고, 통화하던 리브스는 다급히 전화를 끊었다.

"조너선, 어서 와요, 어떻게 됐어요?"

"결과가 안 좋아요." 조너선이 대답했다. 하얀 방에 쏟아지는 햇살이 눈부셨다.

"결과지는요? 내가 좀 봐도 될까요? 모두 다 이해한 거예요?"

"아뇨, 전부는 아니에요." 조너선이 봉투를 리브스에게 건넸다.

"의사도 만났어요?"

"오늘은 자리가 없대요."

"앉아요, 조너선. 한잔하든가." 리브스가 책장에 올려 둔 술병을 가지러 갔다.

조너선은 소파에 앉아 머리를 뒤로 기댔다. 멍하고 속상했다. 그래도 지금은 어지럽지 않았다.

"프랑스에서 받은 결과보다 안 좋아요?" 리브스가 물을 탄 스카치 잔을 들고 왔다.

"그런 거 같아요."

리브스가 길게 적힌 맨 마지막 쪽 결과지를 읽었다. "작은 상처에 주의하라, 흥미롭군요."

새로운 내용은 없어 보였다. 조너선은 걸핏하면 피가 나곤 했다. 그는 리브스가 말해 주기를 기다렸다. 정확히 말하면, 번역해 주기를 기다렸다.

"루돌프가 번역해 줬어요?"

"아뇨. 사실 부탁하지도 않았어요."

"'기존 진단 내용을 확인하지 못한 상태에서 이번 수치만 보고 상태가 악화되었다고 단언할 수는 없다. (…) 발병한 지 오랜 시일이 지났다는 점을 고려하면 충분히 위험하나…….' 단어를 꼼꼼히 찾아봐야 할 거 같아요. 합성어가 한두 개 보이는데 사전을 찾아봐야겠지만, 요지

68

는 파악했어요."

"그럼 요지라도 말해 주세요."

"당신이 이해할 수 있도록 병원에서 영어로 작성해 줄 수도 있었을 텐데 말입니다." 리브스가 이렇게 말하더니 마지막 쪽을 다시 훑어보았다. "과립구 및 황골수가 과다 증식하여 (…) 환자는 과거에 엑스선 치료를 받았다고 했으나, 현재로서는 동일 치료를 다시 받는 걸 권하지 않는다. 백혈구 세포에 내성이 생길 수 있으며⋯⋯.'"

리브스가 몇 분간 계속 읽어 내려갔다. 조너선은 자기가 얼마나 더 살 수 있는지, 언제까지 살 수 있는지 예측하는 문구는 없다는 걸 눈치챘다.

"오늘은 벤트첼 박사를 못 만났으니 내일로 예약을 잡을까요?" 리브스가 진심으로 걱정하며 물었다.

"고맙습니다만, 내일 오전으로 예약을 잡고 왔어요. 10시 반이요."

"잘했네요. 간호사가 영어를 한다고 했으니 루돌프는 필요 없겠어요. 잠깐 누울래요?" 리브스가 쿠션을 소파 한쪽 끝에 대 주었다.

조너선은 한쪽 발은 바닥에 붙이고 다른 쪽 다리는 소파 모서리에 걸친 채 누웠다. 기운이 없고 나른했다. 몇 시간은 늘어지게 잘 수 있을 것 같았다. 리브스가 햇살이 쏟아지는 창가를 서성이며 동물원 얘기를 떠들었다. 희귀 동물이 있다면서 이름을 말해 주었는데, 조너선은 한쪽 귀로 듣고 한쪽 귀로 흘렸다. 리브스는 최근 남아메리카에서 한 쌍이 들어왔다면서 꼭 봐야 한다고 했다. 조너선은 조르주가 돌멩이를 자기 수레에 싣고 끄는 모습을 상상했다. 우리 돌멩이. 그는 장성한 조르주의 모습을 보지 못한다는 것도, 키가 훤칠해지고 변성기를 겪는 모습도 절대로 볼 수 없다는 것도 직감하고 있었다. 벌떡 일어나 앉더니 이를 앙다물고 기운을 차리려고 버둥거렸다.

가비가 큼직한 쟁반을 들고 들어왔다.

"가비한테 차가운 음식으로 점심을 준비해 달라고 했어요. 그래야 싸 가지고 다니다가 먹고 싶을 때 어디서든 먹을 수 있으니까요." 리브스가 말했다.

두 사람은 차가운 연어에 마요네즈를 뿌려 먹었다. 조너선은 입맛이 별로 없었는데도 버터가 발린 갈색 빵과 와인은 맛이 훌륭했다. 리브스가 살바토레 비앙카 얘기를 하고 있었다. 마피아는 매매춘과 얽혀 있어서 그들이 운영하는 도박장에 매춘부를 고용하는 게 관례며, 화대의 90퍼센트를 떼어 간다고 했다. "그건 갈취죠. 돈은 그들의 목표고

69

협박은 그들의 수단이죠. 라스베이거스를 보세요! 그래도 함부르크 마피아들은 매춘은 안 해요." 리브스가 정의의 사도처럼 말했다. "여자를 부리긴 합니다. 몇 안 되는 여자들이 바에서 일을 거들거든요. 물론 돈 주고 여자를 살 수는 있지만, 사업장 내에서의 매춘 행위는 금지됩니다. 엄격히." 조너선은 듣는 둥 마는 둥 했다. 리브스가 하는 말을 생각하는 건 아니었다. 조너선은 포크로 음식을 쿡 찌르자 피가 얼굴로 쏠리면서 자신과 묵언의 논쟁이 시작되는 것 같았다. 나는 총을 쏘게 될 것이다. 며칠 후, 몇 주 후에 죽을 목숨이라서가 아니라, 그저 돈이 필요하기 때문이다. 시몬과 조르주에게 돈을 남겨 주고 싶다. 4만 파운드, 달러로는 9만 6천. 남은 한 명을 마저 죽이지 않거나, 현장에서 체포될 경우 약속된 돈의 절반만 받게 된다.

"그래도 할 거죠?" 리브스가 뻣뻣한 냅킨으로 입술을 문지르며 물었다. 오늘 저녁에 총을 쏠 거냐는 뜻이었다.

"내게 무슨 일이 생기면, 아내가 그 돈을 받는지 당신이 확인해 줄 수 있나요?"

"그게……." 리브스가 미소를 짓자 흉터가 뒤틀렸다. "무슨 일이 있겠어요? 그러죠, 부인이 그 돈을 받는지 내가 확인하겠습니다."

"나에게 진짜로 무슨 일이 생기거나, 내가 이번 일만 하면……."

리브스가 대답하기 싫다는 듯이 입술을 붙였다. "그럴 경우 돈은 반만 드리겠습니다. 솔직히 말하자면, 두 번 다 하게 되지 않을까요? 두 번째 일까지 완수해야 전액을 받을 텐데요. 어마어마한 돈이잖아요!" 리브스가 미소를 지었다. 조너선은 그가 진심으로 웃는 모습은 처음 보았다. "오늘 밤이면 그게 얼마나 간단한 일인지 알게 될 겁니다. 일 마치고 축배를 듭시다. 당신이 그러고 싶다면요." 리브스가 두 손을 머리 위로 높이 들고 손뼉을 쳤다. 조너선은 리브스가 환호하는 동작인 줄 알았는데, 가비를 부르는 신호였다.

가비가 들어와서 접시를 치웠다.

2만 파운드라, 조너선은 생각에 잠겼다. 큰돈은 아니지만, 장례식 치를 돈만 간신히 남기고 죽는 것보다야 나았다.

커피를 마시고 동물원에 갔다. 리브스가 보여 주려고 한 동물은 생긴 건 누런 곰하고 비슷한데 덩치는 작은 한 쌍이었다. 그 앞에 사람들이 모여 있어서 조너선은 제대로 구경하지도 못했고, 관심도 없었다. 대신, 아무 거리낌 없이 어슬렁거리는 사자는 제대로 볼 수 있었다. 리브스는 조너선이 피곤해지면 안 된다고 걱정했다. 오후 4시가 가까워졌다.

리브스의 집으로 돌아가자, 리브스가 조너선에게 하얀 알약 하나를 건네며 '약한 신경 안정제'라고 했다.

"안정제는 필요 없는데요." 조너선이 거절했다. 떨리기는커녕, 사실 꽤 기분이 좋았다.

"일단 먹어 두는 게 상책이에요. 내 말 들어요."

조너선은 알약을 삼켰다. 리브스가 손님방에서 잠시 눈을 붙이라고 했다. 조너선은 잠이 오지 않았다. 리브스가 오후 5시에 들어오더니 조금 이따가 칼이 오면 그 차를 타고 호텔로 가라고 했다. 코트가 호텔 방에 있었다. 리브스가 설탕이 든 차를 건넸다. 맛이 좋았다. 설탕 말고 다른 건 타지 않은 것 같았다. 리브스가 총을 건네더니 안전장치를 걸고 푸는 시범을 한 번 더 보여 주었다. 조너선은 바지 주머니에 총을 집어넣었다.

"이따가 밤에 봅시다!" 리브스가 기운찬 목소리로 말했다.

칼이 조너선을 호텔에 데려다주더니 차에서 기다리겠다고 했다. 조너선은 5분에서 10분 정도 여유를 부려도 될 것 같았다. 시몬과 조르주가 쓰도록 집에 있는 치약을 가져오지 않은 데다가, 여태 새로 사지 않아서 칫솔에 비누를 묻혀서 이를 닦았다. 지탄 담배를 한 개비 피운 다음 창밖을 내다보았다. 아무것도 눈에 들어오지 않고, 아무 생각도 나지 않았다. 이윽고 옷장에 가서 큼직한 코트를 꺼냈다. 낡긴 해도 너덜너덜하진 않았다. 누가 입던 옷일까? 남의 옷을 입고 연기하는 척하면 돼. 연극할 때 쓰는 빈총이라고 생각하면 돼. 그럼에도 조너선은 자기가 앞으로 무슨 일을 하게 될지 정확히 인지하고 있었다. 마피아 조직원에게 (바라건대) 매정하게 총을 쏠 것이다. 조너선은 자기가 연민조차 느끼지 않는다는 걸 깨달았다. 죽으면 죽는 거지 뭐. 각기 다른 이유로, 비앙카의 삶과 조너선의 삶은 가치를 잃고 말았다. 딱 하나 재미있는 게 있다면, 조너선은 비앙카를 살해하는 대가로 돈을 받는다는 점이었다. 조너선은 재킷 주머니에 총을 넣고 나일론 스타킹도 같이 집어넣었다. 한 손으로도 손에 스타킹을 끼울 수 있자, 조너선은 스타킹을 낀 손으로 총에 묻은 지문을 지웠다. 진짜 지문이든 상상 속 지문이든 지우려고 신경질적으로 총을 박박 닦았다. 격발할 때는 코트 자락을 한쪽으로 살짝 치워야 한다. 안 그랬다간, 코트에 총구멍이 뚫릴 것이다. 모자는 없었다. 리브스가 모자를 준비해 주지 않았다니, 신기했다. 이제 와 모자가 없다고 걱정하기엔 너무 늦었다.

조녀선은 방을 나서면서 문을 단단히 닫았다.

칼이 길가에 차를 세워 둔 채 옆에 서 있다가 조녀선에게 차 문을 열어 주었다. 칼이 어디까지 알고 있을까? 처음부터 끝까지? 조녀선은 뒷좌석에 몸을 기댄 채 라트하우스역으로 가 달라고 했다. 그러자 칼이 어깨 너머로 물었다.

"라트하우스역에서 프리츠하고 만나기로 한 거 맞죠?"

"맞아요." 조녀선은 대답한 다음, 마음을 가라앉히고 뒷좌석 한쪽 구석에 앉아 작은 총을 살살 만지작거렸다. 안전장치를 걸었다 풀었다 하면서, 앞으로 밀면 풀린 상태라는 걸 되새겼다.

"마이닛 씨가 이쯤이라고 하셨습니다. U반 입구는 길 건너편입니다." 칼이 내리지 않고 문만 열어 주었다. 차와 행인들로 거리가 붐볐기 때문이다. "마이닛 씨가 저더러 7시 반에 호텔로 모시러 가라고 하셨어요."

"고맙습니다." 조녀선은 순간 머리가 멍해졌다. 쿵 하고 차 문이 닫히는 소리가 들리자, 두리번거리며 프리츠를 찾았다. 요하네슈트라세와 라트하우스슈트라세가 만나는 드넓은 교차로가 보였다. 런던 피커딜리처럼 교차로가 많아서 지하철로 내려가는 입구가 최소 네 개는 되어 보였다. 작은 키에 모자를 쓴 프리츠가 있는지 주변을 살폈다. 축구 선수 같은 남자들이 코트를 입고 지하철 계단으로 우르르 뛰어 내려가는 순간, 계단 철제 난간 옆에 차분히 서 있는 프리츠가 보였다. 밀회하는 연인을 만나기라도 한 듯 조녀선의 심장이 쿵쾅거렸다. 프리츠가 계단을 가리키더니 먼저 내려갔다.

조녀선은 눈으로 프리츠의 모자를 놓치지 않고 따라갔다. 둘 사이에 있는 사람은 대략 열다섯 명. 프리츠가 인파에서 빠져나왔다. 비앙카가 아직 현장에 도착하지 않은 게 분명했다. 둘이 비앙카를 기다렸다. 주위에 있는 독일 사람들이 왁자지껄 떠들고 웃음을 터뜨리며 "피더체헨, 막스(또 보자, 막스)"하며 인사를 건넸다.

프리츠가 대략 4미터 떨어진 벽에 등을 기대고 서 있었다. 조녀선은 안전거리를 유지한 채, 그쪽으로 움직였다. 조녀선이 근처에 가기도 전에, 프리츠가 고갯짓하더니 벽에서 등을 떼고 대각선 방향에 있는 매표소를 향해 움직였다. 조녀선도 표를 샀다. 프리츠가 사람들 틈으로 섞여 들어갔다. 표에 구멍이 뚫렸다. 프리츠가 비앙카를 발견한 게 확실했지만, 조녀선에겐 보이지 않았다.

지하철이 도착했다. 프리츠가 어떤 칸으로 뛰어들자 조녀선도 다급히 따라 탔다. 객차 안은 그리 붐비지 않았다. 프리츠가 자리에 앉지 않고 세로 철제 봉을 쥐고 서 있었다. 주머니에서 신문을 꺼내더니 조너선을 쳐다보지 않고 턱으로 앞을 가리켰다.

조너선의 시야에 이탈리아 남자가 들어왔다. 프리츠보다는 조너선하고 더 가까웠다. 네모난 얼굴에 짙은 피부색을 지닌 남자가 밤색 가죽 단추가 달려 있고 지적으로 보이는 회색 코트를 입고 회색 홈부르크 모자를 쓰고 있었다. 남자는 생각에 잠긴 듯 화난 표정으로 앞만 뚫어져라 보고 있었다. 조너선은 신문을 읽는 척하는 프리츠를 한 번 더 쳐다보았다. 눈이 서로 마주치자, 프리츠가 고개를 끄덕이며 미소로 확답을 해 주었다.

프리츠가 다음 역인 메스베르크역에서 내렸다. 조너선은 이탈리아 남자를 한 번 더 힐끔 훔쳐보았다. 그런데 조너선이 쳐다봐도, 허공만 뚫어져라 보는 이탈리아 남자가 시선을 옮길 위험은 없어 보였다. 저러다가 비앙카가 다음 역을 놓치는 바람에 타고 내리는 승객이 거의 없는 외딴 역까지 가면 어쩌지?

열차가 속도를 줄이자, 비앙카가 출입구 쪽으로 자리를 옮겼다. 슈타인슈트라세역에 도착했다. 조너선은 비앙카와 조금도 부딪히지는 않되 뒤에 딱 붙어 있으려 했다. 계단이 보였다. 대략 80명에서 100명 정도 되는 인파가 계단 앞으로 다닥다닥 모이더니 떠밀리듯 계단을 오르기 시작했다. 비앙카의 회색 코트가 조너선 바로 앞에 있었다. 계단까지는 2미터도 채 남지 않았다. 비앙카의 목덜미 뒤로 삐져나온 검은 머리카락 사이에 새치가 섞여 있었다. 종기가 곪아서 흉이 진 자리까지 보였다.

조너선은 재킷 주머니에 넣어 둔 총을 오른손에 쥐고 꺼낸 다음 안전장치를 해제했다. 코트 자락을 옆으로 치우고 남자의 코트 정중앙을 조준했다.

고막이 터질 것 같은 총성이 울렸다. "탕!"

조너선은 총을 떨어뜨렸다. 그대로 굳어 있다가 뒷걸음질 치며 왼쪽으로 빠졌다. 사람들이 "아아악!" 하고 괴성을 내질렀다. 조너선은 비명을 지르지 않은 몇 안 되는 사람들 중 하나였다.

비앙카가 고꾸라졌다.

사람들이 일그러진 원형으로 비앙카를 에워쌌다.

"총······."

"에르쇼셴(발사됐어)!"

시멘트 바닥에 떨어진 총을 누군가 집으려 하자, 최소 세 사람이 건드리지 말라고 말렸다. 관심이 없거나 급한 일이 있는 사람들만 계단을 올라갔다. 조너선은 비앙카를 에워싼 사람들 근처에서 왼쪽으로 조금씩 움직여 계단에 다다랐다. 어떤 남자가 "폴리차이(경찰)!"를 외치는 사이, 그는 재빨리 계단을 올라갔다. 지상으로 올라가는 몇몇 사람들과 속도를 맞추었다.

조너선은 지상으로 올라간 후에도 앞만 보고 정신없이 걸었다. 어디로 가는지도 모른 채 무작정 걸었다. 어디로 가는지 안다는 듯이 적당한 속도를 유지했지만, 사실은 알지 못했다. 오른쪽으로 큰 기차역이 보였다. 리브스가 말했던 곳이다. 따라오는 사람은 없었다. 추격하는 소리도 들리지 않았다. 그는 오른손을 꼼지락거리며 스타킹을 벗었지만, 전철역 인근에 버리고 싶진 않았다.

"택시!" 기차역 방향으로 가는 빈 택시가 보였다. 조너선은 택시를 잡아탄 다음, 호텔이 있는 거리명을 댔다.

조너선이 뒷자리에 몸을 깊이 파묻었다. 경찰이 그가 탄 택시를 가리키며 기사에게 차를 세우라고 할까 봐 차창 밖 좌우를 살피고 있는 자신의 모습을 발견했다. 그럴 리는 없었다. 그는 용의선상에서 완전히 벗어났다.

그런데도 조너선은 빅토리아 호텔로 들어서자 좀 전에 들었던 기분이 되살아났다. 경찰이 어찌어찌해서 그의 소재를 파악한 후, 로비에서 기다리는 건 아닐까. 경찰은 보이지 않았다. 조너선은 조용히 방으로 올라가 문을 닫은 후, 재킷 주머니를 더듬거리며 스타킹을 찾았다. 어디서 흘렸는지 스타킹은 사라지고 없었다.

저녁 7시 20분, 그는 코트를 벗어서 천 의자에 툭 걸쳐 놓고 담배를 찾았다. 깜빡하고 담배를 챙겨 가지 않았었는데, 한 모금 쭉 들이켜자 마음이 가라앉았다. 화장실 세면대 한쪽 구석에 담배를 내려놓고 세수한 다음, 웃옷을 벗고 뜨거운 물에 수건을 적셔서 웃통을 문질렀다.

스웨터를 입는데 전화벨이 울렸다.

"칼 씨가 로비에서 기다리십니다."

조너선은 로비로 내려갔다. 리브스에게 돌려주려고 팔에 코트를 걸쳤다. 이 코트를 보는 게 마지막이길 바라며.

"근사한 저녁이네요!" 칼이 말했다. 이미 소식을 전해 들었는지 잘했다고 조너선을 칭찬하는 것 같았다.

차 안에서 조너선은 담배를 한 대 더 피웠다. 수요일 저녁이었다.

시몬에게는 수요일 밤이면 집에 돌아갈 거라고 써서 보냈지만, 편지는 내일은 되어야 도착할 것이다. 퐁텐블로 궁전 옆 공공 도서관에 토요일까지 반납해야 할 책 두 권이 생각났다.

조녀선은 리브스의 안락한 아파트에 또다시 갔다. 가비가 아니라 리브스에게 코트를 넘겼다. 기분이 묘했다.

"어땠어요, 조녀선?" 리브스가 긴장하고 걱정하는 말투로 물었다. "어찌 됐어요?"

가비가 자리를 비켜 주자, 거실에는 조녀선과 리브스만 남았다.

"잘 처리한 것 같습니다."

리브스가 씩 웃었다. 살짝 미소만 지었는데도 얼굴이 환해졌다. "거참 잘됐네요. 잘했어요! 내가 아직 소식을 못 들어서 말이죠. 샴페인 마실래요? 아니면 스카치? 앉아요!"

"스카치요."

리브스가 술병 위로 몸을 숙인 채 다정히 물었다. "몇 발이나 쐈어요, 조녀선?"

"한 발이요." 설마 비앙카가 안 죽은 건 아니겠지? 하는 생각이 덜컥 들었다. 충분히 있을 법한 일 아닐까? 조녀선은 리브스가 건네는 스카치 잔을 받아 들었다.

리브스는 목이 긴 잔에 샴페인을 따르더니 조녀선을 향해 잔을 든 다음 마셨다. "별로 어렵진 않았죠? 프리츠야 뭐 잘해 줬을 테고."

조녀선은 고개를 끄덕이며 가비가 다시 들어올지 모를 문을 쳐다보았다. "그 남자가 죽었어야 할 텐데요. 안 죽었을지도 모른다는 생각이 방금 들었거든요."

"뭐, 안 죽어도 그만하면 충분해요. 쓰러지는 건 봤죠?"

"그럼요, 봤죠." 조녀선은 한숨을 푹 내쉬다가 자기가 몇 분간 숨을 거의 쉬지 않았다는 사실을 깨달았다.

"밀라노까지 벌써 소문이 쫙 퍼졌을 겁니다." 리브스가 신나서 떠들었다. "이탈리아제 총탄을 썼으니까요. 마피아가 매번 이탈리아제 총을 쓰는 건 아니지만, 이번엔 제대로 들쑤셔 놓은 거죠. 그 남자가 디스테파노 패밀리 출신이거든요. 지금 제노티 패밀리 출신 두 명이 함부르크에 있으니, 양쪽 패밀리가 서로 총질하기를 기대해 봅시다."

이 말은 리브스가 전에도 했었다. 조녀선은 소파에 앉아 있었다. 리브스는 흡족한지 거실을 돌아다니고 있었다.

"괜찮다면 저녁은 여기에서 조용히 보냅시다. 혹시 전화가 오면 가비가 받아서 내가 집에 없다고 할 거예요."

"칼이나 가비가 혹시…… 어디까지 알고 있나요?"

"가비는 전혀 모릅니다. 칼은 알아도 상관없어요. 아예 관심이 없어요. 나 말고도 다른 사람 밑에서 일해서 돈을 꽤 많이 벌거든요. 아무것도 모르는 게 칼에겐 나아요. 당신이 내가 하는 말을 이해한다면 말이죠."

조너선은 무슨 말인지 이해했다. 그런데 리브스의 말을 들으니, 더는 마음이 편치 않았다. "아무튼, 내일은 프랑스로 돌아가겠습니다." 이 말은 두 가지를 의미했다. 리브스더러 오늘 밤에 돈을 주거나, 아니면 돈을 주겠다는 확답을 해 달라는 뜻인 동시에, 남은 일에 대해서도 논의하자는 뜻이었다. 얼마가 됐든 조너선은 두 번째 일은 거절할 생각이었지만, 오늘 한 일의 대가로 4만 파운드의 반절은 받을 자격이 있다고 생각했다.

"가고 싶으면 가야죠. 내일 아침에 병원 예약 잡아 둔 거 잊지는 말아요."

조너선은 벤트첼 박사를 다시 만나고 싶지 않았다. 그는 입술을 축였다. 검사 결과는 안 좋았고, 몸 상태는 더 나빠졌다. 다시 만나고 싶지 않은 이유가 한 가지 더 있었다. 누런 콧수염을 기른 벤트첼 박사가 어딘지 모르게 권위적으로 느껴졌다. 벤트첼 박사를 다시 만나면, 위험한 상황으로 내몰릴 것 같았다. 조너선은 지금 논리적인 사고가 안 된다는 걸 알면서도 괜히 그렇게 느껴졌다. "박사님을 다시 만날 이유가 아예 없어요. 내가 더는 함부르크에 있지 않을 테니까요. 내일 아침 일찍, 병원 예약을 취소하겠습니다. 병원에서 퐁텐블로 저희 집 주소를 알 테니 청구서는 집으로 보내겠죠."

"프랑스 국외로는 프랑을 송금할 수 없어요." 리브스가 웃으며 말했다. "청구서를 받으면 나한테 보내요. 그건 걱정하지 말아요."

조너선은 가만히 있었다. 벤트첼 박사한테 리브스 명의의 수표를 보낼 마음은 전혀 없었다. 그는 본론을 말하라고 스스로를 다그쳤다. 받을 돈은 받아야겠다고 리브스에게 말하라는 것이다. 그 대신, 조너선은 소파에 등을 대고 앉은 채 유쾌한 척하며 물었다. "이곳에서 무슨 일을 하시나요? 직업 말입니다."

"직업이라……." 리브스가 말을 고르면서도 조너선의 질문에 당황한 기색은 전혀 보이지 않았다. "이것저것 합니다. 예컨대 뉴욕 미술품 딜러를 스카우트하는 일도 합니다. 저쪽에 보이는 책이 죄다……." 리브스가 책장 맨 밑 칸을 가리켰다. "예술 서적인데 주로 독일 미술과 관련된 책이죠. 누가 뭘 소장하고 있는지 이름과 주소가 나와 있어요. 뉴욕에서 독일 화가를 찾는 수요가 있거든요. 물론 난 독일의 젊은 화가들을 발굴해 미국에 있는 갤러리나 수집가들에게 추천하는 일도 하죠. 텍사스에서 많이들 사가요. 놀라겠지만요."

조녀선은 놀랐다. 리브스 마이넛이 한 말이 사실이라면, 리브스는 가이거 계수기*로 재듯 그림을 냉철하게 선별하는 게 분명했다. 리브스가 정말 안목이 좋나? 그렇다면 벽난로 위에 걸린 저 그림이, 늙은이가—남자였나, 여자였나?—침대에 누워 죽어 가는 모습을 분홍색 톤으로 그린 저 작품이 더와트의 진품이겠군. 어마어마하게 비쌀 텐데. 저런 진품을 리브스가 소장하고 있다니.

"최근에 들인 겁니다." 더와트의 작품을 쳐다보는 조녀선을 보더니 리브스가 말했다. "친구가 고맙다고 선물해 준 그림입니다." 리브스는 할 말이 더 있는 눈치였지만 자제하는 것 같았다.

저녁을 먹으며 조녀선은 돈 얘기를 다시 꺼내고 싶었지만 그럴 수는 없었다. 리브스가 다른 얘기를 떠들고 있었기 때문이다. 겨울이면 알스터 호수에서 사람들이 스케이트를 타고, 빙상 요트**가 바람처럼 떠밀려 다니다가 가끔은 부딪히기도 한다고 했다. 그로부터 한 시간도 더 지나서, 두 사람이 소파에 앉아서 커피를 마실 때였다. 리브스가 얘기를 꺼냈다.

"오늘 밤에는 5천 프랑밖에 못 드립니다. 말도 안 되는 거 아는데, 지금 수중에 가진 게 그게 전부라서요." 리브스가 책상에 가서 서랍을 열었다. "그래도 프랑으로 드리겠습니다." 그가 프랑을 들고 왔다. "오늘 밤에 마르크로도 동일한 금액을 드릴 수 있어요."

조녀선은 마르크로는 받기 싫었다. 프랑스에 가서 환전하고 싶지 않았다. 눈앞에 1백 프랑권이 열 장씩 묶인 돈뭉치가 보였다. 프랑스 은행에서 돈을 찾을 때 내주는 방식으로 묶여 있었다. 리브스가 다섯 묶음을 커피 테이블 위에 올려놓았지만, 조녀선은 손대지 않았다.

"네다섯 명이 남은 돈을 주기 전까진 내가 더 받아 낼 수는 없어요. 그래도 다 받을 수 있다는 사실은 조금도 의심하지 말아요. 마르크로요."

* 이온화 방사선 측정기
** 바람의 힘을 이용하여 얼음 위를 미끄러져 달리는 보트

조녀선이 멍하니 생각에 잠겼다. 그가 직접 흥정해야 한다는 이유도 있었고, 그가 임무를 완수했는데도 리브스가 남들에게 돈을 달라고 애원해야 할 정도로 리브스의 입지가 낮다는 이유도 있었다. 리브스의 지인들이 일단 돈부터 각출해서 보관하고 있거나, 적어도 돈을 조금은 더 모았어야 하는 거 아닌가? "고맙지만 마르크로는 사양하겠습니다." 조녀선이 거절했다.

"당연히 그렇겠죠. 이해합니다. 다른 방법도 있어요. 당신이 받을 돈을 스위스 비밀 계좌로 보내 주면 어떻겠습니까? 프랑스 계좌에 찍히는 것도 싫고, 프랑스 사람들처럼 양말 속에 현찰을 보관하는 것도 싫다면 말이죠."

"그건 좀……. 그럼 그 사람들이 당신한테 나머지 절반은 언제 다 보내 주는 거죠?" 조녀선은 리브스의 지인들이 돈을 확실히 부친다고 믿고 물었다.

"일주일 이내요. 두 번째 일도 해야 한다는 거 잊지 말아요. 그것까지 해 줘야 오늘 한 일이 쓸모가 있어지거든요. 두 번째 일은 아직 날짜가 정해지지 않았어요."

조녀선은 짜증이 났지만 애써 아닌 척했다. "그럼 그건 언제쯤 알 수 있을까요?"

"그것도 일주일 이내요. 어쩌면 나흘이면 알 수도 있어요. 연락드리겠습니다."

"그런데 말입니다. 솔직히 말씀드리자면, 제가 이것보다는 더 많이 받아야 한다고 생각합니다. 지금으로서는 그런 생각이 드네요." 조녀선은 얼굴이 달아올랐다.

"나도 그렇게 생각해요. 이런 푼돈이나 드리다니 면목 없습니다. 그러니 내가 최선을 다하겠습니다. 다음에는 날 통해서 유쾌한 얘기를 듣게 될 겁니다. 스위스 은행 계좌에 당신이 받아야 할 돈이 예치됐다는 얘기를요."

훨씬 듣기 좋은 얘기였다. "언제쯤이요?"

"일주일 이내요. 맹세합니다."

"그럼, 절반은 받을 수 있는 거죠?"

"내가 말했던 수고비의 절반을 받을 수 있을지는 잘 모르겠어요, 조녀선. 알다시피, 이 일은 두 개가 한 세트로 묶인 일이거든요. 이 일을 해 달라고 돈을 내고 의뢰한 사람들은 확실한 결과를 원합니다." 리브스가 조녀선을 쳐다보았다.

조너선은 리브스가 암묵적으로 무엇을 묻는지 알 수 있었다. 두 번째 살인도 할 것인지, 말 것인지? 하지 않을 거라면, 지금 말해야 한다. "압니다." 조너선이 대답했다. 조금만 더 받는다면, 4만 파운드에서 3분의 1만 받아도 나쁘지 않아 보였다. 1만 4천 파운드만 받아도 괜찮을 것 같았다. 그가 한 수고에 비하면 넉넉하진 않아도 흡족할 금액이었다. 조너선은 오늘 밤 언쟁은 그만하고 가만히 있기로 했다.

조너선은 다음 날 낮 비행기를 타고 파리로 돌아갔다. 리브스가 벤트첼 박사와의 진료 예약을 취소하겠다고 하자, 조너선은 그렇게 해 달라고 했다. 리브스가 모레 토요일에 전화하겠다고 했다. 리브스는 조너선을 공항까지 배웅하면서, 지하철역에 쓰러진 비앙카의 사진이 실린 신문 기사를 보여 주었다. 리브스는 묵언의 승리를 거둔 사람 같았다. 이탈리아제 총 말고는 단서가 없기에, 마피아의 총잡이가 의심을 샀다. 기사에서는 비앙카를 마피아의 용병, 혹은 졸개라 칭했다. 그날 아침, 조너선은 담배를 사러 나갔다가 가판대에 꽂힌 신문 전면에 실린 기사를 보고도 신문을 사고 싶진 않았다. 그런데 기내에서 여승무원이 웃으면서 그 신문을 막 주고 갔다. 조너선은 접힌 신문을 무릎 위에 그대로 올려놓은 채 눈을 질끈 감았다.

그가 기차에서 내려 택시를 타고 집에 도착하자 저녁 7시가 다 되었다. 현관문을 열쇠로 열고 들어갔다.

"여보!" 시몬이 복도로 나와 그를 맞이했다.

조너선이 아내를 두 팔로 감싸 안았다. "잘 있었지, 여보?"

"기다렸는데!" 시몬이 웃으며 말했다. "지금 오다니, 병원에서 뭐래? 코트부터 벗어. 오늘 아침에 당신 편지 받았는데, 편지에는 어젯밤에 온다고 적었더라? 당신, 정신이 있는 거야, 없는 거야?"

조너선은 고리에 코트를 걸고 좀 전에 그의 다리에 와서 쿵 부딪힌 조르주부터 안아 주었다. "우리 왕자님, 잘 지냈어? 우리 돌멩이." 그는 조르주의 뺨에 입을 맞추었다. 조르주에게 주려고 장난감 덤프트럭을 사 왔는데, 위스키가 든 비닐 백에 같이 넣어서 들고 왔다. 그는 덤프트럭은 나중에 주기로 하고 술부터 꺼냈다.

"어머, 고급술이네!" 시몬이 말했다. "지금 딸까?"

"따야지!"

두 사람은 주방으로 갔다. 시몬은 스카치에 얼음을 넣어 먹는 걸 좋아했는데, 조너선은 아무래도 상관없었다.

"독일 의사가 뭐래?" 시몬이 싱크대에서 얼음 틀을 빼며 물었다.

"여기 의사하고 똑같이 말하더라. 나한테 약을 써 보고 싶다면서 나중에 연락을 주겠대." 조너선은 비행기에서 시몬에게 할 말을 궁리해 두었다. 미리 말해 놓아야 나중에 독일에 다시 갈 여지가 생길 것이다. 약간이지만 조금 더 나빠졌다고 아내에게 말해 봐야 무슨 소용 있나. 아내가 걱정만 더 할 뿐, 뭘 해 줄 수 있을까. 조너선의 긍정주의가 기내에서 날개를 펼쳤다. 첫 번째 임무도 제대로 해냈으니, 두 번째 임무 역시 잘 해낼 것이다.

"그럼 독일에 또 가?"

"갈 수도 있어." 조너선은 아내가 스카치를 두 잔 가득 따르는 모습을 지켜보았다. "그쪽에서 비용을 대겠다면서, 연락하겠다네."

"정말?" 시몬이 놀라서 말했다.

"저게 스카치예요? 내 선물은요?" 조르주가 영어로 물었다. 또박또박 말하는 모습에 조너선이 웃음을 터뜨렸다.

"너도 마셔 볼래? 입 좀 대 봐." 조너선이 잔을 내밀었다.

시몬이 그의 손을 치웠다. "오렌지 주스 마시자, 조르주!" 시몬이 조르주에게 오렌지 주스를 따라 주었다. "그럼 독일 병원에서 치료법을 써 보겠다는 거야?"

조너선은 인상을 찌푸렸지만, 그래도 아직까지는 그가 상황을 주도하고 있었다. "여보, 치료법은 없어. 독일에서 신약을 시험해 보려는 거 같아. 내가 아는 건 거기까지야. 건배!" 조너선은 기분이 살짝 황홀했다. 재킷 주머니에 5천 프랑이 들어 있었다. 게다가 당분간이지만 가족의 품 안에서 안전히 지낼 수 있었다. 모든 게 잘 풀린다면, 리브스가 말한 대로 5천 프랑은 푼돈에 지나지 않을 것이다.

시몬이 의자 등받이에 몸을 기댔다. "독일에 다시 가는 비용도 그쪽에서 대는 거라면, 그 신약이 위험하다는 소리네."

"위험한 게 아니라, 번거로워서 그런 거겠지. 내가 독일에 다시 가야 하잖아. 그래서 그쪽에서 교통비를 내 주겠다고 하는 거야." 조너선은 거기까지는 생각하지 못했다. 그는 페리에 박사가 주사를 놓고 약을 처방해 줄 거라고 말할 수도 있었다. 그래도 지금은 그가 제대로 말하고 있다고 생각했다.

"그렇다면 독일 병원에서 당신을 특이 케이스로 본다는 뜻인가?"

"그렇지, 어떤 면에서는. 물론 내가 특이 케이스는 아니지만 말이야." 그가 웃으며 말했다. 특이 케이스는 아니었다. 시몬도 남편이 특이 케이스가 아니라는 걸 알고 있었다. "독일 병원에서는 몇 가지 임상 실험을 해 보고 싶은가 봐. 아직은 잘 모르겠어, 여보."

"아무튼, 당신이 되게 기분 좋아하니 나도 좋아, 여보."

"오늘 밤에는 외식하자, 근처 식당에서. 조르주도 데리고 가자고."
그는 아내의 잔소리에 따지듯 말했다. "왜 이러셔, 우리 그 정도는 사
먹을 수 있어."

8 조녀선은 가게 뒤편에 있는 나무 캐비닛에 4천 프랑이 든 봉
투를 넣어 두었다. 여덟 개의 서랍 중 맨 밑에서 두 번째 서
랍이었는데, 그 안에는 와이어 가닥이며 줄이며 아일릿이 달
린 라벨 같은 것들만 들어 있었다. 짠돌이나 괴짜들이 모아 두는 잡동
사니였다. 맨 아래 서랍(조녀선은 그 안에 뭐가 들었는지도 몰랐다)처
럼 두 번째 서랍 역시 평소에는 열 일이 아예 없었다. 시몬이 어쩌다 한
번 가게에 일을 거들러 나와도 그 서랍을 열 리 없었다. 조녀선이 현찰
을 넣어 두는 곳은 나무 카운터 아래 오른쪽 맨 위 서랍이었다. 1천 프
랑은 따로 빼놓았다가 금요일 오전에 소시에테 제네랄 은행에 있는 부
부 공동 계좌에 입금했다. 시몬이 통장에 1천 프랑이 불어난 걸 알려면
2~3주는 있어야 할 것이다. 부부가 같이 쓰는 수표책 잔고를 맞춰 보다
가 알게 되더라도 시몬은 아무 말 하지 않을 것이다. 혹시 시몬이 물어
보면, 조녀선은 손님 몇 명이 느닷없이 대금을 다 지급했다고 둘러대면
된다. 조녀선은 주로 고지서를 낼 때 수표를 썼다. 수표책은 거실 '에크
리투아르'* 속에 넣어 두었다가 둘 중 한 명이 돈을 낼 일이 있을 때만
꺼내서 들고 나갔는데, 그런 경우는 한 달에 한 번 있을까 말까 했다.

금요일 오후가 되자 조녀선은 1천 프랑을 헐어서 쓸 곳을 정했다.
프랑스가 있는 옷 가게에서 시몬이 입을 겨자색 트위드 정장을 사느
라 395프랑을 썼다. 함부르크에 가기 며칠 전에 본 정장이었는데, 보는
순간 시몬이 생각났다. 둥근 옷깃이 달리고 진노랑에 갈색 점이 뿌
려진 트위드 재킷으로, 갈색 버튼 네 개가 정사각형 대열로 달려 있었
다. 시몬만을 위해서 만들어진 듯한 옷이었지만, 눈이 튀어나올 만큼
비쌌다. 터무니없이 비싸다고 생각했던 그에게 이제 이 금액은 세일가
처럼 느껴졌다. 조녀선은 새 옷을 눈처럼 하얀 습자지에 정성껏 포장
하는 모습을 흐뭇하게 바라보았다. 그리고 고마워할 시몬의 모습에 또

* 문갑

다시 뿌듯해졌다. 시장이나 대형 할인점에서 산 원피스를 제외하면 아내가 2년 만에 처음으로 장만하는 고급 정장이었다.

"너무 비싸, 여보!"

"뭐, 이쯤이야. 내가 독일에 다시 가야 할 수도 있어서 함부르크 병원에서 미리 돈을 줬어. 두둑이 받았으니 가격은 신경 쓰지 마."

시몬이 웃었다. 돈 걱정은 하고 싶지 않은 눈치였다. 당장은 그래 보였다. "생일 선물로 받을게."

조너선도 미소를 지었다. 그녀의 생일은 벌써 두 달 전에 지났다.

토요일 오전에 조너선이 가게에 있는데, 전화벨이 울렸다. 그날 아침에 전화가 여러 통 오긴 했지만, 이번에는 벨 소리가 고르지 않은 걸 보니 장거리 전화였다.

"리브스입니다. 어떻게 지내요?"

"덕분에 잘 지냅니다." 조너선은 별안간 긴장되면서 정신이 번쩍 들었다. 가게에는 손님이 있었다. 남자 손님이 벽에 걸린 샘플 나무 액자를 자세히 살피고 있었다. 조너선이 영어로 말했다.

"내일 파리에서 만나고 싶습니다. 줄 게 있어요." 리브스는 평소처럼 차분하게 말했다.

시몬이 내일은 네무르에 있는 친정에 같이 가자고 했다. "저녁 6시는 넘어야 될 텐데요. 점심 약속이 길게 잡혀 있어서요."

"그러죠, 이해합니다. 프랑스 사람들이 일요일에 만나 점심 먹는 약속일 테니까요! 그럼 6시쯤에 봅시다. 난 카이레 호텔에 묵을 겁니다. 라스파이가에 있어요."

조너선도 들어 본 호텔이었다. 6시나 7시까지는 가도록 하겠다고 했다. "일요일에는 열차가 드문드문 다닐 텐데요."

리브스가 걱정하지 말라고 했다. "내일 만납시다."

리브스가 돈을 가져오는 게 분명했다. 조너선은 액자를 맞추러 온 남자 손님을 응대했다.

일요일에 새 옷을 차려입은 시몬은 눈부셨다. 조너선은 처가로 출발하기 전에 독일 병원에서 돈을 받았다는 말은 하지 말아 달라고 아내에게 신신당부했다.

"내가 바보야?" 시몬이 표정을 싹 바꾸며 말하는 모습에 조너선은 놀라움을 금치 못했다. 시몬이 친정보다 남편을 더 많이 챙기는 것 같았다. 평소엔 반대로 느낄 때가 더 많았지만 말이다.

"오늘도 이이가 독일에서 온 사람을 파리에서 만나기로 했거든요."시몬이 친정에 가서 말했다.

유난히 즐거운 일요일 점심 식사였다. 조너선과 시몬은 조니 워커한 병을 가져갔다.

조너선은 생피에르네무르에서 출발하는 마땅한 기차 편이 없어서, 오후 4시 49분에 퐁텐블로에서 출발하는 기차를 타고 오후 5시 반경에 파리에 도착했다. 그리고 지하철을 탔다. 지하철역 바로 옆에 카이레 호텔이 있었다.

리브스가 조너선에게 방으로 올라오라는 메모를 남겨 놓았다. 리브스는 셔츠 차림으로 침대에 누워 신문을 보고 있었던 게 분명했다. "어서 와요, 조너선! 잘 지냈어요? 아무 데나 앉아요. 보여 줄 게 있어요." 리브스가 여행 가방을 둔 곳으로 갔다. "이건 맛보기예요." 네모난 흰 봉투를 열더니 타이핑된 편지를 꺼내 조너선에게 건넸다.

영어로 쓰인 편지였다. 스위스 은행 공사로 보내는 문서에는 에른스트 힐데스하임이란 사람의 서명이 되어 있었다. 조너선 트레바니의 명의로 은행 계좌를 개설해 달라고 요청하면서, 퐁텐블로에 있는 조너선의 점포 주소를 알려 주고 8만 마르크 수표를 동봉했음을 알리는 내용이었다. 복사본임에도 서명이 되어 있었다.

"힐데스하임이 누굽니까?" 조너선은 물으면서도 머리로는 독일 마르크 대비 프랑스 프랑 환율을 1 대 1.6으로 환산하고 있었다. 8만 마르크면 대략 12만 프랑이 넘었다.

"함부르크에 사는 사업가인데, 일전에 내가 몇 번 편의를 봐준 적이 있었죠. 힐데스하임은 전혀 감시를 받지 않기 때문에 그가 운영하는 회사 장부에도 그 금액이 드러나지 않을 겁니다. 그래서 걸릴 게 전혀 없는 힐데스하임이 개인 수표를 보낸 거예요. 중요한 건, 이 돈을 당신 명의로 예치해 달라고 어제 함부르크에서 이 편지를 부쳤다는 겁니다. 그러니 다음 주면 당신 명의로 된 비밀 계좌 번호를 받게 될 겁니다. 12만 프랑이 든 계좌 번호를요." 리브스가 웃지는 않아도 뿌듯한 표정으로 책상 위에 놓인 상자에 손을 뻗었다. "네덜란드산 시가인데 피울래요? 맛이 아주 좋아요."

뭔가 색달라 보이는 시가라서 조너선은 웃으며 한 개비를 받아 들었다. "고맙습니다." 리브스가 내민 성냥불로 시가에 불을 붙였다. "수고비도 고맙습니다." 원래 받기로 했던 수고비의 절반은커녕 3분의 1도 안 되는 금액이라니. 그런데도 조너선은 이 말이 입에서 떨어지지가 않았다.

83

"시작이 좋았어요. 함부르크에서 카지노를 운영하는 사람들이 꽤 흡족해하더군요. 지금 함부르크에 출몰하는 마피아 애들이 있는데, 둘 다 제노티 패밀리 출신이에요. 자기들은 살바토레 비앙카 피살 사건과는 전혀 무관하다고 주장하고 있어요. 걔네들 처지에선 당연히 상관없다고 말해야겠죠. 지금 우리가 보고 싶은 건, 비앙카의 원한을 갚느라 제노티 패밀리 애들이 죽임을 당하는 모습입니다. 기왕이면 거물이 제거되면 좋겠어요. '카포' 정도는 돼야죠. 카포란 마피아 보스 바로 밑에 있는 중간 보스이자 지부장을 칭합니다. 비토 마르칸젤로라는 카포가 있어요. 거의 매주 주말 뮌헨에서 파리까지 내려오는데, 여자 친구가 파리에 있거든요. 뮌헨에서 마약 사업을 총괄하는 지부장으로, 적어도 뮌헨에서 활동하는 마피아 패밀리 중엔 거물이죠. 마약으로만 따지면, 지금 뮌헨이 마르세유보다 훨씬 거래가 활발합니다……."

조너선은 거북한 심정으로 얘기를 들으면서 두 번째 일에는 관심 없다고 말할 틈만 노리고 있었다. 지난 48시간 사이에 생각이 바뀐 것이다. 리브스가 코앞에 있으니, 용기는 사라지고 좀 더 현실적으로 따지게 되었다. 스위스 은행에는 조너선의 명의로 12만 8천 프랑이 입금된 게 확실했다. 조너선이 암체어 끝에 걸터앉았다.

"낮에 운행하는 열차인데, 열차 이름이 모차르트 익스프레스예요."

조너선이 고개를 저었다. "리브스, 미안한데요. 정말 못 하겠어요." 별안간 리브스가 마르크로 발행된 수표를 지금 정지시키는 거 아닐까. 리브스가 힐데스하임에게 전보만 치면 끝이다. 그러면 그러라지, 뭐.

리브스가 김샌 듯했다. "아, 그렇군요. 유감이네요. 당신이 안 한다면 다른 사람을 찾아봐야겠군요. 그럼 새 사람이 수고비의 상당 부분을 가져갈 텐데 아쉽네요." 리브스가 고개를 저었다. 그러더니 시가를 입에 물고 잠시 창밖을 바라보다가 몸을 숙여 조너선의 어깨를 단단히 움켜쥐었다. "조너선, 시작은 정말 좋았습니다!"

조너선이 몸을 뒤로 빼자 리브스가 손을 풀었다. 조너선은 사과하라고 강요당하는 것 같아서 몹시 당혹스러웠다. "그러게요. 그런데 기차에서 사람을 쏘라뇨?" 조너선은 도망가지 못해 현장에서 체포당하는 자신의 모습이 눈앞에 선했다.

"이번에는 총은 안 써요. 소리가 나면 안 되니까요. 올가미로 해야죠."

조너선은 귀를 의심했다.

리브스가 침착하게 설명했다. "올가미는 마피아가 쓰는 방식이죠. 가느다란 줄로 소리 없이 해치우는 거죠. 올가미를 걸고! 힘껏 잡아당기면 끝이죠."

조너선은 손끝이 누군가의 뜨끈한 목에 닿는 느낌을 상상하자 역겨웠다. "말도 안 됩니다. 난 못 해요."

리브스가 숨을 들이쉬더니 조금 더 세게 밀어붙였다. "이 자는 경호가 철저해요. 보디가드 두 명을 늘 달고 다닌다고요. 그런데 열차에서는 앉아만 있으면 지겨우니까 복도를 돌아다니거나, 한두 번은 혼자 화장실에 드나들거나, 식당 칸에도 가겠죠. 조너선, 실패할 수도 있고, 타이밍을 잡지 못할 수도 있어요. 그래도 시도는 해 볼 수 있잖아요. 그놈을 그냥 문밖으로 밀어 버려도 됩니다. 기차가 달리는 도중에도 출입문을 열 수 있거든요. 그런데 그놈이 소리칠 수도 있고, 밖으로 떠밀었는데 안 죽을지도 모르죠."

터무니없는 작전이었다. 그런데 조너선은 웃음이 나오지 않았다. 리브스는 입을 꾹 다물고 천장을 올려다보며 계속 상상하고 있었다. 만약 조너선이 살인이나 살인 미수로 체포되는 날이면, 시몬은 그 돈을 아예 건드리지도 않을 것 같았다. 아내는 사색이 되어서 얼굴을 들고 다니지 못할 것이다. "도와드릴 수 없습니다." 조너선은 딱 잘라 거절하고 자리에서 일어났다.

"그런데 말입니다. 기차에 타는 건 할 수 있잖아요. 적당한 타이밍을 못 잡으면 우리가 다른 길을 모색해 보겠습니다. 다른 카포를 노리든, 다른 방법을 찾아보든 할게요. 어찌 됐든 난 그 녀석을 제거하고 싶다고요! 원래 마약 사업을 하던 녀석이 함부르크에 와서 카지노로 업종을 변경한다잖아요. 녀석이 카지노에 손을 댄다는 소문이 돈다고요." 리브스가 어조를 바꾸었다. "그럼 총으로 할래요, 조너선?"

조너선이 고개를 저었다. "기차에서 그럴 담력은 없습니다. 난 못해요."

"이렇게 생긴 게 올가미예요!" 리브스가 바지 주머니에서 왼손을 휙 잡아 뺐다.

리브스가 허옇고 가는 줄처럼 생긴 걸 쥐고 있었다. 줄 한쪽 끝이 고리를 통과한 형태였다. 맨 끝에 달린 매듭 때문에 끝까지 당겨도 빠지지 않았다. 리브스가 올가미를 침대 기둥에 툭 걸더니 한쪽 끝을 잡아당겼다.

"봤죠? 나일론 끈인데, 철사만큼 질겨요. 누구도 찍소리조차 못 낸

다니까요." 리브스가 말을 멈추었다.

조너선은 구역질이 났다. 다른 손으로 녀석의 몸뚱이를 잡고 있어야 할 텐데, 숨통이 끊기려면 3분은 기다려야 하지 않을까?

리브스가 거의 포기했는지, 창가로 걸어가다가 돌아섰다. "생각해 보고 전화해도 좋아요. 아니면 내가 이틀 후에 전화하죠. 마르칸젤로는 금요일 점심때쯤 뮌헨에서 출발합니다. 다음 주 주말에 해치우는 게 가장 좋아요."

조너선은 침대 탁자 위에 놓인 재떨이에 대고 시가를 끈 다음 문으로 향했다.

리브스가 그를 날카롭게 쳐다보고 있었다. 아니, 그의 뒤편 저 멀리 시선을 보내며 대타를 이미 생각하는 중인지도 모른다. 예전에 조명이 쏟아졌을 때처럼, 길게 흉이 진 자리가 전보다 도드라져 보였다. 그 흉터 때문에 리브스가 여성에게 열등감을 느끼게 됐을 것이다. 그나저나 언제 생긴 상처일까? 고작 2년 전에 생긴 걸까? 그건 아무도 모르는 일이었다.

"내려가서 술 한잔할래요?"

"사양하겠습니다."

"보여 줄 책이 있어요!" 리브스가 다시 여행 가방을 둔 자리로 가더니 가방 깊숙한 한쪽 구석에서 새빨간 책을 한 권 꺼냈다. "가져가서 읽어 봐요. 저널리즘을 다룬 명저죠. 실제 사건을 기록한 책입니다. 우리가 상대하는 부류에 대해 알게 될 겁니다. 그들 역시 여느 사람들처럼 평범한 인간이에요. 쉽게 상처받는다는 뜻이죠."

책 제목은 『죽음의 신: 미국 조직범죄 해부』였다.

"수요일에 전화할게요. 목요일에 뮌헨으로 올라와 하룻밤 자고 출발하면 되겠네요. 나도 그때 뮌헨에 있는 호텔에 묵을 겁니다. 당신은 금요일 밤에 기차를 타고 파리로 돌아오면 되겠네요."

조너선이 문고리를 쥔 채 몸을 틀었다. "미안해요, 리브스. 안 할래요. 그럼 이만."

조너선은 호텔에서 나와서 길 건너 전철역으로 향했다. 승강장에서 열차를 기다리면서 책 표지에 적힌 홍보 문구를 읽었다. 뒤표지에는 머그 숏이 실려 있었다. 인상이 험악한 예닐곱 명의 정면 및 측면 사진이었다. 죄다 입꼬리가 처지고 우울하고 음침한 인상에, 어둡고 날카로운 눈매를 지니고 있었다. 얼굴이 통통하든 야위든, 다들 인상이 엇비슷해 보인다는 게 신기했다. 본문에는 사진이 대여섯 장가

량 실려 있었고, 미국 도시별로 챕터가 나뉘어 있었다. 디트로이트, 뉴욕, 뉴올리언스, 시카고. 맨 뒤에는 찾아보기뿐만 아니라 마피아 패밀리 가계도까지 그려져 있었다. 가계도에 이름을 올린 전직 마피아들을 제외하면, 다들 현직 마피아들이었다. 마피아 보스, 부두목, 행동 대장, 똘마니. 제노비스 패밀리의 경우 똘마니만 50~60명에 달한다는 얘기를 조너선은 들은 적이 있었다. 실명이 실려 있었는데, 대부분 뉴욕과 뉴저지에 주소를 두고 있었다. 조너선은 퐁텐블로까지 가는 기차 안에서 책을 훑어보았다. 리브스가 함부르크에서 말했던 '아이스픽 윌리' 얘기도 실려 있었다. '아이스픽 윌리' 알데르만이란 인물은 말을 거는 척하고 다가가 어깨 위로 몸을 숙인 채 얼음 깨는 송곳으로 목표물의 고막을 뚫어 살인을 저질렀다. '아이스픽 윌리'가 라스베이거스 도박 모임에 참석해 빙그레 웃고 있는 사진도 실려 있었다. 그 모임에는 이탈리아 마피아 조직원 대여섯 명과 추기경, 주교는 물론 "5년에 걸쳐 선약한 7천5백 달러를 챙긴 교황청 고위 성직자"(이름이 공개되어 있었다)도 참석했다. 조너선은 마음이 무거워져서 책을 덮고 잠시 창밖을 내다보다가 다시 책을 펼쳤다. 어찌 됐든 이 책에는 사실이 담겨 있었고, 그 사실에 조너선은 호기심이 발동했다.

조너선은 퐁텐블로아봉역에서 버스를 타고 퐁텐블로 궁전 인근 광장에 내린 다음, 프랑스가를 따라 가게로 걸어갔다. 갖고 있던 열쇠로 문을 열고 가게로 들어간 다음, 거의 열 일이 없는 서랍에 마피아 책을 집어넣었다. 프랑을 숨겨 둔 서랍이었다. 그러고는 생메리가에 있는 집으로 향했다.

9 4월의 어느 화요일, 조너선 트레바니의 가게 유리창에 '집안 일로 잠시 쉽니다'라는 팻말이 걸려 있었다. 팻말을 보는 순간, 톰 리플리는 트레바니가 함부르크로 갔을지도 모른다는 생각이 들었다. 톰은 조너선 트레바니가 함부르크에 갔는지 무척 궁금했지만, 그렇다고 리브스에게 전화해 알아볼 정도는 아니었다. 그러던 중 그 주 목요일 오전 10시경, 리브스가 함부르크에서 전화하더니 기쁨을 애써 누르면서 떨리는 목소리로 말했다.

"톰, 성공했어요. 아주 잘 끝났어요. 고마워요, 톰."

톰은 잠시 어안이 벙벙했다. 트레바니가 진짜로 그 일을 해냈다고? 거실에 엘로이즈도 있어서 톰은 할 수 있는 말이 거의 없었다. "잘됐네요. 잘 끝났다니 좋군요."

"가짜 검사 결과지를 만들 필요도 없이 일이 잘 끝났어요. 어젯밤에요."

"그렇군요. 그럼 이제 집으로 오는 겁니까?"

"네, 오늘 밤엔 도착할 겁니다."

톰은 통화를 짧게 끝냈다. 트레바니의 건강 상태가 실제보다 나쁘다고 결과지를 조작해 바꿔치기하라고 제안한 게 톰이었다. 농으로 던진 말이었지만, 리브스는 실행에 옮길 사람이었다. 리브스라면 지저분하고 재미없는 장난질을 할 것 같았다. 그런데 그럴 필요도 없었다니. 톰은 놀라서 헛웃음만 나왔다. 리브스가 기뻐하는 걸 보니, 노리던 대상이 진짜로 제거되었음을 짐작할 수 있었다. 트레바니가 죽인 것이다. 톰은 경악하지 않을 수 없었다. 리브스는 계획한 일을 성공리에 끝냈다고 톰에게 칭찬을 듣고 싶었겠지만, 안타깝게도 톰은 한 마디도 건넬 수 없었다. 엘로이즈가 영어를 조금은 알아듣는 관계로, 굳이 위험을 자처하고 싶진 않았다. 톰은 아네트 여사가 사 올 『르 파리지앵 리베레』 신문을 봐야겠다는 생각이 퍼뜩 들었다. 매일 아침 여사가 신문을 사서 들고 오는데, 오늘은 장을 보러 가서 아직 오지 않았다.

"누구 전화였어?" 엘로이즈가 물었다. 그녀는 커피 테이블 위에 있는 잡지를 살피면서 오래된 것들은 버리려고 솎아 내는 중이었다.

"리브스. 별일 아냐."

엘로이즈는 리브스라면 따분해했다. 사소한 대화를 나눌 줄도 모르는 데다가 인생을 즐기지도 못하는 사람이라 여겼기 때문이다.

아네트 여사가 집 앞에 깔린 자갈을 밟고 자그락자그락 걸어오는 소리가 들리자, 톰은 주방으로 마중 갔다. 여사가 쪽문으로 들어오다가 그를 보더니 미소를 지었다.

"커피 더 내려 드릴까요?" 여사가 나무 식탁 위에 장바구니를 올리며 물었다. 맨 위에 있던 아티초크가 굴러떨어졌다.

"그게 아니라, 괜찮다면 신문 좀 볼까 해서요. 경마가······."

두 번째 면에 사진 없이 기사만 실려 있었다. "이탈리아인 살바토레 비앙카(48세)가 함부르크 지하철역에서 총에 피살됐다. 피의자는 밝혀지지 않았다. 현장에서 이탈리아산 피스톨이 발견되었다. 희생자는 밀라노에서 활동하는 마피아 디 스테파노 패밀리의 조직원으로 알려졌다." 기사는 단신으로 처리됐지만, 톰에겐 흥미로운 일의 시발점으로 보였다. 이 일을 계기로 훨씬 더 흥미진진한 일들이 꼬리에 꼬리를 물 것 같았다. 조너선 트레바니. 순진무구한 인상에 좋은 의미로 고지식한 그가 돈의 유혹(달리 무슨 이유가 있으랴)에 무릎을 꿇고 성공리에 살인을 저지르다니! 톰도 자신에게 굴복한 적이 있었다. 디키 그린리프 사건이 그랬다. 트레바니가 우리와 같은 부류가 될 수 있을까? 여기에서 우리란 오로지 톰 리플리밖에 없었다. 톰은 미소를 지었다.

지난 일요일까지만 하더라도, 리브스가 오를리 공항에서 톰에게 전화해, 트레바니가 그 일을 할 마음이 없다면서 혹시 다른 사람은 없냐고 풀 죽은 음성으로 푸념했었다. 톰은 없다고 말했다. 리브스는 트레바니에게 편지를 썼다면서 함부르크 병원에서 검사를 받자고 권하는 편지가 월요일 오전이면 들어갈 거라고 했었다. 톰이 말했다. "만약 트레바니가 독일에 가겠다고 하면, 검사 결과가 약간 나빠졌다고 하는 게 좋을 겁니다."

톰은 호기심을 해소하려고 금요일이나 토요일 퐁텐블로에 가서 가게에 있을 트레바니의 모습을 살피거나, 그림을 들고 가 액자를 맞출 수도 있었다(트레바니가 마음을 추스르려고 그 주를 통으로 쉬지 않을 경우에 말이다). 사실은 금요일에 퐁텐블로에 있는 고티에의 가게에 가서 캔버스 틀을 사려고 했는데, 장인 장모가 그 주 금요일과 토요일에 톰의 집에 와서 잔다고 했다. 톰은 손님 맞을 준비를 하느라 금요일을 분주히 보내야 했다. 아네트 여사는 금요일 밤에 어떤 메뉴를 대접해야 하는지, 싱싱한 홍합은 구할 수 있을지 쓸데없는 걱정을 늘어놓았다. 여사가 손님방을 완벽히 준비해 놓았는데도 엘로이즈가 침대보와 욕실 타월까지 싹 다 교체했다. 친정 부모가 플리송 가문의 이니셜 자수가 아닌, 톰의 이니셜인 TPR이 박힌 자수만 보면 섭섭해했기 때문이다. 플리송 부부는 딸이 결혼할 때 가문에서 보관하고 있던 톡톡한 최고급 리넨 침대보를 스무 채도 넘게 선물해 주었다. 엘로이즈는 친정 부모가 딸네에서 자고 갈 때 그걸 펴 놓는 게 예의며, 전략적으로도 좋다고 판단했다. 아네트 여사가 깜빡했지만, 엘로이즈나 톰은 잔소리를 일절 하지 않았다. 톰은 침대보를 교체하는 이유가 장인 장모가 침대에 누웠는데 톰의 이니셜이 박힌 이불보를 보면서 자기 딸이 톰과 결혼했다는 사실을 굳이 떠올리는 상황을 피하기 위해서라는 걸 알고 있었다. 플리송 부부는 까탈스럽고 고루했다. 쉰이라는 나이에도 여전히 늘씬하고 매력적인 아를렌 플리송은 젊은 사람들을 허물없이 대하며 그들을 이해하려고 안간힘을 썼지만, 속마음은 달랐다. 장인 장모와 같이 보내는 주말은 참담했다. 맙소사, 벨옹브르가 번듯하지 않으면 대체 어느 집이 번듯하다는 거지? 톰은 생각했다. 은제 티 세트(이것도 플리송 부부가 선물한 것이다)는 아네트 여사가 틈만 나면 반짝반짝 광을 내 놓았다. 정원에 있는 새장은 이 집에 있는 미니 게스트하우스라도 되는 양 이슬이 맺히기라도 하면 매일같이 걸레로 훔치곤 했다. 집에 있는 원목은 톰이 영국에서 사 온 라벤더 향 왁스로 광을 낸 덕분에 윤기가 돌면서 상쾌한 향기를 내뿜었다. 그런데도 장모 아를렌은 벽난로 앞에 깔아 놓은 곰 가죽 위에 모브색 바지 정장을 입고 누워서 맨발을 덥히며 투덜거렸다. "이런 바닥은 왁스만 발라서는 안 된다니까, 엘로이즈. 가끔 아마씨 기름이나 백유를 발라 줘야지. 따끈하게 데워서 발라야 마루에 더 잘 스며든단다."

일요일 오후에 차를 마신 후에야 친정 부모가 떠나자, 엘로이즈는 세일러 칼라가 달린 블라우스를 훌렁 벗어서 프렌치 도어로 내던졌다. 블라우스에 달린 묵직한 브로치 때문에 유리창에 흉하게 금이 갔지만, 그래도 깨지지는 않았다.

"샴페인 갖다줘!" 엘로이즈가 고함치자, 톰은 지하실로 급히 내려가 한 병을 들고 올라왔다.

두 사람은 찻잔은 치우지도 않고 샴페인부터 마셨다(아네트 여사가 잠시 쉬는 중이었다). 그때 전화벨이 울렸다.

리브스 마이넛의 축 처진 음성이 들렸다. "여기 오를리 공항입니다. 이제 함부르크로 돌아가려고요. 오늘 파리에서 그 친구를 만났는데, 두 번은 안 하겠대요. 무슨 말인지 알죠? 두 번째 일 말입니다. 한 번 더 해야 한다고 설명은 했어요."

"수고비는 줬습니까?" 톰은 샴페인 잔을 들고 왈츠를 추는 엘로이즈를 쳐다보았다. 그녀가 슈트라우스의 오페라 〈장미의 기사〉에 나오는 왈츠를 흥얼거리고 있었다.

"네, 3분의 1만 줬어요. 그 정도면 괜찮죠. 그 사람 명의로 된 스위스 은행 계좌에 넣어 줬습니다."

톰은 리브스가 애초에 약속했던 금액이 48만 프랑이었음을 떠올렸다. 3분의 1 정도면 후하지는 않아도 괜찮은 액수였다. "총을 한 번 더 쏴야 한다는 거죠?" 톰이 말했다.

엘로이즈가 흥얼거리며 빙글빙글 돌았다. "라라라디디……."

"총은 안 돼요." 리브스가 갈라진 음성을 낮췄다. "기차라 올가미를 써야 한다는 게 문제예요."

톰은 화들짝 놀랐다. 트레바니가 안 하겠다고 하는 게 당연했다.

"꼭 기차에서 처리해야 합니까?"

"내게 계획이 있거든요……."

리브스는 늘 계획이 있었다. 톰은 정중히 들어 주었다. 리브스가 세운 작전은 위험하고 불확실했다. 톰이 말을 잘랐다. "그 친구가 이번에는 질겁하겠는데요."

"아뇨. 관심은 있는 눈치던데, 뮌헨으로 올라가진 않겠대요. 다음 주 주말까지는 처리해야 하는데 말이죠."

"당신이 『대부』를 다시 읽었나 본데, 총으로 하는 방법으로 계획을 세워 봐요."

"총은 소리가 나잖아요." 리브스가 진지하게 말했다. "혹시 소개해 줄 만한 사람이 더 있을까요? 없으면, 조너선을 설득해야 해요."

조너선이 설득이 되겠어? 톰은 짜증스레 말했다. "설득할 때 돈보다 더 좋은 건 없어요. 돈으로도 통하지 않는데, 내가 무슨 수로 돕습니까." 톰은 집에서 자고 간 장인 장모가 생각나자 기분만 상했다. 자크 플리송이 엘로이즈에게 연간 용돈 삼아 주는 2만 5천 프랑이 필요 없었더라면, 톰과 엘로이즈가 2박 3일간 그렇게까지 용을 썼을까?

"내가 돈을 더 줄 수가 없으니 그 친구가 진짜로 안 할 겁니다. 내가 말했잖아요. 두 번째 일까지 마쳐야 나머지 돈을 받을 수 있다고요." 리브스가 하소연했다.

리브스는 트레바니가 어떤 사람인지 전혀 파악하지 못한 것 같았다. 트레바니는 전액을 받으면 일을 끝까지 해낼 것이고, 해내지 못하면 남은 돈은 돌려줄 사람이었다.

"트레바니를 구워삶을 방법이 떠오르거나, 이 일을 할 다른 사람이 있으면 전화해 줘요. 내일이라도요." 리브스가 난감한 목소리로 부탁했다.

톰은 통화가 끝나서 좋았다. 재빨리 머리를 털면서 눈도 깜빡거렸다. 리브스 마이넛이 세운 계획을 듣다 보면 가슴을 짓누르는 악몽을 꾸느라 머리가 멍해지는 것 같았다. 현실감이라곤 조금도 없이 뜬구름 잡는 소리만 해 댔다.

엘로이즈가 한 손은 소파 등받이에 살짝 대고 다른 손엔 샴페인 잔을 든 채 등받이를 뛰어넘더니 살포시 자리에 앉았다. 그러고는 우아하게 그를 향해 잔을 들었다. "덕분에 주말을 잘 넘겼어!"

"고마워, 여보!"

이제 다시 둘만 있는 달콤한 생활로 돌아왔다. 내키면 맨발로 저

91

녁을 먹어도 된다니, 자유다!

톰은 트레바니만 생각하느라, 리브스는 아예 신경 쓰지도 않았다. 리브스야 번번이 어떻게든 헤쳐 나갈 것이다. 리브스는 위험한 상황도 아슬아슬하게 빠져나갈 사람이었다. 그런데 트레바니는 달랐다. 조너선 트레바니에겐 뭔가 묘한 구석이 있었다. 톰은 그와 더욱 친해질 방법을 이리저리 궁리해 보았다. 트레바니가 톰을 좋아하지 않으니, 상황이 복잡했다. 뭐니 뭐니 해도, 그림을 들고 가 액자를 맞추는 것보다 쉬운 길은 없었다.

화요일, 톰은 차를 몰고 퐁텐블로로 갔다. 일단 고티에의 미술용품 가게에 들러 캔버스 틀부터 샀다. 고티에가 먼저 트레바니 소식을 떠들지도 모른다. 이를테면, 트레바니가 의사를 만나러 함부르크에 갔다 왔다고 말이다. 그게 대외적인 이유였기 때문이다. 톰이 가게에서 물건을 샀는데도, 고티에는 트레바니 얘기를 꺼내지 않았다. 톰은 나가다 말고 물었다.

"그분은 잘 지내죠? 트레바니 씨 말입니다."

"그럼요. 지난주에 명의를 만나러 함부르크에 갔다 왔답니다." 고티에가 유리 의안으로 톰을 뚫어져라 보았다. 진짜 눈은 반짝였지만, 어딘지 모르게 서글퍼 보였다. "검사 결과가 안 좋게 나왔대요. 여기 프랑스 주치의가 얘기했던 것보다 나빠졌대요. 그래도 씩씩하던데요. 원래 영국인이 그렇잖아요. 진심은 늘 숨기니까요."

"나빠졌다니 안타깝네요."

"그러게요. 나한테 그러더라고요. 그래도 트레바니 씨가 잘 버텨 낼 겁니다."

톰은 차에 캔버스 틀을 싣고 뒷좌석에서 그림을 꺼냈다. 트레바니에게 액자를 맞추려고 가져온 수채화였다. 오늘 트레바니와 얘기가 잘 풀리지 않는다고 해도, 나중에 액자를 찾으러 와야 하니 다시 만날 기회는 일단 확보한 셈이다. 톰은 사블롱가까지 걸어가서 작은 가게로 들어갔다. 트레바니가 동판화 모서리에 나무 프레임을 대보면서 여자 손님과 의논하고 있었다. 트레바니가 톰을 쳐다보았다. 톰은 트레바니가 자기를 알아봤을 거라는 확신이 들었다.

"이 프레임이 너무 무거워 보여도 여기에 이렇게 하얀 매트 보드를 대면……." 트레바니가 설명하고 있었다. 그의 불어 억양은 듣기 좋았다.

톰은 트레바니에게 달라진 데가 있는지 눈여겨보았다. 근심거리가 있나 살폈지만, 지금까지는 그런 구석이 조금도 보이지 않았다. 드디어 톰의 차례가 되었다. "봉주르, 안녕하세요, 톰 리플리라고 합니다. 올 2월에 댁에 갔었죠. 부인 생일 파티에요." 톰이 웃으며 말했다.

"아, 맞아요."

톰은 트레바니의 표정을 살폈다. 2월의 어느 날 밤, 트레바니가 "아, 맞다, 당신 얘기 들은 적 있어요"라고 말했을 때와 태도가 조금도 바뀌지 않았다. 톰이 수채화를 보여 주었다. "아내가 그린 수채화를 가져왔어요. 프레임은 폭이 좁은 밤색으로 하고, 매트 보드는 밑면의 폭이 최대 6센티미터 정도면 어떨까요."

트레바니가 눈금이 그어지고 반들반들 손때가 묻은 카운터 위에 수채화를 올려놓더니 유심히 살펴보았다.

엘로이즈가 주로 녹색과 보라색 톤으로 그린 그림이었다. 겨울철 소나무 숲을 배경으로 선 벨옹브르의 한쪽 구석의 풍경을 자유로이 해석했다. 톰이 보기엔 그럭저럭 나쁘지 않았다. 아내가 어디쯤에서 붓을 멈춰야 하는지 알고 그린 작품이었기 때문이다. 엘로이즈는 톰이 이 그림을 간직하고 있었다는 것도 모르는데 액자까지 맞춰서 보여 주면 반색할 것이다.

"이건 어떨까요." 트레바니가 온갖 액자 샘플이 삐져나온 선반에서 기다란 나무 하나를 잡아 빼며 말했다. 그러더니 그림에서 매트 보드를 댈 자리를 띄우고 프레임을 올려놓았다.

"괜찮겠는데요."

"매트 보드는 새하얀 거로 댈까요, 약간 노란 기가 도는 거로 댈까요, 이건 어떠세요?"

톰이 고르자, 트레바니가 장부에 톰의 이름과 주소를 꼼꼼히 적었다. 톰은 전화번호도 알려 주었다.

이제 무슨 말을 하지? 트레바니의 싸늘함이 느껴질 정도였다. 톰은 트레바니가 거절하더라도 밑질 게 없으니 말을 꺼냈다. "언제 부인하고 같이 저희 집에서 술 한잔하시죠. 빌페르스이니 별로 멀지도 않고요. 꼬마도 같이요."

"고맙습니다만, 집에 차가 없어서요." 트레바니가 점잖게 웃으며 말했다. "저희 가족은 외출하는 일이 드물어요."

"차 때문이라면 문제없습니다. 제가 모시러 오겠습니다. 당연히 저희 부부하고 저녁 식사도 하셔야죠." 톰의 입에서 말이 술술 나왔다. 트레바니가 코트 주머니에 손을 찔러 넣더니 마음이 동한다는 듯이 발을 이리저리 떼었다. 톰은 트레바니가 자기를 궁금해한다는 느낌을 받았다.

"아내가 낯을 가려서요." 트레바니가 말하며 처음으로 웃었다. "영어를 잘 못하거든요."

"제 처도 마찬가지예요. 아시겠지만, 프랑스 사람이거든요. 저희 집까지 가기가 멀다면, 지금 식전주라도 한잔하실래요? 퇴근하실 때도 된 것 같은데요."

정오가 막 넘었으니 퇴근할 시간이었다.

두 사람은 프랑스가와 생메리가가 만나는 코너에 있는 술집 겸 레스토랑으로 걸어갔다. 트레바니가 도중에 빵집에 들러 빵을 샀다. 트레바니가 생맥주를 시키자, 톰도 같은 거로 시킨 다음 카운터 위에 10프랑을 올려놓았다.

"어쩌다 프랑스까지 오시게 됐나요?" 톰이 물었다.

트레바니는 영국 친구와 프랑스에서 앤티크 가게를 열게 된 사연을 풀어놓았다. "당신은요?"

"아내가 프랑스에서 사는 걸 좋아해요. 저도 그렇고요. 이보다 더 쾌적한 생활은 상상할 수 없죠. 가고 싶을 때 여행 갈 수 있지, 자유 시간도 많지, 여가를 즐긴다는 얘깁니다. 제가 정원을 가꾸고 그림을 그리거든요. 일요일이면 붓을 잡는 아마추어 화가처럼 그림을 그리는 게 재미있어요. 내키면 두어 주 런던에 갔다 오기도 합니다." 이것이 바로 톰이 순진무구한 척, 해맑은 척 내민 카드였다. 돈이 어디에서 나오는지 트레바니가 궁금해할지 모른다는 것만 빼곤 말이다. 트레바니도 디키 그린리프 사건에 대해 들었을 것이다. 남들처럼 트레바니 역시 '연기처럼 사라진' 디키 그린리프라는 특정 부분만 기억할 뿐, 나머지는 거의 잊었을 것이다. 나중에야 디키가 자살했다는 것이 정설로 굳어졌지만 말이다. 트레바니는 디키 그린리프가 남긴 유언장(톰이 위조했다)에 따라 톰이 상당액을 받는다는 것도 신문을 보고 알고 있을 것이다. 게다가 작년에는 더와트 사건까지 있었다. 프랑스 신문에서는 더와트 사건보다, 톰의 집에서 하룻밤 자고 간 이후 행방이 묘연해진 미국인 토머스 머치슨에 대해 관심이 더 많았다.

"좋으시겠어요." 트레바니가 건조하게 말하며 윗입술에 묻은 거품을 닦았다.

트레바니가 몇 가지 묻고 싶어 하는 눈치였다. 뭘 묻고 싶은 걸까? 톰은 트레바니가 영국인답게 냉정한 척하고 있지만, 양심의 가책을 느껴서 아내에게 털어놓거나 경찰서에 자수하러 갈는지 궁금해졌다. 아직은 그가 무슨 짓을 했는지 아내에게 털어놓지 않았으며 앞으로도 말하지 않으리라는 톰의 짐작이 맞는 것 같았다. 트레바니가 방아쇠를 당겨 사람을 죽인 건 고작 닷새 전. 리브스가 착해 빠진 트레바니에게 극악무도한 마피아에 관해 떠들며 마피아 일당 중에서 딱 한 명만 제거하면 된다고 부추겼을 모습이 안 봐도 훤했다. 톰은 트레바니가 마피아의 목에 올가미를 걸어서 당기는 모습은 상상이 가지 않았다. 트레바니는 자기 손으로 사람을 죽였다는 사실을 어떻게 받아들이고 있을까? 감정적인 여파가 밀려올 시간이나 있었을까? 아직은 없었을 것이다. 트레바니가 담배에 불을 붙였다. 손이 큼직했다. 트레바니는 낡은 옷에 구깃구깃한 바지를 입고도 신사다운 면모를 풍기고 있었다. 다부지고 잘생긴 외모를 지녔으면서도 자기는 그런 사실을 모르고 있었다.

트레바니가 파란 눈동자로 톰을 침착하게 바라보며 물었다. "혹시 리브스 마이넛이라는 미국인을 아세요?"

"아뇨. 여기 퐁텐블로에 사시는 분인가요?"

"그건 아니고, 여행을 많이 다니는 것 같더라고요."

"모릅니다." 톰이 맥주를 마셨다.

"이만 가 봐야겠습니다. 아내가 기다려서요."

두 사람이 밖으로 나갔다. 가는 방향이 달랐다.

"맥주 잘 마셨습니다."

"저야 말로요!"

톰은 레글 누아르 호텔 앞 주차장에 세워 둔 차로 걸어가 빌페르스로 출발했다. 톰은 운전하면서 트레바니를 생각했다. 트레바니가 다소 기가 죽고 현실에 좌절한 것 같았다. 분명 그에게도 소싯적에는 꿈이 있었을 것이다. 그의 아내가 기억났다. 차분하고 헌신적이면서도 매력적인 여성이었다. 출세하라고 남편을 닦달하거나 돈을 더 벌어 오라고 잔소리를 할 여자는 전혀 아닌 것 같았다. 아내도 트레바니만큼 반듯하고 점잖아 보였다. 그런 트레바니가 리브스의 꾐에 넘어가다니. 그렇다면 트레바니는 누가 살살 주무르기만 하면 이리저리 휘둘릴 사람이라는 뜻이었다.

아네트 여사가 톰을 맞이하면서 엘로이즈가 좀 늦을 거라고 전했다. 엘로이즈가 샤이앙비에르에 있는 앤티크 상점에서 함선에서 쓰던 영국식 서랍장을 사려고 수표를 써서 줬는데, 가구점 사장과 같이 은행까지 가야 한다고 했다. "서랍장을 가지고 조만간 오신대요!" 아네트 여사가 파란 눈을 반짝이며 말했다. "기다렸다가 같이 점심 드시자고 하셨어요."

"당연히 그래야죠!" 톰도 들뜬 목소리로 대답했다. 계좌 잔고에서 초과 인출하느라 엘로이즈가 은행 직원과 얘기해야 해서 그럴 것이다. 그런데 점심시간이면 은행이 문을 닫을 텐데, 어떻게 해결했을까? 아네트 여사는 신이 나 보였다. 집에 가구를 새로 들이면, 지칠 줄 모르고 왁스질을 할 수 있다는 게 이유였다. 엘로이즈는 놋쇠가 보강된 서랍장을 몇 달째 찾고 있었다. 무슨 바람이 불었는지, 그녀는 남편의 침실에 함선에서 쓰던 서랍장을 들여놓고 싶어 했다.

톰은 지금을 기회 삼아 리브스를 떠보기로 했다. 방으로 뛰어 올라간 시간은 오후 1시 22분. 석 달 전에 벨옹브르에 전화기 두 대를 새로 놓았는데, 그중 한 대는 교환원을 거치지 않고도 장거리 전화를 걸수 있었다.

리브스의 가정부가 받았다. 톰은 독일어로 마이닛 씨를 바꿔 달라고 했다. 리브스가 받았다.

"리브스, 납니다, 톰. 길게는 통화 못 해요. 내가 우리의 친구를 만나서 술 한잔했다는 얘기를 해 주려고 전화했습니다. 퐁텐블로 술집에서요. 생각해 봤는데……." 톰은 긴장한 몸을 일으켜 창밖을 내다보았다. 길 건너에 서 있는 나무와 텅 빈 하늘이 보였다. 톰은 자기가 무슨 말을 하려는지 모르겠지만, 트레바니를 계속 찔러 보라고 리브스에게 말해 주고 싶었다. "잘은 몰라도, 내가 보기엔 그 친구가 할 것 같던데요. 내 직감일 뿐이긴 하지만, 한 번 더 밀어붙여 봐요."

"그래 보이던가요?" 리브스는 톰이 실패를 모르는 현인이라도 되는 양 그의 말에 매달렸다.

"그 친구가 언제까지 올라가야 하죠?"

"목요일에는 뮌헨으로 올라와야 해요. 모레요. 이번에는 뮌헨에서 다른 의사도 만나 보라고 설득하고 있어요. 그런 다음, 금요일 10시 10분 뮌헨을 출발하는 기차를 타고 파리로 가야 해요."

톰은 딱 한 번, 잘츠부르크에서 모차르트 익스프레스를 탄 적이 있었다. "나라면 그 친구한테 총이나 올가미 중에 선택하라고 하겠지만, 되도록이면 총은 쓰지 말라고 하겠어요."

"내가 그 말도 했다니까요! 그래도 그 친구가 아직도 망설이는 것 같던가요?"

앞마당에 깔린 자갈 위를 구르는 자동차 소리가 들렸다. 엘로이즈가 앤티크 딜러와 도착한 게 분명했다. "가 봐야겠어요, 리브스. 지금 끊을게요."

　그날 오후 늦게, 톰은 혼자 방에서 정면으로 난 두 개의 유리창 사이에 놓인 번듯한 서랍장을 자세히 뜯어보았다. 참나무 서랍장은 키가 작고 단단했으며, 모서리와 움푹 팬 서랍 손잡이에 번쩍거리는 놋쇠 장식이 달려 있었다. 광택이 도는 목재는 살아 숨 쉬고 있었는데, 서랍을 만든 사람이나, 서랍장을 쓰던 선장 및 장교가 손끝으로 숨결을 불어넣은 것 같았다. 목재에 찍힌 어두운 흠집 두 곳에도 광택이 돌자, 마치 기괴한 흉터 같아 보였다. 생명체라면 사는 동안 흉이 질 수밖에 없지 않은가. 상판에는 타원형 은제 명판이 붙어 있었다. 그 위에 '1734년 플리머스, 선장 아치볼드 L. 파트리지'라는 글귀가 필기체로 아로새겨져 있었다. 그보다 훨씬 작은 글자로 새긴 목수의 이름도 보였다. 톰에게 그 명판은 자부심이 깃든 근사한 흔적으로 보였다.

10

약속했던 대로 리브스가 수요일에 조너선의 가게로 전화했다. 하필이면 정신없이 바쁠 때라서 조너선은 리브스에게 12시 이후에 다시 걸어 달라고 했다.

　리브스가 다시 전화를 걸었다. 평소처럼 인사를 건넨 후, 다음 날인 목요일에 뮌헨으로 올라올 수 있는지 물었다.

　"뮌헨에도 명의가 많아요. 생각해 둔 분이 있는데 막스 슈뢰더 박사라고. 금요일 오전 8시에 자리가 있답니다. 예약만 하면 되는데, 혹시……."

　"그러죠." 조너선은 무슨 말이 나올지 정확히 예상하고 있었기에 대답할 수 있었다. "잘됐네요, 리브스. 비행기표부터 알아봐야겠어요."

　"편도만 끊어요, 조너선. 알아서 잘하겠지만요."

　조너선은 무슨 말인지 알아들었다. "비행기 시간 알아보고 다시 전화드리죠."

　"내가 알아봤는데, 오후 1시 15분에 오를리 공항에서 뮌헨으로 떠나는 비행기가 있어요. 자리가 있다면 말이죠."

　"알겠습니다. 그걸로 끊어 보죠."

　"혹시 연락이 따로 없으면 그걸 타고 오는 거로 알고 있겠습니다. 예전에 함부르크에서 그랬던 것처럼, 뮌헨 시내버스 터미널에서 기다리겠습니다."

조너선은 멍하니 있다가 세면대로 가서 손에 물을 적셔 머리를 정리한 다음 맥 코트를 집어 들었다. 비가 살짝 내려서 그런지 날이 쌀쌀했다. 어제 조너선은 똑같은 과정을 한 번 더 밟아 나가기로 결심했다. 이번에는 뮌헨으로 올라가 의사를 만난 다음, 기차를 타고 파리로 돌아올 것이다. 못 미더운 건 자신의 담력이었다. 내가 과연 무슨 짓까지 할 수 있을까? 조너선은 가게에서 나와 열쇠로 문을 걸었다.

조너선은 걷다가 인도 위에 있는 쓰레기통에 부딪혔다. 그는 자기가 걷는 게 아니라 무거운 발을 힘겹게 옮기고 있다는 사실을 깨달았다. 조너선은 고개를 살짝 들었다. 총도, 올가미도 달라고 해야겠어. 만약 용기를 내지 못하고 올가미를 걸겠다고 머뭇거리다가 총을 쏘는 날이면(조너선은 자기가 그럴 것만 같았다), 그걸로 끝장이다. 조너선은 리브스와 조율해 볼 생각이었다. 만약 그가 총을 쏴서 체포당할 게 불 보듯 뻔한 상황이 닥치면, 남은 총알 한두 발은 자신을 위해 쓸 것이다. 리브스는 물론 관련자들을 절대 배신할 수 없는 길을 택할 것이다. 그래야 남은 수고비를 마저 받아서 시몬에게 남겨 줄 수 있을 것이다. 조너선의 시신을 이탈리아 마피아의 시신으로 둔갑시킬 수는 없어도, 디 스테파노 패밀리가 이탈리아가 아닌 해외에서 킬러를 동원했다고 둘러댈 수는 있을 것이다.

조너선이 시몬에게 말했다. "오늘 오전에 함부르크 병원에서 전화가 왔는데, 의사가 내일 뮌헨에서 보재."

"그래? 그렇게나 빨리?"

조너선은 2주 후에 의사가 다시 보자고 할지도 모른다고 말해 두었던 기억이 떠올랐다. 벤트첼 박사가 준 약의 약효를 확인하고 싶어 할 거라고 했었다. 벤트첼 박사와 치료약에 대해 얘기를 나눈 건 사실이었다. 백혈병은 약으로 병세를 늦추는 것 말고는 치료책이 전무했다. 실은 벤트첼 박사가 약은 주지도 않았다. 박사를 한 번 더 만났더라면 약을 받아 왔겠지만 말이다. "뮌헨에도 명의가 있다면서 벤트첼 박사가 슈뢰더 박사를 소개시켜 줬어."

"뮌헨이 어디예요?" 조르주가 물었다.

"독일이야." 조너선이 말했다.

"얼마나 있다가 와?" 시몬이 물었다.

"토요일 아침쯤 올 거야." 기차를 타고 금요일 밤늦게 파리에 도착하겠지만, 그 시각이면 퐁텐블로로 내려오는 오는 기차 편이 없을 것이다.

"그럼 가게는 어쩌지? 내가 내일 오전하고 금요일 오전에 가게에 나갈까? 내일 몇 시에 출발해?"

"1시 15분 비행기를 탈 거야. 당신이 그렇게 해 주면 도움이 될 거야. 내일 오전하고 금요일 오전에만 가게를 봐 주면 돼. 한 시간이라도 좋아. 액자를 찾으러 올 손님이 두 분 계시거든." 조너선이 카망베르 치즈를 칼로 살살 잘랐다. 그가 사 오긴 했지만 먹고 싶진 않았다.

"걱정되지, 여보?"

"별로. 아니, 오히려 무슨 소릴 듣든 조금 더 나은 소식이겠지." 조너선은 예의상 신난 척하는 건 정말 못 할 짓이라는 생각이 들었다. 의사라 해도 절대로 시간을 거스를 수는 없는 법. 조너선이 아들을 쳐다보았다. 조르주는 무슨 말인지 제대로 못 알아들었지만, 되물을 정도로 이해하지 못한 건 아니라는 표정을 짓고 있었다. 조르주가 말귀를 알아듣게 되면서부터는 엄마 아빠의 대화를 엿들었다. 그런 조르주에게 두 사람은 이렇게 설명해 주었다. "아빠 몸에 세균이 들어갔대. 감기 바이러스처럼 말이야. 그래서 가끔 아빠가 피곤해서. 그렇다고 네 몸에 그 세균이 들어가진 않아. 다른 사람 몸에도 안 들어가. 그러니 네가 아플 일은 없단다."

"병원에서 자는 거야?" 시몬이 물었다.

조너선은 처음에는 아내가 무슨 말을 하는지 이해하지 못했다. "아니, 벤트첼 박사가, 아니 조교가 호텔을 잡아 놓았다던데."

조너선은 다음 날 아침 9시가 되자마자 집을 나섰다. 9시 42분에 출발하는 파리행 열차를 타기 위해서였다. 다음 열차를 탔다간 오를리 공항에 너무 늦게 도착할 것이었다. 당일 오후에 출발하는 비행기표를 편도로 끊었다. 소시에테 제네랄 은행 계좌에 1천 프랑을 추가 입금하고, 5백 프랑은 지갑에 넣었다. 이제 가게 서랍 속에는 2천5백 프랑이 남았다. 리브스에게 돌려주려고 책을 서랍에서 꺼내서 가방에 챙겨 왔다.

조너선은 오후 5시가 조금 못 돼 뮌헨 도심 버스 터미널에 내렸다. 날씨는 화창했고 기온도 쾌적했다. 길가에 건장한 중년 남성 몇 명이 가죽 바지를 입고 녹색 재킷을 걸치고 있었다. 휴대용 풍금을 연주하는 사람도 보였다. 리브스가 다가오고 있었다.

"늦어서 미안합니다. 잘 지냈어요, 조너선?"

"덕분에요." 조너선이 웃으며 말했다.

"호텔을 잡았으니 일단 택시부터 타죠. 나는 다른 호텔에 묵지만,

같이 가서 얘기합시다."

둘이 택시를 탔다. 리브스가 뮌헨에 관해 설명해 주었다. 긴장한 모습 대신 뮌헨을 좋아해 속속들이 아는 사람처럼 주절주절 얘기를 늘어놓았다. 리브스가 지도를 들고 영국 정원을 가리켰지만, 택시가 가는 방향은 아니었다. 그는 이자르강 주변을 가리키며 내일 아침 8시까지 가야 할 병원이 그쯤에 있다고 했다. 두 사람이 각자 묵을 두 곳의 호텔은 뮌헨 중심가에 있다고 했다. 택시가 호텔 앞에 서자 자주색 유니폼을 입은 남자가 차 문을 열어 주었다.

조너선이 체크인했다. 로비는 독일 기사와 음유 시인이 그려진 세련된 스테인드글라스로 장식되어 있었다. 조너선은 평소와 달리 몸이 가뿐해서 날아갈 것 같았다. 내일 닥칠 비보를 예고하는 동시에 끔찍한 재앙을 알리는 전주일까? 몸이 가뿐하다니, 그는 제정신이 아닌 것 같아서 스스로 마음을 다잡았다. 술을 너무 많이 마신다 싶을 때 스스로 경종을 울리는 것처럼 말이다.

둘이 호텔방으로 올라갔다. 벨보이가 조너선의 짐 가방을 방에 갖다 놓고는 곧바로 나갔다. 조너선은 집에서처럼 입구에 있는 고리에 코트를 걸었다.

"내일 아침, 아니 오늘 저녁이라도 코트를 새로 삽시다." 리브스가 조너선의 코트를 보더니 살짝 가슴 아파하며 말했다.

"네?" 조너선은 입고 온 코트가 낡았다는 걸 인정할 수밖에 없어서, 화를 내는 대신 씩 웃기만 했다. 그나마 정장과 구두는 쓸 만하고 비교적 새것으로 챙겨 왔다. 그는 파란색 정장을 옷걸이에 걸었다.

"드디어 내일이면 일등석 열차에 타겠네요." 리브스가 말하면서 문으로 걸어가더니 아무도 들어오지 못하게 단추를 꾹 눌렀다. "총을 갖고 왔습니다. 이번에도 이탈리아제 총인데 저번 것하고는 달라요. 소음기는 안 챙겨 왔어요. 그걸 끼워도 별 차이 안 나서요."

조너선은 무슨 말인지 알아들었다. 리브스가 주머니에서 꺼낸 작은 총을 쳐다보았다. 순간 머리가 멍해지면서 자신의 어리석음을 깨달았다. 총을 쏜다는 건, 발사한 직후에 그 총구를 자신에게 들이대야 한다는 걸 의미했다. 그것이 그가 생각하는 총의 유일한 의미였다.

"그리고 당연히 이것도 챙겨 왔죠." 리브스가 주머니에서 올가미를 꺼내며 말했다.

아직은 어두워지지 않은 뮌헨 하늘 아래에서 보니, 올가미 끈이 연한 살구색이었다.

"의자 뒤에 걸어서 당겨봐요." 리브스가 말했다.

조너선은 올가미를 받아서 의자 등받이의 튀어나온 곳에 걸고, 아무 생각 없이 끝까지 잡아당겼다. 지금은 역겹지 않고 얼떨떨하기만 했다. 평범한 사람이 그의 주머니에 든 끈을 보면 단박에 그 끈의 정체를 알아차리려나? 설마, 그럴 리가.

"잘 알겠지만, 조이고 끝까지 당기고 있어야 해요." 리브스가 진지하게 설명했다.

조너선은 갑자기 짜증이 올라오는 바람에 불쾌한 말을 내뱉으려다가 꾹 삼켰다. 그러고는 의자에서 올가미를 벗겨서 침대 위로 툭 집어 던졌다.

"주머니에 넣어 둬요. 아니면 내일 입을 정장 주머니에 넣든가." 리브스가 말했다.

조너선은 올가미를 입고 있는 바지 주머니에 넣으려다가 걸어가서 파란 정장 바지 주머니에 쑤셔 넣었다.

"사진도 두 장 갖고 왔어요. 보여 주려고요." 리브스가 재킷 안주머니에서 봉투를 꺼냈다. 밀봉되지 않은 흰 봉투에 사진이 두 장 들어 있었다. 하나는 엽서만 한 크기의 광택이 도는 사진이었고, 또 하나는 신문에서 깔끔히 오려 낸 두 번 접은 사진이었다. 비토 마르칸젤로.

조너선은 광택이 도는 사진을 들여다보았다. 두 군데가 찢겨 있었다. 둥근 얼굴, 확실히 올라간 입꼬리, 두툼한 입술, 검정 곱슬머리. 양쪽 관자놀이가 허옇게 세서 그런지 머리에서 김이 뿜어져 나오는 듯한 인상이었다.

"나이는 대략 쉰여섯 정도 됐고, 흰머리는 가리지 않고 그대로 두었습니다. 이게 비토 마르칸젤로가 파티를 즐기는 장면이에요."

신문에서 오려 낸 사진 속에는 세 남자와 두 여자가 저녁 식사가 차려진 식탁 뒤에 서 있었다. 키가 작고 관자놀이가 허옇게 센 남자가 웃고 있었다. 화살표가 그를 가리키고 있었고, 독어로 설명이 적혀 있었다.

리브스가 사진을 도로 가져갔다. "코트 사러 나갑시다. 문을 연 데가 있을 겁니다. 그건 그렇고, 안전장치는 저번에 그 총하고 같은 방식입니다. 총알 여섯 발이 장전되어 있어요. 총은 여기에 둘게요." 리브스가 침대 발치에 있던 총을 조너선의 여행 가방 구석에 집어넣었다. "쇼핑하기에는 브리너슈트라세가 최고죠." 리브스가 엘리베이터를 타고 내려가며 말했다.

둘이 거리를 걸었다. 조너선은 호텔방에 코트를 두고 나왔다.

조너선은 청록색 트위드로 골랐다. 돈은 누가 내나? 그건 별로 중요하지 않았다. 조너선은 코트를 입을 시간이 24시간밖에 없을지도 모른다는 생각이 들었다. 리브스가 코트를 사 주겠다고 우겼다. 조너선은 프랑을 마르크로 환전해서 옷값을 주겠다고 했다.

"이러지 말아요. 나 좋자고 사 주는 겁니다." 리브스가 고개를 살짝 비딱하게 두고 말했는데, 그런 제스처는 미소와 다르지 않았다.

조너선은 새 코트를 입고 상점을 나섰다. 리브스가 길을 걸으며 이것저것 손으로 가리켰다. 리브스의 설명에 따르면, 오데온 광장을 시작으로 루트비히슈트라세를 따라 계속 걸으면 슈바빙이 나온다면서, 그곳에 소설가 토마스 만의 집이 있었다고 했다. 두 사람은 영국 정원까지 걸어가 택시를 타고 술집으로 갔다. 조너선은 차를 마시고 싶었지만, 긴장을 풀어 주려는 리브스의 마음을 읽었다. 조너선은 마음이 풀어질 대로 풀어졌는지, 슈뢰더 박사가 내일 아침에 무슨 말을 할지 조금도 걱정되지 않았다. 박사가 무슨 말을 하든 중요하지 않을 것이다.

두 사람은 슈바빙에 있는 시끌벅적한 식당에서 밥을 먹었다. 리브스는 식당에 있는 사람들이 죄다 "화가 아니면 작가"라고 했다. 조너선은 리브스 덕에 즐거웠다. 그 많은 맥주를 다 마셨더니, 머리가 알딸딸해졌다. 지금은 굼폴츠키르헨 지방에서 나오는 와인을 마셨다.

자정을 앞두고 조너선은 잠옷으로 갈아입고서 호텔방에 서 있었다. 조금 전 샤워를 하고 나왔다. 내일 아침 7시 15분에 전화벨이 울리면 아침을 먹을 것이다. 책상에 앉아서 서랍에 든 편지지를 꺼낸 다음, 봉투에 집 주소를 적었다. 그런데 모레, 아니면 내일 밤 늦게 집에 도착할지도 모른다는 생각이 들자, 봉투를 구겨서 쓰레기통으로 집어 던졌다. 오늘 밤 저녁을 먹을 때 조너선이 리브스에게 물어봤었다. "혹시 톰 리플리라는 남자를 압니까?" 리브스가 멍한 표정으로 대답해 주었다. "아뇨. 왜요?" 조너선은 침대에 누워서 버튼을 눌렀다. 버튼 하나면 간편하게 방에 있는 불을 모두 끌 수 있었다. 화장실 불까지 꺼졌다. 오늘 밤에 약을 챙겨 먹었던가? 샤워하기 직전에 먹었다. 혹시나 내일 슈뢰더 박사가 보여 달라고 할까 봐 재킷 주머니에 약통을 챙겨 왔다.

아까 리브스가 물었었다. "스위스 은행에서 편지가 왔던가요?" 아직 오지 않았다. 편지는 조너선이 떠나던 날 아침에 가게에 도착했을지도 모른다. 시몬이 편지를 뜯어볼까? 가능성은 반반이었다. 가게 일이 얼마나 바쁘냐에 달려 있었다. 스위스 은행은 편지를 보내 8만 마르크가 예치됐음을 확인시켜 주면서, 조너선 트레바니의 샘플 서명을 적어서 보내라는 카드도 동봉했을 것이다. 봉투 겉면에는 발송인 주소가 찍히지 않았을 수도 있고, 은행에서 보냈다는 사실을 알아볼 만한 내용이 일체 적혀 있지 않을지도 모른다. 남편이 토요일이면 돌아올 테니, 시몬은 무슨 편지든 손대지 않을 수도 있다. 반반의 가능성을 다시금 떠올리는 사이, 조너선은 슬며시 잠이 들었다.

다음 날 아침에 도착한 병원은 엄격히 절차를 지키면서도 신기할 정도로 분위기가 편안했다. 리브스가 조너선 옆을 떠나지 않았다. 대화는 내내 독어로 이루어졌지만, 조너선은 리브스가 슈뢰더 박사에게 일전에 함부르크에서 받은 검사 얘기를 하지 않는다는 걸 짐작할 수 있었다. 함부르크 검사 결과지는 퐁텐블로의 페리에 박사가 갖고 있었는데, 지금쯤이면 박사가 약속한 대로 에브를발랑 검사실로 부쳤을 것이다.

이곳에 있는 간호사 역시 영어를 완벽히 구사했다. 막스 슈뢰더 박사는 나이가 쉰 정도 되었고, 셔츠 깃을 덮는 검은색 머리칼을 멋지게 소화하고 있었다.

"박사님 소견으로는 전형적인 케이스래요. 별로 희망적이지 않다고 하네요." 리브스가 조너선에게 통역해 주었다.

역시나, 조너선에겐 조금도 새삼스럽지 않았다. 내일 아침에 검사 결과가 나온다는 말조차 뻔하게 들렸다.

오전 11시가 다 되어서야 조너선과 리브스는 병원에서 나올 수 있었다. 이자르 강둑을 따라 걸었다. 유모차에 탄 아이들, 석조 건물 아파트, 약국, 슈퍼마켓. 이 모든 삶의 부속물이 그날 아침따라 자신과는 무관해 보인다고 조너선은 생각했다. 심지어 그는 숨을 쉬어야 한다는 것조차 의식해야 했다. 오늘이야말로 망하는 날이 될 것이다. 조너선은 강물에 몸을 내던져 익사하거나 물고기가 되고 싶었다. 리브스가 옆에서 불쑥불쑥 떠드는 말이 조너선의 화를 돋웠다. 결국 조너선은 리브스가 지껄이는 얘기를 안 들으려고 기를 썼다. 오늘은 누구든 죽이지 못할 것 같은 예감이 밀려왔다. 주머니에 든 올가미를 당기든, 총을 쏘든 말이다.

"2시쯤 출발하는 기차라면, 슬슬 짐을 챙기러 가야 하지 않을까요?" 조너선이 말을 잘랐다.

둘이 택시를 잡았다.

호텔 바로 옆에 있는 상점 쇼윈도에 반짝이는 물건이 걸려 있었다. 독일식으로 크리스마스트리를 꾸며 놓았는지 금색과 은색 조명이 번쩍거리고 있었다. 조녀선은 이끌리듯 다가갔다. 관광객을 대상으로 파는 싸구려 장신구라서 실망했지만, 네모난 상자에 기댄 자이로스코프가 눈에 들어왔다.

"우리 애 선물을 사야겠어요." 조녀선은 상점으로 들어가 손가락으로 가리키며 "비테(부탁합니다)" 하고 말한 다음, 가격표는 보지도 않고 자이로스코프를 샀다. 그날 아침 호텔에서 2백 프랑을 환전해서 마르크로 갖고 있었다.

조녀선은 일찌감치 짐을 다 싸 놓아서 가방을 닫기만 하면 되었다. 가방을 들고 내려갔다. 리브스가 1백 마르크 지폐 한 장을 손에 쥐여 주면서 호텔비를 내라고 했다. 자기가 직접 계산하면 이상해 보일까 봐 그런 것이다. 조녀선에게 더는 돈이 중요하지 않았다.

두 사람은 일찌감치 기차역에 도착했다. 간이식당에서 조녀선은 식사는 됐고 커피만 마시겠다고 했다.

리브스도 커피만 시켰다. "알아서 기회를 포착해야 해요, 조녀선. 잘 안 될지도 모르지만, 이 남자만큼은 우리가 기필코…… 식당 칸 근처에서 대기해요. 식당 칸과 그다음 칸 사이에 있는 연결 통로에 서서 담배를 피우든가."

조녀선은 커피를 한 잔 더 마셨다. 리브스가 조녀선이 들고 갈 『데일리 텔레그래프』 신문과 책을 한 권 사왔다.

이제 기차가 들어왔다. 모차르트 익스프레스가 우아하게 철로 위를 미끄러지며 회색과 파란색이 어우러진 자태를 뽐냈다. 경호원 둘을 대동하고 지금쯤 기차에 오르려는 마르칸젤로가 있는지 리브스가 주변을 두리번거렸다. 60명 정도가 플랫폼에 서 있다가 기차에 탔고, 또 그만큼 기차에서 내렸다. 리브스가 조녀선의 팔을 움켜잡더니 어딘가를 가리켰다. 조녀선은 기차표에 적힌 대로 타야 할 객차 옆에 가방을 들고 서 있었다. 리브스가 말한 세 남자가 보였다. 모자를 쓰고 키 작은 남자 셋이 조녀선이 탈 객차에서 기관실 방향으로 두 칸 앞에 있는 객차의 계단을 오르고 있었다.

"저 남자예요. 흰머리까지 보이네요. 식당 칸이 어디더라?" 리브스가 더 잘 보려고 뒷걸음질 치며 앞으로 걸어갔다가 되돌아왔다. "마르칸젤로가 탄 객차 바로 앞 칸이 식당 칸이네요."

기차의 출발을 알리는 불어 방송이 나왔다.

"총은 주머니에 넣었죠?" 리브스가 물었다.

조너선이 고개를 끄덕였다. 그가 가방을 가지러 호텔방에 올라갔을 때, 리브스가 총을 주머니에 넣으라고 했었다. "나한테 무슨 일이 생기면 아내가 돈을 받는지 확인해 줘요."

"약속하죠." 리브스가 그의 팔을 토닥였다.

두 번째 휘슬이 들리더니 문이 닫혔다. 조너선은 기차에 탄 후엔 리브스를 돌아보지 않았다. 리브스가 계속 쳐다보고 있을 것이다. 조너선은 방처럼 문이 달린 별실에서 자기 자리를 찾았다. 정원이 여덟 명인 별실에는 두 명만 타고 있었다. 자주색 플러시 천으로 씌워 놓은 좌석이 보였다. 조너선은 머리 위 선반에 가방을 올리고, 새로 산 코트는 안감을 겉으로 나오게 해서 접어 놓았다. 젊은 남자가 별실로 들어오더니 창밖으로 몸을 빼고 누군가와 독어로 떠들었다. 별실에는 서류 더미에 파묻힌 중년 남성과, 작은 모자를 쓰고 소설을 읽는 단정한 아가씨가 앉아 있었다. 조너선의 좌석은 중년 사업가 옆자리였다. 그는 순방향 창가 옆자리에 앉아 신문을 펼쳤다.

오후 2시 11분.

조너선은 미끄러지듯 흘러가는 뮌헨 교외를 응시했다. 회사 건물들, 프라우헨 성당의 둥그런 쌍둥이 종탑이 보였다. 맞은편 벽에 액자 세 개가 걸려 있었다. 성, 백조 두 마리가 떠 있는 호수, 눈 덮인 알프스 정상 사진이었다. 기차가 매끄러운 철로 위에서 가랑거리더니 살짝 흔들렸다. 조너선은 반쯤 눈을 감고 깍지를 낀 손으로 팔꿈치를 팔걸이에 세운 채 졸았다. 마음을 먹었다 접었다 갈팡질팡하는 사이, 시간만 흐르고 있었다. 마르칸젤로도 조너선처럼 파리로 가고 있었다. 기차는 6시 반에 스트라스부르역에서 한 번 정차했다가 오늘 밤 11시 7분에 파리에 도착할 예정이라고, 리브스가 말해 주었다. 몇 분 후 그는 졸음을 털어 냈다. 유리문이 달린 별실 바깥에 있는 복도로 승객이 드물긴 해도 오고 가긴 했다. 한 남자가 그가 탄 별실 안으로 카트를 밀고 들어왔다. 카트에는 샌드위치와 병맥주와 와인이 실려 있었다. 젊은 남자는 맥주를 샀다. 퉁퉁한 남자는 복도에 서서 담배를 피우다가 사람들이 지나가도록 이따금 창문으로 몸을 바싹 붙였다.

조너선은 상황을 살피러 식당 칸까지 가는 척하면서 마르칸젤로가 있는 별실 앞을 지나가도 괜찮을 것 같았다. 그럼에도 그가 행동으로 옮기기까지는 몇 분이나 걸렸다. 그사이 조너선은 지탄 담배를 한 대 피우며 창문에 고정된 철제 용기에 재를 털었다. 서류를 보는 남자의 무릎 위로 떨어지지 않도록 조심했다.

마침내 조너선이 자리에서 일어나 기차 앞 칸으로 걸음을 옮겼다. 객차 끝에 달린 문이 뻑뻑해서 잘 열리지 않았다. 문을 두 개 더 통과한 후에야 마르칸젤로가 탄 객차에 닿을 수 있었다. 조너선은 천천히 걸음을 옮기며 불규칙하게 살살 흔들리는 열차에서 버티면서 마음을 다잡고 별실을 칸칸이 들여다보았다. 마르칸젤로가 탄 별실은 한눈에 알아볼 수 있었다. 마르칸젤로가 중앙에 앉은 모습이 정면으로 보였기 때문이다. 마르칸젤로가 팔짱을 낀 팔을 배 위에 올리고 턱을 옷깃에 파묻은 채 조느라, 희끗희끗한 관자놀이가 위아래로 까닥이고 있었다. 이탈리아 마피아 같아 보이는 두 명이 머리를 맞댄 채 손을 휘저으며 얘기하는 모습이 언뜻 보였다. 다른 승객은 그 별실에는 없는 것 같았다. 조너선은 걸음을 멈추지 않고 객차 맨 끝까지 걸어간 다음, 연결 통로로 나가 담배에 불을 붙이고 창밖을 내다보았다. 이쪽 끝에도 화장실이 있었다. 지금은 둥근 자물쇠에 붉은색 표시가 보였다. 안에 사람이 있다는 뜻이다. 대머리에 빼빼 마른 남자가 반대편 창가에 서서 화장실에 들어가려고 기다리고 있었다. 이곳에서 사람을 죽인다는 건 어리석은 생각이었다. 보는 눈이 많기 때문이었다. 연결 통로에 킬러와 목표물 단 둘뿐이라고 해도, 누가 아무 때나 들어오지 않을까? 기차는 매우 조용했다. 올가미에 목이 졸린 채 소리를 지르면, 바로 옆 별실 사람들에게 들리지 않을까?

남자와 여자가 식당 칸에서 나와서 문을 열어 둔 채 복도로 들어가자, 흰 재킷을 입은 종업원이 뛰어 나와 문을 닫았다.

조너선은 자기 자리로 돌아가면서 마르칸젤로가 탄 별실을 한 번 더 들여다보았다. 스치듯 지나가야 했지만, 마르칸젤로가 몸을 앞으로 잔뜩 숙인 채 담배를 피우며 얘기하는 모습이 보였다.

해야 한다면, 스트라스부르에 도착하기 전에 해치워야 한다. 스트라스부르역에서 파리까지 갈 사람들이 잔뜩 탈 것이다. 잘못된 판단일지도 모른다. 30분 후, 조너선은 코트를 걸치고 나가 마르칸젤로가 탄 객차 맨 끝 연결 통로에 서서 기다리기로 했다. 마르칸젤로가 객차 반대편 화장실로 가면 어떡하지? 화장실은 객차 양쪽 끝에 있었다. 마르칸젤로가 화장실을 아예 안 가면 어쩌지? 설마 그러진 않겠지만, 화장실에 안 갈 수도 있었다. 만약 셋 다 식당 칸에 가지 않기로 하면 어쩌지? 그럴 리 없었다. 논리적으로 따져 보면, 식당 칸에는 가되 다 같이 움직일 것이다. 조너선이 아무 짓도 못 하면 리브스가 계획을 새로 짜

줘야 한다. 더 괜찮은 작전으로 짜 줘야 한다. 그런데 조너선이 수고비를 조금이라도 더 받으려면, 마르칸젤로나 비슷한 거물을 직접 해치워야 한다.

오후 4시가 되기 직전에, 조너선은 억지로 일어나 코트를 살살 끄집어 내렸다. 복도로 나가 오른쪽 주머니가 묵직한 코트를 입고 책을 들었다. 그런 다음, 마르칸젤로가 탄 객차 맨 끝 연결 통로에 서 있으려 했다.

11

조너선은 이탈리아 마피아가 타고 있는 별실 앞을 지나갔다. 이번에는 쳐다보지 않고 곁눈질만 했다. 남자 여럿이 정신없이 움직이고 있었다. 가방을 내리는 건지, 장난치며 아웅다웅하는 건지 모르겠지만, 웃음소리가 흘러나왔다.

잠시 후 조너선은 연결 통로에 걸려 있는 철제 액자에 몸을 기댄 채 서 있었다. 중앙 유럽 지도 액자 앞에 서 있으니, 위쪽 절반은 유리가 끼워진 문을 통해 복도를 살필 수 있었다. 어떤 남자가 걸어오는 게 보였다. 남자가 문을 벌컥 열었다. 마르칸젤로의 경호원 같았다. 30대 남자는 검정 머리에 체격이 건장했다. 표정은 뚱했는데, 저러다가 자칫하면 먼 훗날 투덜대는 두꺼비 상이 될 것 같았다. 경호원을 보자, 조너선은 『죽음의 신: 미국 조직범죄 해부』 표지에 실린 사진이 떠올랐다. 경호원이 곧장 화장실 칸으로 들어갔다. 조너선은 계속 책을 읽고 있는 척했다. 잠시 후, 남자가 나오더니 다시 복도로 들어갔다.

조너선은 숨을 참고 있었다. 경호원이 아니라 마르칸젤로였다면, 완벽한 기회가 아니었을까? 복도에도, 식당 칸에도 아무도 없었으니 말이다. 설령 마르칸젤로가 나타났다고 해도, 조너선은 책을 읽는 척하며 그 자리에서 그대로 얼어붙었을지도 모른다. 그는 오른손을 주머니에 넣고 피스톨의 안전장치를 걸었다 풀었다 했다. 결국 어떤 위험이 닥칠 것이며 무엇을 잃게 될 것인가? 끽해야 목숨일 것이다.

당장이라도 마르칸젤로가 별실에서 나와 어슬렁거리며 문을 열고 들어올지 모른다. 그럴 경우, 저번에 독일 지하철역에서 했던 것처럼 해치우면 된다. 만약 실패하면? 총구를 내게 돌리면 그만이다. 그럼에도 조너선은 마르칸젤로를 저격한 후, 화장실 옆 출입문이나 열린 창 너머로 총을 냅다 던지고 식당 칸으로 유유히 들어가 자리에 앉은 다음 주문하는 모습을 상상해 보았다.

이건 불가능한 일이었다.

지금 뭐라도 먹어 둬야겠다는 생각에, 조너선은 식당 칸으로 들어갔다. 빈자리가 꽤 많았다. 한쪽에는 4인용 테이블이, 반대편에는 2인용 테이블이 있었다. 조너선은 2인용 테이블에 앉았다. 웨이터가 오자, 맥주를 시켰다가 재빨리 와인으로 변경했다.

"바이스바인, 비테(화이트 와인으로 주세요)." 조너선이 말했다.

차가운 리슬링 와인이 작은 병으로 나왔다. 덜컹거리는 기차의 소음이 이곳에선 한 번 걸러져서 그런지 고급스럽게 들렸다. 식당 칸에는 창이 더 크게 나 있었고 혼자 조용히 있기에 좋아서 숲이—저게 블랙 포레스트*인가—더욱 울창하고 짙어 보였다. 흰칠한 소나무 숲이 끝없이 펼쳐졌다. 독일에서는 소나무가 흔해 빠져서 무슨 용도로든 베어 낼 일이 없어 보였다. 쓰레기나 종잇조각 하나 나뒹굴지 않는 것도 신기했지만, 관리하는 사람조차 보이지 않는다니 놀라웠다. 독일 사람들은 대체 언제 청소하는 걸까? 조너선은 술에 기대 용기를 긁어모으려고 했다. 여기까지 오다 보니 어디선가 동력을 잃었는데, 그걸 되찾느냐가 관건이었다. 조너선은 억지로 건배하듯 남은 와인을 마저 들이켠 다음, 돈을 내고 맞은편 의자에 둔 코트를 걸쳤다. 마르칸젤로가 올 때까지 연결 통로에 서 있을 것이다. 마르칸젤로가 혼자 나타나든 경호원을 대동하고 나타나든, 그가 보이기만 하면 총을 갈길 것이다.

조너선은 식당 칸 문을 밀어서 열고, 다시 감방 같은 연결 통로에 걸려 있는 지도 액자에 기댄 채 괜한 책만 들여다보았다. "데이비드는 궁금했다. 일레인이 의심하나? 그는 간절한 마음으로 그간 일어났던 일들을 곱씹으며……." 조너선의 눈이 문맹인의 것처럼 페이지 위에서 겉돌았다. 며칠 전에 했던 생각이 떠올랐다. 남편이 어떻게 번 돈인 줄 알면 시몬이 그 돈을 안 받겠다고 할 것이다. 그가 열차에서 총으로 자살이라도 하는 날이면, 그가 어떻게 번 돈인지 시몬도 당연히 알게 되리라. 리브스가 됐든 누가 됐든, 당신 남편이 한 일은 살인과는 다르다고 시몬을 설득해 줄 수 있을까? 조너선은 웃음이 나올 뻔했다. 그럴리가. 지금 내가 여기에서 뭐 하고 있는 거지? 당장 자리로 돌아가 앉아 있을까.

누가 다가오고 있었다. 조너선이 고개를 들고 눈을 껌뻑거렸다. 톰 리플리였다.

* 독어로 슈바르츠발트. 독일 서남부와 동부를 가로지르는 숲

리플리가 살짝 미소를 머금은 채 반유리문을 열었다. "조녀선, 그거 줘요. 올가미." 리플리가 조녀선 옆에 서더니 창밖을 내다보는 척하며 속삭였다.

조녀선은 놀란 나머지 별안간 머리가 멍해졌다. 톰 리플리가 누구 편일까? 마르칸젤로 편인가? 때마침 복도를 걸어오는 세 남자가 보였다.

톰이 조녀선에게 바싹 몸을 붙여서 세 남자가 지나가도록 비켜 주었다.

남자들이 독어로 떠들며 식당 칸으로 들어갔다.

톰이 어깨 너머로 말했다. "올가미로 해 봅시다."

조녀선은 전부는 아니더라도 어느 정도 상황을 파악했다. 리플리가 리브스의 친구라서, 이 계획을 알았구나. 조녀선이 왼쪽 바지 주머니에 있는 올가미를 꺼내 톰에게 쥐여 주고는 딴청을 피웠다. 이제야 속이 다 홀가분하군.

톰이 재킷 오른쪽 주머니에 올가미를 쑤셔 넣었다. "필요할지도 모르니, 여기서 대기해요." 톰이 화장실을 들여다보더니 빈칸으로 들어갔다.

톰이 안에서 문을 잠갔다. 올가미에 고리가 지어져 있지도 않았다. 실전에 쓰려고 고리를 짓고 적당히 조인 다음, 재킷 오른쪽 주머니에 집어넣었다. 톰은 웃음이 나왔다. 조녀선의 얼굴이 백지장처럼 허옇게 질리다니! 그저께 리브스한테 전화했더니, 조녀선이 기차에 타기로 했는데 총을 쏠 거라는 얘기를 들었었다. 조녀선이 지금 총도 갖고 있겠지만, 기차에서 총을 쏘다니, 말도 안 되는 일이었다.

톰은 급수 페달을 밟아 손을 씻고 물기를 턴 다음, 두 손을 양쪽 뺨에 갖다 댔다. 떨리긴 떨렸다. 난생처음 마피아를 제거한다니!

톰은 조녀선이 일을 그르칠지도 모르니, 조녀선을 끌어들인 장본인인 자기가 돕는 게 마땅하다고 생각했다. 그래서 오늘 이 기차에 타려고 어제 비행기를 타고 잘츠부르크에 도착한 것이다. 톰이 마르칸젤로의 생김새를 묻자, 리브스는 별생각 없이 말해 주었다. 리브스는 톰이 열차에 탈 거라곤 상상도 못 하는 것 같았다. 톰은 리브스에게 "당신이 짠 계획이 무모해 보이니 일을 성공시키고 싶다면 처음 주기로 했던 수고비의 절반에서 남은 돈을 마저 주고 조녀선을 손 떼게 한 다음, 두 번째 일을 해 줄 대타를 구해요"라고 조언해 주었다. 그런데도 리브스는 그렇게 하지 않았다. 리브스는 자기가 시작한 게임에 흠뻑 빠져 있는 어린애 같았다. 남들에게만 게임의 룰을 엄격히 들이대며 집요하게 게임을 계속하려 했다. 톰은 트레바니를 돕고 싶었다. 이 얼마나 거창한 대의인가! 거물급 마피아를 죽인다니! 어쩌면 둘이나 죽일지도 모른다!

톰은 마피아라면 치가 떨렸다. 고리대금업을 일삼으며 협박이나 하고 성당에 유혈이 낭자하게 만드는 것도 모자라, 지저분한 일은 아랫사람에게 떠밀기만 하는 비겁한 작자들이었다. 그런데도 거물급 마피아들은 '법꾸라지'처럼 법망을 빠져나가는 바람에 그들을 감옥에 가둘 수도 없었다. 끽해야 소득세 탈루니 뭐니 하는 하찮은 죄목으로 기소하는 게 고작이었다. 마피아에 비하면 톰은 고결한 존재였다. 생각이 여기까지 미치자 화통한 웃음이 터졌다. (마르칸젤로가 화장실 앞에서 기다린다는 걸 알면서도) 얼마나 크게 웃었던지 타일과 스테인리스로 뒤덮인 좁은 변기 칸이 쩌렁쩌렁 울렸다. 사실 톰보다 더 교활하고 훨씬 더 타락하고 비교도 안 될 만큼 무자비한 인간들은 널렸다. 그런 인간들이 바로 마피아였다. 이탈리아 마피아니, 미국 마피아니, 매력 있다고 사람들이 떠들어 대는 일군의 마피아 패밀리 따위는 존재하지 않았다. 그런 건 소설 속에나 있었다. 성 젠나로의 축제*에서 나폴리 대성당에 모셔진 성인의 응고혈이 액체로 변했다고 주장하는 성직자들이나, 성모 마리아의 환영을 봤다는 소녀들이 차라리 마피아보다 훨씬 현실감 있었다. 정말이다. 톰은 물로 입을 헹궈서 뱉고 세면대에 물을 틀어서 흘려보냈다. 그리고 밖으로 나갔다.

연결 통로에는 조너선 트레바니 혼자였다. 담배를 피우다가 상관에게 빠릿빠릿하게 보이려는 군인처럼 조너선이 담배를 버렸다. 톰은 안심하라는 듯이 미소를 건넨 다음, 조너선 옆에 있는 측면 유리창을 마주 보고 섰다.

"혹시 지나갔습니까?" 톰은 굳이 두 개의 문을 거쳐야 보이는 식당 칸을 들여다보고 싶진 않았다.

"아뇨."

"스트라스부르에 도착할 때까지 기다려야 할지도 몰라요. 안 그랬으면 좋겠지만."

여자가 식당 칸에서 나오다가 문이 잘 열리지 않자, 톰이 재깍 뛰어가서 두 번째 문을 열어 주었다.

---

* 나폴리의 수호성인 성 젠나로의 응고혈이 액체로 변하는 날을 기념하는 축제. 피가 액체로 변하지 않으면 도시에 재앙이 내린다는 전설이 있다.

"고마워요."

"천만에요."

톰은 연결 통로 맞은편으로 자리를 옮긴 다음, 재킷 주머니에서 『헤럴드 트리뷴』을 꺼냈다. 그때가 오후 5시 11분. 기차는 6시 33분에 스트라스부르역에 정차할 것이다. 이탈리아 마피아 일당이 점심을 든든히 먹어서 식당 칸에서 식사할 것 같지 않았다.

어떤 남자가 화장실로 들어갔다.

조너선은 책을 보다가 톰의 시선을 느끼고 고개를 들었다. 이번에도 톰이 미소를 보냈다. 남자가 나오자, 톰이 조너선 옆으로 자리를 옮겼다. 객차 복도에는 두 명이 몇 미터 간격으로 서 있었다. 한 명은 담배를 피우고 있었는데, 둘 다 창밖을 바라보느라 톰과 조너선에게는 관심이 없었다.

"내가 녀석을 변기 칸 안으로 밀고 들어가 해치우면, 우리 둘이 녀석을 끌어내 기차 밖으로 밀어 버려야 해요." 톰이 고개를 꺾으며 화장실 옆 출입문을 가리켰다. "내가 녀석을 끌고 변기 칸에 들어갈 테니, 주위에 아무도 없을 때 문을 두 번 두드려요. 그런 다음 최대한 빨리 녀석을 치워 버리자고요." 톰은 덤덤히 골루아즈를 한 개비 피운 다음 일부러 게으르게 하품했다.

톰이 화장실 칸에 들어가 있을 때 정점을 찍었던 조너선의 공포심이 서서히 가라앉고 있었다. 톰은 끝장을 보려 했다. 톰이 왜 이러는지 조너선은 지금으로서는 도저히 이해할 수 없었다. 톰이 일을 망치고는 나한테 다 떠넘기려는 걸까? 도대체 이유가 뭐지? 톰 리플리가 돈을 나누자고 할 공산이 더 커 보였다. 아니, 남은 돈을 아예 다 달라고 할지도 모른다. 순간, 조너선은 아무래도 상관없었다. 그건 중요하지 않았다. 이제 보니 톰도 조금은 긴장한 것 같았다. 톰은 화장실 맞은편 벽에 몸을 기댄 채 신문을 들고만 있고 읽지는 않았다.

두 남자가 걸어오고 있었다. 뒤에서 오는 남자가 마르칸젤로였다. 앞에 있는 남자는 마피아 경호원이 아니었다. 조너선과 톰이 동시에 서로 쳐다봤다. 조너선이 고개를 끄덕였다.

앞장선 남자가 연결 통로를 둘러보더니 손잡이의 빈 표시를 보고 변기 칸으로 들어갔다. 마르칸젤로가 조너선을 스쳐 지나다가 사용 중이라는 손잡이 표시를 보더니 돌아서서 객차 복도로 되돌아갔다. 톰이 씩 웃으면서 오른팔로 땀을 닦는 동작을 했다. '젠장, 물고기 놓쳤군!' 하고 말하는 것 같았다.

마르칸젤로가 조너선의 눈앞에 빤히 보였다. 몇 미터 떨어진 복도에 서서 창밖을 내다보며 기다리고 있었다. 별실에 있을 경호원들은 마르칸젤로가 화장실에 가려고 기다린다는 건 모르겠지만, 그가 한참 지나도 오지 않으면 걱정할 것이다. 조너선이 톰에게 고개를 까딱했다. 조너선은 마르칸젤로가 저 앞에서 기다리고 있다는 신호임을 톰이 알아채기를 바랐다.

남자가 화장실에서 나와서 객차로 다시 들어갔다.

이제야 마르칸젤로가 걸어왔다. 조너선이 쳐다보는데도, 톰은 신문에 고개를 파묻고만 있었다.

톰은 지금 막 연결 통로로 들어서는 땅딸한 남자가 마르칸젤로라는 걸 알면서도 신문만 보고 있었다. 그러다 톰의 코앞에서 마르칸젤로가 화장실 문을 여는 순간, 톰은 먼저 변기를 쓰겠다고 달려드는 사람처럼 앞으로 튀어 나가는 동시에 복서가 오른팔을 쭉 뻗어 스트레이트를 날리듯 마르칸젤로의 목에 올가미를 걸었다. 목이 졸리자 낑낑거리는 마르칸젤로의 신음마저 틀어막으려는 듯이 톰은 마르칸젤로를 질질 끌고 들어가 문을 닫은 다음 올가미를 가차 없이 조였다. 마르칸젤로도 소싯적에는 올가미를 무기로 썼을 것이다. 나일론 끈이 마르칸젤로의 목살로 파고 들어가 보이지 않았다. 톰은 뒤에서 끈을 한 번 더 돌려 더욱 바싹 당기고, 왼손으로 화장실 문고리를 돌려 잠갔다. 낑낑대던 마르칸젤로가 조용해지더니 추하게 침을 질질 흘렸고, 이내 입밖으로 혀가 쑥 빠져나왔다. 마르칸젤로는 끔찍했는지 처음에는 눈을 감았다가 부릅뜨긴 했지만, 무슨 영문인지도 모른 채 공포에 질려 멍한 눈빛으로 죽어 가고 있었다. 아래 잇몸에 끼고 있던 틀니가 타일 바닥으로 달그락 떨어졌다. 톰은 팽팽하게 당겨진 줄에 엄지와 집게손가락 측면을 베일 뻔했지만, 그 정도 쓰라림은 참을 만했다. 올가미에 걸려서인지, 톰이 위에서 목을 붙잡고 있어서인지 마르칸젤로가 바닥에 스르르 주저앉아 쪼그리고 앉은 자세가 되었다. 이제 마르칸젤로는 의식을 잃고 호흡을 할 수 없게 되었다. 톰은 틀니를 집어서 변기에 버리고 페달을 밟아 물을 내렸다. 구역질이 치밀자 마르칸젤로가 입은 겉옷 어깨에 대고 손가락을 쓱 문질러 닦았다.

조너선은 문고리 걸쇠가 녹색에서 빨간색으로 바뀌는 걸 지켜보았다. 안에서 아무 소리도 들리지 않자 겁이 났다. 얼마나 걸리려나? 안에서 무슨 일이 벌어지는 걸까? 시간이 얼마나 지났을까? 조너선은 복도로 통하는 반유리문에서 눈을 떼지 않았다.

식당 칸에서 남자가 나오더니 화장실 문 앞까지 왔다가, 사용 중이라는 표시를 보고 객차로 들어갔다.

마르칸젤로가 한참 지나도 오지 않으면 경호원들이 조만간 찾아나설 것이다. 지금 조너선의 주위엔 아무도 없었다. 이제 노크해도 되려나? 녀석의 숨통이 끊겼을 시간은 확실히 지났다. 조너선은 화장실 문 앞으로 가서 문을 두 번 두드렸다.

톰이 태연히 문을 닫고 나와 주변을 살폈다. 붉은 트위드 정장을 입은 아담한 중년 여성이 연결 통로로 나오더니 그 칸으로 들어가려고 했다. 문고리 걸쇠가 녹색이었기 때문이다.

"미안합니다만, 친구가 안에서 토하고 있어서요." 톰이 여자를 저지했다.

"비테?"

톰이 미안한 표정을 지으며 독어로 설명했다. "제 친구가 좀 많이 아픕니다. 미안합니다만, 금방 나올 겁니다."

여자가 고개를 끄덕이며 미소를 짓더니 객차로 돌아갔다.

"지금이에요, 도와줘요!" 톰이 조너선에게 목소리를 깔고 말하더니 화장실로 들어가려 했다.

"누가 와요. 마피아 경호원이에요." 조너선이 경고했다.

"젠장." 톰이 변기 칸 안으로 들어가서 문을 걸어 잠근다고 해도, 경호원이 연결 통로에서 마냥 기다릴지 모른다.

약간 비실비실하고 서른 살쯤 되어 보이는 경호원이 조너선과 톰을 쳐다보다가 화장실이 비었다는 표시를 보더니 식당 칸으로 향했다. 마르칸젤로가 식당 칸에 있는지 확인하려는 게 분명했다.

톰이 조너선에게 말했다. "내가 '선빵'을 날리면 총으로 저 남자를 후려 팰 수 있겠어요?"

조너선이 고개를 끄덕였다. 작은 총이었다. 이쯤 되자 조너선의 아드레날린이 끓어오르고 있었다.

"당신 목숨이 달린 일일 수도 있어요. 아니, 달린 일 맞아요." 톰이 말했다.

경호원이 더욱 바빠진 걸음으로 식당 칸에서 나왔다. 톰이 왼쪽에서 느닷없이 경호원의 셔츠 앞섶을 당겨서 식당 칸에서는 보이지 않는 자리로 끌고 가 왼손으로 턱을 갈기고 복부에 주먹을 날렸다. 동시에 조너선이 피스톨 개머리판으로 경호원의 뒤통수를 박살 냈다.

"문!" 톰이 고개로 출입문을 가리키며 앞으로 고꾸라지려는 경호

113

원을 힘겹게 붙들고 있었다.

의식을 잃은 경호원의 두 팔이 축 늘어졌다. 조너선은 일찌감치 측면 출입문을 열어 놓았다. 톰은 경호원을 한 대 더 때리는 대신 1초라도 지체하지 않고 밖으로 밀어 버리는 게 최선이라고 본능적으로 판단했다. 기차 바퀴에서 나는 소음이 별안간 커졌다. 톰과 조너선이 경호원을 문 앞으로 끌고 가 발로 차서 기차 밖으로 밀어 버렸다. 조너선이 톰의 재킷 끝자락을 잡아 주지 않았더라면, 톰이 중심을 잃고 기차에서 떨어졌을 것이다. 쾅 소리와 함께 출입문이 닫혔다.

조너선이 헝클어진 머리칼을 손으로 매만졌다.

톰이 조너선에게 연결 통로 건너편으로 가라고 손짓했다. 그래야 복도가 보이기 때문이었다. 조너선은 자리로 돌아가 정신을 가다듬은 다음, 평범한 승객인 척했다.

톰이 질문하듯 눈썹을 추켜 뜨자, 조너선이 고개를 끄덕였다. 톰이 변기 칸으로 들어가 문을 걸었다. 톰은 아무도 없을 때 조너선이 노크를 두 번 해 주리라 믿었다. 마르칸젤로가 바닥에 웅크린 자세로 쓰러져 있었다. 세면대 급수 페달 옆에 머리를 두고 누운 얼굴에 퍼런 기가 슬슬 돌기 시작했다. 톰은 시선을 외면했다. 밖에서 식당 칸 문이 여닫히는 소리가 들리더니 노크 소리가 두 번 났다. 이제야 톰이 문을 빼꼼 열었다.

"괜찮을 것 같아요." 조너선이 말했다.

마르칸젤로가 신발을 문에 대고 있어서 톰은 그 위쪽을 발로 차 화장실 문을 열었다. 그런 다음, 조너선에게 옆에 있는 출입문을 열라고 손짓했다. 둘이서 시체를 옮기긴 했지만, 실상은 톰이 드는 체중의 일부만 조너선이 살짝 거들 뿐이었다. 조너선이 출입문을 활짝 열었다. 열차가 달리는 방향 때문에 출입문이 자꾸 닫히려 했다. 둘이서 마르칸젤로를 굴려서 머리부터 밖으로 빼 놓고 두 발을 넘긴 다음, 톰이 마지막으로 뻥 차 버리려고 했다. 그런데 녀석을 건드릴 필요가 없어져 버렸다. 석탄재가 깔린 철로 경사면 위로 이미 마르칸젤로가 떨어졌기 때문이다. 톰이 서 있는 곳과 철로 경사면이 너무 가까워서, 석탄재며 잔디 잎사귀까지 보일 지경이었다. 이제 톰이 오른팔을 붙잡아 주자 조너선이 손을 뻗어 출입문 손잡이를 쥐고 문을 닫았다.

톰은 숨을 몰아쉬며 화장실 문을 닫더니 태연한 척했다. "자리로 가서 앉아 있다가 스트라스부르역에서 내려요. 녀석들이 열차에 탄 승객들을 이 잡듯 뒤질 겁니다." 톰이 긴장한 손으로 조너선의 팔을 토닥였다. "행운을 빌어요, 친구." 톰은 조너선이 복도 문을 열고 객차로 들어가는 모습을 지켜보았다.

그제야 톰은 식당 칸으로 향했다. 때마침 네 사람이 나오고 있어서 옆으로 비켜섰다. 넷이서 문 두 개를 통과하면서 어기적거리며 웃고 떠들었다. 간신히 식당 칸으로 들어간 톰은 맨 앞에 보이는 빈 테이블로 가서 방금 들어온 문이 보이는 자리에 앉았다. 당장이라도 두 번째 경호원이 들어올 것 같았다. 톰은 메뉴판을 들고 태평히 살폈다. 코울슬로, 우설 샐러드, 굴라시 수프……. 메뉴는 불어, 영어, 독어로 적혀 있었다.

조너선은 마르칸젤로의 별실 앞을 지나가다가 두 번째 마피아 경호원과 정면으로 마주쳤다. 경호원이 지나가다가 예의 없이 몸을 들이박았다. 조너선과 부딪힌 것이다. 넋이 나간 경호원을 보니, 조너선은 뿌듯했다. 상황이 달랐다면, 경호원은 부딪혀서 놀랐다면서 버럭 화를 냈을 것이다. 기차가 휘슬을 불더니, 그보다 짧은 휘슬을 두 번 더 불었다. 이게 무슨 소리지? 조너선은 자리로 돌아갔다. 코트를 입은 채 앉아서 같은 별실에 있는 네 사람을 쳐다보지 않으려 했다. 시계를 보니 고작 오후 5시 31분. 5시가 막 넘었을 때 시계를 봤었다. 아까 시간을 확인한 후 한 시간은 더 지났을 줄 알았다. 조너선은 당황해서 눈을 질근 감고 목을 가다듬었다. 경호원과 마르칸젤로가 기차 바퀴 밑으로 빨려 들어가 짓이겨진 모습을 상상했다. 바퀴 밑으로 들어가지 않았을 수도 있다. 경호원도 죽었을까? 설마 경호원이 목숨을 부지해 톰 리플리와 조너선의 생김새를 생생히 진술하는 거 아닐까? 톰 리플리가 도와준 이유가 대체 뭘까? 이번 일은 톰이 도와준 정도가 아니라, 아예 주도한 거였다. 대체 톰이 뭘 바라고 그랬을까? 이제 조너선은 자신이 리플리에게 휘둘리는 신세가 됐음을 통감했다. 이러니저러니 해도, 리플리의 목적은 오로지 돈일 것이다. 톰이 더욱 악랄하게 나오려나? 협박이라도 하려는 걸까? 협박하는 방법이야 여러 가지가 있었다.

오늘 밤 스트라스부르에서 비행기를 타고 파리로 가야 하나? 아니면 스트라스부르 호텔에 묵어야 하나? 어느 쪽이 더 안전할까? 뭘 피해야 안전할까? 마피아? 아니면 경찰? 창밖을 내다보던 승객이 한 명도 아닌 두 명이나 열차 밖으로 떨어지는 장면을 목격한 건 아니겠지? 시신 두 구가 기차 측면에서 떨어지는 걸 본 사람이 있을까? 누가 뭘 봤든, 기차는 멈추지 않고 방송만 내보냈을 것이다. 조너선은 놀란 얼굴로 복도를 오가는 안전 요원이 있는지 주시했지만, 아무도 보이지 않았다.

같은 시각, 톰은 굴라시 수프와 칼스바드를 시켜 놓고 신문을 겨자 통에 기대 놓은 채 바삭한 롤을 야금야금 먹고 있었다. 경호원이 수심에 찬 얼굴로 사용 중인 화장실 앞에서 초조히 기다리다가 여자가 나오자 당황했다. 톰은 고소했다. 그제야 경호원이 두 개의 유리문 너머로 식당 칸을 다시 들여다보더니 아예 안으로 들어왔다. 애써 침착한 척하며 마피아 카포와 동료 경호원을 찾으려고 식당을 훑으며 끝까지 걸어갔다. 마르칸젤로가 테이블 밑에 엎드린 건 아닌지, 구석에서 주방장하고 담소를 나누는 건 아닌지 확인하는 듯했다.

경호원이 샅샅이 살피는 동안, 톰은 고개를 들지 않았다. 그런데도 경호원의 시선이 느껴졌다. 어떤 남자가 음식이 나오기를 기다리며 식당 칸 안쪽에서 웨이터와 얘기하는 경호원을 쳐다보고 있었다. 그제야 톰도 그 남자처럼 용기를 내서 뒤를 힐끔거렸다. 금발의 곱슬머리 경호원은 가느다란 줄무늬 양복을 입고 폭이 넓은 보라색 타이를 매고 있었다. 경호원이 테이블 사이로 난 통로를 지나 허겁지겁 뛰쳐나갔다.

주문한 파프리카 수프가 맥주와 함께 나왔다. 톰은 출출했다. 잘츠부르크 호텔에서 아침을 가볍게 먹었기 때문이다. 이번에 골드너 히르슈 호텔에 묵지 않은 건, 그 호텔 직원들이 그의 얼굴을 안다는 이유에서였다. 톰이 뮌헨이 아니라 잘츠부르크로 날아간 이유는, 기차역에서 리브스와 트레바니와 마주치고 싶지 않았기 때문이다. 톰은 잘츠부르크에서 엘로이즈에게 주려고 녹색 펠트 트림이 달린 녹색 가죽 재킷을 샀다. 잘 보관했다가 10월이 되면 생일 선물로 줄 생각이었다. 엘로이즈에게는 파리에 가서 전시회도 보고 하루 이틀 쉬다 오겠다고 둘러댔다. 톰은 가끔 여행을 가면 인터컨티넨탈 호텔이나 리츠 칼튼 호텔, 아니면 퐁 로열 호텔에 묵었는데, 엘로이즈는 남편이 어느 호텔에서 자든 대수롭지 않게 여겼다. 사실 톰이 호텔을 돌아가며 묵는 이유가 있었다. 파리가 목적지가 아닌데 파리에 간다고 둘러댔을 경우, 엘로이즈가 인터컨티넨탈 호텔로 전화했다가 남편이 없어도 놀라지 않을 것이다. 그는 자기 얼굴을 아는 퐁텐블로나 모레에 있는 여행사 대신 오를리 공항에서 표를 끊고, 작년에 리브스가 만들어 준 가짜 여권을 사용했다. 로버트 피들러 매카이, 미국인, 엔지니어, 미국 솔트레이크시티 태생, 미혼. 마피아라면 조금만 수고하면 열차에 탄 승객 명단을 손에 넣을 것이다. 톰 리플리가 마피아의 요주의 인물 명단에 올랐을까? 톰은 그런 영광은 누리고 싶지 않았다. 하지만 마르칸젤로가 몸담은 마피아 패밀리의 조직원들 중에 신문에 실린 톰 리플리의 이름을 기억하는 사람이 있을 것이다. 톰이 마피아 조직원 감이어서도 아니었고, 금품을 갈취할 유력 후보라서도 아니었다. 톰이 여전히 법의 경계선을 넘나드는 인물이기 때문이었다.

마피아 경호원인지 똘마니인지 모를 녀석은 톰의 건너편에서 가죽 재킷을 입은 건장한 남자만 쳐다보고 톰에게는 눈길도 주지 않았다. 모두 다 잘 풀릴 것 같았다.

톰은 조너선 트레바니를 안심시켜야 했다. 보나 마나 트레바니는 톰이 돈을 노리고 어떻게든 협박하리라고 오해할 것이다. 톰은 피식 웃음이 새어 나왔다(신문을 봐도 화가 부흐발트의 그림에 관한 기사가 여태 눈에 들어오지 않았다). 톰이 연결 통로로 들어가는 순간, 트레바니의 표정이 떠올랐다. 톰이 자기를 도우려고 왔다는 걸 트레바니가 깨닫는 순간이 떠오르자, 톰은 웃음이 터졌다. 톰이 빌페르스에서 고민하다가 이 추잡한 교살 작전에 손을 보태기로 한 이유는, 톰이 도와줘야 조너선이 약속했던 돈을 다 받을 수 있을 것 같았기 때문이다. 자기가 조너선을 끌어들인 장본인이라는 게 괜히 민망한 나머지, 톰이 가서 도와야 그나마 죄책감을 덜 수 있을 것 같았다. 모든 게 잘 끝난다면, 트레바니는 지금보다 더 행복하고 재수 좋은 사람이 될 것이다. 톰은 긍정적 사고를 신봉했다. 그저 막연히 바라는 대신, 최고의 모습을 상상하면 최상의 결과로 돌아오리라 믿었다. 톰은 트레바니를 다시 만나 몇 가지를 설명해야 했다. 무엇보다 트레바니가 받아야 할 돈을 마저 받으려면 마르칸젤로를 제거한 공을 트레바니 혼자 독차지해야 한다. 여기에서 중요한 건, 톰과 트레바니가 친구 같아 보여서는 안 된다는 사실이었다. 둘이 친구일 리도 없지만 말이다(두 번째 경호원이 기차를 샅샅이 훑고 다닌다면 트레바니에게 무슨 일이 벌어질지 톰은 궁금해졌다). 그 잘난 마피아 보스라면 킬러를 색출하려 들 것이다. 몇 년이 걸린다 해도 마피아는 절대 포기하지 않을 것이다. 찾는 사람이 남아메리카로 내빼도 마피아라면 쫓아가서 잡았다. 현재로서는 리브스 마이넛이 톰과 트레바니보다 더 위험해졌다.

톰은 내일 아침 트레바니의 가게로 전화할 생각이었다. 트레바니가 오늘 밤 파리로 이동하지 않는다면, 내일 오후에 전화할 것이다. 톰은 골루아즈 담배에 불을 붙인 다음 빨간 트위드 정장을 입은 여인을 쳐다보았다. 아까 연결 통로에서 마주쳤던 여자였다. 여자는 지금 양상추 오이 샐러드를 얌전히 음미하고 있었다. 톰은 정말이지 행복했다.

조너선이 스트라스부르에서 내릴 무렵, 평소라면 경찰이 두세 명

117

뿐이었겠지만 지금은 여섯 명이나 깔려 있었다. 경찰이 어떤 남자의 서류를 뒤지는 것 같았다. 아니, 남자가 길을 묻자 관광 안내 책자를 보고 설명해 주는 건가? 조너선은 가방을 들고 곧장 역을 빠져나갔다. 스트라스부르에서 하룻밤 묵기로 했다. 딱히 이유는 없지만, 오늘 밤은 파리보다 스트라스부르가 더 안전할 것 같았다. 아까 그 경호원이 조너선을 미행해 덮친다면 모를까. 그 경호원은 파리에서 동료 마피아와 합류할 것으로 보였다. 조너선은 살짝 진땀이 나기 시작하더니 별안간 기운이 쭉 빠졌다. 가방을 사거리 인도 위에 내려놓고 낯선 빌딩 숲을 둘러보았다. 행인들과 자동차로 북적이는 거리. 오후 6시 40분. 스트라스부르의 퇴근 시간이 분명했다. 조너선은 가명으로 체크인할까 고민했다. 가명을 적고 가짜 명함이나 가짜 신분증을 제시한다고 해도, 진짜 신분증을 보여 달라고 할 직원은 없을 것이다. 그런데 가명을 쓰자니 오히려 더 불안해질 것 같았다. 자기가 무슨 짓을 저질렀는지 서서히 실감 나기 시작했다. 순간 구토가 올라왔다. 짐 가방을 들고 터벅터벅 걸었다. 코트 주머니에 든 총이 무거웠다. 총을 길거리 하수구나 쓰레기통에 버리자니 찝찝했다. 주머니에 총을 넣은 채, 파리를 거쳐 집으로 돌아가는 자신의 모습이 눈앞에 그려졌다.

12

톰은 파리 포르트 디탈리 인근에 녹색 르노 스테이션 왜건을 세워 두었다. 벨옹브르에 도착한 시간은 토요일 새벽 1시경. 정면에서 보니 불이 완전히 꺼져 있었다. 가방을 들고 2층으로 올라가자, 좌측 구석에 있는 엘로이즈의 방에 불이 켜져 있었다. 톰은 반가운 마음에 아내를 보러 침실로 들어갔다.

"왔어? 파리는 어땠어? 가서 뭐 했어?" 녹색 실크 파자마를 입은 엘로이즈가 분홍색 새틴 이불을 허리까지 잡아끌었다.

"그게, 오늘 밤에 영화를 잘못 골랐지 뭐야." 엘로이즈가 그가 사 둔 책을 읽고 있었다. 프랑스 사회주의 운동에 관한 책이었다. 저 책을 읽으면 장인어른하고 사이만 안 좋아질 텐데, 하고 톰은 생각했다. 엘로이즈가 급진 좌파 같은 발언을 하거나 이론을 주장할 때가 있는데, 실현 가능한지도 모르고 떠드는 소리였다. 톰은 자기가 엘로이즈를 서서히 좌파로 물들이는 것 같았다. 한 손으론 밀고 한 손으론 당기는 기분이 들었다.

"노엘은 만났어?" 엘로이즈가 물었다.

"아니. 노엘은 왜?"

"오늘 밤에 노엘이 파티를 연다면서 남자가 한 명 더 필요하다고 했거든. 당연히 우리 부부를 초대했지. 그래서 내가 당신이 리츠 칼튼 호텔에 있으니 거기로 전화해 보라고 했어."

"이번에는 크리용 호텔에 있었어." 엘로이즈가 니베아 로션과 향수를 섞어서 발랐는지 상쾌한 향내가 코끝에 닿았다. 더불어, 기차를 타고 오느라 그의 몸에 밴 퀴퀴한 냄새도 느껴졌다. "그동안 집에는 별일 없었지?"

"없었지." 엘로이즈가 엉큼한 말투로 대답했다. 그런데 톰은 아내가 그쪽을 염두에 두고 하는 말이 아니라는 걸 알았다. 별일 없이, 혼자서도 잘 지냈다는 뜻이었다.

"샤워해야겠어. 10분 후에 봐." 톰은 자기 방으로 갔다. 그가 쓰는 욕실에는 욕조가 있어서 제대로 씻을 수 있었다. 엘로이즈의 욕실에 있는 공중전화 부스처럼 생긴 샤워 부스와는 달랐다.

얼마 후, 톰은 엘로이즈에게 주려고 오스트리아에서 사 온 재킷을 맨 아래 서랍에 넣어 둔 스웨터 밑에 쑤셔 넣었다. 그러고는 엘로이즈의 침대로 가서 옆에서 꾸벅꾸벅 졸았다. 너무 피곤해서 『렉스프레스』라는 주간지가 도저히 눈에 들어오지 않았다. 다음 호에 기찻길 옆에 너부러진 마피아 조직원의 사진이 과연 실릴까? 경호원이 죽었을까? 밖으로 떠밀 때 아쉽게도 죽이지 못했기 때문이다. 톰도 기차에서 떨어질 뻔했지만, 조너선이 뒤에서 잡아 주었다. 그때 그 기억이 되살아나자 질끈 눈을 감았다. 조너선이 톰의 목숨을 살려 준 것이다. 떨어져서 크게 다칠 뻔했던 그를 구해 준 것이다. 떨어졌더라면 기차 바퀴에 다리가 절단됐을지도 모른다.

톰은 푹 자고 8시 반에 일어났다. 엘로이즈는 여태 자고 있었다. 톰은 아래층으로 내려가 거실에서 커피를 마셨다. 궁금했지만, 오전 9시 뉴스를 듣겠다고 라디오를 켜지는 않았다. 정원을 거닐며 얼마 전 가지치기하고 잡초를 솎아 준 딸기밭을 뿌듯하게 바라보았다. 월동했으니 다시 심어 줘야 할 달리아 구근이 담긴 마대 자루 세 포대도 쳐다보았다. 오늘 오후에는 트레바니에게 전화해 볼까. 하루라도 빨리 만나야 마음이 한결 편해질 텐데. 조너선도 혼비백산해서 돌아다니던 금발의 경호원을 봤을까? 톰은 궁금해졌다. 식당 칸에서 나와 세 칸 뒤 객차에 있는 자리로 돌아갈 때, 그 경호원과 복도에서 마주쳤다. 경호원은 앞이 캄캄해졌는지 폭발하기 일보 직전이었다. 톰은 가장 저속한 이탈

리아어로 지껄이고 싶어서 입이 근질근질했었다. '그따위로 일하면 잘려, 알아들어?'

아네트 여사가 아침에 장을 보러 나갔다가 11시 전에 돌아왔다. 주방 쪽문이 여닫히는 소리가 들리자, 톰은 『르 파리지앵 리베레』를 보려고 주방으로 갔다.

"경마가 어찌 됐을까요." 톰은 웃으며 신문을 집어 들었다.

"그럼요, 보셔야죠! 경마하시는 거예요?"

아네트 여사는 그가 경마에 돈을 걸지 않는다는 걸 알고 있었다. "아뇨. 친구가 얼마나 땄는지 보려고요."

그가 찾던 기사가 1면 하단에 단신으로 실렸다. 이탈리아 남자가 목이 졸린 채 사망했고, 다른 한 명은 중상이라는 기사였다. "올가미로 교살당한 남자는 밀라노 출신의 비토 마르칸젤로(52)로 밝혀졌다." 톰은 중상을 입은 투롤리에게 신경이 더 쓰였다. "투롤리(31) 역시 기차에서 추락하는 바람에 다발성 뇌진탕 및 흉골 골절을 입었으며, 팔이 으스러져 스트라스부르의 한 병원에서 절단 수술이 필요한 상태다. 투롤리는 심각한 중증으로 현재 혼수상태다. 한 승객이 철도 성토 사면 위에 시신이 떨어진 걸 발견하고 열차 승무원에게 알렸지만, 스트라스부르를 향해 전속력으로 달리던 호화 열차 모차르트 익스프레스가 이미 수 킬로미터를 지나친 상황이었다. 구조대가 두 명의 사상자를 발견했다. 두 사람은 4분 간격으로 기차에서 추락한 것으로 추정된다. 경찰은 탐문 수사에 열을 올리고 있다."

후속 보도에는 사진이 실리고 사건을 더욱 파고들 게 분명했다. 프랑스인다운 멋진 추리였다. 4분 간격이라니, 아이들에게 맞추라고 낸 수리 문제 같았다. '시속 1백 킬로미터로 달리는 기차에서 첫 번째 마피아 조직원이 떨어지고, 두 번째 조직원이 첫 번째 조직원과 6.66킬로미터 떨어진 지점에서 발견되었을 경우, 두 사람은 몇 분 간격으로 추락했나?' 정답은 4분. 두 번째 경호원이 입을 굳게 다문 채 모차르트 익스프레스호의 서비스에 대해 어떠한 불만도 제기하지 않는다는 내용은 보이지 않았다.

경호원 투롤리가 살아 있다니. 턱을 얻어맞기 전에 얼굴을 봤으니 톰을 기억할 것이다. 톰의 생김새를 설명할 수도 있고, 아니면 톰을 다시 보는 순간 얼굴을 알아볼지도 모른다. 대신, 뒤에서 가격한 조너선은 아예 못 봤을 것이다.

오후 3시 반 무렵, 엘로이즈가 빌페르스 맞은편에 사는 아네스 그레를 만나러 나갔다. 톰은 퐁텐블로 전화번호부에서 트레바니의 가게 번호를 찾았다. 그가 외우고 있는 번호가 맞았다.

트레바니가 전화를 받았다.

"여보세요. 톰 리플리입니다. 저기…… 액자 맡긴 거 말인데요. 지금 혼자 있어요?"

"네."

"만납시다. 중요한 일이에요. 오늘 퇴근 후에 볼까요? 7시경 어때요?"

"좋아요." 트레바니가 긴장한 고양이처럼 말했다.

"살라망드르 바가 있는 길모퉁이에 차를 대고 있겠습니다. 그랑드 가에 있는 술집인데 혹시 알아요?"

"알아요."

"그럼 차 타고 가면서 얘기하면 되겠네요. 6시 45분 괜찮죠?"

"괜찮습니다." 트레바니가 이를 악물고 말하는 것 같았다.

톰은 수화기를 내려놓았다. 트레바니가 기분 좋게 놀랄 것이다.

그로부터 얼마 지나지 않은 당일 오후, 톰이 작업실에 있는데 엘로이즈가 전화했다.

"여보! 나 아직 아네스 집이야. 같이 근사한 요리를 만드는 중인데 당신도 와라. 앙투안도 집에 왔어. 토요일이잖아! 7시 반까지 오면 돼. 올 거지?"

"8시까지 갈게. 작업하는 중이라."

"무슨 작업?"

톰이 미소를 지었다. "스케치하고 있어. 8시까지 갈게."

앙투안 그레는 건축가로 아내와 함께 두 아이를 키우고 있었다. 톰은 이웃과 기분 좋고 느긋하게 보낼 저녁이 기대되었다. 차를 몰고 일찌감치 퐁텐블로로 가서 그레 부부에게 줄 화분을 샀다. 동백으로 골랐는데, 혹시나 늦으면 선물 사느라 늦었다고 핑계를 댈 참이었다.

톰은 퐁텐블로에서 투롤리 관련 최신 기사를 보려고 석간신문도 샀다. 투롤리의 상태는 그대로였다. 기사에 따르면 두 명의 사상자는 이탈리아 마피아 제노티 패밀리 소속으로 라이벌 마피아 패밀리에게 희생당한 것으로 보인다고 했다. 이것이 바로 리브스가 노리던 목표였으니 좋아할 것이다. 톰은 살라망드르 바 인근 인도 옆 빈자리에 차를 대고 뒤 유리창으로 살폈다. 트레바니가 특유의 느린 걸음으로 걸어오다가 톰의 차를 알아보았다. 눈에 띄게 후줄근한 맥 코트를 입고 있었다.

121

"잘 지냈어요?" 톰이 문을 열며 인사했다. "차 타고 아봉으로 갑시다. 다른 데 가도 좋고요."

트레바니는 차에 타고도 인사하지 않았다.

아봉은 퐁텐블로와 쌍둥이 마을인데 크기는 더 작았다. 톰은 퐁텐블로아봉역이 있는 내리막길을 달리다가 오른쪽으로 휘어지는 도로를 따라 아봉으로 들어섰다.

"별일 없죠?" 톰이 유쾌하게 물었다.

"없습니다."

"신문 봤죠?"

"네."

"그 경호원이 안 죽었대요."

"압니다." 조너선은 그날 아침 8시에 스트라스부르에서 신문을 본 후, 코마에 빠진 투롤리가 언제든 깨어나 연결 통로에 있던 두 남자, 바로 자신과 톰 리플리의 인상착의를 진술하는 모습을 상상했다.

"어젯밤에 파리에서 잤어요?"

"아뇨. 스트라스부르에서 자고 아침 비행기로 왔어요."

"스트라스부르에서는 별일 없었죠? 두 번째 경호원이 출몰했다던가 하진 않았죠?"

"네."

톰은 차를 천천히 몰며 조용한 장소를 물색했다. 이층집이 늘어선 골목에 차를 대고 라이트를 껐다. "생각해 봤는데." 톰이 담배를 꺼내며 말했다. "신문에 단서 얘기가 안 나오는 걸 보니, 유력한 단서는 없나 봅니다. 우리가 제대로 해낸 것 같아요. 혼수상태에 빠진 경호원이 골치 아프긴 하지만요." 톰은 조너선에게 담배를 내밀었지만, 조너선은 자기 담배를 피웠다. "리브스하고 통화했어요?" 톰이 물었다.

"네, 오늘 오후에요. 당신 전화 받기 전에요." 리브스가 오전에도 전화했었는데, 그때는 시몬이 받았다. "함부르크에서 전화 왔었어. 미국인이던데." 리브스가 이름을 밝히지 않았지만, 시몬이 리브스와 통화했다는 사실만으로도 조너선은 신경이 곤두섰다.

"리브스가 돈 가지고 치사하게 굴지 않으면 좋겠네요. 내가 채근했으니 당장 줄 겁니다." 톰이 말했다.

얼마나 달라고 할 거냐고 조너선은 따지고 싶었지만, 리플리가 자기 입으로 말하게 두기로 했다.

톰이 웃으며 운전석에 몸을 푹 파묻었다. "내가 좀 떼어 달라고 할 것 같죠? 4만 파운드에서 다만 얼마라도 달라고요? 난 바라는 거 없어요."

"솔직히, 달라고 할 것 같은데요."

"그래서 오늘 보자고 한 겁니다. 그게 한 가지 이유고, 하나 더 있어요. 당신이 걱정하고 있는지 궁금해서요." 날이 선 조녀선을 보니 톰은 어색해서 말이 잘 나오지 않아 풋 하고 웃음을 터뜨렸다. "당연히 걱정이야 되겠죠! 그런데 걱정하다 보면 걱정만 하게 돼요. 나한테 털어놓으면 도움이 될 겁니다."

대체 톰이 뭘 원하는 걸까, 조녀선은 의아했다. 분명 톰이 바라는 게 있을 텐데. "사실 당신이 그 기차에 탄 이유를 도통 모르겠습니다."

"나 좋자고 탄 겁니다. 누군가를 제거하는 즐거움이랄까. 어제 두 녀석 같은 그따위 인간들을 없애는 데 일조할 수 있다는 즐거움이라고 해 두죠. 그게 답니다! 게다가 당신이 당신 주머니에 조금이라도 돈을 더 챙기도록 돕는 즐거움도 있겠죠. 아무튼 난 우리가 한 일 때문에 당신이 걱정하는지 알고 싶어요. 말로 설명하기가 힘든데, 사실 난 조금도 걱정하지 않거든요. 아직까지는요."

조녀선은 불안해졌다. 톰 리플리가 말을 돌리는 건가, 농담하는 건가. 조녀선은 여전히 톰에게 반감을 보이며 경계했다. 그래 봐야 지금은 너무 늦었다. 어제 기차에서 리플리가 나서서 그 일을 하려고 했을 때, 조녀선은 이렇게 말할 수도 있었다. '당신 혼자서 다 하면 되겠네요.' 그런 다음 현장에서 벗어나 자리로 돌아갔으면 그만이었을 것이다. 그랬다고 한들 톰도 알고 있는 함부르크에서의 그 일을 없던 일로 할 수는 없겠지만, 어제는 돈 때문에 그런 것만은 아니었다. 리플리가 나타나기도 전부터 조녀선은 이미 공포에 절어 있었다. 이제 조녀선은 스스로를 옹호할 적당한 방패막이를 찾을 수 없다는 사실을 통감했다. "당신이었군요. 내가 다 죽어 간다고 소문을 낸 사람이. 내 이름을 리브스에게 넘긴 사람이 당신이었군요."

"맞아요, 내가 그랬어요." 톰은 뉘우치는 기색을 살짝만 내비치고 당당히 말했다. "그건 선택의 문제 아니었나요? 당신이 리브스의 제안을 거절할 수도 있었어요." 톰은 기다렸지만 조녀선은 말이 없었다. "아무튼, 이제는 상황이 꽤 나아졌잖아요. 아닌가요? 죽음을 앞둔 것도 아니겠다, 쩐도 꽤 많이 챙겼겠다. 돈이라고 해야 하나."

톰이 순진무구한 미국인답게 미소를 짓자, 얼굴이 환해졌다. 조녀선은 그 모습을 지켜보았다. 지금 누구든 톰 리플리의 표정을 봤다면 리플리가 사람을, 그것도 올가미로 졸라서 죽였다는 걸 상상도 못 할 것이다. 그런데 톰은 정확히 24시간 전에 사람을 목 졸라 죽였다. "원래 장난을 심하게 치나 보죠?" 조너선이 웃으며 물었다.

"아뇨. 전혀 그렇지 않아요. 이번이 처음입니다."

"그런데 원하는 게 하나도 없다니……."

"당신한테 바라는 건 없어요. 우정도 싫어요. 위험해질 테니."

조너선은 당황해서 성냥 상자를 두드리던 손장난을 그만두었다.

톰은 조너선이 무슨 생각을 하는지 짐작할 수 있었다. 뭘 원하는 지는 몰라도, 리플리가 자기를 쥐고 흔든다고 생각하는 것 같았다. 톰이 말했다. "내가 당신을 쥐고 흔드는 게 아니듯이, 당신도 날 쥐고 흔드는 게 아닙니다. 어제 난 올가미로 사람을 죽였어요. 내가 당신에게 불리한 증언을 한다면, 당신도 나한테 불리한 진술을 할 수 있다고요. 생각해 봐요."

"그건 그렇네요." 조너선이 대답했다.

"내가 하고 싶은 게 있다면, 당신을 보호하는 겁니다."

이제야 조너선이 웃음을 터뜨렸다. 톰은 웃지 않았다.

"물론, 꼭 그럴 필요야 없겠죠. 그러지 않기를 바랍시다. 문제는 항상 남이 일으키니까요, 하!" 톰은 앞 유리를 잠시 응시했다. "이를테면, 당신 부인한테는, 그 큰돈이 어디서 났다고 했습니까?"

이게 바로 코앞에 닥쳐서 해결할 수 없는 진짜 문제였다. "독일 병원에서 돈을 받았다고 했어요. 임상 시험하는 대가라고요."

"괜찮은 핑계를 대긴 했는데." 톰이 생각에 잠긴 채 대답했다. "더 그럴싸한 걸로 대야 할 겁니다. 왜냐, 그 정도론 당신 부부가 여생을 즐길 그 큰돈이 생긴 이유를 설명하는 게 애당초 불가능하니까요. 친척이 유산을 남겼다고 하면 어떨까요? 왕래가 없었던 영국에 사는 외삼촌이라거나."

조너선이 웃는 얼굴로 톰을 쳐다보았다. "그것도 생각해 봤는데, 솔직히 아무도 없어요."

톰은 조너선이 거짓말에 서툴다는 걸 눈치챘다. 만일 톰에게 큰돈이 생긴다면 엘로이즈에게 핑계를 댈 수 있을 것이다. 평생 산타페나 소살리토에서 세상을 등지고 산 괴짜를 하나 만들면 된다. 어머니의 팔촌이라든가, 그렇게 한 사람을 만든 다음 조실부모한 톰이 아주어렸을 때 보스턴에서 잠시 만난 적이 있었다고 살을 붙일 것이다. 그러고는 그분이 그렇게 자애로운 분인 줄은 정말 몰랐다고 둘러댈 것이

124

다. "그래도 영국에 사는 먼 친척을 갖다 붙이는 게 쉬울 겁니다. 생각해 봅시다." 톰은 조녀선이 그렇게는 못 하겠다고 대답하려 한다는 걸 눈치챘다. 시계를 보았다. "미안한데 저녁 약속이 있어요. 당신도 집에 가야 할 테고요. 아 참, 이 얘기를 빼먹을 뻔했군요. 총 말인데요. 중요한 건 아닌데, 혹시 버렸어요?"

총은 입고 온 맥 코트 주머니 속에 들어 있었다. "갖고 왔어요. 없애고 싶어서 미치겠어요."

톰이 손을 내밀었다. "줘요. 치워 두게." 트레바니가 총을 건네자 톰은 글러브 박스에 집어넣었다. "난 한 번도 쏴 본 적은 없지만, 총이란 게 뭐 그렇게까지 위험하진 않잖아요. 내가 없애겠습니다. 이탈리아제니까요." 톰은 생각하느라 말을 멈추었다. 분명 할 말이 더 있었는데 뭐였더라? 당장 생각해 내야 했다. 조녀선을 두 번 다시 만나고 싶지 않았기에. 바로 그때, 기억났다. "그건 그렇고, 리브스한테는 당신 혼자서 했다고 해요. 내가 기차에 탄 걸 리브스는 몰라요. 모르는 게 훨씬 나아요."

조녀선은 정반대 상황을 예상하고 있었던 터라 톰의 얘기를 소화하기까지 잠시 시간이 걸렸다. "난 당신이 리브스하고 친한 줄 알았어요."

"친하긴 한데 그렇게 가까운 사이는 아닙니다. 서로 거리를 두죠." 톰이 속으로만 생각하던 말이 밖으로 튀어나왔다. 트레바니가 자신감을 가지도록, 겁먹지 않도록 적당한 말을 해 주려고 했지만 쉽지 않았다. "당신 말고는 내가 기차에 탄 걸 아무도 몰라요. 가명으로 표를 끊었거든요. 여권도 가짜였고. 올가미를 쓰라는 계획에 당신이 난감해한다는 걸 알게 되었습니다. 리브스하고 통화하다가요." 톰은 시동을 걸고 라이트를 켰다. "리브스가 좀 미쳤죠."

"미쳤다니 어떻게요?"

오토바이가 강렬한 헤드라이트를 쏘며 굉음과 함께 코너를 돌더니 톰의 차를 스쳐 지나가며 시동 소리를 삼켜 버렸다.

"리브스는 게임을 하는 사람이에요. 아시겠지만, 본업은 물건을 받아서 다른 데로 갖다주는 장물아비거든요. 스파이 게임 같은 말도 안 되는 짓거리를 하는데, 적어도 아직까지는 잡히지 않았어요. 원래 잡혔다가 풀려나고 그러잖아요. 리브스가 함부르크에서는 꽤 성공했다는데, 아직 난 그 집에도 못 가 봤습니다. 리브스는 이쪽 일에 손을 대면 안 됩니다. 그럴 그릇이 못 된다고요."

125

조너선은 톰 리플리가 함부르크에 있는 리브스 마이넛의 집에 자주 들락거리는 줄 알았다. 프리츠가 그날 밤 리브스의 집에 작은 상자를 들고 나타났던 모습이 떠올랐다. 보석이었을까? 아니면 마약? 익숙한 고가교가 보이더니 가로등 조명을 받아 나무 꼭대기가 흰한 청록색 숲이 기차역 옆으로 펼쳐졌다. 옆에 있는 톰 리플리만 낯설었다. 또다시 두려움이 고개를 들었다. "하필 왜 나였습니까?"

때마침 톰은 프랭클린루스벨트가로 진입하는 언덕 꼭대기에서 좌회전하느라 애를 먹고 있었다. 반대편에서 차가 오는 바람에 정차해야 했다. "아주 사소한 이유라 말하기가 좀 그런데, 올 2월에 당신이 집에서 연 파티에 갔는데, 당신이 나한테 기분 나쁘게 말했어요. 그게 이유입니다." 이제 차가 지나갔다. "당신이 뭐랬냐면, '아, 맞다, 당신 얘기들은 적 있어요' 하며 굉장히 아니꼽게 말했어요."

조너선은 기억났다. 그날 밤따라 유독 피곤해서 성질을 부렸었다. 조너선이 조금 무례하게 굴었다고 리플리가 그를 시궁창으로 끌어들인 것이다. 아니, 오히려 자신이 뛰어든 거라고 조너선은 고쳐 생각했다.

"두 번 다시 날 볼 일은 없을 겁니다. 그 일은 성공이에요. 경호원 소식이 들리지 않는다면 말이죠." 조너선에게 사과해야 하나? 집어치우라지, 톰은 생각했다. "그리고 도덕적 관점에서 본다고 해도, 당신이 자책하지 않으리라 믿습니다. 놈들은 살인마입니다. 아무 죄 없는 사람들을 죽이고 다니던 놈들이었어요. 우리가 우리 손으로 법의 잣대를 들이댄 거라고요. 사람들이 자기들 손으로 법의 잣대를 들이대야 한다면, 다들 마피아부터 해치우자고 입을 모을 겁니다. 그게 세간의 인식이에요." 톰이 우회전해서 프랑스가로 들어섰다. "문 앞까지 가진 않겠습니다."

"아무 데나 세워 줘요. 정말 고맙습니다."

"액자는, 친구를 대신 보내죠." 톰이 차를 세웠다.

조너선이 내렸다. "좋으실 대로."

"힘든 일 있으면 전화해요." 톰이 웃으며 말했다.

조너선은 생메리가로 향했다. 금세 기분이 나아졌다. 마음도 놓였다. 리플리가 별로 걱정하지 않는 모습을 보니 마음이 놓였다. 경호원이 여태 살아 있다는 것도, 두 사람이 기차 연결 통로에서 꽤 오래 서 있었던 것도 걱정되지 않았다. 돈 문제도 마음이 편해졌는데, 다른 일들만큼이나 믿기지 않았다.

조너선은 셜록 홈스가 살 것처럼 생긴 집으로 향했다. 평소보다 늦은 걸 알면서도 발걸음을 재촉하지 않았다. 스위스 은행에서 보낸 우편물이 어제 가게에 도착했다. 그 안에 서명 카드가 들어 있었다. 시몬이 뜯어보지 않았다. 조너선은 그 카드에 서명해서 오늘 오후에 곧바로 부쳤다. 그의 이름으로 된 네 자리 수의 계좌 번호가 생겼다. 조너선은 계좌 번호를 외웠다고 생각했는데, 벌써 까먹었다. 시몬은 남편이 독일에 전문의를 만나러 또다시 간 것까지는 의심하지 않았다. 이제 그가 독일에 다시 갈 일은 없을 것이다. 그런데 그 돈이 어디서 났는지는 설명해야 한다. 전부는 아니더라도 일부라도 해명해야 한다. 이를테면, 주사 치료나 약물 치료 때문에 받은 돈이라고 둘러대야 할 것이다. 어쩌면 한두 번은 더 독일에 가야 할지도 모른다. 그래야 독일 의사가 임상 시험을 하고 있다는 그의 설명이 그럴싸해질 것이다. 그런데 그러자니 그의 성격과는 조금도 맞지 않아서 힘들었다. 조너선은 좀 더 그럴싸한 핑계를 대고 싶었지만, 머리를 쥐어짜지 않는 한 떠오르지 않을 것이다.

"늦었네." 그가 들어가자 시몬이 말했다. 아내는 거실에서 조르주와 같이 있었다. 그림책이 소파 위에 널려 있었다.

"손님 만나느라." 조너선이 말하면서 맥 코트를 옷걸이에 걸었다. 묵직했던 총이 사라지니 후련했다. 아들을 보며 미소를 지었다. "잘 있었어, 우리 돌멩이? 뭐 하는 거야?" 조너선이 영어로 물었다.

조르주가 황금색 미니 호박처럼 쌩 웃었다. 조너선이 뮌헨에 다녀오는 사이 앞니가 하나 빠지고 없었다. "책 자요."

"봐요, 라고 해야지. 자는 건 침대에서 하는 거야. 조음 장애가 있다면 모를까."

"조음 장애가 뭔데요?"

조너선이 예를 들자니 끝도 없을 것 같았다. "조음 장애라는 건 말이지. 그러니까 발음을 정확히 해야 하는데, 이를테면……."

"어머나, 여보. 이것 좀 봐." 시몬이 신문을 집으며 말했다. "점심 때는 못 봤는데, 이거 봐. 어제 독일에서 파리로 오는 기차에서 두 명이, 아니 한 명이 죽었대. 누가 기차 밖으로 떠밀어서 죽인 거래. 당신이 탄 기차 같은데?"

조너선은 철로 경사면에서 죽은 사람 사진과 설명하는 글귀를 처음 보듯 들여다보았다. "'올가미에 목이 졸린 채 (…) 두 번째 희생자의 팔은 절단 수술을 받아야 할 것으로 보인다…….' 그러게. 모차르트 익스프레스네. 기차에 타고 있을 때는 전혀 몰랐어. 객차가 서른 량이나 되거든."조너선은 시몬에게 어젯밤 너무 늦게 도착해 퐁텐블로행 마지막 열차를 놓치는 바람에 파리에 있는 여관에서 묵었다고 둘러댔다.

"마피아 짓이겠지." 시몬이 고개를 저으며 말했다. "보나 마나 칸막이로 된 별실에 블라인드를 치고 올가미로 졸랐겠지, 세상에!"시몬이 일어나서 주방으로 갔다.

조너선은 조르주를 쳐다보았다. 아스테릭스 책을 보고 있었다. 그는 아들에게 올가미가 무슨 뜻인지 설명해 주고 싶지 않았다.

그날 밤, 톰은 조금 긴장하긴 했지만 그레 부부의 집에서 한껏 취했다. 앙투안과 아네스 그레 부부는 작은 탑이 솟아 있고 덩굴장미가 휘감은 둥근 석조 주택에 살았다. 앙투안은 30대 후반으로 단정하고 약간 엄격한 가장이자 야심 찬 사람이었다. 주중에는 파리에 있는 소박한 스튜디오에서 일하다가 주말이면 교외로 내려와 가족과 머무르면서 녹초가 될 때까지 정원을 가꾸었다. 톰은 앙투안이 자기를 게으르게 본다는 걸 알고 있었다. 정원 관리 말고는 온종일 할 일 없는 톰이 가꾼 정원이, 앙투안이 일주일에 한 번 관리하는 정원하고 별반 다르지 않기 때문이었다. 사실 톰이 그만큼 가꾼 것만 해도 기적인데 말이다. 아네스와 엘로이즈가 근사한 요리를 만들었다. 쌀에 온갖 해물을 넣고 만든 랍스터 냄비 요리였는데, 두 가지 소스 중에서 골라 먹으면 되었다.

"숲에 불을 지르는 기막힌 방법을 찾았어요."넷이 커피를 마시다가 톰이 고심하며 말했다. "저 아래 프랑스 남부에서 하기 딱 좋은 방법일 겁니다. 그쪽이 여름에 메마른 나무가 워낙 많으니까요. 소나무에 돋보기를 다는 거예요. 겨울에 미리 달아 둬도 됩니다. 그러다 여름이 되면 햇빛이 돋보기를 통과해 솔잎에 저절로 불이 붙겠죠. 미운 사람 집 근처에 돋보기를 달아 두면 지지직 불이 붙으면서 확! 번질 테고, 그러다가 숲 전체로 옮겨붙을 겁니다. 경찰이나 보험사 직원이 까맣게 타 버린 숲에서 무슨 수로 돋보기를 찾겠어요? 찾는다고 해도 뭘 어쩌겠어요? 완벽하지 않나요?"

앙투안이 마지못해 껄껄거렸다. 여자들은 기겁하며 무섭다고 비명을 내질렀다.

"남쪽에 있는 저희 별장에 혹시 그런 일이 생기는 날이면, 누가 한 짓인지 알겠네요!"앙투안이 목소리를 깔고 말했다.

그레 부부는 칸 인근에 작은 별장을 사 두었다. 방값이 비싼 7월과 8월에는 세를 주다가 자기들은 그때를 피해서 가곤 했다.

128

그럼에도 톰의 머릿속엔 온통 조녀선 트레바니 생각뿐이었다. 뻣대지만 주눅이 든, 천성은 점잖은 트레바니. 톰이 앞으로 그에게 도움을 줄 일이 있을 것이다. 톰은 그저 도덕적인 도움만 줄 수 있기를 바랐다.

13

빈센트 투롤리의 상태를 정확히 알 수 없던 톰은 일요일에 차를 몰고 퐁텐블로에 가서 런던판 『옵서버』와 『선데이 타임스』를 샀다. 평소라면 월요일 오전에 빌페르스에 있는 담배 가게에서 샀을 것이다. 그는 레글 누아르 호텔 앞 신문 가판대에서 트레바니가 있는지 주변을 살폈다. 트레바니도 런던판 일요 신문을 자주 살 텐데, 보이지 않았다. 벌써 오전 11시니 일찌감치 사 갔을지도 모른다. 톰은 차에서 『옵서버』부터 펼쳤다. 열차 사고 관련 기사는 아예 실리지도 않았다. 영국 매체가 그 사건을 굳이 보도할 것 같진 않았다. 『선데이 타임스』도 훑어보니, 3면에 기사가 나 있었다. 톰은 한 문단짜리 단신 기사를 눈에 불을 켜고 들여다보았다. 사건을 가볍게 훑고 지나가는 기사였다. "마피아가 일을 처리하는 속도치고는 이례적으로 빨라 보인다. 마피아 제노티 패밀리 소속 빈센트 투롤리는 한쪽 팔이 절단되고 한쪽 눈을 다친 상태이나, 토요일 오전에 의식을 회복했다. 투롤리는 빠른 속도로 회복하고 있으며, 조만간 밀라노의 병원으로 후송될 것으로 보인다. 그러나 그는 알고 있는 게 있다고 해도 입을 열지 않을 것으로 보인다." 톰에게는 경호원이 입을 열지 않을 거란 사실이 새삼스럽지 않았지만, 목숨을 부지했다는 게 거슬렸다. 재수가 없었다. 투롤리가 이미 부하들에게 톰의 인상착의를 설명했을 것이다. 투롤리가 입원한 스트라스부르 병원으로 같은 마피아 패밀리 소속 조직원들이 찾아갔을 것이다. 마피아 우두머리가 입원하면 밤낮으로 부하들이 경호를 서는데, 투롤리도 비슷한 대우를 받을 것 같았다. 톰이 투롤리를 제거해야겠다고 생각하자마자, 바로 이 생각부터 들었다. 뉴욕에서 미국 마피아 프로파시 패밀리의 두목 조 콜롬보가 입원했을 때, 조직원들이 경호를 섰던 일이 떠올랐다. 강력한 증거가 있음에도 불구하고, 콜롬보는 자신이 마피아라는 것도, 프로파시 패밀리의 존재도 부인했다. 콜롬보가 입원하자 간호사들은 복도에서 자는 마피아들의 다리를 넘어 다녀야 했다. 톰이 투롤리를 제거하겠다는 생각은 안 하는 게 상책이었다. 투롤리가 이미 30대 남자 얘기를 했을 것이다. 갈색 머리에 평균 신장보다 큰 남자가 턱과 복부를 가격했으며, 뒤에 한 명이 더 있었던 게 확실하다고 말이다. 투롤리의 뒤통수에 금이 갔다는 게 이유였다. 문제는, 투롤리가 톰을 다시 보면 확실히 알아보느냐였다. 그럴 가능성이 꽤 커 보였다. 투롤리가 톰을 본다면 묘하게도 조너선의 얼굴까지 또렷이 기억날지도 모른다. 조너선의 외모가 남달랐기 때문이다. 남들보다 키가 크고 여느 금발보다 금빛이 더 돌았다. 투롤리가 화를 무사히 피한 다른 경호원과 의견을 나눌 거라는 건 불 보듯 뻔했다.

"여보." 톰이 거실로 가자 엘로이즈가 말했다. "우리 나일강으로 크루즈 여행 갈래?"

톰은 한참 딴생각하던 중이라 나일강이 어딘지 잠시 생각해야 했다. 엘로이즈가 소파에 맨발로 앉아서 여행 브로슈어를 보고 있었다. 모레에 있는 여행사에서 때가 되면 각종 브로슈어를 잔뜩 보내 주었다. 그녀가 단골손님이었기 때문이다. "글쎄, 이집트는……."

"여기 멋지지 않아?" 그녀가 톰에게 이시스라는 보트가 한 척 떠 있는 사진을 보여 주었다. 미시시피강을 오가는 증기선처럼 생긴 보트가 정돈된 강변을 따라 떠다니고 있었다.

"그러게, 근사하네."

"다른 데 가도 좋고. 혹시나 당신은 별로 생각 없으면 노엘한테 물어볼게." 엘로이즈가 다시 브로슈어로 시선을 돌렸다.

봄이 되자 엘로이즈는 피가 끓어오르는지 가만히 있질 못했다. 크리스마스 때 요트를 타고 프랑스 마르세유를 출발해 이탈리아 포르토피노까지 돌아보는 즐거운 여행을 다녀온 이후론 아무 데도 가지 않았다. 노엘의 지인 중에 나이가 좀 있는 부부 소유의 요트였는데, 그들은 포르토피노에 별장도 가지고 있었다. 톰은 지금은 아무 데도 가고 싶지 않았지만, 엘로이즈에게 아무 말도 하지 않았다.

고요하고 화창한 일요일이었다. 톰은 다림질하는 아네트 여사의 모습을 두 장 스케치했는데, 꽤 근사하게 그려졌다. 여사는 일요일 오후면 주방에서 다림질하거나, 바퀴가 달린 텔레비전을 찬장으로 밀어 놓고 보기도 했다. 작고 다부진 체격으로 일요일 오후에 몸을 숙이고 다림질하는 아네트의 여사보다 더 가정적이고 프랑스다운 모습은 없기에, 톰은 그 정수를 캔버스에 담고 싶었다. 햇빛이 들자 연주황색으로 물든 주방 벽과 아네트 여사가 입은 고운 연보라색 원피스가 하늘색 눈동자와 썩 어울렸다.

130

밤 10시가 넘어서 전화벨이 울렸다. 톰과 엘로이즈가 벽난로 앞에 누워서 일요일 자 신문을 보고 있을 때였다. 톰이 받았다.

리브스였다. 격분한 음성이었고, 연결 상태도 좋지 않았다.

"잠시만 기다려요. 2층에 올라가서 받을 테니." 톰이 말했다.

리브스가 기다리겠다고 했다. 톰은 계단으로 뛰어 올라가며 엘로이즈에게 말했다. "리브스 전화야! 연결 상태가 엉망이라서!" 2층에서 받는다고 뭐 그리 낫진 않겠지만, 그 핑계로 조용히 통화하고 싶었다.

리브스가 말했다. "내 아파트에, 함부르크에 있는 우리 집에 오늘 폭탄이 터졌다고요!"

"뭐라고요? 세상에."

"여기 암스테르담이에요."

"다친 데는요?"

"없어요!" 고함을 내지르는 리브스의 목소리가 갈라졌다. "안 다친 게 기적이라고요. 내가 마침 오후 5시경에 외출했거든요. 가비는 일요일이면 쉬어서 집에 아무도 없었어요. 그 녀석들이, 그놈들이 창문으로 폭탄을 던졌어요. 재주가 대단하죠. 이웃 사람들 말로는, 아래에서 차가 급히 올라왔다가 1분 만에 떠나더니 그로부터 2분 후에 굉음이 났대요. 그 바람에 벽에 있는 그림이 죄다 떨어졌다고요."

"그렇다면 놈들이 어디까지 아는 걸까요?"

"목숨 부지하려면 다른 데로 피신해야 할 것 같아서, 30분 만에 함부르크를 떴다고요."

"그러니까 내 말은, 그놈들이 그걸 어떻게 알았느냐고요!" 톰이 수화기에 대고 고함을 쳤다.

"나도 몰라요. 진짜 모르겠어요. 프리츠가 말했을지도 몰라요. 오늘 프리츠하고 만나기로 했는데 못 만났거든요. 프리츠도 무사해야 할 텐데요. 프리츠가 그 친구 이름은 몰라요. 그 친구가 함부르크에 왔을 때, 내가 계속 영국에서 온 폴이라고 불렀으니까요. 그랬으니 프리츠는 그 친구가 영국에 사는 줄로 알 겁니다. 솔직히 말하자면, 놈들이 어림짐작으로 일을 벌이고 있는 것 같아요, 톰. 우리 계획이 성공하긴 했나 봐요."

매사에 긍정적으로 생각하는 리브스였다. 그는 자기 집에 폭탄이 터져도, 그림이 박살 나도 자기가 세운 계획이 성공했다고 믿었다. "이봐요, 리브스. 그럼, 함부르크에 있는 물건은 어찌할 겁니까? 서류 같은 거라든가."

"은행 금고에 넣어 두었어요." 리브스가 재깍 대답했다. "그건 보내 줄 수 있긴 한데, 무슨 서류를 말하는 겁니까? 혹시 걱정돼서 그러는 거면, 내가 작은 주소록은 늘 갖고 다녀요. 집에 있던 음반과 그림이 죄다 못 쓰게 돼서 속은 몹시 쓰리지만, 경찰이 최선을 다해 보호해 주겠다고 했어요. 당연히 나도 조사를 받았지만, 고맙게도 몇 분 만에 끝났어요. 내가 충격이 심하다고 하소연했거든요. 그게 사실이기도 했고요. 그래서 잠시 다른 데로 피신 가 있겠다고 했어요. 경찰이 내 소재를 알고 있어요."

"경찰이 마피아를 의심하던가요?"

"의심해도 의심한다는 말은 안 하겠죠. 톰, 내일 다시 전화할게요. 내 번호나 적어 둬요."

톰은 별로 내키지 않았지만 혹시 모르니 리브스가 묵는 자위더르제이 호텔 이름과 전화번호를 받아 적었다.

"우리의 친구가 일을 끝내주게 잘해 낸 게 분명해요. 두 번째 녀석이 아직 살아 있긴 해도요. 그 친구가 빈혈을 앓으면서도……." 리브스가 말을 멈추고 키득거렸는데, 그 웃음 속에 히스테리가 섞여 있었다.

"이제 수고비는 다 줬습니까?"

"어제 다 줬어요."

"그럼 그 친구가 더는 필요 없겠네요."

"필요 없죠. 이제 여기 함부르크 경찰이 개입했으니까요. 우리가 바라던 대로 됐어요. 이미 들어와 있는 마피아들이……."

갑자기 통화가 뚝 끊겼다. 톰은 뚜뚜뚜 소리가 나는 수화기를 들고 있자니 순간 짜증이 치밀면서 바보가 된 기분이 들었다. 그래서 수화기를 내려놓고 잠시 방에 서 있었다. 리브스가 다시 전화하려나? 그건 아닐 것 같았다. 톰은 리브스가 전한 소식을 이해하려 노력했다. 톰이 아는 마피아라면 리브스의 아파트에 폭탄을 던지는 선에서 멈출 수도 있었다. 마피아가 리브스의 목숨을 노리지는 않을 테니 말이다. 그럼에도 마피아는 리브스가 마피아 피살 사건과 관련 있다는 걸 눈치챈 게 확실하니, 경쟁 관계에 있는 다른 가문의 마피아가 도발했다는 인상을 심어 주려던 계획은 수포로 된 것으로 보였다. 한편, 함부르크 경찰은 함부르크에서 마피아를 몰아내려고 각별히 노력을 기울이며 프라이빗 클럽 도박장까지 없애려 들 것이다. 리브스가 그간 저지른, 혹은 장난삼아 손댄 온갖 일들처럼, 이번에도 상황이 애매해졌다. 톰이 판결을 내리자면, 이번 일은 그다지 성공적이진 못했다.

딱 하나 뿌듯한 게 있다면, 트레바니가 돈을 다 받았다는 사실이었다. 화요일이나 수요일이면 트레바니에게 연락이 갈 것이다. 스위스에서 반가운 소식이 들릴 것이다.

그 후 며칠은 잠잠했다. 리브스 마이넛은 전화도 편지도 없었다. 빈센트 투롤리가 어느 병원에 있는지, 스트라스부르에 있는지 밀라노로 갔는지 알려 주는 후속 보도도 없었다. 톰은 퐁텐블로에서 파리판 『헤럴드 트리뷴』과 런던판 『데일리 텔레그래프』를 사서 보았다. 어느 날 오후에는 세 시간 정도 시간을 들여 달리아 구근을 심었다. 색깔 별로 작은 봉지에 담아 삼베 포대 안에 넣어서 월동시킨 달리아 구근을 캔버스를 구상하듯 신중히 색상을 조합해서 심었다. 엘로이즈는 샹티이에 있는 친정에서 사흘 있다가 오기로 했다. 장모의 몸 어딘가에 종양이 생겨서 간단한 수술을 받기로 했는데, 다행히 양성이었다. 아네트 여사는 톰이 적적해 보였는지, 예전에 배워 둔 미국 음식을 만들어서 톰을 흐뭇하게 해 주었다. 여사가 바비큐 소스를 바른 돼지갈비, 클램 차우더, 프라이드치킨을 만들어 주었다. 톰은 신변의 안위가 걱정될 때도 있었다. 빌페르스라는 평화롭고 나른하고 아담한 마을에 있는 벨옹브르의 높다란 철문을 통과하거나 넘어야 살인자가 침입할 수 있었다. 그 철문이 성 같은 저택을 지켜 주는 것처럼 보이지만, 실은 그렇지 않았다. 마피아 조직원이 현관문을 두드리거나 초인종을 누른 다음, 아네트 여사를 밀치고 계단으로 뛰어 올라와 톰에게 총을 쏠지도 모른다. 아네트 여사가 곧바로 전화로 신고한다고 해도, 경찰이 모레에서 출동하려면 15분은 걸릴 것이다. 총성 한두 발이 들린다고 해도, 이웃 사람은 사냥꾼이 올빼미를 사냥하는 줄 알고 알아볼 생각조차 하지 않을 것이다.

엘로이즈가 친정에 간 사이, 톰은 벨옹브르에 하프시코드를 한 대 들이기로 했다. 자신을 위해서, 엘로이즈를 위해서였다. 예전에 엘로이즈가 피아노로 간단한 곡을 치는 걸 본 적이 있었다. 그게 언제 어디였더라. 톰은 엘로이즈가 어린 시절 혹독한 교육을 받은 희생자라는 생각이 들었다. 장인 장모가 어떤 사람들인지 알아서 그런지, 부모가 노력하던 그녀에게서 기쁨을 앗아가 버렸을 것이다. 아무튼, 하프시코드는 상당히 고가였다(런던에서 사면 좀 저렴하겠지만, 프랑스 세관에서 백 퍼센트 세금을 물리기 때문에 그게 그거였다). 하프시코드를 산다는 건, 예술적 소양 고취를 위한 소비 범주에 들어가기에 욕심을 낸 자신을 꾸짖지 않았다. 하프시코드를 산다는 건, 집에 수영장을 만드는

133

것과는 차원이 달랐다. 톰은 파리에 있는 잘 아는 앤티크 딜러에게 전화를 걸었다. 그 딜러는 가구만 취급했지만, 톰이 하프시코드를 구입할 수 있도록 파리에 있는 악기상을 소개해 주었다.

톰은 파리로 올라가 종일 악기상에게 하프시코드 관련 상식을 배운 다음에, 하프시코드를 보러 다녔다. 그는 소심하게 코드를 잡아 본 끝에 하나를 골랐다. 그가 고른 보물은 베이지색 원목에 금박이 여기저기 박힌 하프시코드로, 무려 1만 프랑이 넘었다. 4월 26일 수요일에 배달받기로 했고, 오느라 흔들렸을 테니 조율사가 따라와 그 자리에서 조율을 해 주기로 했다.

톰은 하프시코드를 계산한 후 르노 자동차로 걸어가는 동안 어깨가 올라가면서 그 누구도 부럽지 않았다. 마피아의 눈도, 총탄도 두렵지 않았다.

벨옹브르에는 폭탄이 떨어지지 않았다. 빌페르스를 둘러싼 나무 울타리와 비포장도로는 여전히 고요했다. 수상한 인물이 얼쩡대지도 않았다. 엘로이즈가 금요일에 기분 좋게 돌아왔다. 톰은 엘로이즈에게 선물할 생각을 하니 기대가 되었다. 수요일에 하프시코드가 든 거대한 상자가 도착하면, 조심조심 옮겨야 한다. 크리스마스보다 훨씬 신날 것이다.

아네트 여사한테도 하프시코드 얘기는 월요일에야 꺼냈다. "여사님, 부탁이 있어요. 수요일 점심때 귀한 손님이 올 겁니다. 혹시 모르니, 저녁은 근사한 요리로 부탁합니다."

아네트 여사의 하늘색 눈동자가 반짝거렸다. 요리라면 각별히 정성을 쏟아붓는 걸 마다하지 않았다. "진짜 미식가가 오시나 봐요?" 여사가 기대에 부풀어 물었다.

"그럴걸요. 알아서 준비해 줘요. 메뉴는 딱히 지정하지 않겠습니다. 엘로이즈한테는 비밀이에요."

아네트 여사가 짓궂게 웃었다. 누가 보면 여사도 선물을 받은 줄 알 것 같았다.

14 뮌헨에서 사 온 자이로스코프는 조너선이 지금껏 아들에게 선물한 것들 중에 가장 사랑받는 장난감이 되었다. 조르주가 상자에서 꺼낼 때마다 자이로스코프가 마법을 부렸다. 조너선은 상자에 넣어서 보관하라고 당부했다.

"떨어뜨리지 않게 조심해!" 조너선이 거실 바닥에 엎드려 있다가 말했다. "살살 다루어야 하는 물건이야."

조너선이 자이로스코프에 홀려 있는 동안에는 자기도 모르게 모국어가 튀어나오는 바람에, 조르주가 자연스레 새로운 영어 단어들을 배우게 되었다. 신기한 회전 바퀴는 조르주의 손끝에서도 빙빙 돌고, 플라스틱 궁전의 작은 탑 위에서 옆으로 기울어진 채로도 돌아갔다. 조르주의 장난감 상자에 쑤셔 박혀 있던 플라스틱 궁전이 자이로스코프의 분홍색 설명서에 나오는 에펠 탑을 대신했다.

"아주 큰 자이로스코프 덕분에 배가 바다에 떠다니는 거란다." 조너선이 설명했다. 그는 설명을 썩 잘하는 편이었는데, 욕조에 물을 받아 놓고 장난감 보트를 띄운 다음 보트에 자이로스코프를 고정하면 그가 말로 한 설명을 시연해 보일 수 있을 것 같았다. "큰 배에서는 자이로스코프 세 개가 동시에 돌아간단다."

"여보, 소파 말인데." 시몬이 거실 복도에 서 있었다. "어떤 게 좋을까, 청록색 어때?"

조너선은 거실 바닥에서 뒹굴뒹굴하다가 팔꿈치로 상체를 세웠다. 눈앞에서 아름다운 자이로스코프가 빙글빙글 돌아가면서도 기적적으로 균형을 잡고 있었다. 시몬은 커버만 새로 씌운 소파를 사자는 얘기였다. "생각해 봤는데, 새 걸로 장만하자." 조너선이 일어서며 말했다. "오늘 광고에서 봤는데 검은색 체스터필드 소파*가 5천 프랑 정도 하더라. 돌아다니다 보면 똑같은 걸 3천 프랑이면 살 수 있을 거야."

"신프랑으로 3천 프랑짜리를 사자는 거야?"

조너선은 아내가 놀랄 줄 알았다. "투자라고 생각해. 그 정도는 살 수 있어, 우리." 동네에서 5킬로미터 떨어진 곳에 앤티크 가게가 있는데, 잘 복원된 대형 가구만 취급했다. 조너선은 지금껏 그 가게에서 물건을 산다는 생각은 해 본 적도 없었다.

"체스터필드면 최고지만, 너무 무리하면 안 돼. 당신 왜 이리 간이 커?"

오늘 조너선이 텔레비전도 새로 사자고 했었다. "설마 내가 흥청망청 쓰겠어? 나 그렇게 생각 없지 않아." 그가 차분히 말했다.

시몬이 조르주한테는 안 들리게 하려는지 복도로 나오라고 손짓했다. 조너선이 그녀를 안자 아내의 머리카락이 벽에 걸린 코트에 눌

---

* 버튼 장식이 달리고 등받이와 팔걸이 높이가 동일한 소파

려서 헝클어졌다. 시몬이 귀에 대고 속삭였다.

"알았어. 독일에는 또 언제 가?"

시몬은 남편이 독일에 가는 걸 별로 좋아하지 않았다. 병원에서 신약을 실험하는데 페리에 박사가 그 약을 처방해 주고 있다고 조너선은 말해 두었다. 눈에 띄게 좋아지진 않겠지만, 그래도 좋아지면 좋아졌지 분명 나빠지진 않을 거라고 했다. 조너선이 병원에서 돈을 받는다고 하니, 시몬은 위험하지 않다는 남편의 말을 믿지 않았다. 조너선은 일단 말은 그렇게 해 두었지만 얼마를 받았는지, 취리히 스위스 은행 공사에 있는 총액이 얼마인지는 아내에게 밝히지 않았다. 시몬이 아는 돈은 퐁텐블로 소시에테 제네랄 은행에 들어 있는 6천 프랑이 전부였다. 부부가 공동으로 사용하는 그 계좌는 평소엔 4백에서 6백 프랑 정도의 잔고를 유지하다가, 주택 담보 대출금을 갚고 나면 2백 프랑 밑으로 떨어지곤 했다.

"새로 사면 나도 좋지. 그런데 지금 새 걸로 사는 게 정말 최선일까? 거금을 주고? 대출금 잊지 마."

"그걸 어떻게 잊겠어? 그 젠장할 대출금을!" 그는 웃으면서도 대출금을 한 번에 갚아 버리고 싶었다. "알았어. 신중히 생각할게. 약속해."

조너선은 좀 더 그럴싸한 사연을 꾸미거나 이미 뱉어 놓은 이야기에 살을 더 붙여야 한다는 걸 알면서도 당분간은 새로 생긴 재력을 음미하고 싶었다. 그 큰돈을 헐어서 쓴다는 게 쉽지 않았기 때문이다. 어쩌면 살날이 채 한 달도 안 남았을지도 모른다. 뮌헨의 슈뢰더 박사에게 받아 온 알약 서른 정을 하루에 두 알씩 꼬박꼬박 챙겨 먹고는 있었지만, 그런다고 그 약이 명줄을 늘려 주거나 눈에 띄는 차도를 보이게 해 줄 것 같진 않았다. 좋아지고 있다는 기분은 일종의 착각이겠지만, 그런 착각이 지속되는 한 다른 것들처럼 정말 좋아지지 않을까? 뭐가 더 필요할까? 행복해지는 데에 마음가짐 말고 뭐가 더 필요하단 말인가?

그가 알리지 않은 사실이 하나 더 있었다. 투롤리라는 경호원이 여태 살아 있다는 사실이었다.

4월 29일 토요일 밤, 조너선과 시몬은 퐁텐블로 극장에서 열리는 슈베르트와 모차르트 현악 사중주 연주회에 갔다. 조너선은 가장 비싼 자리로 끊었다. 그는 사전에 단단히 주의를 주면 조르주가 얌전히 있을 테니 아들도 데려가자고 했다. 시몬이 말렸다. 조르주가 얌전히 굴지 않으면 조너선보다 더 민망해하는 사람이 바로 시몬이었다. "내년에 데려가자." 시몬이 말렸다.

막간 휴식 시간이 되자, 트레바니 부부는 흡연할 수 있는 넓은 로비로 나갔다. 익숙한 얼굴이 한가득 보였다. 그중에는 미술용품상 피에르 고티에도 있었다. 놀랍게도, 고티에가 윙 칼라 셔츠에 검은색 타이까지 제대로 차려입고 왔다.

"오늘 밤 공연의 꽃은 부인이시군요!" 고티에가 중국풍 빨간 정장을 입어서 눈부신 시몬의 자태를 보며 감탄했다.

시몬은 그의 찬사에 우아하게 감사를 표했다. 조너선은 아내가 유난히 편안하고 행복해 보이는 것 같았다. 고티에는 혼자 왔다. 조너선이 고티에를 처음 만난 건, 고티에가 아내와 사별한 지 몇 년 후였다. 조너선은 그 사실이 문득 떠올랐다.

"퐁텐블로 사람들이 오늘 밤 이곳에 다 모였네요." 고티에가 시끄럽게 떠드는 사람들 틈에서 말하려고 애를 썼다. 그는 한쪽 눈으로 돔 공연장에 모인 관객들을 훑어보았다. 반짝이는 정수리 밑으로 은회색 머리칼이 곱게 빗겨져 있었다. "공연 끝나고 커피 하실래요? 길 건너 카페에서요. 두 분을 초대하는 기쁨을 누리고 싶네요." 고티에가 말했다.

시몬과 조너선이 그러자고 하려는 순간, 고티에의 몸이 살짝 굳어졌다. 조너선이 고티에의 시선을 따라가 보니, 3미터 앞에 모인 네다섯 명 사이로 리플리가 보였다. 조너선과 시선이 마주치자, 리플리가 가볍게 고개를 숙였다. 리플리가 다가와 인사하려는 것처럼 보이는 순간, 고티에가 왼쪽으로 게걸음을 치며 자리를 뜨려 했다. 시몬이 고개를 돌려 조너선과 고티에가 누굴 쳐다보는지 살폈다.

"그럼 좀 이따가 봬요!" 고티에가 말했다.

시몬은 조너선을 쳐다보며 눈썹을 살짝 찌푸렸다.

리플리에게 시선이 갈 수밖에 없었다. 키가 훤칠해서가 아니라, 프랑스 사람처럼 생기지 않았기 때문이다. 샹들리에 조명을 받으니 톰 리플리의 갈색 머리칼에 금색이 은은히 감돌았다. 톰은 자주색 새틴 재킷을 입고 있었고, 그 옆에는 눈에 띄는 금발에 화장기가 전혀 없는 여자가 서 있었다. 그의 아내가 확실했다.

"왜 그래? 저 남자가 누군데?" 시몬이 물었다.

조너선은 시몬이 리플리를 지목했다는 걸 직감하는 순간, 심장이 쿵쾅거리기 시작했다. "몰라. 예전에 보긴 봤었는데, 이름이 뭐였더라."

"우리 집에 왔었잖아, 저 남자. 기억나. 고티에 씨가 저 남자 싫어해?"

137

벨이 울렸다. 자리로 돌아가라는 신호였다.

"나야 모르지. 근데 왜?"

"고티에 씨가 피하잖아." 시몬이 확언하듯 말했다.

조너선은 음악을 감상할 마음이 사라졌다. 톰 리플리는 어디쯤 앉아 있을까? 박스석에 앉았나? 그는 박스석을 올려다보지 않았다. 어쩌면 그가 앉은 자리의 통로 건너편에 톰이 앉아 있을지도 모른다. 그날 저녁을 망친 건 리플리가 연주회에 와서가 아니라, 시몬이 보인 반응 때문이었다. 그가 리플리를 보며 불편해했기 때문에 시몬이 반응한 것이다. 조너선은 긴장을 풀려고 손으로 턱을 받치고 있었지만, 아무리 애를 써도 시몬을 속이지는 못할 것이다. 남들처럼 시몬 역시 톰 리플리 소문을 들었을 테니(당장은 시몬이 리플리의 이름을 떠올리지 못한다고 하더라도), 리플리와 그 일을 연결 지을 것이다. 그런데 연결 짓는다는 그 일이 대체 뭘까? 순간, 조너선은 그게 뭔지도 모르면서 앞으로 닥칠 일이 두려웠다. 그는 긴장한 모습을 고스란히, 그것도 매우 나약하게 드러낸 자신을 원망했다. 그는 상당히 복잡하고 위험한 상황에 부닥쳤으니 최대한 차분한 척하자고 다짐했다. 배우가 되어야 했다. 그런데 그가 젊었을 때 연기로 성공하려고 노력하던 모습과는 달랐다. 지금이 실제 상황임에도, 오히려 연극 같았다. 조너선은 지금껏 시몬을 속이려 한 적이 아예 없었기 때문이다.

"고티에를 찾아볼까." 아내와 같이 복도를 올라가면서 조너선이 말했다. 줄기차게 쏟아지던 박수갈채가, 프랑스 사람들이 앙코르를 한 번 더 듣고 싶을 때면 박자에 맞춰서 치는 손뼉 소리로 변하기 시작했다.

아무리 둘러보아도 고티에는 보이지 않았다. 조너선은 시몬의 대답을 놓치고 말았다. 시몬은 고티에를 찾을 마음이 없어 보였다. 같은 길에 사는 여자한테 집에 있는 조르주를 맡기고 온 데다가, 11시가 다 되었기 때문이다. 조너선은 톰 리플리를 찾진 않았지만 톰도 보이지 않았다.

일요일이 되자, 조너선과 시몬은 네무르에 있는 시몬의 친정에 가서 오빠 제라르 부부와 점심을 먹었다. 평소처럼 점심을 먹고 다들 텔레비전을 보는데, 조너선과 제라르만 동참하지 않았다.

"독일놈들이 자네를 실험용 기니피그로 만들고 돈까지 주다니 대단한데!" 제라르가 오랜만에 웃음을 터뜨렸다. "자네 몸에 전혀 해가 되지 않는다면 말이지." 제라르가 비속어를 섞어서 속사포로 말했다. 제라르가 대화하다가 조너선의 신경을 긁은 건 이번이 처음이었다.

138

둘이 시가를 피우고 있었다. 조너선이 네무르에 있는 담배 가게에서 상자째로 사 온 시가였다. "그러게요, 약만 잔뜩 주더라고요. 한 번에 여덟 알에서 열 알을 먹어 공격하는 치료법인가 봐요. 적군을 교란하는 거죠. 그렇게 하면 적군 세포가 면역력을 갖추기가 더욱 어려워지거든요." 조너선은 몇 달 전에 책에서 봤던 백혈병 치료법이 어중간하게 떠오르자 비슷한 맥락으로 횡설수설 떠들며 어물쩍 넘어갔다. "당연히 확언은 못 하죠. 부작용이 있을 수도 있으니까요. 그래서 그걸 견디는 대가로 독일 병원에서 돈을 기꺼이 준 겁니다."

"부작용이라면?"

"혈액 응고 수치가 떨어질 수도 있고요." 조너선은 의미 없는 용어를 지껄이는 일에 점차 능숙해졌고, 자기 말을 주의 깊게 들어 주는 상대가 있다는 사실에 고무되었다. "구토 증상이 있을 수도 있답니다. 아직까지는 그런 증상은 전혀 없지만요. 당연히 병원에서도 부작용을 다 파악한 건 아닙니다. 그들도 위험을 감수하는 거죠. 저도 마찬가지고요."

"만약 성공하면? 성공이라 할 수 있는 결과가 나온다면 어떻게 되는 거지?"

"2년 정도 더 사는 거죠." 조너선이 유쾌하게 대답했다.

월요일 오전에 조너선과 시몬은 이웃에 사는 이렌 플리세의 차를 얻어 타고 퐁텐블로 교외에 있는 앤티크 상점으로 갔다. 이렌은 매일 오후 학교에 갔다 온 조르주를 시몬이 데리러 갈 때까지 봐주는 여인이었다. 조너선은 그 상점에 가면 소파를 살 수 있을 것 같았다. 이렌 플리세는 성격이 느긋하고 뼈대가 굵은 체형이었다. 조너선은 그녀를 볼 때마다 남자 같다는 인상을 받곤 했지만, 실제로는 전혀 그렇지 않았다. 이렌은 두 아이를 키우는 엄마였다. 퐁텐블로에 있는 그녀의 집은 레이스 뜨개 받침과 장식 커튼으로 잔뜩 꾸며 놓은 흔하디 흔한 가정집과는 전혀 달랐다. 아무튼, 마음씨 좋은 이렌은 시간과 차까지 내어 주면서 트레바니 부부가 외출하는 일요일이면 네무르까지 태워다 주겠다고 종종 자청했지만, 매사에 맺고 끊는 게 확실한 시몬은 절대로 그 제안을 받아들이지 않았다. 네무르에 가는 건 정기적인 가족 모임이었기 때문이다. 그랬던 시몬이 이렌 플리세에게 차를 얻어 타고 소파를 사러 가면서도 미안해하지 않고 즐거워했다. 이렌은 마치 자기 집에 소파를 들일 것처럼 관심을 보이더니 데려다주겠다고 했다.

체스터필드 소파 두 개 중 하나를 골라야 했다. 둘 다 뼈대는 중고지만 최근에 검은 가죽을 새로 씌운 제품이었다. 조너선과 시몬은 더 큰 소파가 마음에 들었다. 조너선이 5백 프랑을 깎아서 간신히 3천 프랑에 맞췄다. 횡재한 것 같았다. 광고에 나오는 비슷한 크기의 소파가 5천 프랑이었기 때문이다. 3천 프랑이라는 거금은 두 사람의 한 달 수입을 합친 액수와 비슷했는데, 지금은 한낱 푼돈 같았다. 수중에 돈이 좀 생겼다고 사람이 이렇게나 금방 변한다는 게 조너선은 놀랍기만 했다.

트레바니 부부에 비하면 여유 있는 이렌도 그 소파를 마음에 들어 했다. 조너선은 시몬이 자연스레 둘러댈 말을 당장은 찾지 못했다는 걸 눈치챘다.

"영국에 사는 친척 덕분에 그이에게 조금 돈이 생겼거든요. 아주 큰돈은 아니지만, 그 돈으로 고급 소파를 들이고 싶었어요."

이렌이 고개를 끄덕였다.

조너선은 모든 일이 잘 풀릴 것 같았다.

다음 날 저녁, 식사하기 전에 시몬이 말했다. "오늘 고티에 씨 가게에 잠깐 들러서 인사하고 왔어."

시몬의 말투 때문에 갑자기 조너선의 방어 기제가 작동했다. 그는 스카치 워터를 마시면서 석간신문을 보고 있었다. "어, 그랬어?"

"여보, 고티에 씨한테 당신이 오래 못 살 거라고 얘기한 사람이 리플리 씨 맞지?" 시몬은 조르주가 2층 자기 방에 있는데도 목소리를 낮추고 말했다.

시몬이 다짜고짜 물으니 고티에가 그렇다고 한 걸까? 고티에가 대놓고 받은 질문에 어떻게 반응했을지 조너선은 알 수 없었다. 대답할 때까지 시몬이 고티에를 살살 구슬렸을지도 모른다. 조너선이 말했다. "고티에 씨는 그게 누군지 말하지 않겠다고 했어. 내가 당신한테 말했을 텐데. 그래서 나도 그게 누군지 몰라."

시몬이 번듯한 검정 체스터필드 소파에 앉아 남편을 쳐다보았다. 어제 소파를 들여 놓자 거실이 달라 보였다. 리플리 덕분에 시몬이 저 소파에 앉아 있는 거라고 생각해도 조너선이 마음을 다스리는 데에는 도움이 되지 않았다.

"그게 리플리였다고 고티에가 그래?" 조너선이 놀란 척하며 물었다.

"말을 안 하려고 하더라. 그래서 내가 대놓고 물어봤어. 리플리 씨가 맞느냐고. 내가 리플리의 생김새를 말했거든. 공연장에서 본 남자. 고티에 씨는 내가 누구 얘기를 하는지 알더라. 당신도 그 남자를 아는 것 같아. 이름까지도." 시몬이 친차노로 입술을 축였다.

아내의 손이 살짝 떨리고 있었다. "물론 그럴 수도 있겠지." 조녀선은 어깨를 으쓱했다. "잊지 마, 고티에는 그게 누구라고는 말 안 했어." 조녀선이 웃음을 터뜨렸다. "이게 다 그 고자질쟁이 때문이라고! 아무튼, 고티에가 뭐라고 했냐면, 그 남자가 착각해서 소문이 부풀려진 것 같다고 그랬어. 여보, 잊어버리는 게 제일이야. 남에게 화살을 돌려서 뭐하겠어. 그 일로 야단법석을 떠는 건 어리석어."

"맞아. 맞긴 한데……." 시몬이 고개를 갸우뚱 기울이며 입술을 약간 쓸쓸하게 뒤틀었다. 아내가 그런 표정을 지은 적은 한두 번밖에 없었다. "재미있는 건, 그 남자가 리플리 같다는 거야. 고티에 씨가 리플리라고는 안 했는데도, 나는 알 것 같아. 고티에 씨가 말은 안 했지만, 난 그게 누군지 알 것 같아……. 있잖아, 여보?"

"응, 여보."

"내가 그렇게 생각하는 이유가 있어. 리플리란 남자는 사기꾼이나 다름없어. 진짜 사기꾼일지도 몰라. 그 많은 사기꾼이 다 잡히는 건 아니잖아. 그래서 내가 하나 물어볼게. 당신 말이야, 그 큰돈, 어쩌다 보니 리플리 씨한테 받고 있는 거, 맞지?"

조녀선은 시몬을 똑바로 바라보았다. 그는 그가 이미 뱉어 놓은 말을 사수해야겠다고 다짐했다. 그 돈이 리플리와 '그렇게까지' 얽혀 있는 건 아니지만, 톰과는 무관하다고 말한다면 거짓말이 될 것이다. "내가 어떻게? 무슨 이유로?"

"리플리는 사기꾼이니까. 무슨 이유인지 누가 알겠어? 그 남자가 독일 의사하고 무슨 작당을 벌인 걸까? 당신이 말하는 의사라는 사람들이 진짜 의사는 맞아?" 시몬이 점점 히스테리를 부리며 핏대를 올렸다. 이미 얼굴은 벌겋게 달아올랐다.

조녀선이 인상을 찌푸렸다. "여보, 페리에 박사한테 내가 받은 검사 결과지가 두 장이나 있어!"

"그 임상 시험이라는 게 굉장히 위험한 거 맞지? 위험하지도 않은데 그렇게 큰돈을 줄 리가 없잖아. 안 그래? 난 당신이 모두 다 말해 주진 않은 것 같아."

조녀선이 씩 웃었다. "톰 리플리가 뭘 할 수 있겠어? 아무것도 못 해. 미국 사람이 독일 의사하고 무슨 관계가 있다고."

"당신은 당신이 얼마 못 살까 봐 겁이 나서 의사를 만나러 독일까지 갔잖아. 당신이 조만간 죽는다고 소문을 낸 사람은 리플리야. 확실해."

조르주가 인형을 질질 끌고 계단을 콩콩 내려오면서 인형에게 말하고 있었다. 잠이 덜 깬 조르주가 나타나자 조너선은 난감했다. 시몬이 많은 걸 알아냈다는 게 놀라웠다. 그는 무슨 수를 써서라도 딱 잡아떼야겠다는 충동이 일었다.

시몬은 남편이 무슨 말이든 해 주길 기다리고 있었다.

조너선이 입을 열었다. "고티에한테 그런 말을 한 사람이 누군지 나는 몰라."

조르주가 문 앞에 서 있었다. 덕분에 조너선은 한시름 놓을 수 있었다. 조르주가 창밖으로 보이는 나무에 관해 묻는 바람에, 대화가 뚝 끊겼다. 조너선은 아들의 말은 듣지도 않고, 아내에게 대답을 미루었다.

저녁을 먹는 내내 조너선은 자신이 한 말을 시몬이 믿지 않는다는 느낌을 받았다. 아내는 믿고 싶어도 못 믿겠다는 눈치였다. 시몬은 (아마 조르주 때문에) 평소와 다름없이 행동했다. 뚱하지도, 쌀쌀맞지도 않지만, 조너선을 대할 때는 편치 않아 보였다. 그가 독일 병원에서 별도로 돈을 받은 이유를 명쾌히 설명하지 못하면 불편한 분위기가 계속될 것이다. 조너선은 그 돈의 출처를 설명하려고 거짓말하기도 싫었고, 그렇다고 그에게 닥친 위험을 부풀리기도 싫었다.

이러다 시몬이 톰 리플리에게 직접 물어보는 건 아니겠지? 설마 시몬이 톰에게 전화하는 거 아냐? 만나자고 약속을 잡으려나? 조너선은 생각을 털어 버렸다. 시몬은 톰 리플리라면 좋아하지 않기에, 그 남자 근처에는 가고 싶지도 않을 것이다.

그 주에 톰 리플리가 조너선의 가게에 들렀다. 며칠 전에 톰이 부탁했던 액자는 이미 다 되어 있었다. 리플리가 가게로 들어섰을 때, 조너선은 손님과 얘기하고 있었다. 톰은 벽에 기대진 기성 액자들을 살피며 조너선이 짬이 날 때까지 흐뭇한 마음으로 기다렸다. 마침내 손님이 나갔다.

"안녕하십니까, 대신 보낼 사람이 마땅치 않아서 직접 왔습니다." 톰이 유쾌하게 말했다.

"그렇군요. 다 됐습니다." 조너선이 대답하더니 가게 뒤에 가서 액자를 가지고 나왔다. 누런 종이로 싸기만 하고 끈으로 묶진 않았다. '리플리'라는 라벨이 누런 종이 위에 단단히 붙어 있었다. 조너선이 카운터로 액자를 들고 왔다. "보시겠어요?"

액자가 마음에 들자 톰은 한쪽 겨드랑이 사이에 끼웠다. "아주 좋아요. 마음에 들어요. 얼마 드리면 되죠?"

142

"90프랑입니다."

톰은 지폐를 꺼냈다. "별일 없죠?"

조너선이 의식적으로 두 번 숨을 고른 다음, 대답했다. "물어보시니 대답해 드리죠." 조너선이 1백 프랑 지폐를 공손히 받아 든 다음, 현금 서랍에서 잔돈을 꺼냈다. "아내가……." 조너선이 출입문을 살피다가 지금은 아무도 들어오지 않자 마음을 놓았다. "아내가 고티에한테 물어봤어요. 고티에는 내가 죽는다고 소문을 낸 사람이 당신이라는 말을 하지도 않았는데, 아내가 눈치챘어요. 어떻게 알아낸 건지, 도통 모르겠어요. 여자의 육감인가 봐요."

톰은 이런 일이 일어나리라 예상했었다. 자신의 평판이 어떤지도, 많은 사람이 그를 믿지 못하고 피한다는 것도 알고 있었다. 그의 자아는 오래전에 산산이 박살 났을 수도 있을 거라는 생각을 종종 했었다. 평범한 사람의 자아라면 이미 박살 났을 것이다. 그래도 톰을 알게 된 사람들이 일단 벨옹브르에 와서 하룻밤을 보내고 나면 톰 부부를 무척 좋아하게 되고 답례로 자기들 집으로 초대해 준다는 사실 때문에, 그는 버틸 수 있었다. "그래서 뭐라고 했죠?"

조너선은 시간이 별로 없을지도 몰라서 서둘러 설명했다. "처음에는 고티에가 소문을 퍼트린 사람이 누군지 말을 안 해 준다고 했죠. 그게 사실이니까요."

톰은 고티에가 톰의 이름을 언급하길 극렬히 거부했다는 걸 알고 있었다. "계속 침착하게 굴어요. 우리가 안 만나면 됩니다. 요전 날 밤 공연은 미안하게 됐습니다." 톰이 미소를 덧붙였다.

"그러게요. 운이 없었죠. 최악은, 지금 아내가 우리가 받은 돈이 당신하고 관계있다고 의심한다는 겁니다. 사실 내가 받은 돈이 얼마나 되는지 아내한테는 말도 안 했거든요."

톰은 그럴 거라 예상했었다. 굉장히 짜증스러운 상황이었다. "앞으로는 액자 맞추러 오지 않겠습니다."

한 남자가 캔버스 틀에 끼워진 커다란 그림을 들고 낑낑거리며 안으로 들어오려고 했다.

"그러죠!" 톰이 빈손을 흔들었다. "고맙습니다. 안녕히 계세요."

톰이 밖으로 나갔다. 트레바니가 심히 걱정되는 일이 있다면 전화할 것이다. 톰은 트레바니에게 전화하라는 말을 일찌감치 해 두긴 했었다. 안타깝게도, 그리고 난감하게도, 트레바니의 아내가 추잡한 소문을 퍼트린 사람이 톰이라고 의심하고 있었다. 그러면서도, 그 사실과

143

함부르크와 뮌헨 병원에서 받았다는 돈을 쉽게 연결시키지 못했다. 두 명의 마피아 피살 사건과는 더더욱 연결시키지 못했다.

일요일 오전, 시몬이 정원에서 빨랫줄에 빨래를 널고 있었다. 조너선과 조르주가 화단 가장자리를 돌멩이로 꾸미고 있는데, 초인종이 울렸다.

이웃에 사는 60대 여성이었다. 이름이 들라트르였나 들람브르였나, 조너선은 헷갈렸다. 그녀는 무척 상심한 표정이었다.

"실례합니다, 트레바니 씨."

"어서 들어오세요."

"고티에 씨 소식 들으셨어요?"

"아뇨."

"어젯밤에 교통사고로 돌아가셨어요."

"돌아가시다니요? 여기 퐁텐블로에서요?"

"저녁에 라파루아스가에서 친구를 만나고 자정 무렵 집으로 가는 길이었대요. 아시겠지만, 고티에 씨가 루스벨트가 맞은편 레퓌블리크가에 살잖아요. 녹색 신호등에 교차로를 건너다가 그만. 사람들이 범인을 목격했는데, 차에 남자 둘이 타고 있다가 빨간불인데도 돌진해서 고티에 씨를 그대로 밀고 갔대요!"

"세상에나. 좀 앉으세요, 부인."

시몬이 복도에서 나왔다. "안녕하세요, 들라트르 부인!"

"시몬, 고티에 씨가 돌아가셨대. 뺑소니차에 치여서." 조너선이 말했다.

"남자 둘이 탄 차가 그대로 밀어 버렸대요!"

시몬이 경악했다. "언제요?"

"간밤에요. 병원에 실려 갔지만 숨이 끊겼대요. 자정쯤에요."

"들어와서 앉으실래요, 들라트르 부인?" 시몬이 권했다.

"아뇨, 괜찮아요. 친구 만나러 가는 길이라서요. 모커스 부인이 부고를 이미 들었는지 모르겠네요. 우리 둘이 고티에 씨하고 친하게 지냈거든요." 부인이 눈물을 글썽이더니 잠시 장바구니를 내려놓고 눈가를 훔쳤다.

시몬이 부인의 손을 꽉 잡았다. "소식 전해 주셔서 고맙습니다, 부인. 정말 친절하세요."

"장례식은 월요일 생루이 성당이래요." 부인이 떠났다.

조너선은 무슨 일인지 이해가 되지 않았다. "저 부인 이름이 뭐라

144

고?"

"들라트르 부인. 남편이 배관공이야." 시몬은 조너선도 당연히 알아 두어야 한다는 듯이 말했다.

두 사람이 집으로 부르는 배관공은 들라트르가 아니었다. 고티에가 죽다니. 고티에의 가게는 어찌 될까, 조너선은 궁금했다. 그는 아내의 눈치를 보고 있었다. 부부는 좁은 현관 복도에 서 있었다.

"죽다니." 시몬이 중얼거렸다. 그녀가 손을 내밀더니 조너선을 쳐다보지 않고 손목만 꽉 잡았다. "우리도 월요일 장례식에 가야 해."

"당연히 가야지." 가톨릭 장례 미사는 라틴어가 아닌 불어로 내내 진행될 것이다. 조너선은 촛불이 잔뜩 켜진 서늘한 성당에 동네 사람들이 모인 모습을 상상했다. 익숙한 얼굴과 낯선 얼굴이 뒤섞여 보였다.

"뺑소니라니." 시몬이 중얼거리며 굳은 몸으로 복도를 걸어가다가 고개를 돌려 조너선을 힐끔 쳐다보았다. "정말 어이가 없네."

조너선은 아내를 따라 주방으로 간 다음 정원으로 나갔다. 다시 햇볕을 쬐니 좋았다.

시몬이 빨래를 다 널었다. 빨랫줄에 걸린 옷들을 팡팡 편 후, 텅 빈 빨래 바구니를 집어 들었다. "뺑소니라니. 정말 뺑소니였을까?"

"부인이 뺑소니라잖아." 둘 다 조용히 말했다. 조너선은 머리가 멍했지만, 시몬이 무슨 생각을 하는지는 짐작할 수 있었다.

시몬이 빨래 바구니를 들고 한 걸음 다가오더니 좁은 현관으로 올라가는 계단을 가리켰다. 마치 정원 건너편에 사는 이웃이 두 사람의 대화를 엿듣기라도 한다는 듯이 말이다. "누가 일부러 죽인 것 같지 않아? 누군가 사주를 받아 고티에를 죽인 게 아닐까?"

"왜 그렇게 생각하는데?"

"고티에가 뭔가 알고 있으니까. 그래서 고티에를 죽였다면 말이 되잖아? 아무 죄 없는 사람이 하필 왜 그런 죽임을 당해야 하는데?"

"그거야…… 사고는 늘 일어나는 법이잖아."

시몬이 고개를 저었다. "리플리가 이번에도 관계있는 것 같지 않아?"

조너선은 비이성적으로 분노하는 아내의 모습을 바라보았다. "전혀. 절대로 그럴 리 없어." 톰 리플리가 그 일과 무관하다는 데에 내 목숨을 걸 수도 있어, 하고 조너선은 말할 뻔했다. 그랬다간 오버하는 것처럼 들렸을 것이다. 만일 그가 이 사건을 다른 방향에서 보자고 했다면, 시몬은 그에게 같잖은 짐작이나 한다고 했을 것이다.

145

시몬이 그를 지나쳐서 집 안으로 들어가다 말고 남편의 코앞에서 걸음을 멈췄다. "고티에가 정확히 누구라고 말은 안 했지만 알긴 알았을 거야. 분명히 알고 있었어. 그래서 누가 일부러 고티에를 죽였겠지."

시몬도 남편만큼 놀란 눈치였다. 아내는 아예 생각해 보지도 않은 얘기를 내뱉고 있었다. 조너선이 주방으로 따라 들어가며 아내에게 물었다. "고티에가 뭘 알고 있었는데?"

시몬이 구석에 있는 찬장 속으로 빨래 바구니를 쑤셔 넣으며 말했다. "바로 그게 문제야. 그게 뭔지는 나도 모르지."

15

월요일 오전 10시, 퐁텐블로에서 가장 큰 생루이 성당에서 피에르 고티에의 장례식이 거행됐다. 성당이 꽉 차서 조문객들이 인도 밖까지 늘어섰다. 길가에는 두 대의 검정 차량이 침울하게 대기하고 있었다. 한 대는 번쩍거리는 영구차였고, 또 한 대는 유가족과 차를 가져오지 않은 지인들을 태우고 갈 버스였다. 고티에는 홀아비에 자식마저 없었다. 조너선은 형제자매라도 있기를 바랐다. 그래야 조카들도 있을 테니 말이다. 조문객이 꽤 많이 왔는데도 장례식은 쓸쓸했다.

"길에 의안이 빠졌다는 얘기, 들으셨어요?" 조너선 옆에 있던 남자가 성당에서 소곤거렸다. "차에 치일 때 의안이 빠졌다네요."

"그래요?" 조너선은 딱한 마음에 고개를 저었다. 그에게 말해 준 남자는 상점 주인이었는데, 어느 가게였는지 생각나지 않았다. 그는 고티에의 의안이 검은 아스팔트 위에 굴러다니는 모습을 상상해 보았다. 지금쯤이면 지나가는 차바퀴에 깔려 박살 났거나, 호기심 많은 아이들이 배수로에서 찾아냈을지도 모른다. 의안의 뒷면은 어떻게 생겼을까?

촛불에서 노란 기가 감도는 허연 불꽃이 피어올랐지만, 성당의 우중충한 회색 벽을 그리 밝혀 주지는 못했다. 날도 우중충했다. 신부가 불어로 장례 미사를 진행했다. 재단 앞에 놓여 있는 고티에의 관은 짤막하고 두툼했다. 고티에의 유가족은 얼마 되지 않아도, 친구는 많았다. 남녀 몇 명이 눈물을 훔치고 있었다. 신부의 기도문보다 자기들의 잡담이 더 위로가 된다는 듯이 서로 머리를 맞대고 떠드는 사람들도 있었다.

차임벨이 울리듯 부드러운 종소리가 울려 퍼졌다.

조녀선이 오른쪽을 쳐다보았다. 통로 건너편 의자에 줄줄이 앉아 있는 사람들 사이에서 톰 리플리의 옆모습이 눈에 들어왔다. 리플리가 정면을 응시한 채 강론을 다시 이어 가는 신부를 쳐다보며 장례 미사에 집중한 모습이었다. 프랑스 사람들 틈에 섞여 있으니 리플리의 얼굴이 도드라져 보였다. 정말로 그의 생김새가 특이해서 눈에 띄는 걸까? 아니면 아는 얼굴이라서 그런 걸까? 리플리가 굳이 왜 여기까지 왔을까? 리플리가 장례식장에서 연기하고 있는 걸지도 모른다. 시몬이 의심한 것처럼, 리플리가 고티에의 죽음과 진짜로 관련 있는 건 아닐까? 리플리가 돈을 주고 사주한 걸까?

조문객들이 모두 일어나 성당에서 나가려 했다. 조녀선은 톰 리플리와 마주치지 않으려고 애를 썼다. 마주치지 않을 가장 좋은 방법은 그를 피하려고 애쓰지 않는 거라고 조녀선은 생각했다. 무엇보다 리플리가 있는 쪽은 아예 쳐다보지도 않는 게 상책이라 생각했다. 그런데 성당 앞 계단에서, 톰 리플리가 조녀선과 시몬의 옆으로 불쑥 다가오더니 인사를 건넸다.

"안녕하십니까!" 리플리가 불어로 말을 걸었다. 남색 맥 코트를 걸치고 목에는 검정 머플러를 두르고 있었다. "안녕하세요, 부인. 만나서 반갑습니다. 트레바니 씨는 고인하고 친하셨죠?"

세 사람은 천천히 계단을 내려갔다. 사람이 너무 많아서, 천천히 내려가는데도 중심을 잡기가 어려웠다.

"그랬죠. 저희 동네 사장님이기도 하셨으니까요. 정말 좋은 분이셨는데." 조녀선이 대답했다.

톰이 고개를 끄덕였다. "오늘 아침에 신문을 보기도 전에 모레에 사는 친구가 전화로 알려 주더라고요. 범인이 누군지 경찰이 아직도 못 잡았나요?"

"그런 것 같아요. 남자 둘이 그랬다는 얘기만 들었습니다. 다른 소식은 없었지, 여보?"

시몬이 검정 미사포를 쓴 머리를 내저었다. "응, 못 들었어."

톰이 고개를 끄덕였다. "혹시 뭐라도 들으셨나 했죠. 저보다 가까이 사시니까요."

톰 리플리가 두 사람 앞에서 쇼하는 게 아니라 진심으로 걱정하고 있다고 조녀선은 생각했다.

"신문을 사야겠습니다. 장지까지 가십니까?" 톰이 물었다.

"아뇨. 안 갑니다." 조녀선이 대답했다.

톰이 고개를 끄덕였다. 세 사람이 인도로 내려왔다. "저도 안 갑니다. 고티에 씨가 그립네요. 참 속상합니다. 만나서 반가웠습니다." 리플리가 짧게 미소를 짓더니 가 버렸다.

조너선과 시몬은 계속 걸음을 옮겼다. 성당을 끼고 돌아 라파루아스가로 들어섰다. 집으로 가는 방향이었다. 이웃 사람들이 고개를 숙이고 웃는 낯으로 인사를 건넸다. 평소와 같은 오전이었다면 '안녕하십니까' 하고 인사하지 않았을 사람들도 오늘은 인사했다. 승용차들은 시동을 걸고 운구차를 따라 장지로 갈 채비를 했다. 장지는 조너선이 종종 수혈을 받으러 다니는 퐁텐블로 병원 바로 뒤였다.

"안녕하세요, 트레바니 씨! 부인!" 페리에 박사가 평소보다 생기 넘치게 활짝 미소를 지었다. 박사가 조너선과 악수하면서 시몬에게는 고개를 살짝 숙였다. "이게 무슨 변입니까……. 말도 안 되는 일이 벌어졌네요. 경찰이 범인을 잡지도 못했으니 이거야 원. 자동차에 파리 번호판이 붙어 있는 걸 본 사람이 있대요. 검은색 바탕에 'D.S'라고 적혀 있었다지만, 아는 건 그게 다라면서요. 그건 그렇고, 오늘은 좀 어때요, 트레바니 씨?" 피에르 박사가 확신에 찬 미소를 지었다.

"늘 고만고만하지만, 불편한 데는 없어요." 조너선은 페리에 박사와 금방 헤어져서 좋았다. 시몬은 남편이 약물 치료와 주사 치료를 받으려고 요즘 더 자주 페리에 박사의 병원에 다니는 줄로 알고 있었기 때문이다. 실은, 트레바니가 가게로 온 독일 슈뢰더 박사의 검사 결과지를 들고 2주 전 페리에 박사에게 갖다준 게 마지막이었다.

"우리도 신문 사야지." 시몬이 말했다.

"저기 모퉁이에서 사자." 조너선이 말했다.

두 사람이 신문을 샀다. 조너선은 고티에의 장례식에 참석했다가 뿔뿔이 흩어지는 사람들로 북적거리는 인도에 서서 기사를 읽었다. "젊은 불량배가 저지른 참담한 '묻지마 범죄'가 지난 토요일 밤 퐁텐블로의 도로에서 벌어졌다." 시몬이 그의 어깨 너머로 신문을 훔쳐보았다. 주말판에는 고티에 기사를 실을 겨를이 없어서 그런지, 두 사람이 보는 월요일 자 신문에 처음으로 관련 기사가 실렸다. 최소 두 명의 청년이 탄 검은색 대형 승용차를 봤다는 목격자가 있다는 내용만 있고, 파리 번호판에 관한 언급은 없었다. "차량은 파리 방향으로 도주했으나, 경찰이 추적에 나섰을 때는 이미 사라진 후였다."

"놀라워. 프랑스에서 흔하지 않은 뺑소니라니." 시몬이 말했다.

조너선은 아내의 맹목적인 애국심을 감지했다.

"그래서 의심스럽다는 거야." 시몬이 어깨를 으쓱했다. "물론 내가 헛소리하는 걸 수도 있지만, 리플리 같은 인간이 고티에 씨의 장례식에 오다니. 리플리답지 않잖아!"

　"리플리가……." 조너선이 말을 멈추었다. 조너선은 리플리가 고티에의 가게에서 미술용품을 사던 사람이라서 그런지, 오늘 오전 장례식에서 진심으로 걱정하는 것 같았다고 말하려 했다. 그런데 조너선은 자기가 이런 사실을 알고 있어서는 안 된다는 걸 깨달았다. "당신이 말하는 리플리답지 않다는 게 대체 무슨 소리야?"

　시몬이 어깨를 다시 으쓱했다. 조너선은 아내가 그 주제에 관해서라면 한 마디도 보태고 싶어 하지 않는다는 걸 눈치챘다. "내가 고티에 씨를 찾아가 소문낸 사람이 누구냐고 물었는데 고티에 씨가 모른다고 잡아뗀 후, 그 애기를 리플리한테 했겠지. 그런데 고티에 씨가 납득하기 어려운 의문사를 당하고 말았잖아."

　조너선은 잠자코 있었다. 생메리가 근처까지 왔다. "그런 주장은 말이지…… 아무리 그래도, 그게 사람의 목숨을 앗아갈 일은 아니잖아. 이성적으로 생각해."

　시몬은 점심거리로 장 볼 게 퍼뜩 생각이 났는지 정육점으로 들어갔다. 조너선은 밖에서 기다렸다. 그 짧은 사이에, 조너선은 뭔가 깨달은 게 있었다. 마치 시몬의 입장에서 본 것처럼 다른 관점에서 상황을 보게 된 것이다. 그는 한 번은 총으로 사람을 쏴 죽이고, 한 번은 살인에 조력했던 자신의 행동을 깨닫게 된 것이다. 그는 지금껏 자기가 죽인 두 명이 본디 총잡이에 살인마였다고 스스로 되뇌면서 합리화했었다. 당연히 시몬은 그렇게 생각하지 않을 것이다. 두 명의 마피아도 결국 목숨이 붙어 있던 사람들이었다. 시몬은 톰 리플리가 사람을 사서 고티에를 죽이라고 사주했을지도 모른다는 가능성에도, 고작 가능성에도 격분했다. 그런 시몬이 자기 남편이 방아쇠를 당겨 사람을 죽인 걸 알게 된다면 어떻게 나올까? 지금 막 장례식에 다녀온 여파 때문에 이런 생각이 든 걸까? 내세가 훨씬 좋다며 다들 떠들어 대지만, 결국 장례식은 생명의 존엄함을 보여 주는 자리였다. 조너선은 빈정거리며 웃을 수밖에 없었다. 존엄이라는 단어 때문이었다.

　시몬이 엉거주춤한 자세로 식재료를 주섬주섬 껴안고 정육점에서 나왔다. 장바구니를 챙겨 오지 않았기 때문이다. 조너선이 두 개를 들어 주었다. 부부는 걸음을 옮겼다.

　존엄. 조너선은 리브스에게 마피아 책을 돌려주었다. 자기가 저지른 짓이 심히 꺼림칙해질 때면 그는 그 책에 실린 살인마들 중 몇 명만이라도 떠올려야 했다.

그럼에도 그는 시몬을 따라 집 계단을 오르는 사이에 마음이 천근만근 무거워졌다. 이제 시몬이 리플리라면 치를 떨었기 때문이다. 시몬이 고티에를 썩 좋아한 건 아니었지만, 고티에가 죽자 굉장히 동요했다. 여자의 육감과 오래된 도덕관념과 가정을 지키고자 하는 아내로서의 본능이 빚어낸 태도를 보인 것이다. 시몬은 자기 남편이 곧 죽을 거라고 소문낸 사람이 리플리라고 단정 지었다. 무슨 일이 있어도 시몬은 생각을 바꾸지 않을 것이다. 소문을 퍼뜨린 장본인이라는 자리는 다른 사람으로 쉽게 대체할 수 없기 때문이었다. 특히 고티에가 죽은 마당에 조너선이 딴 사람을 그 자리에 가짜로 내세운다고 해도, 먹힐 리 없었다.

톰은 차에 타서 검정 머플러를 끄른 다음, 모레 방향이자 그의 집이 있는 남쪽으로 차를 몰았다. 고티에를 죽이라고 사주한 사람이 톰이라고 의심하며 파르르 떠는 시몬을 보니 착잡했다. 그는 대시 보드에서 라이터를 꺼내 담배에 불을 붙였다. 붉은색 알파 로메오를 더 빨리 몰고 싶었지만, 경거망동을 삼가고 속도를 줄였다.

고티에가 사고로 죽은 게 확실했다. 끔찍이 재수 없긴 해도, 사고는 사고였다. 톰이 알고 있는 것 이상으로 고티에가 이상한 일에 얽히지만 않았다면 말이다.

길 건너편에서 연두색 잎을 늘어뜨리고 서 있는 버드나무를 배경으로 큼직한 까치가 우아하게 날아갔다. 해는 이미 중천에 떠 있었다. 톰은 모레에 들러서 뭐라도 사갈까 고민했다. 평소라면 아네트 여사가 사다 달라거나 좋아하는 것들을 사 가곤 했겠지만, 오늘은 여사가 뭘 부탁했는지 생각나지 않았고, 쇼핑할 기분도 아니었다. 그가 자주 들르는 모레에 있는 액자 가게 사장이 어제 전화로 고티에의 비보를 알려 주었다. 톰이 퐁텐블로에 있는 고티에의 가게에서 물감을 산다는 말을 한 적이 있었기 때문이다. 톰은 속도를 올려서 앞에 있는 트럭을 따라잡은 다음, 질주하는 시트로엥 두 대마저 추월했다. 얼마 지나지 않아, 빌페르스로 빠지는 분기점이 나왔다.

"여보, 장거리 전화가 왔는데 당신을 찾던데." 톰이 거실로 들어서자 엘로이즈가 말했다.

"어디서 온 전화였어?" 아마 리브스일 거라고 톰은 생각했다.

150

"독일에서 건 것 같아." 엘로이즈가 다시 하프시코드 앞에 앉았다. 프렌치 도어 옆 명당에 하프시코드가 놓여 있었다.

아내가 악보를 보면서 바흐 변주곡의 높은음자리표 음계를 치고 있었다. 톰이 물었다. "다시 전화한대?"

엘로이즈가 긴 금발을 휘날리며 고개를 돌렸다. "글쎄. 교환원하고만 얘기한 거라. 그쪽에서 당사자하고만 통화하고 싶다고 했대. 그게 다야!" 엘로이즈의 말이 끝나기가 무섭게 전화벨이 울렸다.

톰은 2층 방으로 뛰어 올라갔다.

교환원이 전화를 받은 사람이 리플리 씨가 맞느냐고 확인했다. 이어서 리브스의 음성이 들렸다.

"여보세요, 톰? 지금 통화 가능해요?" 리브스가 지난번보다 진정된 목소리로 말했다.

"그럼요. 암스테르담이죠?"

"네. 신문에 나지 않은 몇 가지 소식을 말해 주려고 전화했어요. 들으면 좋아할 겁니다. 그놈이 죽었어요. 밀라노로 후송된 경호원이요."

"경호원이 죽었다고 누가 그러던가요?"

"함부르크에 있는 친구한테 들었어요. 믿을 만한 친구거든요."

마피아가 꾸며 낸 얘기일지도 모른다. 톰은 시체를 봐야 믿을 것 같았다. "다른 소식은요?"

"경호원이 죽었다는 걸 우리의 친구가 들으면 좋아하겠죠?"

"당연히 그렇겠죠. 나라도 그럴 것 같은데요. 당신은 좀 어때요?"

"뭐, 아직 살아는 있어요." 리브스가 억지웃음을 지으며 말했다. "짐을 암스테르담으로 부쳐 달라고 부탁해 놓은 상태예요. 난 여기가 마음에 들어요. 함부르크보다 여기가 더 안전하니까요. 한 가지 더요. 프리츠가 가비한테 내 번호를 수소문해서 전화했어요. 지금 함부르크 인근 작은 마을에 사는 사촌 집으로 피신했다는데, 흠씬 두들겨 맞아서 이가 두 개나 나갔대요. 딱하지. 돼지 같은 놈들이 죄다 불라며 폭행했대……."

톰은 씁쓸했다. 잘 알지도 못하는 프리츠에게 씁쓸한 연민을 느꼈다. 프리츠는 리브스의 운전사이자 물건을 운반해 주는 사람이었다.

"프리츠는 그 친구의 이름이 '폴'이라는 것밖에 모른다고 우겼고, 생김새도 정반대로 설명했대요. 검은 머리에 키가 작고 통통하다고요. 녀석들이 프리츠의 말을 믿지 않을지도 몰라요. 프리츠가 지금 치료받는 걸 보면 잘 버텼더라고요. 끝까지 우기면서 우리 친구의 생김새를 반대로 말한 다음, 자기가 그 남자에 대해 아는 건 그게 전부라고 했대요. 이쯤 되니, 난감해진 건 바로 나예요."

분명 그럴 것이다. 이탈리아 마피아가 리브스의 얼굴을 알고 있기 때문이었다. "흥미진진한 소식이군요. 종일 전화기만 잡고 있을 순 없으니, 진짜로 걱정하는 게 뭔지 털어놔 봐요."

리브스가 한숨을 내쉬었다. "짐이 이리로 올 겁니다. 내가 돈을 보냈으니 가비가 부쳐 주겠죠. 은행에 자초지종을 설명하는 편지도 보냈어요. 심지어 수염도 덥수룩하게 기르고, 당연히 가명도 쓰고 있습니다."

톰은 리브스가 가명에 가짜 여권까지 사용할 거라 예상은 했었다. "그래서 이름이 뭡니까?"

"앤드루 루카스. 버지니아 출신." 리브스가 '하' 하는 한탄을 웃음과 섞어서 말했다. "그건 그렇고, 그 친구는 만나 봤습니까?"

"아뇨. 내가 왜요? 있잖아요, 앤드루. 상황이 어찌 돌아가는지나 알려 줘요." 리브스는 자기가 곤란해지면 톰에게 전화할 사람이었다. 리브스는 난감한 상황에 처했어도 전화를 할 수만 있다면 톰에게 전화할 것이다. 리브스는 자기가 어떤 상황에 처해도 톰이 자기를 구해 주리라 믿고 있었다. 하지만 톰이 리브스가 곤경에 빠졌는지 알려고 하는 가장 큰 이유는 트레바니의 안녕을 위해서였다.

"그럴게요, 톰. 한 가지 더요. 디 스테파노 조직원이 토요일 밤에 함부르크에서 총격을 당했어요. 신문에 났는지는 모르겠지만, 제노티 패밀리가 한 짓이 확실해요. 바로 우리가 원하던……."

리브스가 마침내 전화를 끊었다.

만일 마피아가 암스테르담까지 쫓아 올라가 리브스를 잡는다면, 사실을 실토하라고 리브스를 고문할 것이다. 리브스는 프리츠만큼 잘 버틸 것 같지 않았다. 톰은 디 스테파노 패밀리나 제노티 패밀리 중에서 누가 프리츠를 잡아갔었는지 궁금했다. 프리츠는 함부르크에서 발생한 첫 번째 총격 사건만 알고 있을 것이다. 그때 죽임을 당한 건 마피아 똘마니에 지나지 않았으니, 훨씬 더 격앙된 쪽은 제노티 패밀리일 것이다. 카포에 똘마니 경호원까지 잃었으니 말이다. 지금쯤이면 양쪽 패밀리가 두 건의 살인 사건이 마피아의 세력 다툼 때문에 벌어진 게 아니라, 리브스와 함부르크 카지노 업계가 농간을 부린 거라는 걸 눈치채지 않았을까? 마피아가 리브스를 죽이려나? 경호원을 붙인다고 해도 리브스가 목숨을 부지하는 건 불가능해 보였다. 상대할 사람이 한 명이라면 쉽겠지만, 마피아는 그 수를 헤아릴 수 없는 지경이기 때문이었다.

리브스는 우체국에서 전화하는 거라는 말을 남기고 끊었다. 호텔보다 우체국에서 전화하는 게 더 안전하다는 얘기였다. 톰은 저번에 리브스와 했던 통화를 복기했다. 그때는 리브스가 자위더르 제이 호텔에서 전화한다고 했었다.

하프시코드 소리가 아래층에서 영롱하게 울려 퍼지자, 다른 시대에서 메시지를 보내는 것 같았다. 톰은 아래층으로 내려갔다. 그가 같이 장례식에 가자고 하자 엘로이즈는 힘들다고 거절했지만, 장례식이 어땠는지 얘기도 듣고 싶고 무슨 말이든 하고 싶어 하는 눈치였다.

조녀선은 거실에 서서 정면 유리창 밖을 내다보고 있었다. 정오가 막 지났다. 정오 뉴스를 들으려고 이동식 라디오를 켰지만, 지금은 팝 음악만 흘러나오고 있었다. 정원에 시몬과 조르주가 있었다. 둘이 장례식에 다녀오는 동안, 조르주가 집에 혼자 있었다. 라디오에서 "떠나자…… 떠나자…… 떠나자……"라며 남자가 노래를 부르고 있었다. 조녀선은 길 건너에서 셰퍼드 같아 보이는 개가 경중거리며 소년 두 명을 뒤따라가는 모습을 바라보며, 만물의 덧없음을 느꼈다. 이 세상에 살아 있는 모든 것의 무상함이랄까. 두 명의 소년과 개도, 그 뒤에 보이는 집들도, 모든 게 사라지고 허물어져 형체가 무너져 내린 끝에 결국 잊히고 말 것이다. 관 속에 누운 고티에가 지금쯤 땅속으로 들어가고 있을 것이다. 조녀선은 고티에가 아닌 자신의 처지에 대해서도 생각했다. 그에겐 방금 지나간 개만큼의 기운도 없었다. 그에게도 한창때가 있었지만, 다 지나가 버렸다. 이젠 너무 늦었다. 남은 인생을 즐길 기력조차 남지 않은 지금에야 인생을 조금이라도 음미할 수 있는 수단이 생기다니. 가게를 정리해야 한다. 가게를 팔든 넘기든, 그게 뭐 그리 중요할까. 다시 생각해 보니, 시몬과 그 돈을 헤프게 쓸 수는 없었다. 그가 죽으면 시몬과 조르주가 뭘 먹고 산단 말인가? 4만 파운드는 그리 큰돈이 아니었다. 귀가 윙윙거렸다. 조녀선은 침착하게 숨을 깊이 골랐다. 창문을 열려고 해도 힘이 없었다. 거실 가운데로 고개를 돌렸지만, 발이 너무 무거워서 떨어지지가 않았다. 이명이 음악을 삼켜 버렸다.

조녀선은 식은땀을 흘리며 거실 바닥에 누워 있었고, 시몬은 옆에서 무릎을 꿇은 채 젖은 타월로 그의 이마는 물론 뺨까지 살살 닦아 주고 있었다.

"여보, 내가 지금 막 발견했어! 몸은 괜찮아? 조르주, 괜찮아. 아빠 괜찮으셔!" 시몬이 겁에 질린 목소리였다.

조너선이 머리를 다시 카펫에 댔다.

"물 좀 마셔."

조너선은 아내가 물 잔을 입에 대 주자 간신히 몇 모금 마시고는 다시 바닥에 누웠다. "온종일 누워 있어야겠어." 조너선의 목소리가 귀에서 윙윙거리는 소음과 사투를 벌이고 있었다.

"내가 이거 똑바로 펴 줄게." 시몬이 조너선 밑에 깔려서 뭉친 재킷을 잡아당겼다.

주머니에서 뭔가 삐져나왔다. 시몬이 그걸 집어 들더니 그를 걱정스러운 눈으로 다시 쳐다보았다. 조너선은 눈을 뜬 채 천장만 바라보고 있었다. 눈을 감았다간 걷잡을 수 없는 상황으로 치달을 것만 같았다. 잠시 정적이 흘렀다. 조너선은 버틸 수 있다며 걱정하지 않았다. 난 죽는 게 아니라 그저 졸도한 거야. 사촌이 죽던 순간이 떠올랐다. 죽는다는 건 이렇지 않았다. 해안을 쓸고 간 파도가 겁도 없이 멀리 들어가 수영하던 사촌의 두 다리를 후려치며 삼키는 순간, 사촌이 살려는 의지를 탁 놓아 버리는 이해할 수 없는 일이 벌어지고 말았다. 아마 죽음이라면 뭔가 더 달콤하면서도 사람을 홀리는 손길을 내밀 것이다. 시몬이 조르주를 데리고 자리를 뜨더니 따뜻한 찻잔을 들고 왔다.

"설탕을 듬뿍 넣었으니 도움이 될 거야. 페리에 박사님한테 전화할까?"

"아니, 됐어." 차를 몇 모금 마신 다음, 조너선은 자기 발로 소파에 가서 앉았다.

"여보. 이게 뭐야?" 시몬이 파란색 수첩을 들고 물었다. 스위스 은행 통장이었다.

"아, 그거……." 조너선은 고개를 저으며 정신을 바싹 차리려고 했다.

"통장 맞지?"

"응, 맞아." 총액은 여섯 자리 숫자로, 40만 프랑이 넘었다. 끝에 'f'라고 찍혀 있었다. 시몬은 아무것도 모른 채, 둘이 같이 작성하는 가계부 수첩인줄 알고 통장을 들여다본 것이다.

"f면 프랑스 프랑이라는 거지? 이 돈 어디서 났어? 이게 다 뭐야?"

총액이 프랑스 프랑으로 찍혀 있었다. "선입금받은 돈이야. 독일 병원에서 준 거라고."

"하지만……." 시몬이 어쩔 줄 모르는 표정을 지었다. "이건 프랑이 잖아. 이렇게 큰돈이 왜 여기에 들어 있는 건데!" 시몬이 신경질적으로 헛웃음을 터뜨렸다.

조너선의 얼굴이 화끈 달아올랐다. "어떤 돈인지 내가 설명했잖아. 그래, 큰돈 맞아. 그래서 당신한테 곧바로 말할 수 없었어. 내가……."

시몬이 파란색 통장을 소파 앞 낮은 탁자에 놓인 그의 지갑 위에 살짝 올려놓았다. 그리고 필기대 앞에 있던 의자를 끌어와 삐딱하게 앉더니 한 손으로 의자 등받이를 움켜쥐었다. "여보……."

조르주가 갑자기 현관 복도에서 튀어나오자, 시몬이 단호히 일어나 아이의 어깨를 잡고 돌려세웠다. "지금 엄마 아빠 얘기하는 중이야. 잠깐 혼자서 놀아." 시몬이 돌아와서 목소리를 깔고 말했다. "여보, 난 당신 말 못 믿겠어."

아내의 목소리가 떨렸다. 큰 금액이라서 그런 것만은 아니었다. 물론 눈이 휘둥그레질 거액이긴 했지만, 시몬이 최근 들어 남편이 독일을 두 번이나 오가며 뭔가 숨기고 있다고 의심했기 때문이다. "내 말 믿어." 조너선은 입을 열자 기운이 샘솟았다. 그래서 자리에서 몸을 일으켰다. "미리 받은 돈이야. 병원에서는 그 돈은 내가 못 쓸 거랬어. 내겐 시간이 없겠지만, 당신은 쓸 수 있잖아."

시몬은 남편이 웃는데도 가만히 있었다. "당신 명의로 된 통장이 잖아. 당신이 무슨 짓을 하고 다니는지 솔직히 털어놓을 수 없는 거겠지." 시몬이 기다렸다. 그는 사실대로 말할까 잠시 고민하다가 마음을 접었다.

시몬이 거실에서 나갔다.

점심은 간단히 먹었다. 두 사람이 거의 말을 섞지 않자, 조르주가 당황하는 눈치였다. 조너선은 앞날이 훤히 보였다. 시몬은 두 번 다시 묻지 않고 남편이 진실을 말해 주기를, 말이든 해명이든 해 주기를 차분히 기다릴 것이다. 길고 긴 적막이 흘렀다. 더는 잠자리도 하지 않을 테고, 다정한 모습도, 웃음도 사라질 것이다. 그는 조금 더 그럴싸한 변명을 지어내야 했다. 독일 병원에서 하는 임상 시험 때문에 그가 죽을수 있다고 둘러댄다고 해도, 그 큰돈을 받는다는 게 말이 되나? 전혀 말이 되지 않았다. 조너선은 자신의 목숨 값이 두 명의 마피아 조직원의 목숨 값도 되지 않는다는 걸 깨달았다.

16

금요일 오전에는 30분 간격으로 싱그러운 비가 내렸다가 해가 나기를 반복했다. 톰은 이런 날씨가 정원에 있는 식물들에게 보약이 될 거라 생각했다. 엘로이즈가 포브르그생오노레가*에 있는 고급 의상실에서 드레스 세일을 한다며 차를 몰고 파리로 올라갔다. 파리까지 간 김에 에르메스에도 들러 스카프나 더 비싼 것들까지 사 들고 올 것이다. 톰은 하프시코드 앞에 앉아서 머릿속에서 연습한 대로 손가락으로 건반을 누르며 바흐의 골드베르크 변주곡 테마를 쳤다. 파리에서 하프시코드를 사던 날 악보도 몇 권 샀다. 완다 란도프스카**의 연주 앨범을 들었던 터라, 그는 변주곡을 어떻게 쳐야 하는지 알고 있었다. 서너 번 반복하자 점점 나아지는 것 같았다. 그때 전화벨이 울렸다.

"여보세요?"

"여보세요. 혹시 거기가 어딘가요?" 어떤 남자가 불어로 물었다.

평소보다 느린 속도로 불편한 기운이 밀려왔다. "누구를 찾으십니까?" 톰은 이번에도 정중히 물었다.

"앙케탱 씨 댁인가요?"

"아닙니다. 잘못 거셨습니다." 톰은 수화기를 내려놓았다.

남자의 억양은 완벽했다. 아니었나? 이탈리아 마피아가 프랑스 남자에게 대신 전화하라고 시켰을 수도 있고, 프랑스어를 완벽히 구사하는 마피아일 수도 있다. 톰은 자기가 과민하게 반응하는 건지 고민했다. 인상 쓴 얼굴을 하프시코드와 프렌치 도어가 있는 쪽으로 돌리며 두 손을 바지 뒷주머니에 찔러 넣었다. 제노티 패밀리가 리브스가 묵는 호텔을 알아내 그동안 리브스가 통화한 번호를 일일이 확인하는 중인가? 그런 거라면 방금 건 사람은 톰의 대답에 실망했을 것이다. 다들 '잘못 거셨어요. 여기는 누구누구 씨의 집입니다' 하고 대답했을 테니 말이다. 창을 통과한 햇볕이 스르륵 실내로 들어왔다. 붉은 커튼 사이로 액체가 쏟아지면서 바닥에 고이는 듯했다. 햇살이 아르페지오처럼 펼쳐지자, 쇼팽의 음악이 들리는 것 같았다. 암스테르담에 있는 리브스에게 전화해 대체 무슨 일이 벌어지는 거냐고 묻기가 겁이 났다. 톰이 매번 구별할 수 있는 건 아니지만, 조금 전 걸려 온 전화는 장거리 전화 같지 않았다. 파리에서 걸었을 수도 있고, 암스테르담이나 밀

* 파리 8구에 있는 거리
** 골드베르크 변주곡을 선구적으로 연주한 폴란드 태생의 미국 하프시코드 연주가

라노에서 걸었을지도 모른다. 톰은 집 번호를 전화번호부에 공개하지 않았다. 교환원을 통해서는 그의 이름이나 주소를 알아내진 못하겠지만, 424라는 교환국 번호를 굳이 찾아보면 어느 지역인지 알아내는 건 어렵지 않았다. 퐁텐블로 지역 번호가 424였다. 마피아가 톰 리플리가 사는 동네를 알아내는 게 불가능하진 않을 테니, 빌페르스라는 것까지는 파악했을 것이다. 고작 6개월 전에 있었던 더와트 실종 사건으로 톰의 사진이 신문에 실린 적이 있었다. 당연한 소리지만, 이번 일은 목숨을 건진 경호원에게 전적으로 달려 있었다. 그 경호원이 카포와 동료를 찾으려고 기차를 훑고 다녔으니, 식당 칸에 있었던 톰의 얼굴을 기억할지 모른다.

톰이 다시 골드베르크 변주곡 테마를 연주하는데, 전화벨이 또다시 울렸다. 아까 전화를 받고 10분은 지난 것 같았다. 이번에는 로버트 윌슨의 집이라고 말할 작정이었다. 미국 억양을 숨기는 건 불가능했기 때문이다.

"네." 톰이 심드렁하게 전화를 받았다.

"여보세요?"

"네, 말씀하세요." 톰은 조너선이라는 걸 눈치챘다.

"만나고 싶습니다. 시간이 된다면요."

"물론이죠, 만나야죠. 오늘?"

"오늘이요. 점심에는 시간이 없으니, 늦게 보면 어떨까요?"

"7시경 어때요?"

"6시 반도 괜찮습니다. 퐁텐플로로 와 줄 수 있어요?"

살라망드르 바에서 만나기로 했다. 톰은 조너선이 무슨 얘기를 할지 짐작할 수 있었다. 조너선이 받은 돈을 아내에게 제대로 설명할 수 없다는 얘기일 것이다. 조너선은 걱정은 해도 절망은 하지 않은 목소리였다.

오후 6시, 톰은 르노 자동차에 올랐다. 알파 로메오를 몰고 간 엘로이즈가 여태 돌아오지 않았기 때문이다. 엘로이즈는 전화해서 노엘하고 칵테일도 마시고 저녁까지 먹고 가겠다고 하더니, 에르메스에서 세일하는 근사한 여행 가방도 샀다고 했다. 엘로이즈는 세일할 때 사면 돈을 많이 아낄 수 있으니 그게 돈을 버는 거라고 굳게 믿는 사람이었다.

조너선이 살라망드르 바에 먼저 와 있었다. 카운터 앞에 서서 검은 맥주를 마시고 있었다. 휘트브레드 에일 같았다. 그날 저녁따라 유난히 북적이고 시끄러워서 카운터에서 얘기해도 괜찮을 것 같았다. 톰은 고개를 살짝 숙이고 웃으며 인사한 후, 같은 것으로 시켰다.

조너선이 그간 있었던 일을 털어놓았다. 시몬에게 스위스 은행 통장을 들켰는데, 독일 병원에서 선입금받은 돈이라고 둘러댔다는 것이다. 그의 생명을 담보로 약물 임상 시험을 하는 대가로 받은 돈이니 목숨 값이라고 했다는 것이다.

"그런데 시몬이 안 믿더라고요. 내가 독일에 가서 누군가를 사칭해 사기꾼들 대신 유산을 가로챈 후 받은 몫이라고 의심해요. 아니면 위증하고 받은 돈이거나." 조너선이 헛웃음을 지었다. 사실 고래고래 소리를 질러야 알아들을 수 있었지만, 주변에서 아무도 듣지 않을 테고, 들어도 무슨 소린지 분명 모를 것이다. 세 명의 바텐더가 카운터 뒤에서 정신없이 일하고 있었다. 페르노와 레드 와인을 따르고, 맥주 통꼭지를 틀어 생맥주를 잔에 받고 있었다.

"이해합니다." 톰은 근처에서 시끄럽게 말다툼하는 모습을 쳐다보면서도, 그날 오전에 받은 전화가 계속 신경이 쓰였다. 오후에는 전화가 오지 않았다. 톰은 오후 6시에 차를 몰고 나오면서 혹시 길거리에 수상한 인물은 없는지 벨옹브르와 빌페르스 주변을 눈여겨보기도 했다. 신기하게도 그는 저 멀리서 실루엣만 봐도 동네의 누군지 죄다 맞출 수 있었다. 그러니 낯선 이였다면 한눈에 알아봤을 것이다. 르노 자동차에 시동을 걸 때도 살짝 두려웠다. 시동을 거는 순간 다이너마이트가 폭발하는 장치를 해 두는 게 마피아의 주특기 아니던가. "생각을 좀 해 봅시다!" 톰이 진지하게 외쳤다.

조너선은 고개를 끄덕이더니 맥주를 단숨에 들이켰다. "내가 살인도 저질렀을 거라는 것까지 거의 다 맞추니 어이가 없더라고요!"

톰은 소음 속에서도 발걸이에 한쪽 발을 올린 채 집중하려 했다. 조너선이 입고 있는 낡은 코듀로이 재킷 주머니로 시선이 쏠렸다. 누군가 멀끔히 수선해 놓았는데, 딱 봐도 시몬의 솜씨였다. 톰은 갑자기 자포자기하는 심정으로 말을 꺼냈다. "부인께 진실을 털어놓으면 안 됩니까? 결국 찰거머리 같은 마피아 놈들이……."

조너선이 고개를 저었다. "나도 그 생각을 안 한 건 아닙니다. 시몬이 가톨릭 신자라……." 그가 꼬박꼬박 약을 복용해야 한다는 것만으로도 시몬으로서는 일종의 양보나 다름없다며, 조너선은 시몬이 가톨릭 신자로서 내키진 않아도 한 걸음 물러선 것으로 받아들였다. 부부가 이리저리 양보는 할지언정 완패당한 듯이는 보이고 싶지 않다는 것

158

이다. 조녀선은 조르주가 프랑스라는 이 나라에서 어쩔 수 없이 가톨릭으로 길러지고 있지만, 아들에게 가톨릭이 이 세상에 존재하는 유일한 종교가 아님을 보여 줘서 조르주가 조금 더 성장한 후 자신의 종교를 스스로 선택할 수 있다는 걸 가르쳐 주고 싶다고 했다. 하지만 조녀선의 노력은 지금껏 시몬의 반대에 부딪혀 왔다. "시몬에겐 굉장히 힘든 일일 겁니다." 조녀선은 목청을 높였다. 이제는 소리치는 게 익숙해졌는지, 보호막이 된 소음이 싫지 않아 보였다. "그 사실을 알면 크게 충격받을 거예요. 그건 아내가 용서할 수 없는 일일 겁니다. 사람 목숨에 관한 일이니까요."

"사람 목숨이라! 하하!"

"문제는." 조녀선이 다시 심각하게 말했다. "지금 결혼 생활 자체가 흔들린다는 거예요. 부부 사이마저 위태로워졌다고요." 조녀선은 무슨 말인지 알아들으려고 애쓰고 있는 톰을 쳐다보았다. "진지한 얘기를 하기엔 장소가 거지 같네요!" 조녀선이 작정했다는 듯이 다시 얘기를 이어 갔다. "간단히 말하자면, 우리 사이가 예전 같지 않다는 거죠. 회복될 것 같지가 않아요. 그러니 제발 좋은 생각이 있으면 알려 줘요. 내가 어떻게 행동해야 하는지, 무슨 말을 해야 하는지, 왜 이런 걸 당신더러 알려 달라고 하는지 나도 모르겠어요. 이건 내 문제인데 말이죠."

톰은 조금 더 조용한 장소로 옮기거나 차에서 얘기하자고 할까 고민했다. 하지만 더 조용한 데로 옮기면 더 괜찮은 생각이 떠오르나? "생각해 볼게요!" 톰이 고함쳤다. 왜 다들—심지어 조녀선까지—좋은 아이디어가 없냐고 그에게 묻는 걸까? 톰은 종종 자기 앞가림할 시간을 내기에도 벅차다는 생각이 들었다. 그 역시 잘 살려면 생각이란 걸 해야 했다. 샤워하다가, 정원을 가꾸다가 별안간 괜찮은 영감이 떠오르곤 했다. 스스로 애태우고 고민해야 신이 선물을 주시는 것 같았다. 어떻게 남의 문제까지 떠맡아 번번이 최고의 해결책을 내놓는 정신머리를 유지한단 말인가. 그럼에도 톰은 자신의 안녕이 결국 조녀선의 안녕과 한 몸이라는 사실을 곱씹었다. 조녀선이 무너지는 날이면…….톰이 그 기차에 타서 도왔다고 조녀선이 자백하는 모습은 차마 상상할 수 없었다. 그런 말을 할 상황은 없어야만 했다. 조녀선이 도의상 그럴리는 없겠지만. 별안간 9만 2천 달러가 어디서 났느냐, 그게 문제였다. 바로 그걸 시몬이 조녀선에게 묻고 있었다.

"이유를 하나 더 덧붙이면 될 것 같기도 한데." 톰이 마침내 입을 열었다.

"그게 무슨 소리죠?"

"의사가 준 돈이라는 설명에다가 하나를 더 얹는 거죠. 내기라고 하면 어떨까요? 독일 의사들끼리 내기했다고 하는 겁니다. 두 명의 의사가 당신에게 돈을 맡겼다고요. 신탁하듯이 돈을 맡긴 거죠. 다시 말해, 당신한테 그 돈을 신탁했다고 하자고요. 대충 5만 달러라고 하면, 절반은 설명할 수 있겠네요. 지금 프랑으로 환산해 보는 중인가요? 대충 계산해도 25만 프랑은 넘어요."

조너선이 씩 웃었다. 놀랍지만 터무니없는 아이디어는 아니었다. "한 잔 더?"

"좋죠." 톰은 대답한 다음 골루아즈 담배에 불을 붙였다. "시몬한테는 이렇게 말해요. 내기가 바보 같다는 둥, 무모하다는 둥 아무튼 그래 보여서 말하고 싶지 않았다고요. 게다가 당신 목숨을 걸고 내기하는 거잖아요. 이를테면, 한쪽 의사는 당신이 명을 다 할 때까지 산다는 데에 내기를 걸었는데, 그럴 경우 시몬과 당신 몫으로 20만 프랑을 넘게 받는다고 말해요. 아무튼 난 당신이 이미 이 상황을 즐기고 있기를 바랍니다!"

탁! 탁! 정신없이 바쁜 바텐더가 톰 앞에 새 잔과 병맥주를 내려놓았다. 조너선은 벌써 두 병째였다.

"꼭 필요했던 소파를 샀어요. 텔레비전도 사려고요. 대책 없는 것보다야 당신이 말해 준 아이디어라도 있는 게 낫네요. 고마워요."

다부진 체격을 가진 60대 남자가 조너선에게 인사하며 잠시 악수하더니 톰에게는 시선조차 주지 않고 안으로 쑥 들어가 버렸다. 톰은 나팔바지를 입고 테이블 옆에 선 남자 셋이 금발 여성 두 명에게 작업하는 모습을 구경했다. 땅딸막하고 다리가 가는 노견이 톰을 애처롭게 바라보며 주인이 프티 루주 와인을 다 마실 때까지 목줄을 맨 채 기다리고 있었다.

"최근에 리브스가 연락했습니까?" 톰이 물었다.

"최근이라…… 한 달도 더 됐을걸요."

조너선은 리브스의 아파트에 폭탄이 터진 걸 모르고 있었다. 조너선의 사기만 떨어뜨릴 테니, 톰이 굳이 말할 이유가 없었다.

"당신한테는 연락이 왔었나요? 잘 지낸답니까?"

톰은 무심히 말했다. "나도 잘 몰라요." 리브스가 편지나 전화를 자주 하는 사람이 아니라는 투로 말했다. 톰은 누가 쳐다보는 것 같아서 갑자기 마음이 불편해졌다. "이제 나갈까요?" 톰이 바텐더에게 손짓하며 10프랑 지폐 두 장을 꺼내자, 조너선도 돈을 꺼냈다. "밖으로 나가서 오른쪽으로 가면 내 차가 있어요."

밖에서 조너선이 어색하게 말을 꺼냈다. "당신은 괜찮습니까? 걱정되는 게 하나도 없나요?"

이제 둘이서 톰의 차까지 왔다. "난 사서 걱정하는 타입이에요. 전혀 안 그래 보이죠? 나란 사람은, 일이 벌어지기도 전에 최악의 상황부터 가정하죠. 긍정적인 성격과는 아주 거리가 멉니다." 톰이 씩 웃었다. "집으로 갈 거죠? 가다가 내려 드리죠."

조너선이 차에 탔다.

톰도 차에 탔다. 문을 닫자마자 방에 단둘이 있는 듯한 은밀한 분위기가 조성되었다. 벨옹브르가 언제까지 무사할 수 있을까? 어디에서 출몰할지 모를 마피아가 떠오르자 톰은 기분만 상했다. 아무 데서나 기어 나와 어디로든 쏜살같이 내빼는 바퀴벌레 같은 마피아. 그가 엘로이즈와 아네트 여사를 먼저 내보내거나 같이 나가서 집을 비우기라도 하면, 마피아가 벨옹브르에 불을 지를지도 모른다. 하프시코드가 불에 타거나, 폭탄이 터져서 산산조각이 나는 모습이 떠올랐다. 주로 여자들에게 보이는 집과 가정에 대한 애착을 그 역시 갖고 있음을 인정할 수밖에 없었다.

"내가 당신보다 더 위험해요. 그 경호원이, 두 번째 경호원이 내 얼굴을 알아본다면 말이죠. 신문에 내 사진이 몇 번 실렸었는데, 그게 문제예요."

조너선도 알고 있었다. "오늘 보자고 해서 미안합니다. 아내 때문에 걱정이 이만저만이 아니라 겁이 났거든요. 우리 부부가 잘 지내는 게, 내 인생 최고의 목표라서요. 아내를 속이려 한 게 이번이 처음입니다. 속이지 못해서 제정신이 아니었는데, 많이 도움이 됐습니다. 고마워요."

"뭐, 이번에도 좋았습니다." 톰이 유쾌하게 말했다. 오늘 저녁에 만나서 좋았다는 뜻이었다. "그러고 보니." 톰이 글러브 박스를 열고 이탈리아제 권총을 꺼냈다. "당신이 이걸 가까이 두는 게 나을 것 같아요. 가게에 두든가 해요."

"진심입니까? 솔직히 말하자면, 총격전이 벌어지는 날이면, 끝장날 거 같아서 겁이 나긴 했거든요."

"빈손보다야 낫겠죠. 수상한 자가 가게에 얼쩡거리면…… 카운터 뒤에 서랍 있죠?"

오싹함이 조너선의 등골을 타고 올랐다. 그 역시 며칠 전 같은 꿈을 꾸었기 때문이다. 총을 든 마피아가 가게로 들이닥쳐 그의 얼굴에 대고 총을 쏘는 꿈. "근데 왜 총을 가까이 두라는 거죠? 분명 무슨 이유가 있는 것 같은데요."

톰이 조너선에게 말 못 할 이유가 없었다. 말을 해 줘야 조너선이 더더욱 몸조심할 것 같았다. 사실 몸조심한다고 해도, 별반 도움이 되지 않으리라는 걸 알면서도 말이다. 차라리 조너선이 아내와 아이를 데리고 잠시 여행이라도 다녀오는 편이 훨씬 안전할 것이다. "이유가 있긴 있어요. 오늘 받은 전화 때문에 신경이 쓰여서요. 프랑스 사람 같던데 별말은 안 했지만, 어떤 남자가 프랑스 이름을 대며 사람을 찾더라고요. 정말로 별일 아니겠지만, 글쎄요. 내가 입을 열면 미국인이라는 게 티가 나잖아요. 전화한 사람이 그걸 확인하려 한 것 같아요." 톰이 말을 끊었다. "그간 무슨 일이 있었냐면, 리브스의 함부르크 집에 폭탄이 떨어졌습니다. 4월 중순쯤요."

"리브스의 아파트에요? 세상에나! 리브스가 다쳤나요?"

"마침 집에 아무도 없었어요. 리브스가 다급히 암스테르담으로 피신했고 여태 거기에 있는 거로 알아요. 가명을 쓰면서요."

조너선은 리브스의 아파트에서 놈들이 이름과 주소가 적힌 명단을 찾다가 그와 톰 리플리의 주소와 이름을 발견하는 모습을 상상했다. "그럼 녀석들이 어디까지 알고 있을까요?"

"리브스 말로는 자기가 중요한 서류는 다 챙겼다고 했는데, 프리츠가 마피아한테 붙들렸대요. 알죠, 누군지? 그래서 프리츠가 폭행당하면서도 영웅답게 버텼대요. 마피아에게 당신 생김새를 정반대로 설명했대요. 리브스나 다른 누군가의 사주를 받았을지도 모를 당신을요." 톰이 한숨을 쉬었다. "보아하니 마피아에서는 리브스는 물론이거니와 카지노 클럽을 운영하는 사람들을 의심하는 것 같아요. 내가 아는 건 여기까집니다." 톰은 조너선의 휘둥그레진 눈을 바라보았다. 조너선은 충격을 받긴 했어도 그렇게 많이 놀란 것 같지는 않았다.

"제기랄!" 조너선이 낮게 읊조렸다. "마피아가 내 주소를, 아니 우리 주소를 알아냈을까요?"

"아닐걸요." 톰이 웃으며 말했다. "그랬다면 벌써 여기로 내려왔겠죠." 톰은 집에 가려고 시동을 걸고 차를 몰아 복잡한 그랑드가로 들어섰다.

"그렇다면, 전화를 건 남자가 마피아일 수도 있다는 건데, 당신 집 전화번호는 어떻게 알았을까요?"

"이제부터는 추리의 영역입니다." 톰이 마침내 탁 트인 도로를 달리며 미소를 잃지 않았다. 사실, 위험한 일이었다. 이번에는 그 일로 톰은 한 푼도 벌지 못했는데, 갖고 있는 재산마저 지키지 못할지도 모른다. 들통날 뻔했던 더와트 사건 때도 그랬었다. "리브스가 생각 없이 암스테르담에서 우리 집으로 전화했어요. 마피아 조직원이 리브스를 찾으려고 암스테르담까지 쫓아갈지도 모릅니다. 리브스가 가정부한테 암스테르담으로 짐을 부치라고 했으니까요. 굉장히 어리석고 너무 성급한 행동이었죠." 톰은 삽입어를 덧붙이듯 말했다. "그래서 말인데요……. 리브스가 암스테르담 호텔에서 나왔다고 해도, 마피아 애들이 리브스가 통화한 목록을 확인하지 않았는지 궁금해요. 우리 집 번호가 찍혀 있을 명단을요. 아무튼, 리브스가 암스테르담에서는 연락 안 한 거 맞죠?"

"함부르크에서 전화한 게 마지막이었어요. 확실해요." 조너선은 리브스의 들뜬 목소리가 기억났다. 돈 얘기를 하면서 스위스 은행에 전액을 입금했다고 했다. 조너선은 총 때문에 불거진 주머니가 신경 쓰였다. "미안합니다만, 가게에 가서 총부터 두고 가야겠어요. 근처 아무 데나 세워 줘요."

톰이 인도에 차를 댔다. "너무 긴장하진 말아요. 심히 걱정되는 일이 생기면 언제든 전화해요. 진심입니다."

조너선이 어색한 미소를 지었다. 두려웠기 때문이다. "나도 내가 도움이 되었으면 좋겠네요. 진심으로요."

톰이 차를 몰고 떠났다.

조너선은 가게로 걸어갔다. 한 손은 주머니에 넣고 총을 받치고 있었다. 묵직한 카운터 아래 현금을 넣어 두는 서랍에 총을 집어넣었다. 톰의 말이 맞았다. 빈손보다야 총이 있는 게 나았다. 조너선에겐 장점이 하나 더 있었다. 자기 목숨에 별로 연연하지 않는다는 점이었다. 톰 리플리가 총에 맞아 한창나이에 목숨을 잃을까 봐 걱정하는 것과는 달랐다. 말 그대로 조너선에겐 아무 의미 없었다.

만약 누군가 그를 쏘려고 가게로 들어왔는데, 조너선이 운 좋게 먼저 방아쇠를 당긴다면 게임은 끝난다. 게임이 끝났다고 톰 리플리에게 굳이 말할 필요도 없을 것이다. 총성이 울리면 사람들과 경찰이 모여들 테니 말이다. 경찰이 죽은 남자의 신원을 확인하면서 조너선도 조사할 것이다. '대체 왜 마피아가 조너선 트레바니를 쏘려고 했을까?'

163

그렇게 되면 그가 기차를 탔었다는 게 탄로 날 것이다. 경찰이 지난 몇 주간 그의 행적을 물으며 여권을 보자고 하기라도 하면 끝장이다.

조너선은 가게 문을 걸고 생메리가로 향했다. 폭탄 맞은 리브스의 아파트를 상상했다. 그 많던 책이며 음반이며 그림까지 다 날아갔겠지. 살바토레 비앙카라는 똘마니가 누군지 알려 주었던 프리츠가 생각났다. 프리츠는 두들겨 맞으면서도 그를 배신하지 않았다.

7시 반이 거의 다 되어 집에 들어가니 시몬이 주방에 있었다. "나 왔어." 조너선이 웃으며 인사했다.

"응, 왔어." 시몬이 대답하더니 오븐을 끄고 허리를 펴고 앞치마를 끌렀다. "오늘 밤에 리플리하고 뭐 하다 왔어?"

조너선의 얼굴이 살짝 화끈거렸다. 시몬이 어디서 봤을까? 차에서 내리는 걸 봤나? "액자 맞추러 와서 얘기 좀 했어. 맥주도 한잔했지. 문 닫을 시간이 다 돼서."

"그래?" 시몬이 미동도 없이 조너선을 바라보았다. "그랬구나."

조너선은 복도에서 재킷을 걸었다. 조르주가 2층에서 내려와 인사하더니 호버크라프트 얘기를 종알거렸다. 그가 사다 준 모델을 조립하고 있었는데, 아이가 하기에는 조금 복잡했다. 조너선이 조르주를 안아 어깨에 들쳐 업었다. "저녁 먹고 아빠랑 같이 해 보자. 알았지?"

집안 분위기는 여전했다. 맛있는 채소 퓌레 수프를 먹었다. 조너선이 얼마 전에 6백 프랑을 주고 산 믹서기로 만든 요리였다. 과즙은 물론 닭 뼈까지 가루로 내 주는 믹서기였다. 조너선이 딴 얘기를 꺼내도 소용없었다. 시몬은 무슨 주제든 이내 끝내 버렸다. 톰 리플리가 액자를 몇 개 맞춘다고 했다고 하면 말이 영 안 되진 않았다. 실제로도 리플리가 그림을 그린다고 했기 때문이다. 조너선이 말을 꺼냈다.

"리플리가 액자를 몇 개 맞추겠다고 해서 그 집에 가서 그림을 봐야 할지도 몰라."

"그래?" 시몬은 그에게는 여전히 냉랭하게 말했지만, 조르주에게는 재미나게 얘기해 주었다.

조너선은 시몬의 태도가 거슬렸다. 그러면서도 아내를 못마땅해 하는 자신이 미웠다. 그는 본격적으로 설명해 줄 작정이었다. 스위스 은행에 들어 있는 그 큰돈이 판돈이라고 해명할 생각이었다. 하지만 오늘 밤에는 도저히 말을 꺼낼 수가 없었다.

17

조녀선을 내려 준 다음 톰은 바 카페로 들어갔다. 집으로 전화하고 싶은 마음이 굴뚝같았다. 아무 일도 없는지, 엘로이즈는 들어왔는지 궁금했다. 엘로이즈가 전화를 받자 마음이 놓였다.

"응, 여보. 방금 왔어. 당신은 어디야? 아니, 노엘하고 딱 한 잔 했어."

"자기야, 우리 오늘 밤은 신나게 보내자. 그레 부부나 베르틀랭 부부가 시간이 되는지 알아봐. 저녁 먹자고 부르기엔 좀 늦었나? 그럼 저녁 먹고 오라고 해. 클레그 부부는 어때? 그래. 사람들을 부르고 싶어." 톰은 15분이면 집에 도착할 거라고 했다.

톰은 속도를 내면서도 얌전히 운전했다. 오늘 밤 왠지 모르게 몸이 떨리는 것 같았다. 그가 외출한 후에 아네트 여사가 그 전화를 받았는지도 궁금했다.

아직 땅거미가 다 지지도 않았는데, 벨옹브르 현관에 불이 켜져 있었다. 엘로이즈 아니면 아네트 여사가 켜 놓았을 것이다. 톰이 집으로 들어가기 직전에, 대형 시트로엥 승용차가 집 앞을 천천히 지나갔다. 남색 승용차가 울퉁불퉁한 길을 서서히 지나가는데, 75로 끝나는 번호판을 달고 있었다. 파리에 등록된 차량이라는 뜻이다. 차에는 최소 두 명은 타고 있었다. 미리 벨옹브르를 살피러 온 걸까? 톰이 과민 반응을 보이는 걸지도 모른다.

"왔어? 클레그 부부는 술 한잔하러 온다고 했고, 그레 부부는 저녁 먹으러 오겠대. 앙투안이 오늘은 파리로 올라가지 않았대. 이제 됐지?" 엘로이즈가 그의 뺨에 입을 맞추었다. "어디 갔다 왔어? 짜잔! 새로 산 여행 가방이야. 아주 큼직한 건 아니지만……."

빨간 캔버스 띠를 두른 자주색 여행 가방이 보였다. 잠금장치는 황동 같았다. 자주색 가죽이라 아동용 같아 보였는데, 실제로도 아동용이었다. "아동용 맞아. 그래도 너무 예쁘잖아." 정말 예뻤다. 하프시코드처럼, 2층 그의 침실에 놓인 함선에서 쓰던 서랍장처럼 말이다.

"그리고 안을 보면……." 엘로이즈가 가방을 열면서 영어로 설명했다. "정말 튼튼해." 톰이 몸을 숙여 아내의 머리칼에 입을 맞추었다. "여보, 정말 예뻐. 이 여행 가방을 산 걸 기념하자. 하프시코드도 산 것도 같이 기념하고. 클레그 부부하고 그레 부부가 하프시코드는 아직 못 봤지? 못 봤구나……. 노엘은 봤나?"

"톰, 당신 무슨 근심이 있어 보여." 엘로이즈는 혹시라도 아네트 여사가 들을까 봐 목소리를 낮추었다.

"그런 거 아냐. 그냥 사람을 좀 부르고 싶어서 그래. 오늘 온종일 너무 심심했나 봐. 아네트 여사님, 오늘 밤에 손님이 와서 식사할 겁니다. 두 명이 더 올 건데, 괜찮죠?"

아네트 여사가 카트를 막 밀고 거실로 나왔다. "그럼요. 포틀럭 파티를 여시겠지만, 제가 노르망디식으로 스튜를 끓이면 어떨까요? 혹시 어떤 음식인지 기억하세요?"

톰은 아네트 여사가 읊는 재료가 귀에 들어오지 않았다. 쇠고기며 송아지 고기에 콩팥까지 넣고 끓이는데, 아까 저녁때 정육점에 잠깐 다녀와서 다행이라고 했다. 그런데 사실은 포틀럭 파티를 하는 게 아니었다. 그런데도 톰은 여사의 말이 다 끝날 때까지 기다렸다가 물었다. "그건 그렇고, 혹시 내가 나가고 6시 이후에 전화 온 거 있었나요?"

"아뇨." 아네트 여사가 작은 샴페인 코르크를 능숙하게 땄다.

"한 통도 없었다고요? 잘못 건 전화도 없었나요?"

"없었어요." 아네트 여사가 엘로이즈의 큼직한 잔에 샴페인을 따라 주었다.

엘로이즈가 톰을 주시했다. 톰은 주방으로 따라 들어가 아네트 여사하고 얘기하느니 계속 물어보기로 했다. 아니, 톰이 주방에 따라 들어가서 물어보는 게 나으려나? 그러는 편이 훨씬 쉬워 보였다. 아네트 여사가 주방으로 들어가자, 톰이 엘로이즈에게 말했다. "맥주 좀 가져올게." 아네트 여사는 톰이 마실 술은 톰이 알아서 하게 내버려 두었다. 톰이 그러는 걸 더 좋아했기 때문이다.

아네트 여사가 주방에서 저녁을 한참 준비하고 있었다. 채소를 씻어서 다듬어 두었고, 난로 위에는 이미 요리가 끓고 있었다. "여사님, 정말 중요한 일이라서요. 오늘, 전화가 한 통도 안 온 거 확실해요? 잘못 걸려 온 전화도 없었나요?"

놀랍게도 이 말이 여사의 기억을 건드렸다. "아, 맞다. 6시 반쯤에 전화가 왔었어요. 어떤 남자가 사람을 찾았어요. 누굴 바꿔 달라고 했더라. 이름은 기억이 안 나는데, 그 남자가 그냥 끊더라고요. 잘못 걸었나 봐요."

"그래서 뭐라고 했습니까?"

"지금 찾으시는 분 댁이 아니라고 했어요."

"혹시 리플리 씨 댁이라고 했어요?"

"아뇨. 그냥 잘못 걸었다고만 했어요. 그래야 맞다고 생각했거

166

든요."

톰은 여사를 쳐다보았다. 그래야 맞는 일이었다. 톰은 아네트 여사에게 무슨 일이 있어도 자기 이름을 밝히지 말라고 당부하지 않고 6시에 외출했던 걸 후회하고 있었다. 그런데 여사가 알아서 잘 처리하다니. "정말 잘하셨어요. 그게 맞는 거죠." 톰은 감탄하며 말했다. "그래서 내가 집 번호를 전화번호부에 공개하지 않은 겁니다. 사생활 보호를 위해서요. 안 그렇습니까?"

"잘하셨어요." 세상에서 가장 마땅한 일이라는 듯이 아네트 여사가 맞장구쳤다.

톰은 맥주는 까맣게 잊어버리고, 거실로 나와 스카치를 따랐다. 그래도 마음이 턱 놓이진 않았다. 마피아가 그를 찾고 있다면 두 배로 의심할 것이다. 한집에서 두 번이나 집주인 이름을 밝히지 않았기 때문이다. 밀라노나 암스테르담, 아니면 함부르크에서도 마피아가 확인하고 다니나? 톰은 궁금했다. 톰 리플리가 빌페르스에 살지 않던가? 424면 빌페르스 번호일 텐데. 그랬다. 퐁텐블로는 422로 시작했다. 424는 빌페르스가 있는 남쪽이었다.

"무슨 걱정 있어, 여보?"

"걱정은 무슨. 크루즈 여행 간다는 건 어떻게 됐어? 괜찮은 여행 상품은 찾았어?"

"응! 번거롭고 호사스러운 거 말고, 괜찮은데 깔끔한 상품이 있더라. 베네치아에서 출발해 지중해를 한 바퀴 돌고 터키까지 갔다가 오는 보름짜리 크루즈야. 저녁 먹겠다고 옷을 빼입지 않아도 돼. 어때, 여보? 5월과 6월에 3주마다 출발한대."

"지금 난 별로 생각이 없는데. 노엘한테 같이 가자고 해 봐. 그게 당신한테 좋을 거야."

톰은 2층 침실로 올라가 서랍장 맨 아래 칸 서랍을 열었다. 맨 위에 엘로이즈에게 주려고 잘츠부르크에서 사 온 녹색 가죽 재킷이 있었다. 서랍 안쪽에는 루거 권총이 한 자루 들어 있었다. 석 달 전 리브스에게 부탁해서 받은 총이었다. 이상하게도, 톰은 이 총을 리브스에게 직접 받지 않고 파리에서 어떤 남자를 통해서 받았다. 톰은 그 남자가 전달하는 물건을 받아서 한 달간 보관했다가 우편으로 부친 적이 있었다. 수고해 준 대가로 그는 리브스에게 루거를 구해 달라고 부탁했고, 그래서 받은 7.65밀리미터 구경 권총이었다. 작은 탄약통 두 개도 같이 받아 왔다. 톰은 장전 상태를 확인한 다음 옷장으로 가서 갖고 있던 프

167

랑스제 사냥총을 살폈다. 사냥총에도 안전장치가 걸린 채 장전되어 있었다. 유사시에는 루거를 쓸 것이다. 오늘 밤이든, 내일 낮이든, 내일 밤이든. 톰은 침실에 각각 다른 방향으로 난 두 개의 창문으로 바깥을 내다보았다. 미등만 켠 채 오가는 차가 있는지 살펴봤지만, 한 대도 보이지 않았다. 밖은 이미 어두웠다.

좌측에서 차가 한 대 나오더니 과감히 그의 집으로 다가왔다. 그를 해칠 리 없는 다정한 클레그 부부였다. 부부가 탄 차가 벨옹브르의 철문을 통과해 안으로 쑥 들어왔다. 톰은 아래층으로 내려가 두 사람을 맞이했다.

하워드 클레그는 50대 영국인이었고, 아내 로즈메리 클레그 역시 영국인이었다. 부부가 술을 마시려고 기다리는 사이, 그레 부부도 도착했다. 하워드 클레그는 변호사로 일하다가 심장병 때문에 은퇴했지만, 그 누구보다 활기 넘쳤다. 깔끔하게 다듬은 흰머리에 트위드 재킷과 회색 플란넬 바지로 멋을 낸 모습에서 파리 근교 생활을 누리는 안정감이 우러났다. 그런 안정감이 톰에게도 필요했다. 하워드는 커튼이 쳐진 창을 등지고 서서 손에 스카치 잔을 들고 우스운 얘기를 하고 있었다. 오늘 밤에 무슨 일이 생겨서 교외에서 누리는 즐거움이 박살 나는 건 아니겠지? 톰은 자기 방에도 불을 켜 두고, 엘로이즈의 침대 옆 램프도 켜 두었다. 차 두 대가 자갈길 위에 대충 주차돼 있었다. 톰은 집에서 한창 파티가 열리는 것처럼 보이고 싶었다. 실제보다 훨씬 성대한 파티가 열리는 것처럼 말이다. 그렇다 한들 마피아가 폭탄을 투척하기로 했다면 막지 못하리라는 걸 알고 있었다. 톰이 주변 사람들을 위험으로 내모는 걸지도 모른다. 마피아라면 쥐도 새도 모르게 톰을 죽이는 쪽을 택할 것 같았다. 톰이 혼자 있을 때 덮쳐서 그를 제거하는 것이다. 총을 쏘지 않고 주먹만 써서 치명타를 입힐 것이다. 마피아라면 빌페르스 길거리에서 톰을 해치운 다음, 동네에 소문이 쫙 퍼지기도 전에 달아날 것이다.

중년임에도 군살 하나 없이 아름다운 모습을 유지하는 로즈메리 클레그는 부부가 영국에서 얼마 전에 가져온 화분을 엘로이즈에게 주겠다고 했다.

"이번 여름에 불 지를 겁니까?" 앙투안 그레가 물었다.

"그건 내 취향이 아니라서요." 톰이 웃으며 말했다. "밖에 나가서 지금 짓고 있는 온실이나 구경하시죠."

톰과 앙투안이 프렌치 도어를 통해 계단으로 내려가 정원으로 나갔다. 톰이 손전등을 들고 있었다. 바닥은 시멘트로 굳히고 철제 프레임을 한쪽에 잔뜩 쌓아 놓았으니, 잔디에 좋지 않았다. 일꾼들이 일주일이나 작업을 중단했다. 어떤 동네 사람이 톰에게 경고한 적이 있었다. "일꾼들이 올여름에 일감을 너무 많이 받아 놓고 이 집 저 집 깨작거리며 집주인들 비위나 맞추고 다니는 바람에, 다들 난감해하고 있다고요."

"착착 진행되고 있네요." 앙투안이 드디어 입을 열었다.

톰은 앙투안에게 최적의 온실을 설계해 달라며 돈을 내고 부탁했었다. 앙투안이 도매가로 자재를 구할 수 있도록 알선해 준 덕분에, 톰은 석공보다 훨씬 저렴하게 자재를 구할 수 있었다. 톰은 앙투안 뒤로 보이는 숲길로 눈길이 저절로 갔다. 불빛이 아예 없는 곳이어야 했고, 지금 자동차 라이트는 보이지도 않았다.

11시경에 저녁을 먹고 집에 모인 세 쌍 중 네 명만 커피와 베네딕틴 증류주를 마시고 있을 때였다. 톰은 내일은 엘로이즈와 아네트 여사를 집에서 내보내야겠다고 결심했다. 엘로이즈를 내보내는 편이 더 쉬워 보였다. 노엘의 집에 가서 며칠 있다가 오라고 하면 된다. 노엘과 남편은 뇌이쉬르센에 있는 대형 아파트에 살았다. 아니면 친정에 가 있으라고 하든가. 아네트 여사는 리옹에 사는 여동생이 있는데, 다행히 그 집에 전화기가 있으니 당장이라도 연락할 수 있었다. 뭐라고 둘러댈까? 연기는 안 하고 싶었다. 이를테면, '며칠 혼자 있고 싶어' 같은 거짓말은 생각만 해도 짜증이 났다. 그렇다고 집에 있으면 위험하니 집을 비워야 한다고 하면 엘로이즈와 아네트 여사가 놀라서 경찰에 신고하려 할 것이다.

그날 밤 잠자리에 들 무렵, 톰이 엘로이즈의 방으로 갔다. "여보." 톰이 영어로 말했다. "불길한 일이 생길 것 같아서 그런데 당신이 집을 비웠으면 좋겠어. 당신의 안전이 걸린 문제야. 아네트 여사님한테도 며칠 휴가 갔다 오라고 내일 말하려고. 그래서 말인데 여사님이 여동생 집에 가 있도록 당신이 설득해 줘."

엘로이즈가 하늘색 베개에 기댄 채 살짝 얼굴을 찌푸리더니 먹고 있던 요구르트를 내려놓았다. "무슨 불길한 일이 벌어진다는 거야? 말해 봐."

"아무것도 아냐." 톰이 고개를 젓더니 헛웃음을 지었다. "그냥 걱정돼서 그래. 아무 일도 아니지만, 신중해서 나쁠 거 없잖아. 안 그래?"

"긴말 안 할래, 톰. 무슨 일이야? 리브스한테 무슨 일 있지?"

169

"그런 셈이지." 마피아라고 털어놓는 것보다야 나았다.

"어디에 있어?"

"암스테르담에 있을 거야."

"그 사람 독일에 살지 않아?"

"맞아. 그런데 지금 암스테르담에 일이 있대."

"또 누가 얽혀 있어? 당신이 걱정은 왜 해? 무슨 짓 했어?"

"아무 짓도 안 했어, 여보!" 비슷한 상황에서 그가 평소에 하던 대답이었다. 심지어 부끄럽지도 않았다.

"당신이 리브스를 보호하려고 그러는 거야?"

"그 사람이 나한테 해 준 게 있긴 해도, 지금 난 당신을 지키고 싶어. 리브스가 아니라, 우리와 이 벨옹브르를 지키고 싶다고. 그러니 내가 하자는 대로 해, 여보."

"벨옹브르를 지킨다니?"

톰은 슬쩍 웃으며 차분하게 말했다. "벨옹브르가 난장판이 되는 건 싫어. 유리 한 장 깨지는 것도 싫다고. 내 말을 믿어. 폭력이 난무하는 위험한 상황을 피하고 싶어서 그래."

엘로이즈가 눈을 깜빡이더니 약간 언짢다는 듯이 말했다. "알았어, 톰."

톰은 그가 경찰에 기소당하거나 마피아 시체를 설명하지 않는 한, 엘로이즈가 더는 캐묻지 않으리라는 걸 알았다. 몇 분 후 둘은 웃었고, 그날 밤 톰은 엘로이즈의 침대에서 잤다. 조너선 트레바니는 상황이 얼마나 더 나빠지려나? 시몬이 까다로워서도, 꼬치꼬치 캐물어서도, 신경질적이어서도 아니었다. 조너선이 평소에 안 하던 짓을 하려니 몸에 배지 않아서였다. 선의의 거짓말조차 하지 않던 사람이었기 때문이다. 조너선의 말대로 시몬이 남편을 못 믿는다면, 두 사람의 결혼 생활은 와해될 것이다. 돈 때문에 시몬이 남편이 범죄에 연루되었다고 의심하는 게 당연했다. 남편이 차마 털어놓지 못할 부끄러운 짓을 했다고 여기는 게 당연했다.

아침이 되자 엘로이즈와 톰이 아네트 여사에게 말했다. 엘로이즈는 2층으로 차를 갖다 달라고 부탁했고, 톰은 거실에서 커피를 두 잔째 마시고 있었다.

"그이가 혼자 있고 싶대요. 며칠 생각도 하고 그림도 그리려나 봐요."

두 사람은 이게 최선이라며 입을 맞추었다. "잠시 휴가 다녀오셔도 나쁠 거야 없죠. 아네트 여사님, 8월에 장기 휴가 가시기 전에 잠깐 다녀오세요." 톰은 덧붙였다. 다부지고 늘 생기 넘치는 아네트 여사가 무척 좋아하는 눈치였다.

"두 분 뜻이 그렇다면, 당연히 그래야죠. 참 좋은데요?" 여사가 미소를 지었다. 푸른 눈이 반짝거리진 않았지만, 그래도 선뜻 동의해 주었다.

아네트 여사는 리옹에 사는 여동생 마리오딜에게 당장 전화하기로 했다.

우편물은 오전 9시 반에 도착했다. 네모난 흰 봉투에 스위스 직인과 주소가 찍혀 있었다. 리브스가 타자기로 친 것 같았다. 반송 주소는 보이지 않았다. 톰은 거실에서 뜯어보고 싶었지만, 엘로이즈가 아네트 여사에게 파리까지 차로 데려다줄 테니 리옹행 열차를 타고 가라고 얘기하고 있었다. 그래서 침실로 올라갔다. 편지는 다음과 같았다.

5월 11일

톰

스위스 아스코나로 옮겼습니다. 암스테르담을 떠나야 했어요.
호텔에서 일촉즉발의 상황이 벌어지는 바람에 짐은 암스테르담에
두고 올 수밖에 없었어요. 제발 녀석들이 그만 좀 했으면
좋겠어요. 여긴 아주 작은 마을이랍니다. 난 랠프 플랫이라는
이름으로 '곰 세 마리'라고 불리는 산등성이에 있는 산장에 묵고
있어요. 아담하달까? 아주 외진 곳에 있는 가족용 펜션 같은
호텔입니다. 당신과 엘로이즈의 안부를 빕니다.

R.

톰은 손으로 편지를 구긴 다음 갈기갈기 찢어서 쓰레기통에 버렸다. 예상했던 대로 상황이 좋지 않았다. 마피아가 암스테르담으로 리브스를 잡으러 갔다가 그가 통화한 번호 목록을 샅샅이 훑어봤다면, 톰의 집 전화번호도 당연히 발견했을 것이다. 호텔에서 있었다던 일촉즉발의 상황이 뭐였을까. 이번이 처음 하는 다짐은 아니지만, 앞으로는 리브스 마이넛하고 그 어떤 일도 절대로 하지 않겠노라 혼자 다짐했다. 이번에는 톰이 리브스에게 아이디어를 제공했을 뿐이었다. 아무 탈 없

171

어야 하는데, 아직까지는 괜찮았다. 조너선 트레바니를 도우려 했던 게 실수였다. 리브스는 모르는 게 당연했다. 리브스가 알았더라면, 어리석게 벨옹브르로 전화하는 일은 없었을 것이다.

톰은 그날 밤 조너선 트레바니가 벨옹브르로 와 주기를 바랐다. 조너선이 토요일에도 가게 문을 연다는 걸 알면서도 오후에 톰의 집으로 와 주기를 바랐다. 만일 무슨 일이 생기면, 둘이서 집을 앞뒤로 살피면 훨씬 수월할 것이다. 혼자서 집 안 전체를 망볼 수는 없으니 말이다. 도와 달라고 할 사람이 조너선 말고 누가 있나? 조너선이 싸움에 소질은 없어도, 기차에서처럼 위기 상황은 잘 헤쳐 나갈 것 같았다. 기차에서는 잘했었다. 톰이 출입문으로 떨어질 뻔했던 순간, 조너선이 홱 잡아당겨서 톰을 구해 주었던 기억이 되살아났다. 조너선이 집에서 자고 갔으면. 버스가 없으니 톰이 데리러 가야 한다. 조너선이 택시를 타고 벨옹브르까지 오는 일은 피하고 싶었다. 혹시라도 오늘 밤에 무슨 일이 벌어지기라도 하면, 퐁텐블로에서 빌페르스까지 웬만해서 택시로는 이동하지 않는 거리를 달려 어떤 남자를 태워다 준 일을 택시 기사가 기억하는 상황은 원치 않았기 때문이다.

"오늘 밤에 전화할 거지, 여보?" 엘로이즈가 방에서 여행 가방에 짐을 싸면서 물었다. 일단 친정으로 가기로 했다.

"당연하지. 7시 반쯤?" 그는 처가에서는 저녁 8시 정각에 저녁을 먹는다는 걸 알고 있었다. "잘 있다고 전화할게."

"오늘 밤만 걱정하면 되는 거야?"

아니었다. 톰은 오늘 밤만 걱정하면 되는 게 아니라는 말은 하고 싶지 않았다. "그럼."

엘로이즈와 아네트 여사가 오전 11시경에 떠날 채비를 하자, 톰은 일단 차고로 가서 두 사람이 짐을 싣는 걸 거들었다. 아네트 여사는 프랑스 학교에서 배운 고리타분한 생각을 갖고 있는 사람이라서, 자기가 가정부니 가방을 둘 다 들겠다고 했다. 톰은 알파 로메오의 보닛 안을 들여다보았다. 철과 전선으로 만들어진 낯익은 엔진이 보였다. 시동을 걸었다. 차는 폭발하지 않았다. 간밤에 저녁 먹기 전에 톰이 밖으로 나가서 창고 문에 자물쇠를 채워 놓았었다. 톰은 마피아에 관련된 거라면 그게 뭐든 죄다 믿고 있었다. 마피아라면 자물쇠를 땄다가도 도로 채워 놓을 녀석들이었기 때문이다.

"연락드리죠, 여사님." 톰이 여사의 뺨에 입을 맞추며 말했다. "잘 다녀오세요!"

172

"안녕, 여보! 오늘 밤에 전화해! 잘 지내고 있어!" 엘로이즈가 소리쳤다.

톰은 잘 가라고 손을 흔들면서 미소를 지었다. 엘로이즈가 별로 걱정하지 않아서 다행이었다.

톰은 집으로 들어가 조너선에게 전화를 걸었다.

18

조너선은 아침 내내 힘들어했다. 시몬이 조르주에게 터틀넥 스웨터를 입히느라 남편에게 말은 곱게 했다.

"우리 영영 이러고 살아야 해, 조너선?"

시몬이 조르주를 유아 학교에 데려다주려면 곧 나가야 했다. 8시 15분이 거의 다 됐다.

"그래서 말인데, 스위스 은행에 있는 그 돈 말이야……." 조너선은 지금 얘기를 꺼내기로 마음을 먹었다. 조르주가 무슨 말인지 못 알아듣게 속사포로 말했다. "당신이 군이 알아야겠다고 하니 말하는 건데, 의사들이 내기했고 내가 두 사람의 판돈을 보관하는 거야. 그래서……."

"누구?" 시몬은 여전히 당황했고 화나 있었다.

"의사들. 의사들이 새로운 임상 시험을 하는데, 한 명은 내가 얼마 못 산다에, 다른 한 명은 그 반대에 돈을 걸었어. 당신이 섬뜩하다고 할까 봐 말을 안 하려고 했던 거야. 판돈을 빼면 우리 몫은 20만 프랑이 채 안 돼. 그게 함부르크 병원에서 나에게 임상 시험을 하는 대가로 준 돈이야."

조너선은 아내가 믿고 싶어도 못 믿는다는 걸 알았다. "말도 안 돼! 그 큰돈이 내기하는 돈이라고?"

조르주가 시몬을 올려다보았다.

조너선은 아들을 보면서 입술을 축였다.

"내가 무슨 생각하는지 알아? 조르주가 듣든 말든 상관없어! 난 당신이 톰 리플리 같은 사기꾼 대신 더러운 돈을 숨겨 주는 거 같아. 그 대가로 리플리가 푼돈이나 떼어 주겠지. 도와줬으니 몇 푼 가지라면서!"

조너선은 온몸이 떨리자 마시던 카페오레 잔을 식탁에 내려놓았다. 두 사람 모두 서 있었다. "리플리가 자기 돈을 스위스에 숨기는 것도 못 할 사람 같아?" 조너선은 아내에게 다가가 양쪽 어깨를 부여잡고 제발 믿어 달라고 하고 싶었지만, 그랬다간 시몬이 밀쳐 낼 것 같았다. 그래서 허리를 더 꼿꼿이 펴고 말했다. "당신이 내 말을 못 믿는다고 해도 어쩔 수 없어. 그게 사실이니까." 조너선은 지난 월요일 오후에 수혈을 받고 왔는데, 기절한 날이 그날이었다. 시몬하고 병원에 같이 가서 수혈을 받았는데, 페리에 박사를 만나러 갈 때는 조너선 혼자 갔었다. 그가 수혈을 받도록 일찌감치 전화로 예약을 잡아 준 사람이 페리에 박사였기 때문이다. 페리에 박사는 정기적으로 진찰을 받으라고 했다. 조너선은 페리에 박사가 함부르크 병원에서 보내 준 약을 더 주었다고 시몬에게 거짓말했다. 사실 함부르크 병원의 벤트첼 박사는 약은 부쳐 주지 않고 추천만 해 주었는데, 프랑스에서도 구할 수 있는 약이라 조너선이 집에 사다 놓은 것이다. 조너선은 함부르크 의사가 그가 오래 산다는 쪽에, 뮌헨 의사가 그 반대에 내기를 걸었다고 정해 놨지만, 아직 거기까지는 말하지 않았다.

"그래도 못 믿겠어." 시몬이 다정한 말투로 못되게 말했다. "조르주, 나가자. 가야 해."

조너선은 눈을 끔뻑거리며 모자가 복도를 따라 현관으로 나가는 모습을 바라만 보고 있었다. 책가방을 들고 있던 조르주는 부모의 열띤 대화에 놀랐는지 다녀오겠다고 인사하는 걸 까먹었다. 그래서 조너선도 인사해 주지 못했다.

토요일이라 가게가 분주했다. 전화도 꽤 많이 왔다. 11시경, 수화기 너머로 리플리의 목소리가 들렸다.

"오늘 만나고 싶습니다. 중요한 일이에요. 지금 통화 가능합니까?"

"지금은 좀." 카운터 앞에 남자가 포장된 액자를 올려놓고 계산하려고 기다리고 있었다.

"토요일인데 귀찮게 해서 미안한데요, 우리 집으로 빨리 와 줄 수 있어요? 혹시 자고 갈 수 있어요?"

순간 조너선은 가슴이 철렁했다. 가게 문을 닫고 시몬에게 알려야 하는데. 뭐라고 하지? "당연히 그래야죠."

"얼마나 빨리 올 수 있어요? 데리러 가겠습니다. 정오쯤 괜찮아요? 너무 빠른가요?"

"아니에요, 가능해요."

"가게로 데리러 가겠습니다. 아니면 근처에서 만나거나. 총도 가져와요." 톰이 전화를 끊었다.

조너선은 가게에 온 손님들을 응대했다. 가게에 아직 손님이 있는

174

데도 '영업 종료' 팻말을 문에 내걸었다. 어제 헤어진 이후, 톰 리플리에게 무슨 일이 있었는지 궁금해졌다. 그날 오전에는 시몬이 집에 있었다. 그런데 여느 토요일보다 들락거릴 일이 훨씬 많았다. 장도 보고 세탁소에도 가는 등 잡다한 일이 많았기 때문이다. 조너선은 시몬에게 메모를 써서 현관 우편물 투입구에 넣기로 했다. 11시 40분에 메모를 들고 가게에서 나와 지름길인 라파루아스가를 따라 올라갔다. 길에서 시몬과 마주칠 확률은 반반이었지만, 만나지는 못했다. 우편물이라고 적힌 틈새로 메모를 밀어 넣고 왔던 길로 돌아왔다. 메모는 다음과 같았다.

여보
오늘 점심 저녁 모두 밖에서 먹을 거야. 가게 문은 닫았어. 중요한 일이 있어서 멀리 갔다 올게. 누가 차로 데리러 온대.

J.

뭉뚱그려서 쓴 내용이 전혀 조너선답지 않았다. 설마 오늘 아침보다 사이가 더 나빠지랴.

조너선은 다시 가게로 돌아와, 낡은 맥 코트를 집어 들고 주머니에 이탈리아제 권총을 집어넣었다. 다시 밖으로 나가자, 톰이 모는 녹색 르노 자동차가 다가오고 있었다. 톰이 차를 완전히 세우지도 않고 문부터 열어 주었다. 조너선이 차에 탔다.

"어서 와요. 어떻게 됐어요?"

"아내요?" 조너선은 자기도 모르게 시몬이 근처에 있을까 봐 주변을 살폈다. "아주 안 좋아요."

톰은 그럴 것 같았다. "그래도 몸은 괜찮은 거죠?"

"그럼요. 고맙습니다."

톰은 대형 할인점을 끼고 오른쪽으로 돌아 그랑드가로 들어섰다. "전화가 또 왔어요. 가정부가 받았는데, 저번처럼 잘못 건 전화였대요. 가정부가 누구 집이라고는 말해 주지 않았는데도, 난 신경이 쓰여요. 그건 그렇고, 오늘 아내하고 가정부를 집에서 내보냈어요. 무슨 일이 벌어질 것 같아서요. 그래서 나하고 같이 집을 지켜 달라고 전화한 거예요. 부탁할 사람이 없어서요. 경찰한테 순찰을 봐 달라고 하기도 껄끄럽고. 만약 집 주변에 마피아가 둘이나 돌아다니는 걸 경찰이 아는 날이면, 대체 왜 마피아가 얼쩡거리냐고 당연히 거북한 질문을 해 댈 테니까요."

조너선도 알고 있었다.

"집에 가려면 아직 멀었어요." 톰은 퐁텐블로 궁전 인근 기념비가 있는 회전 교차로를 지나 빌페르스로 가는 도로로 진입했다. "아직까지는 마음을 바꿔도 됩니다. 우리 집에 가기 싫다면 얼마든지 차를 돌릴게요. 사과는 안 해도 돼요. 위험할 수도 있고, 안 위험할 수도 있겠지만, 둘이서 망을 보는 게 혼자서 하는 것보다 수월할 테니까요."

"그건 그렇죠." 조너선은 묘한 기분이 들면서 온몸이 뻣뻣해졌다.

"내가 집을 비우고 싶지 않아서 그래요." 톰이 속도를 올렸다. "내 집마저 리브스의 아파트처럼 연기에 휩싸이거나 폭탄을 맞는 건 싫거든요. 리브스는 지금 스위스 아스코나에 있어요. 마피아가 암스테르담까지 쫓아와서 스위스로 도망친 겁니다."

"그래요?" 조너선은 공포가 온몸을 덮치자 잠시 구역질이 치밀었다. 세상이 무너지는 것 같았다. "혹시 집 주변에 수상한 사람이 있던가요?"

"특별한 일은 없었어요." 톰은 거만해 보이는 각도로 입에 담배를 물고 서늘하게 말했다.

조너선은 머리를 굴렸다. 지금이라도 발을 뺄 수 있다. 그냥 못 하겠다고 말하면 된다. 긴급한 상황이 생기면 기절할 것 같다고 말하고 집에 가서 편안히 있으면 된다. 조너선은 숨을 깊이 들이쉰 다음, 창문을 살짝 내렸다. 그렇게 말했다간 개자식이, 비겁한 쓰레기가 될 것이다. 리플리에게 신세를 졌으니, 적어도 부딪쳐는 봐야 하지 않을까. 그런데 자신의 안위를 왜 이렇게 걱정하는 걸까? 조너선은 씩 웃고 나니 기분이 나아졌다. "시몬한테는 내 목숨을 걸고 내기한 거라고 했지만, 얘기가 잘 먹히지 않더라고요."

"뭐라던가요?"

"여전하죠, 뭐. 내 말을 안 믿어요. 게다가 어제 당신하고 같이 있는 걸 시몬이 봤나 봐요. 어디서 봤는지는 모르겠어요. 그래서 그런지 내가 당신 돈을 대신 맡아 준다고 오해하고 있어요. 내 명의로 더러운 돈을 보관하고 있다고요."

"그렇군요." 톰은 상황을 파악했다. 그런데 벨옹브르에서 벌어질 일에 비하면, 그와 조너선에게 닥칠 일에 비하면, 조너선 부부의 일은 심각해 보이지 않았다. "난 영웅하고는 거리가 먼 사람입니다." 톰이

176

뜬금없이 말했다. "만약 마피아한테 잡혀가 사실대로 말하라고 두들겨 맞기라도 하면, 프리츠처럼 끝까지 버티지 못할 거예요."

조너선은 아무 말이 없었다. 좀 전에 자기가 그랬던 것처럼, 톰도 헛구역질부터 할 것 같았다.

유난히 날씨가 좋았다. 여름 냄새를 머금은 바람이 솔솔 불고, 햇살은 눈이 부셨다. 이런 오후에 실내에만 있어야 한다니, 아쉬웠다. 시몬 역시 집에만 있을 것이다. 이제 더는 시몬이 일할 필요가 없었다. 조너선은 보름 전부터 이 말을 아내에게 해 주고 싶었다.

이제 차가 빌페르스로 진입했다. 가게라곤 정육점과 빵집밖에 없는 조용한 동네였다.

"저 집이 내가 사는 벨옹브르예요." 톰이 포플러나무 위로 보이는 돔 지붕을 이고 있는 타워를 가리켰다.

마을에서 5백 미터가량 진입하자, 길가에 듬성듬성 서 있는 웅장한 저택들이 보였다. 벨옹브르는 작은 성 같았다. 네 귀퉁이의 바닥에 서부터 솟은 둥근 타워가 고전적이고 딱딱한 느낌을 누그러뜨렸다. 톰은 글러브 박스에 있던 큼직한 열쇠를 꺼내 차에서 내려서 철제 대문을 연 다음, 자갈길을 따라 차고가 있는 쪽으로 향했다.

"집이 정말 근사해요!" 조너선이 감탄했다.

톰은 고개를 끄덕이며 미소를 지었다. "처가에서 결혼 선물로 주신 집입니다. 밤늦게 집으로 돌아올 때마다, 서 있는 자태를 보기만 해도 마음이 흐뭇해져요. 들어갑시다."

톰은 이번에도 열쇠로 현관문을 땄다.

"열쇠로 잠그고 다니기가 영 어색하네요. 원래 가정부가 열어 주거든요."

조너선은 하얀 대리석이 깔린 넓은 현관을 거쳐 거실로 들어섰다. 러그가 두 군데 깔려 있었고, 대형 벽난로와 편안해 보이는 노란 새틴 소파가 보였다. 프렌치 도어 옆에는 하프시코드가 놓여 있었다. 죄다 비싸고 관리가 잘된 가구들만 모아 두었다.

"코트 벗어요." 잠시나마 톰은 마음이 놓였다. 벨옹브르는 고요했다. 동네는 평소와 다르지 않았다. 현관 앞에 있는 탁자 서랍에서 루거 권총을 꺼냈다. 조너선이 쳐다보자 톰이 씩 웃었다. "이걸 계속 품고 있으려고 예전에 입던 주머니가 큼직한 바지를 꺼내 입은 거예요. 사람들이 왜 견대를 차는지 알겠다니까요." 톰이 바지 주머니에 루거를 집어넣었다. "나처럼 해요."

177

조너선도 총을 집어넣었다.

톰은 2층에 둔 라이플이 생각났다. 곧장 할 일부터 하는 게 미안하긴 했지만, 그게 최선이었다. "올라갑시다. 보여 줄 게 있어요."

두 사람은 계단을 올라갔다. 톰이 침실을 보여 주자 조너선은 함선에서 쓰던 서랍장이라는 걸 한눈에 알아보고 가까이 가서 구경했다.

"아내가 선물로 사 준 겁니다. 그리고 이거." 톰이 라이플을 들었다. "이건 사거리가 길어요. 잘 맞추긴 해요. 군사용만큼은 아니지만요. 정면 유리창을 내다봐요."

조너선은 시키는 대로 했다. 길 건너 19세기에 지어진 듯한 3층 집이 보였다. 그 앞에 넓은 정원이 있었지만, 나무에 반쯤 가려 있었다. 가로수들이 길가를 따라 제멋대로 서 있었다. 조너선은 대문 앞 도로에 차 한 대가 섰다 가는 모습을 상상했다. 라이플이 피스톨보다 더 정확히 맞춘다고 톰이 말해 주었다.

"당연한 얘기지만, 마피아가 어찌 나오느냐에 달려 있어요. 그쪽에서 소이탄을 던지면, 우린 라이플로 맞대응해야 해요. 측면하고 뒤에도 창문이 있어요. 따라와요."

톰은 조너선을 데리고 엘로이즈의 침실로 들어갔다. 침실 창으로 뒷마당이 보였다. 잔디밭 뒤로 나무가 빽빽이 선 숲이 있었고, 오른쪽 옆으로 포플러나무가 보였다.

"저 숲에 오솔길이 있는데, 좌측으로 살짝 보일 거예요. 그리고 여긴 내 작업실이에요……." 톰은 복도를 따라가다가 좌측에 있는 문을 열었다. 창으로 뒷마당과 빌페르스 마을 전경이 보였다. 편백과 포플러나무는 물론, 작은 주택 지붕 위에 얹힌 타일도 보였다. "집 앞뒤를 모두 주시해야 해요. 그렇다고 창문에 딱 붙어 있으라는 얘긴 아니지만요. 중요한 게 하나 더 있어요. 녀석들은 내가 이 집에 혼자 있는 줄로 알아야 합니다. 혹시 당신이……."

전화벨이 울렸다. 순간, 톰은 받지 않으려고 했지만, 그래도 받아야 상황을 조금이나마 파악할 수 있을 것 같았다.

"여보세요?"

"혹시 리플리 씨?" 프랑스 여자의 목소리가 들렸다. "저는 트레바니 씨의 아내 되는 사람인데요, 혹시 그이가 거기에 있나요?"

여자가 무척 긴장된 목소리로 물었다.

"트레바니 씨가 저희 집에요? 안 계신데요, 부인!" 톰은 놀라는 척하며 대답했다.

"감사합니다. 실례했습니다." 여자가 전화를 끊었다.

톰은 한숨을 내쉬었다. 조너선에게 진짜로 문제가 생긴 것 같았다.

조너선이 복도에 서 있었다. "아내군요."

"네. 미안합니다. 없다고 거짓말했어요. 속달 우편을 보내도 되고, 전화해도 좋아요. 가게에서 전화한 것 같던데."

"아닐 겁니다. 가게에 가진 않았을 겁니다." 시몬이 갔을지도 모른다. 시몬에겐 가게 열쇠가 있었다. 이제 고작 오후 1시 15분이었다. 시몬이 조너선의 가게에 있는 장부를 본 게 아니라면, 도대체 톰의 집 전화번호는 어떻게 알았을까? 톰은 궁금했다. "혹시 집에 가고 싶다면 지금이라도 퐁텐블로로 데려다줄게요. 조너선, 하고 싶은 대로 해요."

"아닙니다. 고맙습니다." 조너선은 단념했다. 톰이 거짓말했다는 걸 시몬이 눈치챘을 것이다.

"방금 거짓말해서 미안해요. 언제든 날 욕해도 좋아요. 내가 부인의 속을 상할 대로 상하게 한 것 같네요." 순간, 톰은 상관없었다. 시몬을 측은하게 여길 시간도 없었고, 그럴 마음도 없었다. 조너선이 입을 꾹 다물고 있었다. "아래층 주방으로 내려가서 먹을 게 있나 봅시다."

톰은 침실 커튼을 끝까지 치지 않았다. 커튼을 건드리지 않고도 밖을 내다볼 만큼은 살짝 남겨 두었다. 엘로이즈의 침실 커튼은 물론 아래층 거실 커튼도 똑같이 해 놓았다. 대신 아네트 여사의 방은 그대로 두기로 했다. 그 방에는 창이 골목과 뒷마당으로 나 있었다.

어젯밤에 아네트 여사가 만들어 준 맛있는 스튜가 꽤 넉넉히 남아 있었다. 주방 개수대 위로 난 창문에는 커튼이 없었다. 톰은 식탁에서 바깥이 안 보이는 자리에 조너선을 앉히고는 스카치 소다를 주었다.

"이렇게 화창한 오후에 정원으로 나가지 못한다니 아쉽네요." 톰이 개수대에서 상추를 씻으며 말했다. 톰은 차가 지나갈 때마다 창밖으로 눈이 저절로 돌아갔다. 10분 동안 지나간 차는 달랑 두 대였다.

조너선은 아까 양쪽 차고 문을 활짝 열어 두고 들어왔던 게 떠올랐다. 톰이 집 앞에 깔린 자갈밭 위에 차를 세워 놓았다. 너무 고요해서, 누가 자갈밭을 밟기라도 하면 자그락대는 발소리가 들릴 것 같았다.

"다른 소리가 묻혀 버릴까 봐 음악도 못 틀겠군요." 톰이 말했다.

둘 다 음식은 별로 먹지도 않으면서 거실 대신 식탁에 한참 앉아 있었다. 톰이 커피를 내렸다. 그날 밤 저녁으로 먹을 게 마땅치 않자, 톰은 빌페르스 정육점으로 전화해 스테이크용 고기 2인분을 갖다 달라고 했다.

179

"아네트 여사님이 잠시 휴가를 가셔서요." 정육점 주인이 묻자 톰이 대답했다. 톰은 단골이라 그런지 정육점 옆에 있는 마트에 들러 상추며 마땅한 채소도 몇 가지 사다 달라고 주인에게 스스럼없이 부탁했다.

30분 후 자동차 바퀴에 자갈이 밟히는 소리가 크게 났다. 정육점 사람이 왔다는 소리였다. 톰은 벌떡 자리에서 일어나더니, 친절한 정육점 직원에게 돈을 주었다. 직원은 핏방울이 여기저기 튄 앞치마를 하고 있었다. 조녀선은 책장에 꼽힌 가구 관련 책을 보고 있었는데, 꽤 재미있어하는 눈치였다. 그래서 톰은 2층 작업실을 정리하며 시간을 보냈다. 아네트 여사가 작업실은 절대로 손대지 않았다.

오후 5시가 되기 전에, 전화가 한 통 왔다. 정적을 깨며 멀리서 흐릿하게 들리는 비명 같았다. 톰이 용기를 내 정원에 나가 전지가위를 들고 정신없이 일하고 있을 때였다. 조녀선이 전화를 받을 리 없으니, 톰이 안으로 뛰어 들어가야 했다. 조녀선은 그때까지도 소파에서 책을 늘어놓고 보고 있었다.

엘로이즈의 전화였다. 노엘에게 전화했더니, 노엘의 친구이자 실내 인테리어를 하는 쥘 그리포가 스위스에 샬레*를 샀는데, 쥘이 샬레를 꾸미는 동안, 셋이서 그 샬레에서 일주일간 지내기로 했다며 들떠 있었다.

"주변 경관도 근사하겠다, 쥘도 돕겠다……."

톰이 듣기엔 지루할 것 같았지만, 엘로이즈가 좋다니 됐다. 그는 아내가 평범한 관광객처럼 아드리아해 크루즈 여행은 가지 않을 거라는 걸 짐작하고 있었다.

"당신은 별일 없지? 뭐 하고 있었어?"

"뭐 그냥, 정원 정리하고 있었어…… 그러게, 여긴 정말 조용하네."

19 저녁 7시 반쯤 톰이 거실 창가에 서 있는데, 남색 시트로엥 승용차가 집 앞을 지나갔다. 오전에도 본 차 같았다. 이번에는 오전보다 빨리 지나가긴 했지만, 어디 갈 데가 있어 지나가는 차들에 비하면 빠르지 않았다. 아침에 봤던 그 차 아닌가? 해가 떨어져서 자동차 색이 정확히 보이지 않았다. 저게 녹색인가, 남색인가. 아무튼 컨버터블 모델이었고, 흰 덮개가 꽤 지저분했

* 산에 지은 오두막

180

다. 오늘 오전에 봤던 차도 그랬었다. 톰은 벨옹브르 대문을 쳐다보았다. 그가 살짝 열어 두었던 대문을 정육점 직원이 닫고 갔다. 톰은 대문을 닫힌 채로 두고 걸지는 않기로 했다. 대문에서 살짝 삐걱거리는 소리가 나기 때문이었다.

"무슨 일이에요?" 조녀선이 물었다. 차는 별로라며 커피를 마시고 있었다. 톰이 예민해지자, 조녀선도 덩달아 불안해졌다. 조녀선은 톰이 이렇게까지 예민해질 이유는 없었기에 영문을 알 수 없었다.

"아침에 봤던 자동차가 방금 또 지나간 것 같아요. 남색 시트로엥이었는데, 아침에 봤던 차에는 파리 번호판이 달려 있었거든요. 이 동네 자동차라면 내가 거의 다 아는데, 파리 번호판을 단 차는 두세 대밖에 없어요."

"이번에도 번호판을 봤어요?" 조녀선이 보기엔 밖이 컴컴해서, 옆에 스탠드를 켜 놓았다.

"아뇨. 라이플을 가져와야겠어요." 톰은 날개라도 단 듯이 2층으로 후다닥 올라갔다가 라이플을 들고 순식간에 내려왔다. 2층 불은 모두 꺼 두었다. "가능한 한 총은 아예 쓰고 싶지 않아요. 소리가 나니까요. 지금이 사냥철도 아닌데, 총성이 들리면 사람들이 모여들지도 몰라요. 무슨 일이 생겼나 살피러 올 사람이 있을지도 모른다고요. 조녀선……."

조녀선이 자리에서 일어났다. "네?"

"이걸 몽둥이 삼아 휘둘러야 할지도 몰라요." 톰은 시범을 보이면서 라이플에서 가장 묵직한 개머리판으로 후려쳐야 효과가 제일 좋다고 했다. "이걸 쏴야 하는 순간이 오면, 라이플이 어떻게 작동하는지 알게 될 겁니다. 지금은 안전장치를 걸어 두었어요." 톰이 조녀선에게 시범을 보여 주었다.

조녀선은 마피아가 올 것 같지 않은데도 기분이 묘하고 실감이 나지 않았다. 뭐랄까, 함부르크와 뮌헨에 갔을 때, 그가 노리던 대상이 살아서 눈앞에 나타났던 순간에 들었던 기분하고 비슷했다.

톰은 시트로엥 승용차가 마을을 한 바퀴 도는 외곽 도로를 따라갔다가 다시 돌아오려면 얼마나 걸릴지 계산하고 있었다. 놈들이 적당한 곳에서 유턴해서 곧바로 돌아올 수도 있었다. "혹시 누가 현관문 앞에 왔을 때, 문을 열었다간 총에 맞을 수도 있어요. 마피아들에게는 그게 가장 손쉬운 방법일 테니까요. 그러고는 총을 쏜 놈이 대기 중인 차를 타고 내빼겠죠."

181

조녀선은 톰이 사서 걱정하는 것 같았지만, 그래도 귀를 기울였다.

"또 하나, 창문으로 폭탄이 날아올 수도 있어요." 톰이 정면 유리창을 가리키며 말했다. "리브스가 그렇게 당했거든요. 만약 당신이⋯⋯ 뭐랄까⋯⋯ 동의해 준다면, 미안합니다. 난 내 계획을 누군가와 의논하는 게 익숙하지가 않아요. 원래 그때그때 상황 봐 가면서 일하는 타입이라서요. 그래도 기꺼이 동의해 준다면, 당신이 현관문 오른편에 있는 풀숲에 몸을 숨기고 있으면 어떨까요? 오른쪽에 있는 나무가 더 빽빽하거든요. 누가 현관 앞에 와서 초인종을 누르는 순간, 당신이 녀석을 덮치는 겁니다. 초인종을 누르는 게 아니라, 폭탄을 던지려고 하는 놈이 있는지는 내가 루거를 들고 살펴볼게요. 녀석이 현관으로 다가오는 순간 잽싸게 덮쳐요. 놈이 날쌜 테니까요. 녀석은 주머니에 총을 숨기고 있다가 내가 완전히 모습을 드러내는 순간을 노릴 겁니다." 톰이 벽난로로 다가갔다. 원래는 불을 피워 놓으려 했는데 깜빡했다. 현관 오른쪽 바닥에 놓아 둔 땔감 통에는 세 토막을 내 놓은 나무가 들어 있었다. 그는 그중 하나를 집어 들었다. 현관 옆 나무 궤짝 위에 놓인 자수정 화병처럼 무겁지가 않아서 들기가 한결 가뿐했다.

"그렇다면 말이죠⋯⋯ 현관문을 내가 열면 어떨까요? 당신 말대로 마피아가 당신 얼굴을 안다면 내가 대신 나가서⋯⋯."

"그건 안 돼요." 톰은 조녀선의 패기 넘치는 제안에 놀랐다. "녀석들이 얼굴은 보지도 않고 총부터 쏠 겁니다. 게다가 당신이 나가서 내가 이 집에 살지 않는다거나, 아니면 잠깐 외출했다고 말해도, 녀석들이 안으로 밀고 들어와서 확인부터 하려 들 걸요. 아니면⋯⋯." 톰은 헛웃음이 나와서 말을 멈추었다. 마피아가 조녀선의 복부를 강타하는 동시에 안으로 밀고 들어오는 모습이 그려졌다. "내 생각엔, 당신만 괜찮다면 현관 옆에서 지키고 있어요. 당신이 거기서 얼마나 버티고 있어야 할지는 모르겠지만, 내가 간식이라면 얼마든지 갖다줄게요."

"그러죠." 조녀선은 톰이 들고 있던 라이플을 받아 들고 밖으로 나갔다. 집 앞 도로는 조용했다. 조녀선은 집 그림자 속에 몸을 감춘 채 라이플을 휘두르는 연습을 했다. 라이플을 높이 쳐들어서 현관 앞 계단을 올라오는 남자의 머리통을 후려갈길 작정이었다.

"좋아요. 그건 그렇고, 스카치 한잔하겠어요? 잔은 풀숲에 둬요. 깨져도 상관없으니."

조녀선이 미소를 지었다. "괜찮습니다." 조녀선이 관목 숲으로 들어갔다. 허리께쯤 오는 편백나무와 비슷하게 생긴 관목이었다. 월계수도 보였다. 조너선이 잠복한 곳은 굉장히 어두워서 몸이 완벽히 숨겨졌다. 톰이 현관문을 닫았다.

조너선은 바닥에 앉아 턱 밑에 무릎을 세우고, 라이플은 오른손 옆에 두었다. 이 자세로 한 시간은 버틸 수 있을까? 조금은 더 버티겠지? 혹시 지금 톰이 장난치는 건가? 처음부터 끝까지 장난은 아닐 것이다. 톰은 미치지 않았다. 오늘 밤 무슨 일이 생긴다고 톰이 착각했을지라도, 일말의 가능성에 대비하는 건 현명한 처사였다. 차 한 대가 집 쪽으로 다가왔다. 진정한 공포가 조너선을 엄습했다. 조너선은 곧장 안으로 뛰어 들어가고 싶은 충동이 일었다. 그런데 차가 휙 지나가는 바람에 풀숲과 대문 사이로는 아예 보이지도 않았다. 조너선이 가느다란 나무 기둥에 한쪽 어깨를 기대고 있자, 슬슬 졸음이 밀려왔다. 5분쯤 지나자 바닥에 등을 대고 벌렁 누워 버렸다. 그래도 아직은 잠이 들진 않았지만, 땅에서 올라오는 찬 기운이 어깨뼈까지 전해졌다. 전화벨이 다시 울린다면, 분명 시몬일 것이다. 시몬이 불같이 화를 내며 택시를 타고 톰의 집까지 달려오려나? 네무르에 사는 오빠한테 전화해 태워 달라고 부탁할까? 후자일 가능성이 더 컸다. 조너선은 그런 가능성은 그만 생각하기로 했다. 정말이지 끔찍하고 말도 안 되는 일이라 도저히 상상이 가지 않았다. 라이플은 감춘다고 해도, 남의 집 정원 풀숲에 누워 있는 걸 무슨 수로 해명한단 말인가?

조너선이 꾸벅꾸벅 졸고 있는데, 현관문이 열리는 소리가 났다.

"담요 받아요." 톰이 목소리를 깔고 말했다. 길가는 고요했다. 톰이 무릎 덮개도 건넸다. "이건 깔고 앉아요. 바닥이 몹시 차요." 조너선은 톰이 목소리를 낮추고 말하는 걸 보며 마피아가 걸어서 접근할 수도 있겠다는 생각이 들었다. 조너선은 거기까지 미처 생각하지 못했다. 톰이 더는 말을 걸지 않고 돌아서서 현관으로 들어갔다.

톰은 2층으로 올라가 어두워진 집 앞뒤를 창밖으로 내다보며 상황을 살폈다. 주변은 고요했다. 가로등이 훤히 켜져 있었지만, 불빛이 멀리까지 닿지 않았다. 마을이 있는 좌측으로 1백 미터도 채 밝히지 못했다. 가로등이 벨옹브르 대문 앞까지 닿지 않는다는 걸 톰은 잘 알고 있었다. 주위가 지나치게 고요했지만, 원래 이 동네가 그랬다. 창문을 닫고 있어도 지나가는 사람의 발소리가 안에서도 들릴 정도였다. 음악을 들으면 얼마나 좋을까. 톰이 창가에서 돌아서는 순간, 흙길을 저벅저벅 걸어오는 발소리가 들렸다. 동시에 침침한 손전등 불빛이 벨옹브르 우측에서 움직이는 게 보였다. 저 사람이 벨옹브르로 오는 것 같진 않

183

은데, 톰이 확신하는 순간 그 형체는 걸음을 계속 옮겨 가로등 불빛을 지나더니 사라지고 말았다. 톰은 그게 남자였는지 여자였는지조차 분간할 수 없었다.

조너선이 출출하다고 해도 어쩔 수 없었다. 톰도 배가 고팠다. 톰은 손끝으로 난간을 더듬으며 여전히 컴컴한 계단을 내려가 아래층 주방으로 향했다. 거실과 주방에만 불을 켜 두었다. 톰이 캐비어 카나페를 만들었다. 간밤에 먹고 남은 캐비어가 냉장고에 있어서 뚝딱 만들 수 있었다. 톰이 조너선에게 접시를 갖다주려는데, 차 소리가 났다. 왼쪽에서 나타난 자동차가 오른쪽으로 움직이더니 벨옹브르 대문 앞에 섰다. 이어서 차 문을 살짝 닫는 소리가 들렸다. 차 문을 제대로 닫지 않을 때 나는 소리였다. 톰은 현관문 옆 나무 궤짝 위에 접시를 내려놓고 권총을 뺐다.

꾹꾹 내디디면서도 조심스런 발걸음이 도로를 지나 자갈밭 마당으로 들어섰다. 폭탄을 던지려는 것 같진 않았다. 초인종이 울렸다. 톰은 잠시 기다렸다가 불어로 물었다. "누구세요?"

"길을 여쭤 보려고 하는데요." 남자의 불어는 완벽했다.

다가오는 발소리가 들리자, 조너선은 라이플을 들고 웅크리고 있다가 안에서 빗장을 푸는 소리가 나는 순간 풀숲에서 뛰쳐나왔다. 남자가 계단 두 칸 위에 있는데도 조너선하고 키가 엇비슷했다. 조너선이 사력을 다해 남자의 머리를 향해 개머리판을 날렸다. 남자가 인기척을 들었는지 조너선 쪽으로 고개를 살짝 돌렸다. 조너선은 남자가 쓴 모자챙 밑으로 보이는 왼쪽 귀 뒤를 후려갈겼다. 남자가 휘청이다가 현관문 왼편에 부딪히며 쓰러졌다.

톰이 현관문을 열더니 남자의 발목을 잡고 안으로 끌고 들어갔다. 조너선이 어깨 쪽을 거든 후, 라이플을 챙겨서 안으로 따라 들어갔다. 톰이 현관문을 살짝 닫고 땔감을 하나 집어 들더니 남자의 머리를 내리쳤다. 마피아가 쓴 모자가 날아가더니 대리석 바닥에 뒤집힌 채 떨어졌다. 톰이 손을 내밀며 라이플을 달라고 하자, 조너선이 건넸다. 톰이 라이플 개머리판으로 금발머리 남자의 관자놀이를 내리찍었다.

조너선은 보고 있으면서도 믿을 수가 없었다. 구불거리는 금발 밑 대리석 바닥에 피가 흥건히 고이기 시작했다. 열차에서 애태우며 찾아 다니던 건장한 경호원이었다.

"잡았다, 요놈!" 톰이 흐뭇하게 속삭였다. "그때 그 경호원이네요. 총도 있었네!"

경호원의 재킷 주머니에서 총이 반쯤 삐져나와 있었다.

"거실 안쪽으로 조금만 옮기죠." 톰의 말에 두 사람은 거실 바닥에서 경호원을 밀었다. "러그에는 피가 안 묻게 조심해요!" 톰이 러그를 발로 차서 걷어 버렸다. "조만간 한 놈이 더 올 겁니다. 둘이 온 게 확실해요. 아니면 셋이 왔거나."

톰이 남자의 재킷 안주머니를 뒤져서 이니셜이 박힌 보라색 손수건을 꺼내더니 현관문 근처에 떨어진 핏방울을 훔쳤다. 톰이 모자를 발로 뻥 차자 바닥에 누워 있는 경호원을 넘어 주방 복도에 떨어졌다. 톰이 왼손으로 빗장을 쥐고 소리를 내지 않고 현관문을 걸었다. "이번에 올라올 녀석은 이렇게 쉽지 않을 겁니다." 톰이 목소리를 깔고 말했다.

자갈을 밟는 소리에 이어 초인종이 울렸다. 녀석이 긴장했는지 두 번이나 벨을 눌렀다.

톰은 소리를 죽이고 웃으며 루거를 꺼내더니, 조너선에게 라이플을 들라고 수신호했다. 톰은 갑자기 경련이 났는지 웃음을 참으려고 허리를 접었다가 다시 폈다. 그러더니 조너선을 보고 씩 웃으며 눈물을 훔쳤다.

조너선은 웃음이 나오지 않았다.

녀석이 초인종을 다시 눌렀다. 이번에는 한참 꾹 누르고 있었다.

조너선은 시시각각 변하는 톰의 표정을 지켜보았다. 톰은 찌푸렸다가 찡그리면서 뭘 해야 할지 마음을 정하지 못한 눈치였다.

"피치 못할 경우가 아니면 총은 쓰지 말아요." 톰이 속삭이며 문으로 왼손을 뻗었다.

톰은 현관문을 열고 총을 쏘거나, 밖에 있는 남자를 덮칠 것 같았다.

다시 발소리가 나기 시작했다. 현관문 앞에 서 있던 남자가 조너선이 서 있는 창가 쪽으로 걸어왔다. 창에는 커튼이 쳐져 있었지만, 조너선은 창에서 몸을 피했다.

"앤지? 앤지!" 밖에 있는 남자가 낮은 목소리로 불렀다.

"무슨 일이냐고 물어봐요. 집사처럼 영어로요. 남자가 안으로 들어오는 순간, 내가 덮칠게요. 할 수 있겠어요?" 톰이 목소리를 깔고 조너선에게 물었다.

조너선은 지금 할 수 있느냐 없느냐를 따질 겨를이 없었다. 이제 노크에 이어 또다시 초인종이 울렸다. "누구십니까?" 조너선이 문에 대고 물었다.

"실례지만 길을 물어보려고 하는데요." 서툰 프랑스어였다.

185

톰이 히죽거렸다.

"누구를 찾으시는데요?" 조너선이 다시 물었다.

"길을 좀 물어보겠다고요!" 남자가 고함을 쳤다. 절망에 절은 목소리였다.

톰과 조너선이 눈빛을 교환했다. 톰이 조너선에게 현관문을 열라고 손짓하더니 현관 밖에 서 있을 남자의 왼편으로 곧장 위치를 바꾸었다. 문이 열려도 보이지 않는 자리였다.

조너선이 빗장을 밀고 자동으로 잠기는 문고리를 돌린 다음 문을 빼꼼 열었다. 복부에 총알이 박힐 걸 각오한 채, 총이 든 재킷 주머니에 오른손을 찔러 넣고 굳은 몸을 꼿꼿이 세웠다.

다소 키가 작은 이탈리아 남자가 좀 전에 온 남자처럼 모자를 눌러 쓰고 한쪽 주머니에 손을 찔러 넣고 있다가, 평범한 차림의 키 큰 남자가 나타나자 놀라는 표정을 감추지 못했다.

"무슨 일이시죠?" 조너선은 남자의 왼쪽 소매가 텅 비어 있다는 걸 알아챘다.

마피아가 현관으로 한 발을 디디자마자, 옆으로 몸을 숨겼던 톰이 루거를 겨누었다.

"총 버려!" 톰이 이탈리아어로 말했다.

조너선도 라이플을 남자에게 들이댔다. 마피아는 총을 쏘려고 재킷 주머니를 들썩였지만, 톰이 왼손으로 그의 얼굴을 떠미는 바람에 쏘지 못했다. 마피아는 옆에서 느닷없이 등장한 톰 리플리를 보고 온 몸이 굳어 버린 것 같았다.

"리플리!" 이탈리아 마피아가 주절거렸다. 공포와 놀라움은 물론 승리감까지 뒤섞인 목소리였다.

"됐고, 총이나 버리라고!" 톰은 영어로 말하면서 총으로 마피아의 갈비뼈를 겨눈 채 한쪽 발로 현관문을 닫았다.

마피아는 적어도 말귀를 알아들었는지, 톰이 시키는 대로 총을 바닥에 떨구었다. 그러다가 몇 미터 떨어진 곳에 동료가 바닥에 쓰러져 있는 걸 보더니 눈이 휘둥그레졌다.

"빗장 걸어요." 톰이 조너선에게 시켰다. 그러더니 이탈리아어로 마피아에게 물었다. "더 올 사람이 있나?"

마피아가 고개를 열심히 저었다. 더는 없다는 뜻으로 톰은 해석했다. 마피아가 걸친 재킷 속으로 팔걸이 붕대가 보였다. 신문 기사가 다 그렇지 뭐.

"내가 몸을 뒤질 테니, 감시하고 있어요."톰이 마피아의 몸을 수색했다. "재킷 벗어!"톰은 마피아의 모자를 벗겨서 앤지가 누워 있는 쪽으로 집어 던졌다.

마피아가 재킷을 벗어 던졌다. 견대에 달린 권총집도 비어 있었고, 주머니에도 총은 보이지 않았다.

"앤지……." 이탈리아 마피아가 동료의 이름을 불렀다.

"앤지는 죽었어. 시키는 대로 안 하면 너도 저렇게 될 거야. 죽고 싶나? 이름을 밝혀라. 이름이 뭐지?"

"리포, 필리포 리포."

"리포, 손들고 꼼짝 마. 손들고 저쪽에 서 있어." 톰이 리포에게 죽은 동료 옆에 가서 서라고 손짓했다. 리포는 멀쩡한 오른팔만 들어올렸다. "조너선, 녀석을 감시하고 있어요. 난 차를 살피고 올 테니."

톰은 루거를 들고 밖으로 나가 오른쪽으로 꺾어서 조심조심 차로 다가갔다. 시동 소리가 들렸다. 차는 미등을 켠 상태로 길가에 서 있었다. 톰은 걸음을 멈추고 잠시 눈을 감았다가 부릅떴다. 그런 다음 자동차 옆이나 뒤 유리창에 인기척이 있는지 살폈다. 차에서 총알이 날아올지도 몰라서 톰은 천천히 다가갔다. 주위는 적막했다. 녀석들이 달랑 두 명만 보낸 건가? 톰은 긴장하는 바람에 손전등을 챙겨 오지 않았다. 앞자리에 웅크리고 있을지 모를 조직원에게 총을 겨누는 자세를 잡고 왼쪽 차 문을 열었다. 실내등이 켜졌다. 차 안에는 아무도 없었다. 톰은 차 문을 닫았다. 실내등이 꺼지자, 몸을 숙인 채 귀를 세웠다. 아무 소리도 나지 않았다. 뒷걸음질로 벨옹브르의 대문을 연 다음 다시 차로 가서 녀석들이 타고 온 차를 후진해서 대문 안 자갈밭 위에 세웠다. 방금 차 한 대가 집 앞을 지나갔다. 마을 방향에서 나온 차였다. 톰은 시동도 끄고 미등도 껐다. 그런 다음 현관문을 두드리며 조너선에게 자기라고 알렸다.

"두 명만 온 것 같아요." 톰이 말했다.

조너선은 톰이 밖으로 나가기 직전과 동일한 자세로 리포에게 총을 겨누고 있었다. 리포는 이제 멀쩡한 팔을 높이 들지는 못하고 옆으로 살짝 벌리고만 있었다.

톰은 조너선에게 미소를 날린 다음, 리포에게 시선을 돌렸다. "이제 너 혼자네, 리포? 거짓말했다간 끝장이다. 알겠나?"

마피아의 자존심을 되찾았는지 리포가 톰을 째려보았다.

"대답해! 알겠어?"

"알았다고!" 리포가 분노하면서도 겁에 질린 목소리로 대답했다.

"조너선, 피곤하죠? 앉아요." 톰이 노란 천 의자를 끌어다 주었다. "너도 앉고 싶으면 앉아. 네 친구 옆에 앉으라고." 톰이 리포에게 이탈리아어로 말했다. 예전에 쓰던 이탈리아 비속어가 슬슬 기억나기 시작했다.

리포는 계속 서 있었다. 갓 서른을 넘긴 나이에 키는 175센티미터 정도 되어 보였다. 떡 벌어진 어깨가 안으로 말렸고, 똥배가 슬슬 나오기 시작했다. 체념했는지 입을 앙다문 모습을 보니, 카포 깜냥은 아니었다. 검은색 직모에 거무죽죽한 얼굴이 이제는 조금 퀭해 보였다.

"기차에서 나 본 거, 기억나? 조금이라도 기억나지?" 톰이 이죽거리며 묻더니, 바닥에 쓰러져 있는 금발 사내에게 시선을 옮겼다. "얌전히 굴면 앤지 꼴은 면할 수 있어, 리포. 알아들어?" 톰이 옆구리에 두 손을 댄 자세로 조너선을 보며 웃었다. "우리 기운 좀 차리게 진토닉 한 잔씩 할까요? 어때요, 조너선?" 톰은 조너선의 안색이 돌아온 걸 확인했다.

조너선은 웃으면서도 긴장한 얼굴로 고개를 끄덕였다. "좋죠."

톰이 주방에 가서 얼음 통을 꺼내는 사이, 전화벨이 울렸다. "받지 말아요, 조너선!"

"알겠어요!" 이번에도 시몬의 전화 같았다. 밤 9시 45분이었다.

톰은 리포를 내세워 놈들의 추적을 따돌릴 방법을 모색했다. 전화벨이 여덟 번 울리다가 끊겼다. 톰은 무의식적으로 횟수를 세고 있었다. 쟁반에 얼음이 담긴 잔 두 개와 마시다 남은 토닉 병을 담아 들고 거실로 나갔다. 진이 든 병은 식탁 옆 카트에 실려 있었다.

톰이 조너선에게 잔을 내밀며 말했다. "건배!" 톰이 리포에게 고개를 돌렸다. "어느 패밀리 소속이지, 리포? 밀라노?"

발칙하게도 리포가 침묵을 지키기로 했다. 톰은 얼마나 지긋지긋했는지 리포를 두들겨 패야겠다는 생각이 들었다. 앤지의 머릿밑에 말라붙은 피딱지를 못마땅하게 쳐다보다가 현관 옆 나무 궤짝 위에 잔을 내려놓고 주방으로 도로 들어가 두툼한 행주를 들고 나왔다. 아네트 여사가 불어로 '토르송'이라고 부르는 행주를 들고, 여사가 반질반질 닦아 놓은 대리석 바닥에 묻은 피를 훔쳤다. 톰은 앤지의 머리를 발로 쓱 밀더니 그 밑에 행주를 깔았다. 피가 멎은 것 같았다. 톰은 무슨 생각이 들었는지 앤지의 주머니를 샅샅이 뒤지기 시작했다. 바지 주머니와 재킷 주머니를 뒤지자, 담배며 라이터며 동전 몇 개가 나왔다. 안주머니에 든 지갑은 그대로 두었다. 바지 뒷주머니에 뭉쳐진 손수건이 나왔다. 톰이 손수건을 끄집어내자 올가미가 딸려 나왔다. "짜잔!" 톰이 조너선에게 말했다. "내가 찾던 게 바로 이거라니까요! 젠장, 이게 바로 마피아들이 갖고 다니는 묵주지!" 톰이 올가미를 높이 쳐들고 뿌듯하게 웃었다. "리포, 얌전히 굴지 않으면 이게 네 목에 걸릴 거야. 솔직히 난 시끄럽게 총을 쏘고 싶진 않거든."

톰이 리포에게 걸어가자, 조너선은 잠시 시선을 바닥으로 내렸다. 톰이 손가락에 올가미를 걸고 빙빙 돌리고 있었다.

"그 유명한 제노티 패밀리 맞지, 리포?"

리포가 잡아떼려고 고민하는지 아주 잠시 망설였다. "그래 맞다." 말은 단호히 했지만 조금 민망해하는 눈치였다.

규모 면에서나 충성도 면에서나 대단한 마피아 제노티 패밀리 출신인데도 혼자 남으니 얼굴이 누렇게 뜨거나 새파랗게 질리는 게 톰은 재미있었다. 리포의 팔을 보니 기분이 착잡하긴 했지만, 고문은 아직 시작도 하지 않았다. 마피아는 고문할 때 그들이 바라는 돈이나 정보를 얻지 못하면, 상대의 발톱과 치아를 뽑아 버리거나 담뱃불로 지진다는 것쯤은 알고 있었다. "그동안 몇이나 죽였지, 리포?"

"안 죽였어!" 리포가 울부짖었다.

"안 죽였다네요." 톰이 조너선에게 통역해 주었다. "하하하." 톰이 현관 맞은편에 있는 작은 화장실에 들어가 손을 씻고 나와 술잔을 마저 비웠다. 그러더니 현관 옆에 있는 나무토막을 집어 들고 리포에게 다가갔다. "리포, 오늘 네 보스한테 전화해. 새로운 카포한테 말이지. 오늘 카포는 어디 있지? 밀라노? 뮌헨?" 톰이 나무토막으로 리포의 머리를 툭 때렸다. 무슨 짓을 할지 살짝 맛만 보여 주려고 했는데 긴장하는 바람에 꽤 세게 내려치고 말았다.

"그만해!" 불쌍한 리포가 한 손만 머리 위에 올린 채 시체 근처에서 비틀거리며 울부짖었다. "팔 하나 없는 거 안 보여?" 마피아가 악을 쓰더니 이제 혼자 신세 한탄을 했다. 이탈리아 나폴리의 시궁창 같은 인생이라고 중얼거리는 것 같았다. 밀라노라고 했나? 톰은 이탈리아어에는 그리 능통하지 않았다.

"보여! 게다가 우린 둘이고 넌 하나라는 것도 보여! 그래서 지금 억울하다고 투정부리는 건가?" 톰이 리포에게 입에 담지 못할 욕을 내뱉더니 돌아서서 담배를 집었다. "성모 마리아한테 기도나 하셔." 톰이 어깨 너머로 비아냥거렸다. "한 가지 더." 톰이 리포에게 영어로 말했다. "한 번만 더 큰 소리 냈다간 이걸로 당장 대갈통을 박살 내 버리겠어!" 톰이 나무토막을 높이 쳐들었다가 아래로 내리면서 시범을 보여주었다. "내가 앤지를 이렇게 죽였거든."

리포가 눈을 껌뻑이다가 입을 헤벌렸다. 가쁘게 몰아쉬는 숨소리가 들릴 지경이었다.

조너선은 술잔을 비운 다음, 두 손으로 총을 받친 자세로 리포에게 총구를 겨누고 있었다. 총이 슬슬 무거워졌다. 만일 총을 쏴야 할 경우가 생긴다면, 과연 리포를 맞출 수 있을까, 조너선은 자신이 없었다. 톰이 조너선과 리포 사이를 왔다 갔다 하더니 이제는 리포의 벨트를 움켜쥐고 흔들었다. 조너선은 톰이 하는 말을 다 알아듣지는 못했다. 톰은 이탈리아어로 말하다가 중간 중간 영어와 불어를 섞었다. 대부분은 중얼거렸지만, 톰이 격분하자 목청을 높여 리포를 떠다밀고 돌아서기도 했다. 리포는 입도 뻥긋하지 못했다.

톰이 라디오가 있는 데로 가서 이것저것 버튼을 누르자, 첼로 콘체르토가 울려 퍼졌다. 톰은 적당한 크기로 볼륨을 조절하더니, 정면에 있는 커튼이 제대로 쳐졌는지 확인했다. "정말 지겹죠?" 톰이 미안하다는 듯이 조너선에게 말했다. "추잡할 겁니다. 보스가 어디에 있는지 녀석이 입을 다물고 있으니 내가 손을 좀 봐 줘야겠어요. 당연한 소리지만, 녀석은 나도 무섭겠지만 자기 보스도 무서울 테니까요." 톰은 조너선을 보며 씩 웃더니 라디오로 걸어가 주파수를 돌렸다. 이제는 팝 음악이 흘러나왔다. 톰이 단호히 나무토막을 높이 쳐들었다.

리포가 첫 번째 공격은 옆으로 피했지만, 톰이 팔을 뒤로 빼더니 리포의 관자놀이를 후려쳤다. 리포가 비명을 지르며 울부짖었다. "그만! 때리지 마!"

"보스 전화번호를 대!" 톰이 고함쳤다.

쩍! 톰이 복부를 후드려 패는 순간, 리포가 그걸 손으로 막았다. 유리 파편이 바닥으로 떨어졌다. 리포가 오른손에 찬 손목시계가 박살났다. 리포가 복부를 움켜잡고 고통스러워하며 바닥으로 떨어진 유리 파편을 바라본 채 거칠게 숨을 몰아쉬었다.

톰이 나무토막을 들고 후려 팰 기세로 동작을 멈추고 기다려 주었다.

"밀라노!" 리포가 털어놓았다.

"좋아, 넌 이제……."

조너선은 뒷부분을 놓쳤다.

톰이 전화기를 가리키더니 전화기가 놓인 창문 앞 탁자로 가서 연필과 종이를 집어 들었다. 그리고 리포에게 밀라노 전화번호를 대라고 했다.

리포가 번호를 대자, 톰이 받아 적었다.

이제 톰이 일장 연설을 늘어놓더니 조너선에게 고개를 돌려 말했다. "보스한테 전화해 내가 시키는 대로 말하지 않으면, 올가미로 목을 조르겠다고 했어요." 톰은 올가미에 고리를 지으며 리포에게 고개를 돌렸다. 바로 그때, 길에서 차 소리가 나더니 대문 앞에 멈춰 섰다.

조너선은 허리를 폈다. 이탈리아 경찰이 온 게 아니라면, 제라르의 차를 타고 시몬이 왔으리라. 어느 쪽이 더 끔찍한 운명일까. 조너선은 판단이 서지 않았다. 양쪽 다 끝장나기는 매한가지였다.

톰은 커튼을 젖히고 밖을 내다보고 싶지 않았다. 자동차 시동 소리가 멈추지 않았다. 리포는 표정에 변화가 없었다. 안심하는 기색도 내비치지 않았다.

차가 슬슬 오른쪽으로 움직였다. 톰이 커튼 사이로 내다보자, 차가 서서히 움직이더니 가 버렸다. 상황을 잘 넘긴 것 같았다. 조직원 몇 명이 그 차에서 내려서 풀숲에 몸을 숨기고 있다가 창문으로 폭탄을 던지지만 않는다면 말이다. 톰은 몇 초간 귀를 세웠다. 그레 부부가 왔다 간 걸까. 몇 분 전 전화한 게 그레 부부였을지도 모른다. 대문 안 자갈밭 마당 위에 못 보던 차가 서 있는 걸 보고, 리플리의 집에 손님이 온 줄로 알고 그냥 갔을지도 모른다.

"자, 리포." 톰이 침착한 목소리로 말했다. "네 보스한테 전화해. 난 이 장비로 듣고 있을 테니." 톰이 수화기 뒤에 붙여 놓은 둥근 이어폰을 집어 들었다. 프랑스 사람들이 통화 품질을 높이려고 붙여 놓는 장치였다. "내 성에 차지 않게 말했다간." 녀석이 불어를 알아듣는 것 같자, 이제 톰은 불어로 지껄였다. "이걸 즉시 잡아당기겠어, 알아들어?" 톰이 손목에 올가미를 걸고 시범을 보이더니, 리포의 목에 걸었다.

리포가 놀라서 몸을 뒤로 뺐다. 톰은 개 목줄을 당기듯, 리포를 전화기 앞으로 끌고 가 의자에 앉혔다. 이제야 톰이 올가미를 조를 수 있는 자세가 잡혔다.

"자, 그럼 전화번호는 내가 불러 주지. 미안하지만 수신자 부담이야. 지금 프랑스에 있는데 너하고 앤지가 미행을 당한다고 말해. 그리고 톰 리플리를 봤는데, 앤지 말로는 너희가 찾는 사람이 아닌 것 같다고 해, 알아들어? 헛소리하거나, 너희끼리 알아듣는 은어를 내뱉는 순간, 이렇게 될 거야." 톰이 올가미를 조였지만, 리포의 목살을 파고들 정도로 꽉 당기진 않았다.

"알았다고!" 리포가 식겁한 채 대답하더니, 톰과 맞닿은 시선을 전화기로 옮겼다.

톰이 교환원에게 전화해 밀라노 장거리 전화를 신청했다. 교환원이 집 전화번호를 물어보자, 톰이 알려 주었다. 프랑스에서 전화를 신청할 때면 늘 묻는 절차였다.

"전화 거시는 분 성함이요?" 교환원이 물었다.

"리포. 그냥 리포라고 해 주세요." 톰이 대답한 다음 밀라노 전화번호를 댔다. 교환원이 곧 연결해 주겠다고 했다. 톰이 리포에게 말했다. "네가 말한 전화번호가 마트 번호라든지 네 여자 친구 집 전화번호라면, 네 목을 곧장 조를 테다! 알아들어?"

리포가 꼼지락대며 벗어날 방법을 애타게 찾았지만, 여태 못 찾은 것 같았다.

전화벨이 울렸다.

톰이 리포에게 전화를 받으라고 손짓한 다음 이어폰을 귀에 꽂았다. 교환원이 전화를 연결시켜 주겠다고 했다.

"프론토(여보세요)?" 수화기 너머로 남자의 목소리가 들렸다.

리포가 오른손으로 수화기를 쥐고 왼쪽 귀에 갖다 댔다. "여보세요. 리포입니다, 보스!"

"어, 그래." 수화기 너머 남자가 대답했다.

"루이지, 저기 말입니다……." 리포의 셔츠가 땀에 젖어서 등에 들러붙었다. "저희가 봤는데요……."

톰은 리포가 계속 말하도록 올가미를 살짝 조였다.

"너하고 앤지가 프랑스에 간 거 맞지?" 수화기 너머에서 루이지가 짜증 섞인 목소리로 말했다. "여보세요, 그래서 무슨 일인데?"

"일이 있는 건 아니고요. 그놈을 봤습니다. 그런데 앤지가 그놈이 아닌 것 같다는데요……. 진짜로요."

"미행당한다고 말해." 톰이 소리를 낮추고 시켰다. 연결 상태가 좋지 않아서 밀라노에 있는 보스에게 자기 목소리가 들릴 걱정은 조금도 하지 않았다.

"지금 미행당하는 것 같습니다."

"누구한테?" 밀라노에 있는 보스가 예민하게 물었다.

"거기까진 모르겠습니다. 그래서 말인데요, 저희가…… 어떻게 하면 될까요?"리포가 자기들끼리 아는 은어로 물었는데, 톰은 무슨 소린지 알아듣지 못했다. 리포는 진짜로 겁에 질린 목소리였다.

톰은 웃느라 가슴이 결렸는지 조너선을 쳐다보았다. 조너선은 여태 총을 겨눈 채 리포를 위협하느라 열심이었다. 톰은 리포가 하는 말을 다는 이해하진 못해도, 그가 무슨 수작을 부리는 것 같진 않았다.

"돌아오라고요?"리포가 되물었다.

"그래! 차는 버려! 택시를 타고 가장 가까운 공항으로 이동해. 지금 어디야?"루이지가 물었다.

"전화 끊어야 한다고 말해."톰이 손짓하며 속삭였다.

"전화 끊어야겠습니다, 보스."리포가 전화를 끊고는 불쌍한 개처럼 고개를 들고 톰을 쳐다보았다.

리포는 자기가 끝장이란 걸 직감했다. 톰은 이번만큼은 자신의 유명세가 자랑스러웠다. 그는 리포를 살려 둘 마음이 없었다. 같은 상황이라면, 리포의 마피아 패밀리 역시 그 누구의 목숨도 살려 주지 않을 테니 말이다.

"일어나, 리포."톰이 웃는 낯으로 명령했다. "다른 주머니에 뭐가 들었는지, 어디 볼까."

톰이 몸을 뒤지자, 리포가 성한 팔을 뒤로 빼서 톰을 때리려고 했다. 그런데도 톰은 굳이 피하지 않고 그저 신경 반응으로 치부했다. 한쪽 주머니에서 동전과 구깃구깃한 종잇조각이 나왔다. 펴 보니 오래된 이탈리아 트램 영수증이었다. 바지 뒷주머니에서 올가미가 하나 더 나왔는데, 이번에는 빨간색과 흰색이 어우러진 끈이라 발랄해 보였다. 창자실*처럼 가느다란 끈을 보니, 이발소 회전 간판이 연상되었다.

"이거 봐요! 하나 더 찾았어요!"톰이 해변에서 예쁜 조약돌을 찾은 것처럼 올가미를 들어 올리며 조너선에게 말했다.

조너선은 달랑거리는 올가미는 쳐다보지 않았다. 처음 발견한 올가미가 리포의 목에 여태 걸려 있었다. 조너선은 2미터도 안 되는 거리에 쓰러져 있는 시체에는 눈길조차 주지 않았지만, 반질반질한 바닥에 엎어진 채 한쪽 발목이 어색하게 안으로 홱 돌아간 모습이 시야 한쪽 구석에 걸리는 바람에 어쩔 수 없이 계속 보고 있어야 했다.

"젠장."톰이 손목시계를 보며 말했다. 시간이 벌써 밤 10시를 훌쩍 넘은 것도 몰랐다. 지금 해치워야 했다. 둘이 집에서 몇 시간 떨어진

* 양의 창자로 만든 수술용 봉합실

193

곳까지 차를 몰고 갔다가, 해 뜨기 전에 돌아와야 했다. 빌페르스에서 먼 곳에 시신을 유기해야 하니 남쪽으로, 이탈리아 방향으로 내려가는 수밖에 없었다. 남동쪽으로 갈 수도 있었다. 어디든 상관없었다. 톰이 보기엔 남동쪽이 나을 것 같았다. 톰은 호흡을 깊이 고른 다음, 준비 동작을 했지만 조너선이 보고 있어서 내키지가 않았다. 하지만 조너선도 살인 현장을 경험한 바 있으니, 지체할 시간이 없었다. 톰은 바닥에 내려놓았던 땔감을 집어 들었다.

리포가 바닥에서 날뛰며 몸을 이리저리 피하다가 발에 걸려 넘어졌다. 톰은 리포의 머리맡에 주저앉아 나무토막으로 한 번 더 후려 팼지만, 온 힘을 다 쏟진 않았다. 아네트 여사가 닦아 놓은 바닥에 더는 피를 흘리지 말아야 한다는 생각이 가슴 깊이 자리 잡고 있었기 때문이다.

"의식만 잃은 거니, 끝장을 봐야 해요. 보기 싫으면 주방에 들어가 있어요."

조너선은 보고 싶지 않은데도 그대로 서 있었다.

"운전은 할 수 있겠어요? 내 차를 몰아야 하거든요. 르노요."

"할 수 있어요." 조너선이 대답했다. 친구 로이와 영국에서 프랑스로 넘어왔던 초창기에 면허를 따 놓았다. 면허증은 집에 있었지만 말이다.

"오늘 밤에 운전해야 하니, 주방에 가 있어요." 톰이 조너선을 손으로 휘휘 쫓은 다음, 몸을 숙인 채 올가미를 바싹 죄었다. 진부한 표현이지만, 유쾌한 일은 아니었다. 자비롭게 마취제를 놓은 건 아니더라도, 녀석이 의식을 잃었으니 아무렴 어때? 톰이 올가미를 끝까지 당기자 줄이 목살을 파고들었다. 톰은 모차르트 익스프레스에서 비토 마르칸젤로를 같은 방식으로 보내던 모습을 상기하며 힘을 냈다. 그때에 이어, 이번이 두 번째 교살이었다.

차가 길가를 헤매다가 위쪽으로 올라오더니 멈춰 선 다음, 핸드브레이크 잡는 소리가 들렸다.

톰은 계속 올가미를 당기고 있어야 했다. 몇 초나 됐지? 45초? 재수 없게 아직 1분도 채 되지 않았다.

"이게 무슨 소리죠?" 조너선이 주방에서 나오더니 목소리를 깔고 물었다.

자동차 시동 소리가 그치지 않았다.

톰이 고개를 저었다.

194

자갈을 가볍게 밟는 소리에 이어 노크하는 소리가 들렸다. 조너선은 갑자기 기운이 쭉 빠지면서 다리가 풀렸다.

"시몬이 왔나 봐요." 조너선이 말했다.

톰은 리포의 숨통이 끊겼기를 간절히 바랐지만, 녀석의 안색만 살짝 벌게졌을 뿐이었다. 어서 죽어, 죽으라고!

노크 소리가 또다시 들렸다. "리플리 씨 계세요? 여보!"

"누구하고 왔는지 물어봐요. 같이 온 사람이 있으면 문을 열어 주면 안 됩니다. 바쁘다고 둘러대요."

"누구하고 왔어, 여보?" 조너선이 닫힌 현관문 사이로 물었다.

"혼자 왔어! 택시 기사한테 기다리라고 했어. 대체 무슨 일이야, 여보?"

조너선은 톰에게까지 시몬의 목소리가 들렸을 것 같았다.

"택시를 보내라고 해요."

"돈 줘서 택시 보내, 여보."

"돈은 벌써 줬어!"

"그럼 택시 기사한테 가라고 해."

시몬이 택시를 보내려고 대문 밖으로 나갔다. 택시가 떠나는 소리가 들렸다. 시몬이 계단을 올라 현관 앞까지 돌아오더니, 이번에는 노크하지 않고 조용히 기다리고 있었다.

톰은 리포의 목에 올가미를 걸어 둔 채 허리를 폈다. 조너선이 밖으로 나가 시몬이 안으로 들어올 수 없는 이유를 설명할 수 있을까. 딴 사람들도 있다고 둘러대려나? 시몬이 타고 갈 택시를 다시 불러 줘야 하나? 택시 기사가 뭐라고 생각했을까. 불 켜진 집에 사람이 있긴 있는 것 같은데 여자 손님을 안으로 들이지 않은 모습을 보여 주느니, 차라리 택시를 보내는 게 상책이었다.

"여보! 문 열어! 우리 얘기 좀 해!" 시몬이 고함쳤다.

톰이 조용히 말했다. "내가 택시를 다시 불러 줄 테니 밖에서 같이 기다려요. 나가서 다른 사람들하고 사업 얘기를 하고 있다고 둘러대라고요."

조너선이 고개를 끄덕이더니 잠시 머뭇거리다가 빗장을 밀었다. 조너선은 현관문을 아주 살짝만 열고 몸만 빠져나가려고 했는데, 시몬이 현관문을 벌컥 열더니 안으로 밀고 들어왔다.

"여보! 미안한데……." 시몬이 집주인인 톰 리플리를 찾으려는 듯이 숨을 몰아쉬며 집 안을 둘러보다가 톰을 발견했다. 동시에 바닥에

195

너부러진 두 명의 남자도 보고야 말았다. 시몬이 외마디 비명을 내질렀다. 핸드백이 손에서 스르르 빠지면서 대리석 바닥에 쿵 하고 떨어졌다. "세상에! 이게 다 무슨 일이야!"

조너선이 아내의 손목을 꽉 붙들었다. "보지 마, 저 사람들은……."

시몬이 뻣뻣이 서 있었다.

톰이 시몬에게 다가갔다. "안녕하세요, 부인. 겁먹지 마시죠. 녀석들이 집에 쳐들어와서요. 의식을 잃은 것뿐입니다. 얼마나 난감했는지! 조너선, 주방으로 모시고 가요."

시몬은 걷지도 못하고 휘청거리는 몸을 남편에게 잠시 기댔다. 그러더니 고개를 들고 톰을 쌔려보았다. "둘 다 죽었잖아요! 살인자들! 말도 안 돼! 조너선! 당신이 여기에서 이러고 있다는 게 믿기지 않아!"

톰이 카트로 향했다. "부인께 브랜디를 드리면 어떨까요?" 톰이 조너선에게 권했다.

"좋죠. 여보, 주방으로 가자." 조너선이 아내를 데리고 시신 사이를 헤쳐 가려고 했지만, 시몬은 꼼짝도 하지 않았다.

톰은 위스키 병보다 브랜디 병을 따기가 힘들자, 카트에 있던 잔에 위스키를 따랐다. 톰은 위스키 잔을 들고 시몬에게 다가가 점잖게 말했다. "부인, 처참하게 보이겠지만, 저놈들은 마피아예요. 이탈리아 마피아요. 우리 집에 절 죽이러 왔다고요." 톰은 시몬이 몸에 좋은 약을 마시듯 얼굴을 찡그리지도 않고 위스키를 마시는 걸 보니 한결 마음이 놓였다. "조너선이 절 도와줘서 무척 고맙게 생각합니다. 조너선이 없었더라면……." 톰이 말을 멈추었다. 시몬의 가슴 속에서 분노가 또다시 들끓고 있었다.

"이이가 없었더라면요? 이이가 여기에서 지금 뭐 하는 거죠?"

톰이 몸을 더 곧게 펴고 주방으로 향했다. 시몬을 거실에서 끌어낼 유일한 방법이었다. 시몬과 조너선이 주방으로 따라 들어왔다. "오늘 밤에는 설명해 드릴 수 없습니다, 트레바니 부인. 지금은 그럴 수 없어요. 당장 녀석들을 데리고 나가야 해서요. 그러니 부인께서……." 톰은 고민에 빠졌다. 시간이 되려나? 시몬을 르노에 태워 퐁텐블로까지 데려다준 다음, 다시 집으로 돌아와 조너선과 함께 시체를 치울 시간이 될까? 안 될 것 같았다. 톰은 그렇게 시간을 허비하고 싶진 않았다. 그랬다간 40분은 족히 날리게 된다. "부인, 택시를 불러 드릴 테니 퐁텐블로에 돌아가 계세요."

"남편 곁을 떠나지 않겠어요. 내 남편이 당신같이 더러운 사람하고 여기에서 무슨 짓을 하는지 나도 알아야겠어요!"

시몬의 분노가 톰에게 고스란히 향했다. 톰은 시몬이 분노를 한꺼번에 쏟아 내기를 바랐다. 격분한 여자는 절대로 감당할 수 없었다. 많은 여자를 다뤄 봤지만, 격분한 여자는 도저히 감당할 수 없었다. 작은 불꽃들이 불의 고리를 만들 듯, 혼돈이 꼬리에 꼬리를 물고 돌고 도는 것 같았다. 여자의 마음에 인 불씨를 끈다고 해도, 다른 불똥이 옆으로 튄다고 할까. 톰이 조너선에게 말했다. "부인께서 혼자 택시를 타고 퐁텐블로에 돌아가시는 게 최선이긴 한데······."

"그러게요. 그건 나도 압니다. 시몬, 당신이 집으로 가는 게 최선이야."

"나하고 같이 가는 거지?" 시몬이 물었다.

"난 못 가." 조너선이 절망한 채 말했다.

"당신이 나하고 같이 안 가겠다면, 당신은 저 남자 편이네."

"나중에 얘기하자, 여보."

조너선이 계속 설득했지만 헛수고였다. 톰은 조너선이 이러다가 안 하겠다고, 마음이 바뀌었다고 할 것만 같았다. 조너선은 시몬하고 말이 통하지 않았다. 톰이 끼어들었다.

"조너선." 톰이 조너선을 불렀다. "잠시 실례하겠습니다, 부인." 톰이 거실에서 조너선하고 속삭였다. "이제 우리에게 여섯 시간밖에 안 남았어요. 어쩌면 나 혼자에게 남은 시간이겠죠. 난 두 녀석을 싣고 멀리 내다 버린 다음, 동트기 전에 돌아오고 싶어요. 도와줄 마음이 있긴 있습니까?"

조너선은 전쟁터에서 방향을 잃은 사람처럼 넋이 나가 있었다. 시몬과의 관계는 이미 끝장난 것 같았다. 조너선은 절대로 설명할 수 없었다. 시몬하고 같이 퐁텐블로로 돌아가 봐야 얻을 게 아무것도 없었다. 시몬을 잃었으니, 더 잃을 게 있을까? 이런 생각들이 하나의 장면처럼 조너선의 머리를 스치고 지나갔다. "당연히 내가 도와야죠."

"좋아요. 고마워요." 톰은 웃었지만 긴장했다. "부인이 여기에 있겠다고 하진 않겠지만, 혹시라도 있겠다고 하면 아내 방에 가 있어도 좋아요. 내가 신경 안정제를 갖다줄 순 있어요. 대신 우리하고 같이 가는 건 안 됩니다."

"그건 안 되죠." 시몬은 조너선이 책임져야 했지만, 조너선에게는 설득할 힘도, 우길 힘도 없어 보였다. "아내한테는 아예 말을 꺼낼 수가 없었어요."

197

"위험할 수도 있으니까요." 톰이 말을 하려다가 말았다. 얘기하느라 시간을 허비할 수 없는 노릇이었다. 톰이 다시 거실로 나갔다. 리포를 확인해야 할 것 같았다. 이제 리포의 얼굴이 푸르딩딩해졌다. 아무튼, 리포의 투박한 살덩이가 유기된 시신 같아 보였다. 리포가 꿈을 꾸거나 자는 것 같아 보이진 않았다. 의식이 멀리 떠나 버렸는지 눈빛이 텅 비어 버렸다. 톰이 주방으로 가려는데, 시몬이 주방에서 나왔다. 톰은 그녀의 손에 들린 잔이 빈 걸 보고 카트로 가서 술병을 들고 와서 술을 더 따라 주었다. 그런데 시몬이 그만 마시겠다고 했다. "부인, 안 마셔도 돼요. 우리가 지금 나가야 해서요. 이 집에 남아 있다간 위험해요. 놈들이 또다시 올지 몰라요."

"그렇다면 나도 갈래요. 남편 따라가겠어요!"

"안 됩니다, 부인." 톰은 단호했다.

"뭘 할 건데요?"

"나도 잘 모르겠지만, 녀석들을 내다 버려야 해요. 이 썩어 가는 고깃덩어리를요!" 톰이 손으로 가리켰다. "이 시체를요!"

"여보, 택시 타고 퐁텐블로에 가 있어." 조너선이 달랬다.

"싫어!"

조너선이 한 손으로 아내의 손목을 붙들고 다른 손으로는 술잔을 잡아서 술을 흘리지 않도록 했다. "내 말대로 해. 당신 목숨이 달린 일이야. 내 목숨도 달려 있어. 여기서 말싸움만 하고 있을 순 없다고!"

톰이 계단으로 뛰어 올라가 1분도 안 돼 엘로이즈의 약통을 찾았다. 4분의 1로 쪼개진 수면제가 든 작은 통이었는데, 엘로이즈가 거의 먹지 않아서 약장 맨 뒤로 밀려나 있었다. 톰은 두 조각을 꺼내 들고 아래층으로 내려가서 조너선이 들고 있던 시몬의 잔을 건네받아 그 속에 약을 집어넣고 소다를 가득 채웠다. 소다 거품이 올라오자 손으로 잔을 틀어 막았다.

시몬이 잔을 비우더니 노란 소파 위에 앉았다. 진정이 되긴 했지만, 약효가 벌써 도는 건 아니었다. 조너선이 수화기를 들고 택시를 부르는 것 같았다. 센에마른 지역 전화번호부가 전화기가 놓인 탁자 위에 펼쳐져 있었다. 시몬이 충격받고 놀랐는지 약간 멍해 보였다.

"그냥 빌페르스에 있는 벨옹브르라고 하면 택시가 옵니다." 조너선이 쳐다보자 톰이 말했다.

20

조너선과 시몬이 현관 안쪽에서 택시를 기다리고 있었다. 앞이 캄캄한지 둘 다 입을 다물고 있었다. 그사이, 톰은 프렌치 도어를 통해 정원으로 내려가 창고에 있는 석유통을 들고 나왔다. 아쉽게도 통에는 석유가 가득은 아니고 4분의 3 정도 남아 있었다. 손전등을 들고 집을 끼고 돌아 대문으로 걸어가는 사이, 천천히 다가오는 차 소리가 났다. 톰은 택시이길 바라며 르노 자동차에 석유통을 싣는 대신 월계수 사이에 숨겨 놓았다. 톰이 현관문을 두드리자 조너선이 문을 열었다.

"택시가 왔나 봐요." 톰이 말했다.

톰은 시몬에게는 잘 가라고 인사한 다음, 조너선에게는 대문 앞에서 기다리는 택시까지 배웅해 주라고 했다. 조너선이 택시를 보내고 들어왔다.

톰이 프렌치 도어를 다시 잠그고 있었다. "나 원 참." 톰은 딱히 할 말이 없어서 구시렁거렸다. 그래도 다시 조너선과 단둘이 있게 되자 마음이 놓였다. "시몬이 화가 머리끝까지 난 건 아니었으면 좋겠네요. 시몬을 탓하는 건 아닙니다."

조너선이 얼떨떨한지 어깨를 으쓱했다. 아무 말이나 하려고 했지만, 입에서 떨어지지가 않았다.

톰은 조너선의 상태를 파악한 후, 놀란 선원에게 명령하는 선장처럼 말했다. "조너선, 시몬도 마음을 돌리겠죠." 시몬은 경찰에 신고하지 않을 것이다. 그랬다간 남편이 경찰에 체포될 테니 말이다. 톰은 겁이 없어지자 다시 목적의식이 굳건해지고 있었다. 조너선 앞을 지나가면서 그의 팔을 토닥였다. "금방 올게요."

톰은 풀숲에서 석유통을 꺼내서 르노 뒷자리에 실었다. 그런 다음, 마피아가 타고 온 시트로엥 차 문을 열었다. 실내등이 켜지자, 연료 게이지를 확인했다. 절반이 살짝 넘었다. 두 시간은 달려야 하는데 그 정도면 충분해 보였다. 르노 차에도 기름이 절반은 있으니, 시신은 르노에 실을 것이다. 둘이 여태 저녁도 못 먹었는데, 현명하지 못한 처사였다. 톰은 다시 집으로 들어가서 말했다.

"출발하기 전에 일단 배를 채웁시다."

조너선이 톰을 따라 주방으로 들어갔다. 잠시나마 시체가 너부러진 거실에서 벗어나니 좋았다. 주방 싱크대에서 세수하는 조너선을 보고 톰이 웃었다. 지금으로서는 먹는 게 답이었다. 톰이 냉장고에서 스테이크 고기를 꺼내 달궈진 오븐 안에 집어넣었다. 접시를 꺼내고 스테이크 나이프와 포크를 차렸다. 드디어 둘이 식탁에 앉아 똑같은 접시에 담긴 스테이크를 조금씩 잘라 소금과 HP 소스에 찍어 먹었다. 맛이 기가 막혔다. 주방 싱크대 위에 반쯤 남은 와인 병이 보였다. 이보다 형편없는 식사를 한 적이 꽤 있었다.

"이 정도면 속이 든든할 겁니다." 톰이 나이프와 포크를 접시에 내려놓았다.

거실 시계가 땡 울렸다. 밤 11시 반.

"커피 마실래요? 네스카페 있는데." 톰이 물었다.

"됐어요." 둘이 스테이크를 허겁지겁 먹는 동안에는 아무 말도 없다가, 이제야 조녀선이 물었다. "이제 어떻게 하려고요?"

"어디든 가서 시체를 태우려고요. 차까지 태울 겁니다. 꼭 불을 질러야 하는 건 아니지만, 그래야 마피아가 한 짓처럼 보이거든요."

조녀선은 톰이 창문이 열려 있는데도 조심성 없이 싱크대 앞에 서 있는 모습을 쳐다보았다. 톰이 뜨거운 물을 틀어 보온병을 헹구더니 네스카페 가루 커피를 보온병에 넣고 김이 펄펄 나는 물을 가득 부었다.

"설탕 넣을까요? 달콤하게 먹는 게 좋을 겁니다." 톰이 말했다.

조녀선은 톰이 이제는 뻣뻣하게 굳어 버린 금발의 시신을 옮기는 걸 거들었다. 톰이 농담 삼아 잠시 주절거리더니 마음이 바뀌었다고 했다. 시신 두 구를 모두 시트로엥에 싣겠다고 했다.

"사실 르노가." 톰이 헐떡이며 말했다. "더 크긴 하지만요."

지금 집 앞은 컴컴했다. 멀리 있는 가로등 불빛이 대문 앞까지 오지 않았다. 두 사람은 컨버터블 시트로엥 뒷자리에 시체를 눕히고 그 위에 한 구를 더 얹었다. 리포가 앤지의 목덜미에 얼굴을 파묻은 자세가 되자 톰은 웃겼지만 굳이 말하지는 않았다. 차 바닥에 떨어진 신문지 두어 부가 보이자 여러 장을 펼쳐서 시체 위에 덮고 꾹꾹 쑤셔 넣어 최대한 시체를 잘 가렸다. 톰은 조녀선에게 르노를 몰 줄 아는지 확인한 다음, 깜빡이와 헤드라이트와 상향등 작동법을 일러 주었다.

"자, 그럼 시동 걸어요. 현관문은 내가 잠그죠." 톰은 집 안으로 들어가 거실에 불 하나만 켜 두고, 밖으로 나와 현관문을 닫고 열쇠로 잠갔다.

톰은 조녀선에게 일단 상스에서 만난 다음 트루아로 이동하자고 했다. 트루아에서 동쪽으로 더 갈 거라고 했다. 톰의 차에 지도가 있었다. 둘이 처음 만날 장소는 상스역이었다. 톰이 조녀선의 차에 보온병을 실어 주었다.

"몸은 괜찮은 거죠? 마시고 싶을 때 차부터 세우고 커피 마셔요." 톰이 힘차게 인사를 건넸다. "먼저 출발해요. 난 대문 닫고 출발할 테니. 내가 따라잡을게요."

조너선이 먼저 출발했다. 톰은 대문을 닫고 자물쇠를 걸었다. 그리고 상스로 가는 길에 조너선을 이내 따라잡았다. 상스까지는 30분 거리였다. 조너선이 별다른 어려움 없이 르노를 모는 것 같았다. 상스에서 두 사람은 잠깐 얘기를 나눈 다음, 트루아 기차역에서 다시 만나자고 했다. 톰은 트루아를 잘 몰랐다. 도로에서 앞차를 따라가는 건 위험했지만, 어느 도시든 '기차역'까지 가는 길은 표시가 잘 되어 있었다.

톰이 트루아역에 도착한 시각은 새벽 1시경이었다. 뒤처진 조너선의 차가 30분을 기다려도 오지 않았다. 톰은 역사에 있는 카페에 들어가 커피를 마셨다. 한 잔 더 마시면서 트루아역 앞에 있는 주차장으로 르노 자동차가 들어오는지 유리창으로 계속 살폈다. 결국 톰은 돈을 내고 밖으로 나와 차로 걸어갔다. 바로 그때, 르노가 내리막길로 해서 주차장으로 들어오는 게 보였다. 톰이 손을 흔들자 조너선이 알아보았다.

"괜찮아요?" 톰이 물었다. 조너선은 괜찮아 보였다. "여기에서 커피를 마시거나 화장실에 다녀올 생각이면, 혼자 움직이는 게 제일 나아요."

조너선은 둘 다 안 해도 괜찮다고 했다. 톰은 보온병에 든 커피를 마시라고 했다. 두 사람을 주시하는 사람은 아무도 없었다. 기차가 막 도착했는지 열다섯 명 정도 내리더니 주차해 둔 차나 마중 나온 차로 향했다.

"여기서부터는 19번 국도를 타고 바르쉬르오브로 갈 겁니다. 거기서도 기차역에서 봅시다. 알겠죠?"

톰이 출발했다. 도로에는 차가 거의 없었다. 대형 트럭 두세 대만 네모난 뒤태에 달린 빨간색과 흰색 라이트를 켜고 달리고 있었다. 트럭에 비하면 아주 왜소한 시트로엥 뒷자리에 신문지를 덮고 누운 시신 두 구가 그들에겐 보이지 않는 것 같았다. 톰은 이제 속도를 내지 않고, 시속 90킬로미터를 넘기지 않았다. 바르쉬르오브 기차역에서 만난 두 사람은 창밖으로 몸을 쭉 빼고 얘기를 나누었다.

"기름이 얼마 안 남았어요. 쇼몽을 지나서도 더 가야 하니, 제일 먼저 나오는 주유소에 들러서 기름부터 넣으려고요. 당신도 그렇게 해요."

"알겠어요."

새벽 2시 15분이었다. "계속 19번 국도를 따라가다가 쇼몽 기차역에서 만납시다."

톰은 달리다가 주유소에 들렀다. 톰이 계산하는 사이, 조너선의 차가 들어왔다. 톰은 담배에 불을 붙이면서도 조너선을 쳐다보지 않았다. 그 주변에서 어슬렁대면서 다리 스트레칭도 하다가 차를 한쪽에 대고 화장실에 다녀왔다. 쇼몽까지 남은 거리는 고작 42킬로미터.

톰이 쇼몽에 도착한 건 새벽 2시 55분이었다. 기차역에는 택시는 아예 없었고, 승용차만 몇 대 주차돼 있었다. 승용차 안에도 사람은 없었다. 야밤에 도착할 기차가 더는 없었는지, 역내 카페의 문이 닫혀 있었다. 조너선이 도착하자, 톰이 걸어가서 말했다. "내 뒤를 따라와요. 조용한 장소를 찾아야 하니."

조너선은 피곤했지만, 피로감이 다른 차원으로 진화했다. 조너선은 몇 시간이든 운전할 수 있을 것 같았다. 르노는 핸들링이 정교하고 기민해서 신경 쓸 일이 거의 없었다. 지금 도착한 시골 마을은 굉장히 낯설었지만, 그건 중요하지 않았다. 지금은 앞에 보이는 시트로엥의 붉은색 백라이트만 따라가면 되니, 어렵지 않았다. 톰은 점점 속도를 죽였고 갓길에 두 번이나 차를 댔다가 다시 달렸다. 칠흑 같은 어둠이었지만, 별이 보이지 않았다. 계기판 불빛 때문인 것 같았다. 맞은편에서 차 두 대가 달려왔다. 트럭이 조너선을 추월하기도 했다. 톰이 오른쪽 깜빡이를 켜고 옆으로 빠지더니 사라졌다. 조너선도 오른쪽으로 빠지자, 시커먼 협곡 사이로 흙길이 언뜻 보이면서 숲속으로 이어졌다. 폭이 너무 좁아서 두 대는 지나갈 수 없는 길이었다. 프랑스 시골에 가면 종종 볼 수 있는 길로, 농부나 나무꾼이 주로 다니곤 했다. 덤불이 앞 펜더를 스르륵 긁었다. 군데군데 움푹 팬 곳이 많았다.

톰이 차를 세웠다. 크게 휘어지는 간선 도로를 벗어나 2백 미터 가까이 들어온 것 같았다. 라이트를 껐다. 차 문을 열자 실내등이 켜졌다. 톰은 문을 열어 둔 채, 두 팔을 힘껏 휘저으며 조너선에게 걸어갔다. 마침 조너선도 시동과 라이트를 껐다. 펑퍼짐한 바지에 스웨이드 재킷을 걸친 톰의 실루엣이 발광이라도 했는지, 눈에 잠시 톰의 잔상이 남자 조너선은 눈을 깜빡거렸다.

톰이 조너선의 차창 옆으로 왔다. "이제 거의 다 됐어요. 차를 뒤로 5미터만 빼요. 후진할 줄 알죠?"

조너선이 시동을 걸었다. 차에 후진 라이트가 켜졌다. 조너선이 차를 세우자 톰이 르노 뒷문을 열고 석유통을 꺼냈다. 손에는 손전등이 들려 있었다.

톰이 기름을 시체를 덮은 신문지 위에도 붓고, 옷에도 뿌렸다. 차 지붕과 시트에도 뿌렸다. 안타깝게도 천 시트가 아닌 비닐 시트였다. 앞좌석도 비닐 시트였다. 톰이 허리를 펴고 고개를 들자, 머리 위의 나뭇가지가 서로 뒤엉켜 흙길 위에 지붕을 만들어 주었다. 여리여리한 이파리를 보니, 아직 한여름은 아니었다. 이파리가 조금은 불에 그을리겠지만, 값진 대의를 위한 일이었다. 톰은 석유통을 탈탈 털면서 자동차 바닥에도 기름을 마저 뿌렸다. 바닥에는 샌드위치 포장지며 낡은 지도책이며 쓰레기가 뒹굴고 있었다.

조너선이 톰에게 천천히 다가갔다.

"이제 됐어요." 톰이 나지막이 말하며 성냥을 그었다. 아까 앞문은 열어 둔 상태였다. 톰이 뒷좌석으로 성냥을 휙 던지자, 순식간에 신문지에 누런 불꽃이 일었다.

톰이 뒷걸음질 치다가 흙길 가장자리 움푹 팬 곳에 발이 빠지고 말았다. 조너선이 톰을 붙들어 주었다. "차에 타요!" 톰이 조용히 말했다. 그러더니 르노 자동차로 정신없이 뛰어가 운전석에 앉고는 씩 웃었다. 시트로엥이 활활 타고 있었다. 지붕 한가운데부터 불이 붙더니 촛불처럼 누런 불길이 피어올랐다.

조너선은 조수석에 탔다.

톰이 시동을 걸었다. 잠시 거칠게 몰아쉬던 숨소리가 웃음으로 바뀌었다. "근사해요. 정말 멋져요!"

르노 자동차의 헤드라이트를 켜는 순간, 눈앞에 불타오르던 홀로코스트의 화염이 흐려졌다. 톰이 몸을 틀어 뒤 유리창을 살피며 빠른 속도로 후진했다.

조너선은 불타는 자동차에서 눈을 떼지 않았다. 둘이 탄 차가 굽은 도로까지 나가자, 현장은 아예 보이지 않았다.

이제 톰이 정면을 바라보았다. 차가 다시 국도로 나왔다.

"여기에서 보여요?" 톰이 차를 몰며 물었다.

나무 사이로 반딧불이처럼 반짝이던 불꽃이 이내 사라졌다. 혹시 꺼졌나? "지금은 아예 안 보여요. 하나도 안 보여요." 실패한 건가, 불이 꺼진 건가, 이런 생각이 스치자 조너선은 몸서리가 쳐졌다. 하지만 불은 꺼지지 않았다. 숲이 불꽃을 품고 안 보이게 꼭꼭 감춰 준 것이다. 그래도 누군가는 현장을 발견할 것이다. 과연 그게 언제일까? 그리고 어디까지 밝혀낼까?

톰이 웃음을 터뜨렸다. "차가 불타고 있어요. 두 녀석도 불타고 있다고요! 증거가 사라지고 있어요!"

톰이 계기판을 확인했다. 시속 130킬로미터를 찍자 100킬로미터로 속도를 줄였다.

톰이 휘파람으로 나폴리 노래를 불렀다. 기분이 좋았는지 조금도 피곤하지 않았다. 담배 생각도 나지 않았다. 마피아를 제거하는 일처럼 인생에서 재미있는 일은 그다지 많지 않았다. 그런데…….

"그런데……." 톰이 신이 난 목소리로 말했다.

"그런데 뭐요?"

"두 놈을 해치웠다고 해서 별거 없어요. 집에 온통 바퀴벌레가 들끓는데, 고작 두 마리만 밟아 죽인 셈이죠. 그래도 노력한다는 게 중요하죠. 무엇보다 우리 같은 사람도 마피아를 없앨 수 있다는 걸 마피아에게 가끔은 일깨워 줄 수 있다는 게 근사하잖아요. 안타깝게도 이번에는 자기네 조직원인 리포와 앤지가 라이벌 마피아에게 당한 줄로 알겠지만 말입니다. 적어도 녀석들이 그렇게 생각하기를 바라야죠."

조너선은 이제야 졸음이 밀려왔다. 졸음을 쫓으려고 몸을 억지로 꼿꼿하게 세운 채 손바닥을 꼬집었다. 젠장, 집에 가려면 몇 시간은 있어야 한다. 다시 톰의 집으로 가는 걸까, 아니면 그의 집으로 가는 걸까. 톰은 데이지 꽃처럼 싱그러운 모습으로 아까부터 휘파람을 불며 이탈리아 노래를 흥얼거렸다.

아빠도 엄마도
말리는데
우리가 어떻게
사랑하겠어요…….

톰이 재잘거리며 아내 얘기를 하고 있었다. 그의 아내가 스위스에 있는 샬레에 친구들과 같이 간다고 떠드는 소리에, 조너선은 졸음이 살짝 달아났다.

"머리 대고 눈 좀 붙여요, 조너선. 자도 돼요. 몸은 괜찮은 거죠?"

조너선은 몸 상태가 어떤지 분간이 가지 않았다. 기운이 없긴 했지만, 그거야 자주 있는 일이었다. 조금 전까지 무슨 일이 있었는지, 지금은 무슨 일이 벌어지고 있는지 생각하기가 두려웠다. 지금쯤이면 두 녀석의 살과 뼈가 검게 그을리며 타들어 가겠지. 개기 일식처럼 갑자기 슬픔이 조너선을 덮쳤다. 방금 전 몇 시간을 지워 버리고 싶었다. 기억에서 도려내고 싶었다. 하지만, 조너선은 현장에 있었고, 차를 운전했으며, 시신 처리를 거들었다. 머리를 대자 선잠이 밀려왔다. 톰이 신나서 계속 떠들었다. 옆에서 이따금 맞장구쳐 주는 사람이 있다는 듯이 톰이 수다를 멈추지 않았다. 톰이 이렇게 한껏 들뜬 모습은 조너선에겐 처음이었다. 시몬한테는 뭐라고 하지? 조너선은 생각만 해도 맥이 풀렸다.

톰이 입을 다물지 않았다. "영어로 미사곡을 부르잖아요. 난 그게 참 난감하더라고요. 여기 프랑스 사람들은 영어를 쓰는 사람들이 자기네들 말로 떠드는 강론을 이해했다고 칭찬하거든요. 그런데 영어로 미사곡을……. 성가대가 제정신이 아니거나, 아니면 거짓말쟁이만 모아 놓은 거 같은 기분이 들어요. 그렇지 않아요? 존 스테이너 경 같은 합창곡 작곡자가……."

차가 멈추자 조너선은 잠에서 깼다. 톰이 갓길에 차를 대고 웃는 얼굴로 보온병 커피를 마시고 있었다. 톰이 권하자 조너선도 조금 홀짝였다. 그러고는 다시 출발했다.

새벽이 내려앉은 마을이 보였다. 조너선이 처음 보는 곳이었다. 동이 트는 모습을 보자 잠이 달아났다.

"20분만 더 가면 집이에요!" 톰이 해맑게 말했다.

조너선은 중얼거리다가 다시 눈을 살짝 감았다. 이제는 톰이 집에 있는 하프시코드 얘기를 떠들었다.

"바흐는 딱 듣는 순간 울림을 주죠. 한 소절만 들어도……."

21

조너선은 눈을 떴다. 하프시코드 소리가 난 듯했다. 맞았다. 꿈이 아니었다. 선잠을 자던 그의 귀에 아래층에서 나는 음악 소리가 들렸다. 멈췄다가 다시 치는 가락이 바흐의 사라반드* 같았다. 간신히 팔을 들어 손목시계를 확인했다. 오전 8시 32분. 시몬은 지금 뭐 하고 있을까? 무슨 생각을 할까?

조너선은 지칠 대로 지쳐서 의지마저 사라졌다. 머리를 베개에 더 깊이 파묻었다. 톰의 권유에 뜨거운 물로 샤워하고 잠옷으로 갈아입긴 했었다. 톰이 칫솔을 새로 갖다주며 말했었다. "두어 시간 눈 좀 붙여요. 지금은 너무 이르니까." 그때가 오전 7시경이었다. 이제는 일어나

* 바로크 시대의 춤곡

야 했다. 시몬에게 무슨 말이든, 행동이든 해야 했다. 그런데도 조너선은 늘어지게 누워서 한 손으로 치는 하프시코드 가락을 듣고만 있었다.

이제 톰이 낮은음자리표 음계를 연주했다. 정확하게 건반을 짚으며 하프시코드가 낼 수 있는 가장 묵직한 소리를 냈다. 톰이 아까 말했던 대로, '듣는 순간 울림을 준다'라는 문장이 떠올랐다. 조너선은 하늘색 시트 위에 누워 파란색 모직 담요를 덮고 있다가, 담요를 걷고 간신히 일어나 문으로 향했다. 그리고 맨발로 아래층으로 내려갔다.

톰이 악보를 펴 놓고 음계를 보면서 이제 막 높은음자리표 음계를 치려 했다. 프렌치 도어 커튼 틈새로 새어 들어온 햇살이 톰의 왼쪽 어깨에 내려앉자, 검은 가운에 박힌 금색 무늬가 도드라졌다.

"톰?"

톰이 곧바로 돌아보더니 일어났다. "일어났군요."

톰의 놀란 표정을 보는 순간, 조너선은 몸이 이상했다. 눈을 떠 보니 노란 소파에 누워 있었다. 톰이 옆에서 젖은 수건으로 얼굴을 닦아 주고 있었다.

"차 마실래요? 브랜디는 어때요? 혹시 약 갖고 온 거 있어요?"

조너선은 몸이 말이 아니었다. 어떤 상태인지 알 것 같았다. 나아지려면 수혈을 받는 길밖에 없었다. 그런데 수혈을 받은 지 얼마 되지도 않았는데, 지금 평소보다 몸이 안 좋다는 게 문제였다. 밤새 잠을 못 자서 그런가?

"왜요?" 톰이 물었다.

"병원에 가야겠어요."

"그럽시다." 톰이 대답하더니 잠시 자리를 떴다가 목이 긴 잔을 들고 왔다. "브랜디에 물을 좀 탔어요. 마시고 싶으면 마신 다음, 가만히 있어요. 금방 올 테니."

조너선은 눈을 감았다. 이마에 얹혀 있는 젖은 수건으로 뺨을 문지르자 오한이 들었다. 너무 힘들어서 꼼짝도 할 수 없었다. 톰이 1분도 안 돼 옷을 갈아입고 오면서, 조너선이 입을 옷도 챙겨 왔다.

"이 위에 내 코트를 걸치고 신발만 신으면 옷을 안 갈아입어도 될 것 같아요." 톰이 말했다.

조너선은 시키는 대로 했다. 둘은 또다시 르노 자동차에 올라 퐁텐블로로 향했다. 두 사람 사이에는 조너선이 입을 옷이 곱게 개켜져 있었다. 톰은 병원에 도착하면 어디로 가야 하는지 아느냐고, 수혈을 당장 받을 수는 있느냐고 물었다.

"시몬하고 얘기해야 해요." 조녀선이 말했다.

"그래야죠. 우리 둘이 하든, 당신 혼자 하든, 지금 그 걱정은 접어 뒤요."

"시몬을 병원으로 데려와 줄래요?" 조녀선이 부탁했다.

"그러죠." 톰이 결심하듯 말했다. 지금 이 순간까지 그는 조녀선 걱정은 하지 않았었다. 시몬은 톰을 보면 치를 떨겠지만, 그래도 남편을 보러 병원에는 와 줄 것 같았다. 톰하고 같이 오든, 혼자서 오든 말이다. "아직도 집에 전화 없죠?"

"없어요."

톰이 병원 안내원에게 묻자, 안내원이 조녀선에게 아는 체를 했다. 톰은 부축하고 있던 조녀선이 담당 의사를 만나러 안으로 들어가는 순간, 조녀선에게 말했다. "시몬을 데려올 테니 걱정하지 말아요, 조녀선." 그리고 톰은 간호복 차림을 한 안내원에게 물었다. "수혈받으면 괜찮아질까요?"

안내원이 가볍게 고개를 끄덕였다. 톰은 병원을 나서면서도 안내원이 자기가 한 말을 이해하는 한 건지 도통 감을 잡을 수 없었다. 의사한테 물어볼 걸 그랬나. 톰은 생메리가로 차를 몰았다. 조녀선의 집에서 몇 미터 떨어진 곳에 주차하고, 차에서 내려 검은 난간이 달린 돌계단을 향해 걸어갔다. 톰은 밤을 꼬박 세운 몰골에 수염이 살짝 올라오기까지 했다. 그래도 트레바니 부인이 관심을 보일 소식은 들고 오지 않았던가. 톰이 초인종을 눌렀다.

대답이 없었다. 톰은 한 번 더 누른 다음, 시몬이 밖에 있나 인도를 두리번거렸다. 일요일이라 출근은 안 했겠지만, 오전 9시 50분이니 조르주를 데리고 장을 보러 갔거나, 성당에 갔을지도 모른다.

톰이 천천히 계단을 내려와 인도로 내려서는 순간, 시몬이 걸어오는 게 보였다. 옆에 조르주도 같이 있었다. 시몬이 장바구니를 들고 있었다.

"안녕하세요, 부인." 시몬이 날을 세우고 적의를 보이는데도, 톰은 정중히 인사했다. "남편 소식을 전해 드리려고 온 것뿐입니다. 안녕, 조르주."

"당신 입을 통해선 어떤 말도 듣고 싶지 않아요. 그이가 어디에 있는지나 말해요."

조르주가 초롱초롱한 눈으로 톰을 뚫어져라 쳐다보았다. 아빠의 눈매를 빼다 박았다. "잘 있긴 한데 말이죠, 부인……." 톰은 길에서 애

207

기하긴 싫었다. "지금 병원에서 수혈받고 있어요."

시몬이 부아가 치미는 것 같았다. 이게 다 톰 때문이라고 그를 원망하는 것 같았다.

"들어가서 얘기하시죠, 부인. 그게 나을 것 같은데요."

시몬은 잠시 주저하다가 그러자고 했다. 궁금한 눈치였다. 시몬이 코트 주머니에서 열쇠를 꺼내 문을 열었다. 새 코트가 아니라는 걸 톰은 눈치챘다. "그이한테 무슨 일이 있었던 거죠?" 세 사람이 좁은 복도로 들어서자마자, 시몬이 따졌다.

톰은 숨을 고른 다음 차분히 설명했다. "조너선이 밤새 운전하는 바람에 지친 것 같아요. 당연히 궁금하시겠죠. 제가 지금 막 병원에 데려다주고 오는 길입니다. 걸을 수는 있으니 아주 심각하진 않을 겁니다."

"아빠 보고 싶어!" 조르주가 심통 부리듯 성화했다. 간밤에 아빠를 찾았던 것 같았다.

시몬이 장바구니를 내려놓았다. "대체 그이한테 무슨 짓을 한 거죠? 내가 알던 그이가 아니에요. 당신을 만난 후론요! 두 번 다시 그이를 만났다간 내가 당신을……."

시몬은 아들 앞이라 죽여 버리겠다는 말은 삼켰다.

시몬이 마음을 다스리며 씁쓸하게 말했다. "대체 그이가 왜 당신한테 휘둘리는 거죠?"

"그럴 리가요. 그런 적 없습니다. 이제 그 일은 다 끝났습니다. 지금은 설명해 드릴 수 없지만요."

"그 일?" 시몬이 따졌다. 톰이 대답하기도 전에 시몬이 쏘아붙였다. "남들 인생이나 망치는 사기꾼 주제에! 대체 무슨 협박을 해서 그이를 마음대로 주무르는 거죠? 대체 이유가 뭐죠?"

협박은 불어로 '샹타주'였는데 그 말은 이 상황에 맞지 않았다. 톰은 말을 더듬거렸다. "부인, 조너선의 돈을 빼앗을 사람은 없습니다. 부군께 뭘 바라는 사람도 없어요. 오히려 그 반대죠. 부군께서는 남들에게 책잡힐 일을 한 적이 없습니다." 톰이 힘주어 말했다. 반드시 그래야만 했다. 시몬이 아내로서의 미덕과 정직함을 겸비한 여자 같았기 때문이다. 고운 눈을 반짝이며 눈썹에 힘을 주고 집중하면서도 톰의 말을 못 믿는 모습에서 사모트라케의 니케*처럼 꼿꼿한 면모가 엿보였

* 고대 그리스의 대표 조각상

208

다. "둘이서 밤새 뒷정리를 했습니다." 톰은 자기 입에서 구차한 변명이 튀어나오자, 곧잘 하던 불어가 갑자기 어눌해졌다. 톰이 하는 말은 앞에 있는 선한 여인과는 어울리지 않았다.

"뒷정리?" 시몬이 몸을 숙여 장바구니를 집어 들었다. "이 집에서 나가 주시면 고맙겠어요. 남편이 어디 있는지 알려 주셔서 고맙네요."

톰이 고개를 끄덕였다. "병원까지 모셔다드리고 싶습니다. 밖에 차가 있어요."

"고맙지만 됐어요." 시몬이 복도 중간에서 뒤돌아보며 톰이 나가기를 기다렸다. "조르주, 이리 온."

톰은 밖으로 나가 차에 탔다. 병원에 가서 조너선의 상태를 물어볼까. 시몬이 택시를 타든 걸어가든 10분이면 족히 병원에 도착할 테니, 그냥 집으로 가서 병원에 전화해 보기로 했다. 일단 집에 도착하자, 전화는 하지 않기로 했다. 지금쯤 시몬이 병원에 도착했을 것이다. 조너선이 수혈을 다 받으려면 몇 시간은 걸린다고 했는데. 조너선이 위중한 상태는 아니기를, 죽음의 시작은 아니기를, 톰은 기도했다.

톰은 프랑스 음악이 나오는 라디오를 벗 삼아 틀어 놓고 커튼을 활짝 젖혀 햇볕을 실내로 들였다. 주방을 정리한 후 우유를 한 잔 따라 마셨다. 그리고 2층으로 올라가 다시 잠옷으로 갈아입고 침대에 누웠다. 면도는 자고 일어나서 할 생각이었다.

톰은 조너선과 시몬이 관계를 회복하기를 기원했지만, 그럼에도 여전히 문제가 도사리고 있었다. 마피아는 어떻게 설명해야 할 것이며, 마피아와 두 명의 독일 의사는 어떻게 엮어서 설명해야 할 것인가?

풀리지 않는 문제를 고민하다 보니 솔솔 졸음이 밀려왔다. 리브스도 문제였다. 아스코나에 있는 리브스에게 무슨 일이 생긴 걸까? 대책 없는 리브스. 그럼에도 톰은 예나 지금이나 은근히 리브스를 아꼈다. 리브스가 가끔 서투르긴 해도 뜨거운 가슴만은 진국이었다.

시몬이 조너선이 누운 침대 옆에 앉아 있었다. 일반 침대가 아니라 바퀴가 여러 개 달린 이동식 침대였다. 조너선은 침대에 누워 팔에 튜브를 꽂고 수혈을 받고 있었다. 평소와 마찬가지로 혈액 주머니는 쳐다보지 않았다. 시몬이 조너선에게 들리지 않는 자리로 가더니 진지한 표정으로 간호사와 얘기하고 돌아왔다. 조너선은 자기가 심각한 상태는 아닐 거라고 짐작했다. 시몬이 무슨 말이든 들었을 텐데, 그가 심각한 상태였다면 옆에서 더 살뜰히 챙겨 주었을 것이다. 조너선은 베개를 베고 누운 채 체온을 유지하려고 하얀 담요를 허리께까지 덮고 있었다.

"그 남자 잠옷이네." 시몬이 말했다.

"자려고 아무거나 집어 입은 거야. 돌아오니까 새벽 6시더라……." 조너선이 말을 멈추었다. 기운도 없지만 말해 봐야 아무 소용 없었기 때문이다. 시몬은 톰이 집으로 찾아와 남편이 병원에 있다고 알려 주고 갔다고 했다. 시몬은 여태 화를 풀지 않았다. 참담해하는 아내의 모습은 조너선으로서는 처음이었다. 톰이 무슨 연쇄 살인마라거나, 사람을 마음대로 주무르는 최면술사라도 되는지 시몬은 톰이라면 이를 갈았다. "조르주는?" 조너선이 물었다.

"오빠한테 전화했더니 10시 반까지 집으로 온다고 했어. 조르주가 문을 열어 줄 거야."

제라르 부부는 시몬을 기다렸다가 점심 먹으러 네무르로 같이 갈 것 같았다. "의사가 적어도 3시까지는 병원에 있어야 한댔어. 검사해야 해서." 조너선이 골수를 새로 뽑아야 한다는 걸 시몬도 알 것이다. 골수 채취야 15분이면 끝나겠지만, 다른 검사도 해야 했다. 소변 검사도 해야 하고, 비장이 커졌는지 촉진 검사도 받아야 했다. 조너선은 여전히 상태가 좋지 않았다. 앞으로 어떻게 될지는 자기도 몰랐다. 냉랭한 시몬을 보니 조너선은 화가 더욱 치밀었다.

"이해가 안 돼. 도저히 못 하겠어. 왜 저런 괴물을 만나는 건데?" 시몬이 따졌다.

톰은 괴물과는 거리가 먼 사람이었다. 그런데 그걸 어떻게 설명하지? 조너선은 한 번 더 노력해 보기로 했다. "간밤에 본 그 남자들은 살인마야. 알아? 총이며 올가미까지 들고 왔어. 올가미가 뭔지, 당신도 알지? 그런 걸 들고 톰의 집으로 쳐들어온 거라고."

"당신이 그 집엔 왜 갔어?"

톰이 액자를 맞추고 싶어 했다는 변명은 통하지 않았다. 마침 액자를 재러 갔는데, 톰이 사람을 죽이는 바람에 시체 처리를 거들었다고는 둘러댈 수 없는 노릇이었다. 그동안 톰에게 신세 진 게 많아서, 도와준 거라고 둘러댈까? 조너선은 눈을 감고 힘을 모으며 머리를 쥐어 짰다.

"부인." 간호사가 불렀다.

간호사가 시몬에게 남편을 닦달하지 말라고 주의를 주었다. 조너선도 간호사가 하는 말을 들을 수 있었다. "내가 다 설명할게. 약속해,

여보."

시몬이 서 있었다. "당신은 못 해. 두려우니까. 톰이 당신에게 덫을 놓은 거야. 왜일까? 돈 때문이겠지. 그 남자가 돈을 주기 때문이겠지. 대체 왜 그랬어? 나한테 범죄자 취급받고 싶어? 그 괴물처럼?"

간호사는 시몬이 하는 말을 듣지 못했다. 가 버렸기 때문이다. 조너선은 실눈을 뜨고 시몬을 바라보았다. 잠시 막막해서 말문이 막혔다. 답답했다. 시몬이 생각하듯 세상이 그저 흑백으로 나뉘는 게 아니라는 걸 이해시킬 수는 없을까? 섬뜩한 공포가 조너선을 덮쳤다. 불가능하다는 불길한 예감이 밀려왔다. 죽음처럼 말이다.

마지막으로 시몬이 작별의 말을 몸짓으로 대신한 채 병원을 나서려고 했다. 아내가 문 앞에서 건조하게 키스를 보냈는데, 마치 성당에서 무릎을 꿇고 미사를 보다가 아무 생각 없이 옆으로 물건을 전달하는 것만 같았다. 시몬이 가 버렸다. 앞으로 닥칠 날들이 조너선의 눈앞에 악몽처럼 펼쳐졌다. 병원에서 하룻밤 자고 가라고 할지도 모른다. 조너선은 눈을 감고 고개를 옆으로 돌렸다.

검사는 오후 1시가 다 되어서 끝났다.

"스트레스를 받는 일이 있었나요? 평소와 달리 무리하게 움직이셨습니까?" 젊은 의사가 묻더니 뜻밖의 웃음을 터뜨렸다. "혹시 이사하셨나요? 아니면 정원에서 일을 많이 하셨거나?"

조너선도 예의상 미소를 지었다. 몸이 나아지고 있었는지, 갑자기 웃음이 터졌다. 의사가 한 말이 웃겨서가 아니라, 오늘 아침에 졸도한 일이 죽음의 시작 같았기 때문이다. 조너선은 겁먹지 않고 버텨 낸 자신이 대견했다. 언젠가 진짜로 죽음이 그를 덮친다고 해도, 의연히 맞이할 수 있으리라. 의사가 복도를 따라가서 마지막으로 검사를 받으라고 했다. 비장 촉진 검사였다.

"트레바니 씨? 전화 왔습니다." 간호사가 말했다. "수화기가 바로 옆에 있어요……." 간호사가 책상 위에 있는 전화기를 가리켰다. 수화기가 옆에 내려져 있었다.

분명 톰일 것이다. "여보세요?"

"조너선? 톰이에요. 좀 어때요? 지금 서 있을 수 있는 거면 심각하진 않군요……. 잘됐네요." 톰이 진심으로 마음이 놓이는 목소리로 말했다.

"시몬이 왔다 갔어요. 고마워요. 그런데……." 조너선은 영어로 통화하면서도 말이 나오지 않았다.

211

"힘들었죠? 다 이해해요." 톰이 진부한 위로의 말을 건넸다. 통화를 마무리할 무렵 조너선의 목소리에 서린 근심이 느껴졌다. "내가 오늘 아침에 최선을 다하긴 했지만 다시 찾아가서 시몬하고 얘기해 볼까요? 내가 그러길 바랍니까?"

조너선이 입술을 축였다. "모르겠어요. 그래도 시몬이⋯⋯." '조르주를 데리고 떠나겠다고 협박하진 않을 것'이라고 문장을 끝내려던 중이었다. "글쎄요, 당신이 다시 찾아간다고 뭐가 달라질까요. 아내가 워낙⋯⋯."

톰은 이해했다. "그래도 노력은 해 볼 수 있잖아요? 내가 다시 가서 만나 볼게요. 조너선, 힘내요! 오늘은 집에 가는 거죠?"

"갈 수 있을 겁니다. 그건 그렇고, 시몬이 오늘 점심 먹으러 네무르 친정에 갔을 거예요."

톰은 5시 넘어서 시몬을 만나러 가겠다고 했다. 그때쯤 조너선도 집으로 돌아오면 좋을 것 같았다.

집에 전화도 없이 산다는 게 톰은 조금은 어색했다. 한편으론, 조너선의 집에 전화가 있었더라면 톰이 만나러 가겠다고 전화해도 시몬이 단칼에 됐다며 거절했을 것이다. 톰은 꽃을 들고 갔다. 퐁텐블로 궁전 근처에 있는 꽃 가게에서 때 이른 노란 달리아를 샀다. 톰의 집 정원에는 꽃들이 아직은 피기 전이라 선물할 꽃이 마땅치 않았기 때문이다. 오후 5시 20분, 톰은 트레바니 집의 초인종을 눌렀다.

발소리에 이어 시몬의 목소리가 들렸다. "누구세요?"

"톰 리플립니다."

대답이 없었다.

시몬이 굳은 얼굴로 문을 열었다.

"안녕하세요. 또 뵙네요. 잠시 얘기할 수 있을까요? 조너선은 왔나요?"

"7시에 온대요. 수혈을 또 받고 있대요."

"그래요?" 시몬이 버럭 화를 낼지도 모르지만 톰이 안으로 성큼 들어섰다. "이거 받으세요, 부인." 톰이 웃는 낯으로 달리아를 내밀었다. "조르주, 안녕." 톰이 손을 뻗자 조르주가 웃으며 악수했다. 조르주에게 주려고 사탕을 가져올까 했지만, 선을 넘고 싶진 않았다.

"원하는 게 뭐죠?" 시몬이 물었다. 꽃을 선물해 줘서 고맙다는 말 대신 톰에게 차가운 눈길만 되돌려 주었다.

212

"해명하고 싶습니다. 어젯밤 일을 설명해 드리고 싶어요, 부인."

"그게 설명이 가능한 일이던가요?"

톰은 냉소적으로 웃는 그녀에게 풋풋하고 솔직하게 미소를 지어 보였다. "남들이 마피아에 대해 설명하는 만큼은 저도 할 수 있습니다. 당연히 가능합니다! 생각해 보니 제가 제 돈으로 마피아를 살 수도 있겠더라고요. 마피아가 돈 말고 뭘 바랄까요? 사실 이번에는 마피아가 하필 제게 원한을 품은 바람에 벌어진 일입니다."

시몬이 호기심을 보였다. 그렇다고 해서, 톰을 향한 반감이 사라진 건 아니었다. 시몬이 한 걸음 물러났다.

"거실에서 얘기하면 안 될까요?" 톰이 물었다.

시몬이 앞장섰다. 조르주가 톰을 빤히 쳐다보며 뒤따라왔다. 시몬이 소파를 가리켰다. 톰이 체스터필드 소파에 가서 앉았다. 검은색 가죽을 살짝 매만지며 찬사를 늘어놓으려다가, 가만히 있기로 했다.

"마피아가 제게 각별한 원한을 품었습니다." 톰이 다시 이야기를 이어 갔다. "아시겠지만, 조녀선이 최근 뮌헨에 갔다가 기차를 타고 돌아왔잖아요? 그 기차에 저도 우연히 탔거든요. 기억하시죠?"

"네."

"뮌헨!" 조르주가 이야기를 기대하며 환한 얼굴로 외쳤다.

톰이 조르주를 보며 웃어 주었다. "그래 뮌헨. 저도 저 나름대로 이유가 있어서 그 기차를 탄 겁니다. 툭 터놓고 말씀드리겠습니다, 부인. 사실 저도 마피아처럼 제 손으로 법을 집행하는 경우가 가끔 있습니다. 마피아와 다른 점이라면, 전 정직한 이들을 협박하지 않습니다. 제가 협박하지 않는 한 보호받을 필요가 없는 사람들에게 보호해 주겠다는 명목으로 돈을 뜯어내진 않거든요." 톰은 굉장히 돌려서 말했으니 조르주가 전혀 못 알아들을 거라고 확신했다. 그럼에도 조르주는 톰을 뚫어져라 쳐다보고 있었다.

"지금 무슨 소리 하시는 거예요?"

"제가 그 기차에서 짐승을 하나 죽였고, 또 하나는 거의 죽인 거나 다름없었죠. 열차 밖으로 밀어 버렸으니까요. 조녀선이 그 자리에 있다가 절 본 겁니다. 그래서……." 충격받은 얼굴로 열심히 듣는 조르주를 시몬이 걱정 어리게 바라보았다. 톰은 잠시 착잡했다. 조르주는 그 '짐승'을 진짜 짐승으로 알고 있었다. 지금 듣는 얘기가 톰이 지어낸 동화로 알고 있었다. "조녀선에게 자초지종을 설명할 시간은 있었죠. 우리 둘 다 연결 통로에 서 있었으니까요. 달리는 기차에서 조녀선이 한 일이라곤, 망을 봐 준 것뿐입니다. 그뿐이었지만, 조너선이 도와주니 고맙더라고요. 그러니 부인, 대의를 위해서 한 일이라고 이해해 주세요. 프랑스 경찰이 마르세유에서 마피아와 마약상을 몰아내려고 힘쓰잖습니까? 그런 맥락으로 봐 주십시오. 다들 마피아를 상대로 전쟁을 벌이니, 그렇게 이해를 부탁드리겠습니다. 다들 알다시피, 마피아가 가차 없이 보복한다잖습니까. 바로 어젯밤 그 일이 벌어진 겁니다. 제가……." 조너선에게 도와 달라고 부탁했다는 말을 시몬에게 했던가? 했다. "조너선을 집으로 부른 건 전적으로 제 실수입니다. 제가 한 번만 더 도와 달라고 매달렸거든요."

시몬이 당황하더니 몹시 의심하는 기색을 감추지 못했다. "당연히 돈 때문이겠죠."

톰은 그 말이 나올 거로 예상했기에 침착함을 잃지 않았다. "아닙니다, 부인." 명예가 걸린 문제라고 말하려 했지만, 그건 톰이 생각해도 말이 되지 않았다. 그럼 우정이라고 할까? 그랬다간 시몬이 좋아하지 않을 것이다. "조너선이 친절을 베풀어 준 겁니다. 친절과 용기를 베풀어 준 거라고요. 그러니 부군을 비난하시면 안 됩니다."

시몬이 못 믿겠다는 듯이 천천히 고개를 저었다. "그이는 경찰이 아니에요. 왜 진실을 감추죠?"

"지금 전 진실을 말씀드리고 있습니다." 톰이 두 팔을 벌리며 말했다.

시몬이 암체어에 긴장한 채 앉아 있다가 이제 두 손을 맞잡았다. "최근 남편에게 큰돈이 생겼어요. 그 돈이 당신하고 아무 상관 없다는 얘긴가요?"

톰은 소파에 등을 기댄 채 발목을 반대로 꼬았다. 가진 것 중에 가장 낡고 너덜너덜한 앵클부츠를 신고 왔다. "네, 조너선한테 들었습니다." 톰이 웃으며 말했다. "독일 의사 둘이 내기를 하느라 부군께 판돈을 맡겼다면서요. 맞죠? 부인께도 그렇게 설명한 거로 아는데요."

시몬이 가만히 듣더니 계속 얘기하라는 듯이 기다려 주었다.

"게다가, 보너스까지 받았다고 들었습니다. 일종의 보상금이죠. 결국 병원이 조너선을 임상 시험 대상으로 이용하는 거니까요."

"조금도 위험하지 않은 약이라고 남편이 그랬어요. 그런데 돈을 왜 주나요?" 시몬이 고개를 젓더니 짧게 웃었다. "말도 안 돼."

톰은 입을 다문 채 실망한 표정을 지었다. 진심이었다. "이 세상엔 이상한 일들이 생기기 마련입니다, 부인. 전 부군께 들은 대로 말씀드리는 것뿐입니다. 사실이 아니라고 의심할 이유가 없거든요."

그걸로 끝이었다. 시몬이 초조한지 몸을 비틀다가 암체어에서 일어났다. 귀여운 얼굴에 깔끔하고 단정한 눈매와 눈썹, 야무진 입매는 어떻게 보면 순해 보이면서도 단호해 보이기도 했다. 지금은 단호해 보였다. 시몬이 정중하게 미소를 지었다. "그럼 고티에 씨가 돌아가신 일에 대해서는 얼마나 아시죠? 아시는 게 없나요? 종종 고티에 씨 가게에서 물건을 사셨잖아요."

톰도 자리에서 일어났다. 적어도 그 문제만큼은 양심에 찔릴 게 없었다. "뺑소니차에 치여 돌아가셨다고 들었습니다."

"그게 다라고요?" 시몬이 약간 격앙되어 떨리는 목소리로 말했다.

"사고라고 들었습니다." 톰은 불어로 말하지 말 걸 그랬다는 생각이 들었다. 톰이 불어로 말하면 퉁명스럽게 들리기 때문이다. "고티에 씨가 어이없는 사고를 당했는데, 그 사고에 제가 조금이라도 연루됐다고 의심하시는 건가요? 그렇다면 제가 대체 무슨 목적으로 그 짓을 했을지 말씀해 보세요. 진심입니다, 부인……." 조르주는 손을 뻗어 바닥에 있는 장난감을 집으려 했다. 고티에의 죽음은 그리스 비극을 닮아 있었다. 다만, 그리스 비극에서는 만사에 이유가 있다는 게 달랐다.

시몬이 입술을 쓸쓸하게 씰룩거렸다. "다시는 그이가 당신을 도울 일 없는 거, 맞죠?"

"도움이 필요해도 두 번 다시 부군을 찾지 않겠습니다." 톰이 유쾌하게 맹세했다. "그럼……."

"도움이 필요하면 경찰을 찾아야죠. 안 그래요? 아니면 경찰이 이미 당신을 내사하고 있을지도 몰라요. 미국 경찰이 그러겠죠, 아마?"

시몬이 작정하고 빈정거렸다. 톰은 절대로 시몬의 마음을 돌릴 수 없었다. 톰은 옅게 웃지만 살짝 상처받았다. 살면서 더 심한 말도 견뎠지만, 지금만큼은 시몬에게 기필코 확신을 심어 주고 싶었기에 아쉬웠다. "그건 아닙니다. 아시다시피 제게 이따금 곤란한 일이 생기긴 하지만요."

"그건 저도 알아요."

"곤란이 뭐야?" 조르주가 톰과 엄마에게 금발 머리를 돌리더니 목청을 높였다. 조르주가 두 사람 가까이 서 있었다.

톰이 고심 끝에 '곤란'이라는 단어를 고른 것이다.

"조르주, 조용!"

"그래도 이번에 마피아를 처리한 일이 나쁘지만은 않았다는 걸 인정하셔야 합니다." 톰은 시몬에게 누구 편이냐고 묻고 싶었지만, 그래

봤자 들쑤시기만 할 것 같았다.

"리플리 씨, 당신은 아주 사악한 인간이에요. 다른 건 몰라도 그건 내가 잘 알겠어요. 저희 부부를 가만히 내버려 두시면 정말 고맙겠어요."

톰이 사 온 꽃이 복도 탁자 위에 그대로 있었다.

"조너선은 지금 어떤가요?" 톰이 복도에서 물었다. "나아졌으면 좋겠네요." 톰은 오늘 밤 조너선이 집으로 돌아오면 좋겠다는 말조차 하기가 겁났다. 남편을 또다시 이용하려고 한다고 시몬에게 오해를 살수도 있었다.

"나아지겠죠. 나아질 거예요. 그럼 안녕히 가세요, 리플리 씨."

"안녕히 계세요. 고맙습니다. 조르주, 잘 있거라." 톰이 조르주의 머리를 토닥이자 조르주가 웃었다.

톰은 밖으로 나와 차로 향했다. 고티에! 자주 보던 얼굴이자 이웃에 살던 고티에는 이제는 이 세상 사람이 아니었다. 톰이 사주해서 고티에를 죽였다고 시몬이 오해하는 게 톰은 불쾌했다. 사실 시몬이 의심한다는 소리를 며칠 전 조너선에게 듣긴 했었다. 젠장, 날 뭐로 보고! 사실, 톰의 평판이 더러워진 건 괜찮았다. 그보다 나쁜 건, 톰이 사람을 죽였다는 사실이었다. 디키 그린리프. 그린리프 때문에 톰이 살인을 저지르는 오점을 남기게 되었다. 진짜로 사람을 죽였기 때문이다. 젊은 시절 치기라고 치부하기엔 말이 되지 않았다. 디키를 향한 욕망, 질투, 분노 때문에 톰이 살인을 저지르게 된 것이다. 디키가 죽자, 정확히 말해, 톰이 디키를 죽이는 바람에 톰은 프레디 마일스라고 불리는 미국인 속물까지 죽이게 되었다. 다 지난 일이었지만, 그가 저지른 짓이 맞았다. 그는 경찰의 의심을 샀지만 증거가 없었다. 그럼에도 그 일은 압지에 잉크가 서서히 스미듯, 사람들 사이에서 알음알음 퍼져 나갔다. 톰은 창피했다. 젊은 시절 끔찍한 실수를, 치명적인 실수를 저질렀다는 게 부끄러웠다. 그 일이 있고 난 뒤 톰에게 엄청난 행운이 따랐다고 생각하는 이들도 있었다. 있는 그대로 말하자면, 톰은 그 일을 저지르고도 살아남았다. 그 이후 그가 저지른 살인은, 이를테면 머치슨 같은 경우엔, 톰이 자기 자신을 위하는 동시에 타인도 지키기 위해 저지른 일이었다.

간밤에 시몬은 벨옹브르에 왔다가 거실에 시신 두 구가 쓰러져 있는 걸 보고 충격을 받았다. 충격을 안 받을 여자가 어디 있으랴. 하지만 톰이 자신은 물론 그녀의 남편까지 지켜 주지 않았던가? 만일 그가 마

216

피아에게 붙들려 고문이라도 당했다면, 조너선 트레바니의 이름과 주소까지 죄다 불지 않았을까?

이쯤 되자 톰은 리브스 마이넛이 떠올랐다. 리브스는 잘 지내나? 리브스 마이넛에게 전화해야겠다는 생각이 들었다. 톰은 인상을 쓴 채 차 문을 붙잡고 있었다. 톰은 차 문을 잠그지도 않고 평소처럼 열쇠를 대시 보드에 걸어 둔 상태였다.

22

일요일 오후에 한 골수 검사 결과가 좋지 않자 병원에서는 조너선을 하룻밤 입원시키고 수혈 요법을 시행했다. 혈액을 완전히 교체하는 치료법으로, 조너선은 전에도 받은 적이 있었다.

저녁 7시가 넘자마자 시몬이 조너선을 보러 왔다. 시몬이 아까 병원으로 전화했었다는 말을 병원에서 조너선에게 해 주었다. 그런데 그 전화를 받은 사람이 시몬에게는 남편이 하룻밤 병원에서 자야한다는 말을 해 주지 않은 바람에, 시몬은 병원에 와서 놀라고 말았다.

"그럼…… 내일……." 시몬이 더는 할 말을 찾지 못했다.

조너선은 베개로 머리를 살짝 높게 받치고 누워 있었다. 입고 왔던 톰의 파자마는 벗고 헐렁한 입원복으로 갈아입은 채 양쪽 팔에 튜브를 하나씩 꽂고 있었다. 조너선은 시몬과의 사이가 아득히 멀어진 것만 같았다. 아니, 그가 오해한 걸까? "내일 아침이면 퇴원할 거야. 괜히 병원에 오지 마. 내가 택시 타고 가면 되지 뭐. 오늘 오후는 잘 보냈어? 어르신들은 잘 계시지?"

시몬은 남편이 한 질문은 무시했다. "당신 친구 리플리가 오늘 오후에 집으로 찾아왔더라."

"그랬어?"

"입만 열면 거짓말이라 뭐 하나 믿을 구석이 있어야지. 난 조금도 믿음이 안 가." 시몬이 뒤를 돌아보자 아무도 없었다. 조너선이 입원한 병실에는 병상이 여러 개 있었는데 환자가 다 차진 않았다. 그래도 조너선의 양쪽 옆 침대엔 환자가 있었고, 그중 한 명은 병문안 온 손님까지 있었다.

두 사람은 편히 말할 수가 없었다.

"조르주가 오늘 밤에도 아빠가 없다고 실망하겠네." 시몬이 말했다.

시몬이 가 버렸다.

조녀선은 다음 날인 월요일 오전 10시경에 집에 도착했다. 시몬이 조르주의 옷을 다리고 있었다.

"몸은 괜찮아? 아침은 병원에서 먹었지? 커피 마실래, 아니면 차?"

조녀선은 기분이 한결 나아졌다. 수혈 요법을 받고 나면 매번 그 직후엔 괜찮았다. 병세가 악화돼 혈액이 다시 엉망이 되기 전까진 멀쩡할 것이다. 그는 샤워하고 싶은 마음이 굴뚝같아서 샤워부터 하고 옷을 갈아입었다. 낡은 베이지색 코듀로이 바지를 입고 그 위에 스웨터 두 장을 겹쳐 입었다. 아침 날씨가 꽤 쌀쌀했기 때문이다. 평소보다 추위를 더 타서 그런가. 시몬이 반팔 모직 원피스를 다리고 있었다. 조간신문 『피가로』가 식탁 위에 접힌 채 놓여 있었다. 평소처럼 전면이 보이게 접혀 있었지만, 흐트러진 모양새로 보니 시몬이 먼저 펴 본 게 확실했다.

조녀선이 신문을 집어 들었다. 시몬이 고개를 푹 숙인 채 다림질만 하고 있어서 조녀선은 거실로 나갔다. 2페이지 하단 구석에 2단 기사가 보였다.

시신 두 구, 차에서 불탄 채 발견

5월 14일 자 쇼몽판이었다. "르네 고(55)라는 농부가 토요일 오전 일찍 연기가 계속 피어오르는 시트로엥 자동차를 발견하고 즉각 경찰에 신고했다. 타다 남은 지갑에서 나온 신분증을 확인한 결과, 사망자는 안젤로 리파리(33. 도급업자)와 필리포 투롤리(31. 영업 사원)로 밝혀졌다. 둘 다 이탈리아 밀라노 출신이다. 리파리는 두개골 골절로 사망했으며, 투롤리는 사망 원인이 미상이나 차에 불이 붙었을 당시 의식을 잃었거나 이미 사망한 상태로 추정된다. 경찰이 수사에 나섰으나, 현재까지 단서는 나오지 않았다."

올가미도 타 버렸고, 리포의 시신 역시 심하게 훼손돼 목에 남은 올가미 자국마저 타 버린 게 확실했다.

시몬이 개킨 빨래를 들고 문간으로 나왔다. "봤지? 나도 봤어. 이 탈리아 사람이 둘이나 죽었대."

"그러게."

"당신은 리플리가 그 짓을 하는 걸 거들어 놓고, 그걸 '뒷정리'라고 부른 거네."

조녀선은 입을 다물고 한숨만 쉬었다. 기운이 없어서 등을 기대고 있는 거로 오해를 사지 않으려고, 체스터필드 소파에 허리를 꼿꼿이 세우고 앉았다. 가죽끼리 밀리면서 고급스러운 소리가 났다. "어찌됐든 치우긴 치워야지."

"그러니까 당신은 그저 도왔을 뿐이다……." 시몬이 말했다. "여보, 조르주가 지금 집에 없으니 우리 얘기 좀 해." 시몬이 문 옆에 있는 허리까지 오는 책장 위에 빨래를 올려놓고 암체어 끝에 걸터앉았다. "당신은 진실을 감추고 있어. 리플리도 마찬가지고. 당신이 리플리에게 뭘 더 해 줘야 하는지 난 알아야겠어." 시몬이 히스테리를 부리며 목청을 높였다.

"이제 더는 안 해." 조녀선은 확신했다. 만약 톰이 또다시 부탁한다면, 딱 잘라 거절하면 된다. 순간, 일이 너무 간단해 보였다. 그는 무슨 일이 있어도 시몬만은 놓치고 싶지 않았다. 시몬이 톰 리플리보다 훨씬 소중했다. 톰 리플리가 무얼 준다고 해도, 그에겐 시몬이 훨씬 소중했다.

"내 머리론 이해가 안 가. 간밤에 당신이 무슨 짓을 저질렀는지 당신도 알지? 당신은 살인을 도운 거야, 알아?" 확 낮아진 시몬의 목소리가 파르르 떨렸다.

"목숨을 지키려고 그랬어. 전에 있었던 일 때문에 그렇게 된 거야."

"아, 그러셔. 리플리도 그러더라. 우연히 둘이 같은 기차에 탔다고. 당신이 뮌헨 갔다가 돌아오는 기차에 자기도 탔다나, 맞지? 리플리가 사람을 둘씩이나 죽일 때, 당신이 옆에서 거들었다며?"

"사람이 아니라 마피아야." 톰이 시몬에게 뭐라고 했을까?

"일개 승객인 당신이 살인범을 도왔다? 이 말을 나더러 믿으라는 거야?"

조녀선은 입을 다문 채 고민에 빠졌다. 끔찍했다. 시몬이 묻는 말에 대한 대답은 '아니오'였다. 조녀선은 되묻고 싶었다. '그 녀석들이 마피아라는 걸 당신은 왜 이해를 못 하는데? 녀석들이 리플리를 공격했다니까.' 기차에서 있었던 일에 한정하자면, 그것 역시 거짓이었다. 조녀선은 입술을 앙다물고 푹신한 소파에 등을 기댔다. "당신이 그 말을 믿으리라곤 기대도 안 해. 그래도 딱 두 가지만 말할게. 이제 더는 그럴 일 없어. 그리고 우리가 죽인 녀석들은 범죄자에 살인마였어. 이것만큼은 꼭 알아줘."

"한가할 때 비밀경찰인 척하고 돌아다닌다는 거야? 그런 짓하고 돈은 왜 받았는데? 이 살인자야!" 시몬이 두 손을 꽉 쥐더니 자리에서 일어났다. "당신이 낯설어. 이제 당신은 내가 알던 사람이 아니야."

"제발, 여보." 조너선도 일어서며 애원했다.

"난 당신을 좋아할 수도, 사랑할 수도 없어."

조너선이 눈을 껌뻑였다. 조금 전 시몬이 영어로 말했다.

시몬이 불어로 이어서 말했다. "당신이 뭔가 숨기고 있다는 거 알아. 하지만 그게 뭔지 알고 싶지도 않아. 알아? 리플리 같은 섬뜩한 인간하고 끔찍이 얽혀 있겠지. 그게 궁금할 뿐이야!" 시몬이 쓸쓸하게 비꼬며 말을 덧붙였다. "까놓고 말해, 당신이 봐도 너무 역겨운 일이라서 나한테 말 못 할 텐데, 내가 그걸 궁금해하면 되겠어? 보나 마나 당신이 리플리 대신 다른 죄를 뒤집어쓰고 그 대가로 돈을 받는 거겠지. 그래서 그 작자가 시키는 대로 하는 거잖아. 잘들 한다. 그따위 돈 필요 없어!"

"난 리플리가 시키는 대로 하지 않아! 당신도 알게 될 거야!"

"내가 다 봤어!" 시몬이 빨래를 들고 거실에서 나가 계단을 올라갔다.

점심때가 됐는데도 시몬은 배가 고프지 않다고 했다. 그래서 조너선은 직접 달걀을 삶아 먹고 가게로 나갔다. 문에는 '영업 종료' 팻말을 걸어 놓았다. 공식적으로 월요일에는 영업하지 않았기 때문이다. 토요일 정오 이후로 변한 건 아무것도 없었다. 시몬이 가게에 들르지 않은 게 분명했다. 조너선은 문득 이탈리아제 권총이 생각났다. 원래 서랍 속에 넣어 두었던 권총이 지금은 톰 리플리의 집에 있었다. 조너선은 그림에 맞춰 액자용 나무를 자르고 유리도 잘랐지만, 못을 박을 때는 기운이 없었다. 시몬을 어찌해야 하나? 사실 그대로 처음부터 끝까지 털어놓으면 무슨 일이 벌어질까? 사람의 목숨을 앗아간 행동은 가톨릭 신도가 할 일이 아니었다. 보나 마나 시몬은 '대단들 하셔! 역겨워!' 하고 곧바로 반응할 게 뻔했다. 마피아라면 백 퍼센트 가톨릭 신도일 텐데도 아무 거리낌 없이 사람의 목숨을 빼앗는다는 게 신기했다. 하지만 그는, 시몬의 남편은 달라야 했다. 그는 사람의 목숨을 빼앗으면 안 되었다. 그가 '실수'했다고 아내에게 고백한다고 해도 후회하게 될 것이다. 희망이 보이지 않았다. 무엇보다, 그는 그 일이 딱히 실수라고 생각하지도 않는데, 왜 거짓말을 더 보태야 한단 말인가?

조너선은 마음을 더욱 굳게 다져 먹고, 다시 작업에 매진했다. 액자 틀에 본드를 바르고 못을 박았다. 그런 다음 뒤에 갈색 종이를 깔끔히 발랐다. 액자를 맡긴 손님 이름을 액자에 달려 있는 철사에 매달았다. 받아 놓은 주문 목록을 살펴보고, 액자를 하나 더 만들었다. 이번에도 매트 보드를 대지 않아도 되는 액자였다. 그는 오후 6시까지 작업한 후, 빵과 와인도 사고 정육점에 들러 슬라이스 햄도 샀다. 시몬이 장을 보지 않았더라도 셋이서 먹을 저녁거리로 넉넉할 것이다.

시몬이 말했다. "경찰이 당장이라도 문을 두드리면서 당신을 만나러 왔다고 할까 봐 무서워 죽겠어."

조너선은 저녁을 차리면서 짧게 말했다. "그럴 일 없어. 경찰이 왜 와?"

"단서가 없다는 건 말도 안 돼. 리플리가 체포당하면 당신 이름을 술술 불겠지."

시몬이 종일 아무것도 못 먹은 게 확실했다. 그는 냉장고에서 먹다 남은 으깬 감자를 꺼내 손수 저녁상을 차렸다. 조르주가 방에서 내려왔다.

"병원에서 뭐 했어요, 아빠?"

"피를 새로 바꾸었어." 조너선이 미소를 머금은 채 양쪽 팔을 구부리며 대답했다. "피를 새로 싹 갈았어. 8리터도 넘는 피를."

"그게 얼마큼인데요?" 조르주가 두 팔을 쫙 벌렸다.

"이런 병으로 여덟 개쯤 가느라 하룻밤이 꼬박 걸렸지."

조너선이 아무리 기를 써도 우울한 기운을 걷어 낼 수 없었고, 꽉 다문 시몬의 입을 열 수도 없었다. 시몬은 식사하면서 말이 없었다. 조르주는 이해하지 못했다. 조너선이 노력해도 소용없자 민망한 나머지 말없이 커피만 마셨다. 아들하고도 재잘거릴 수 없었다.

조너선은 시몬이 제라르에게 털어놓았을지 궁금했다. 그는 조르주를 거실로 데리고 나가 텔레비전을 틀어 주었다. 며칠 전 새로 장만한 텔레비전이었다. 채널이 딱 두 개밖에 없어서 지금 이 시각에 아이들이 보기엔 따분한 방송만 나왔지만, 조르주가 잠시라도 텔레비전 앞에 앉아 있어 주기를 바랐다.

"혹시 당신 오빠한테 얘기했어?" 조너선이 궁금함을 참지 못하고 물었다.

"당연히 못 했지. 이게 오빠한테 할 수 있는 얘기야?" 시몬이 담배를 피우고 있었다. 흔치 않은 경우였다. 시몬이 현관으로 나가는 복도를 살피며 조르주가 없다는 걸 확인했다. "조너선, 아무래도 우리 별거해야겠어."

텔레비전에서 프랑스 정치인이 무역 연합에 관해 연설하고 있었다.

조녀선이 다시 의자에 앉았다. "당신이 놀라는 게 당연해. 그러니 며칠만 말미를 주겠어? 어떻게든 내가 당신을 이해시켜 볼게. 진심이야." 조녀선이 굳게 확신하며 매달렸지만, 스스로도 전혀 확신이 서지 않았다. 이건 본능적으로 목숨에 매달리는 것하고 비슷했다. 그는 시몬에게 매달리고 있었다.

"당신이야 당연히 그렇게 생각하겠지만, 난 날 알아. 난 감정적으로 휘둘리는 어린애가 아니라고!" 시몬이 조녀선을 똑바로 바라보았다. 지금 시몬은 화난 게 아니라 단호했다. 조녀선은 아내에게 거리감이 느껴졌다. "당신한테 생긴 그 돈, 이제는 관심 없어. 조금도. 나 혼자서도 조르주를 키우면서 잘 살 수 있어."

"세상에, 이게 다 무슨 소리야. 조르주는 내가 키워!" 조녀선은 둘이 이런 대화를 나눈다는 게 믿기지 않았다. 그는 자리에서 일어나 시몬이 앉은 의자를 살짝 거칠게 당겼다. 순간 커피가 넘쳐서 컵 받침으로 흘러내렸다. 조녀선이 시몬을 부둥켜안고 입을 맞추려 했지만 시몬이 몸부림치며 피했다.

"싫어!" 시몬이 담배를 끄고 식탁을 훔치기 시작했다. "미안한데 이젠 침대도 같이 못 쓰겠어."

"그럴 줄 알았어." 시몬이 말은 이렇게 해도, 내일 성당에 가서는 내 영혼을 위해 기도해 주겠지, 조녀선은 생각했다. "시몬, 우리 시간을 좀 갖자. 마음에 없는 소리는 제발 하지 마."

"난 바뀌지 않아. 리플리한테 가서 물어봐, 그 사람은 알 거야."

조르주가 돌아왔다. 텔레비전은 까맣게 잊어버리고 부모를 당황한 눈빛으로 쳐다보았다.

조녀선이 복도로 나가면서 조르주의 머리를 손가락으로 흐트러 렸다. 침실로 올라가려다가 이제는 둘이 쓰는 침실이 아니라는 생각이 들었다. 올라가서 뭘 한단 말인가? 텔레비전에서 단조로운 소음이 계속 흘러나왔다. 조녀선은 복도에서 우왕좌왕하다가 맥 코트와 머플러를 집어 들고 밖으로 나갔다. 프랑스가까지 걸어가 왼쪽으로 돌아 계속 걷다가 도로 끝에 모퉁이에 있는 바 카페로 들어갔다. 톰 리플리에게 전화하고 싶었다. 전화번호는 외우고 있었다.

"여보세요?" 톰이 받았다.

"조녀선입니다."

"괜찮아요? 병원에 전화했더니 하룻밤 입원했다면서요. 이제 퇴원

한 겁니까?"

"네, 오늘 아침에요. 저기……." 조너선이 숨을 몰아쉬었다.

"무슨 일이에요?"

"잠깐 만날 수 있을까요? 괜찮다면……. 택시를 타고 가겠습니다. 당연히 그래야죠."

"지금 어딥니까?"

"모퉁이 술집이에요. 레글 누아르 호텔 근처에 새로 생긴 곳입니다."

"내가 데리러 가죠." 톰은 조너선이 시몬하고 싸웠다는 걸 짐작할 수 있었다.

"기념비까지 걸어갈 테니 거기서 뵙죠. 조금 걷고 싶어서요."

조너선은 당장은 기분이 나아지는 것 같았다. 당연히 겉으로만 그랬다. 시몬과의 문제는 잠시 뒤로 미뤄 놓았을 뿐이지만 상관없었다. 고문당하다가 단 몇 분이라도 고통에서 벗어났다는 게 고마웠다. 담배에 불을 붙인 다음 천천히 걸었다. 톰이 오려면 15분은 걸릴 것이다. 레글 누아르 호텔을 지나자마자 보이는 스포츠 바에 들어가 맥주를 시켰다. 머리를 텅 비우려고 했다. 순간, 어떤 생각이 고개를 들었다. 시몬이 마음을 돌릴 거라는 생각. 의식적으로 그 생각을 하자마자 그럴 리 없다는 두려움이 밀려왔다. 이제 조너선은 혼자였다. 혼자라는 사실도, 이제 조르주마저 멀어졌다는 것도 실감났다. 앞으로 시몬이 조르주를 키울 게 뻔한데도, 조너선은 여태 그 사실을 깨닫지 못했다. 며칠은 지나야 실감이 날 것 같았다. 때론 머리보다 가슴이 느리게 반응했다.

한 줄로 늘어선 차량들 틈에 끼어 있던 톰의 짙은 색 르노가 어두운 숲을 지나 기념비 주변을 밝히는 조명 안으로 들어섰다. 밤 8시를 갓 넘긴 시각이었다. 조너선은 도로 좌측 모퉁이에 서 있었고, 톰의 차는 오른편에 있었다. 톰이 자기 집으로 가려면 유턴해야 했다. 조너선은 술집으로 가느니 톰의 집으로 가는 편이 나을 것 같았다. 톰이 차를 세우고 문을 열어 주었다.

"어서 타요!" 톰이 물었다.

"네." 조너선이 차 문을 닫으며 대답하자마자 톰이 출발했다. "댁으로 갈 수 있을까요? 북적거리는 술집은 별로라."

"그럽시다."

"오늘 저녁은 힘이 부치네요. 낮에도 힘들었는데."

"그럴 줄 알았어요. 시몬 때문이죠?"

"시몬하고는 끝났나 봐요. 누가 시몬한테 손가락질하겠어요?" 조너선은 기분이 묘해서 담배에 불을 붙이려다가 그것조차 아무 의미가 없어서 그만두었다.

"난 최선을 다했어요." 톰은 경찰 오토바이가 쫓아오지 않을 정도로 속도를 지키는 선에서 최대한 빨리 달리는 데에 집중했다. 주변 도로 인근에 있는 숲에 경찰이 잠복하는 경우가 종종 있었기 때문이다.

"돈이니, 시체니. 젠장! 독일 의사들이 건 판돈을 내가 보관하는 거라고 했다고요." 판돈이니, 내기니 하는 말이 조너선에게조차 터무니없이 들렸다. 그 돈을 굉장히 구체적이고 명확하게, 충분히 설명했다고 해도, 시몬이 두 눈으로 목격한 두 구의 시신이 훨씬 더 생생하고 의미심장하게 다가왔을 것이다. 차가 꽤 속도를 내며 달리고 있었다. 나무를 들이박든, 도로에서 튕겨 나가든 조너선은 상관없었다. "한마디로 말해, 사람이 죽었잖아요. 내가 살인을 거들었든, 직접 죽였든, 시몬은 바뀌지 않을 거예요." 마가복음 8장 36절이 떠오르자, 조너선은 헛웃음이 나올 뻔했다. "사람이 만일 온 천하를 얻고도 자기 목숨을 잃으면 무엇이 유익하리오." 그는 온 세상을 다 얻은 것도 아니었지만, 영혼을 팔아먹은 것도 아니었다. 사실 그는 영혼의 존재를 믿지 않았다. 오히려 자존심을 믿는다는 게 더 맞는 표현이었다. 조너선은 자존심만 챙기느라 시몬을 잃고 말았다. 그에게 시몬은 삶의 원동력이었다. 그렇다면 그게 자존심이 아닐까?

시몬이 조너선에 대한 태도를 바꿀 리 없겠지만, 톰은 잠자코 있었다. 집에 가면 얘기할 수 있을 것이다. 그런데 대체 무슨 말을 한단 말인가? 진심이 아닌데도 위로와 희망이 담긴 말을 건네고 화해하라고 권하라고? 여자란 존재에 대해 과연 누가 뭘 알겠는가? 때론 여자가 남자보다 도덕심이 강했다. 그런데 유독 정치판의 사기꾼과 깡패가 결탁하는 경우에는 여자가 남자보다 훨씬 줏대없고 이중적 사고를 하는 경향이 월등히 강하다고 톰은 생각했다. 안타깝게도 시몬은 대쪽 같은 청렴함을 대변하는 인물이었다. 시몬이 성당에 다닌다고 조너선이 얘기하지 않았던가? 이쯤 되자 톰은 괜히 리브스 마이넛도 생각났다. 리브스는 별다른 이유 없이 예민하게 굴었다. 빌페르스로 빠지는 길이 별안간 나타나자, 톰은 서서히 차를 몰아 익숙하면서도 조용한 거리로 들어섰다.

키가 큰 포플러나무 뒤로 벨옹브르가 보였다. 입구에 조명이 켜져 있었다. 모두 그대로였다.

톰이 막 커피를 내리자, 조너선도 한 잔 마시고 싶다고 했다. 톰은 커피를 살짝 데워서 브랜디 술병과 함께 커피 테이블로 들고 갔다.

"문제가 있어요. 리브스가 프랑스로 오고 싶어 해요. 오늘 내가 상스에서 전화했더니, 리브스가 스위스 아스코나 '곰 세 마리'라는 호텔에 있대요."

"기억나요." 조너선이 말했다.

"리브스는 자기가 감시당한다고 생각하더라고요. 인도를 지나가는 행인들도 자기를 감시한다나. 그래서 내가 마피아가 그런 식으로 시간 낭비하진 않을 거라고 했어요. 리브스도 알아야죠. 내가 파리로 오지 말라고 했어요. 당연한 말이지만, 우리 집으로 내려오면 절대로 안 됩니다. 벨옹브르가 세상에서 가장 안전한 곳은 아니잖아요. 안 그래요? 토요일 밤에 있었던 일은 입도 뻥끗 안 했어요. 기차에서 우리를 본 마피아 두 명을 우리 손으로 처치했다고 하면 리브스가 안심하겠지만, 이런 잔잔한 평화가 얼마나 갈 수 있을까요." 톰이 몸을 숙여 무릎에 양쪽 팔꿈치를 세운 채 고요한 창을 응시했다. "리브스는 토요일 밤에 무슨 일이 있었는지 전혀 몰라요. 알면서도 입 다물고 있는 걸지도 모르지만요. 신문을 봐도 우리하고 그 일을 연결 짓진 못할 겁니다. 오늘 신문 봤죠?"

"봤어요."

"단서가 없어요. 오늘 밤 라디오 뉴스에는 나오지 않더니 텔레비전에만 잠깐 나오더라고요. 단서가 없다면서." 톰이 씩 웃으며 팔을 뻗어 작은 시가를 하나 집어 들었다. 시가 상자를 내밀자 조너선이 고개를 저었다. "이 동네 사람들한테 탐문 조사를 안 한다는 것 역시 좋은 소식이죠. 오늘 빵을 사서 정육점에 갔어요. 천천히 돌아다니면서 떠보려고요. 오늘 저녁 7시경에 이웃에 사는 하워드 클레그가 큼직한 비닐봉지에 말똥 비료를 담아서 집에 갖다주고 갔어요. 가끔 토끼를 사는 농장이 있는데 그 집에서 비료를 얻었대요." 톰이 담배 연기를 내뿜더니 웃음을 터트리며 긴장을 풀었다. "토요일 밤에 차 한 대가 왔다가 그냥 간 거, 기억하죠? 그게 하워드였어요. 우리 집에 손님이 있으니 말똥 비료를 갖다줄 때가 아니라고 생각했대요." 톰은 자기가 잠시 횡설수설하는 사이 조너선이 조금이나마 긴장을 풀기를 바랐다. "엘로이즈가 며칠 여행 가는 바람에 파리에서 온 친구들하고 즐거운 시간을 보냈다고 둘러댔죠. 집 앞에 파리 번호판을 단 자동차가 서 있었으니까요. 잘 넘어간 것 같아요."

벽난로 선반 위에 있는 시계에서 맑고 작은 종소리가 아홉 번 울렸다.

"아무튼, 다시 리브스 얘기를 하자면, 사실 리브스한테 편지를 보낼까 했습니다. 상황이 나아졌다고 보는 이유를 몇 가지 적으려다가 말았죠. 두 가지 이유에서요. 리브스가 지금쯤 아스코나를 떠났을지도 모르고, 둘째, 만일 마피아가 여태 리브스를 추적한다면 상황이 나아지지 않았다는 거니까요. 지금은 리브스가 랠프 플랫이라는 가명을 쓰지만 마피아가 리브스의 본명도 알고 얼굴도 알아요. 그들이 여태 찾고 있다면, 리브스에겐 브라질로 가는 것밖에 선택지가 없을 겁니다. 브라질에 간다고 해도……." 톰은 미소를 지었지만 기분이 좋지는 않았다.

"리브스가 그런 일엔 익숙하지 않을까요?" 조너선이 물었다.

"익숙하다고요? 그럴 리가요. 마피아에 익숙한 사람이 과연 있을까요? 그런 일에 익숙해져서 자기가 살아남았다고 떠들 사람은 없을 거예요. 목숨은 부지한다 해도, 몸이 성치 않겠죠."

조너선은 리브스라면 덤빌 테면 덤벼 봐라, 할 거로 생각하고 있었다. 자기를 끌어들인 작자가 바로 리브스였기 때문이다. 아니다, 조너선이 제 발로 걸어 들어간 거였다. 돈 때문에 그가 자기 자신을 설득해 제 발로 직접 뛰어든 것이다. 그나마 톰 리플리는 조너선이 수고비를 다 받을 수 있도록 도와주긴 했다. 그 끔찍한 게임이 비록 톰의 아이디어에서 출발한 일이었지만 말이다. 뮌헨을 떠나 스트라스부르까지 가는 기차 안에서 몇 분만에 벌어진 일이 조너선의 머릿속에 되살아났다.

"시몬 일은 정말 유감입니다." 톰이 말했다. 큰 키를 웅크린 채 커피를 마시는 조너선의 모습을 보니, 실패한 사람의 모습을 조각상으로 구현해 놓은 것 같았다. "시몬이 어쩌겠답니까?"

"그게 말이죠." 조너선이 어깨를 으쓱했다. "시몬이 별거하재요. 자기가 조르주를 데려가겠대요. 당연히 그렇게 나오겠죠. 제라르라고 네무르에 사는 오빠가 있는데, 시몬이 오빠나 친정에 얘기했는지는 모르겠습니다. 굉장히 충격을 받은 데다가 수치스럽기까지 하나 봐요."

"왜 아니겠어요." 엘로이즈도 수치스러워하겠지만 두 가지 측면에서 생각을 동시에 할 수 있는 탁월한 능력을 지닌 여자였다. 엘로이즈는 톰이 저지른 살인과 범죄를 덮어 주었다. 그런데 그게 범죄일까? 다른 건 몰라도, 얼마 전에 그가 더와트 연극을 마무리 지은 일과, 이번에 그 가증스러운 마피아를 처리한 게 과연 죄라고 할 수 있을까? 톰은 도덕적인 질문은 잠시 옆으로 치워 놓았다. 그 순간, 그가 무릎 위로 담뱃재를 털고 있다는 걸 깨달았기 때문이다. 앞으로 조너선이 혼자서 어쩌려는 걸까? 시몬이 떠난다면, 조너선은 삶의 의욕을 아예 잃을 사람이었다. 톰은 자기가 시몬을 한 번 더 설득해야 하는 건 아닌지 고민에 빠졌다. 그런데 어제 만난 기억이 떠오르자, 기운이 빠졌다. 시몬을 다시 만난다는 게 톰은 엄두가 나지 않았다.

"난 다 끝났어요."

톰이 말하려는데 조너선이 먼저 말했다.

"시몬하고 정리했다는 말이에요. 아니, 시몬이 날 정리한 거죠. 이제는 내가 얼마나 더 사느냐, 하는 이 지긋지긋한 질문만 남았어요. 도대체 왜 이렇게 목숨이 질길까요? 그래서 말인데요, 톰……." 조너선이 자리에서 일어났다. "혹시 내가 도울 수만 있다면, 자살이라도 할 테니 뭐든 시켜만 줘요."

톰이 미소를 지었다. "브랜디 마실래요?"

"그럴까요. 고맙습니다."

톰이 브랜디를 따랐다. "우리가 고비를 넘겼다고 생각하는 이유를 내가 잠시 고민해 봤어요. 우리가 마피아를 따돌렸다고 생각하는 이유를요. 그런데 만일 마피아가 리브스를 잡아서 고문한다면, 우리도 당연히 위험에서 벗어날 순 없어요. 리브스가 우리 얘기를 죄다 불 테니까요."

조너선도 그 생각을 하긴 했지만, 이제는 그게 그에게 별로 중요하지 않았다. 물론 톰에게는 중요할 것이다. 톰은 더 살고 싶을 테니 말이다. "내가 도움이 된다면 바람잡이라도 할게요. 아니면 희생양이 되거나." 조너선이 웃었다.

"바람잡이는 필요 없어요." 톰이 말했다.

"마피아는 복수를 위해서라면 어느 정도 피를 원한다고 당신이 나한테 말해 줬잖아요?"

톰은 생각해 봤지만 그 말을 한 적이 없는 것 같았다. "우리가 가만히 있으면 마피아가 리브스를 잡아서 죽이겠죠. 당연히 그러겠죠. 마피아를 죽이자는 생각을 리브스의 머릿속에 주입한 사람은 내가 아니거든요. 당신도 아니고요."

톰의 매몰찬 모습에 조너선은 속이 살짝 울렁였다. 조너선이 자리에 앉아 있었다. "그럼 프리츠는요? 소식은 없었나요? 프리츠는 무사하다고 했던 것 같은데요." 평온했던 시절이 떠올랐는지, 조너선이 미소를 머금었다. 리브스의 함부르크 아파트에 있던 프리츠의 모습이 떠올랐다. 손에 모자를 들고 다정한 미소를 지으며 성능 좋은 피스톨을 건네던 프리츠.

톰은 프리츠가 누구인지 잠시 기억을 더듬어야 했다. 함부르크에 사는 잡부이자 택시를 몰며 전갈을 전달하던 자였다. "새로운 소식은 없어요. 리브스가 말했던 대로, 프리츠가 시골에 사는 가족들 품에서 잘 지내길 바라야죠. 잘 지내면 좋겠지만, 마피아가 프리츠를 보내 버렸을지도 몰라요." 톰이 자리에서 일어났다. "조너선, 오늘 밤에는 욕을 먹더라도 집에 가기는 가야 해요."

"그래야죠." 톰 덕분에 조너선은 기분이 나아지긴 했다. 톰은 현실적인 사람이었는데, 시몬과의 일에서조차 그랬다. "우습게도 이제는 마피아가 아니라 시몬이 문제네요."

톰도 알고 있었다. "괜찮다면 같이 가 줄게요. 같이 가서 한 번 더 얘기해 봐요."

조너선이 다시 어깨를 으쓱했다. 이제는 초조함을 감추지 못하고 일어서서 벽난로 위에 걸린 그림을 바라보았다. 더와트가 그린 〈의자에 앉은 남자〉라고 톰이 말했었다. 리브스의 아파트가 떠올랐다. 그 집 벽난로 위에도 더와트의 작품이 걸려 있었다. 이젠 찢겨서 엉망이 되었겠지만 말이다. "오늘 밤에는 무슨 꼴을 당하든, 체스터필드 소파에서 자야죠." 조너선이 다짐했다.

톰은 라디오 뉴스를 틀까 했지만 뉴스를 듣기에도, 이탈리아 마피아 소식을 듣기에도 적당한 때가 아니었다. "어떻게 생각해요? 시몬이 번번이 날 문전 박대해서 그런데요. 내가 같이 가도 상황이 더 나빠질 게 없다고 생각한다면, 나도 같이 갈게요."

"더 나빠질 게 있을까요. 당신이 같이 가 주면 좋겠어요. 같이 가요. 그런데 가서 뭐라고 하죠?"

톰은 낡은 회색 플란넬 주머니 속에 두 손을 찔러 넣었다. 오른쪽 주머니에 조너선이 기차에 들고 탔던 작은 이탈리아제 권총이 들어 있었다. 톰은 토요일 밤부터 베개 밑에 권총을 넣어 놓고 잤다. 굳이 설명하자면, 톰은 평소에 순간순간의 영감에 따라 움직이는 사람이었다. 그런데 이미 톰은 시몬하고는 종 친 사이 아니던가? 이런 상황에서 톰이 어떤 면모를 부각해야 시몬의 눈과 머리에 새로운 햇살이 깃들어 시몬이 다른 각도에서 상황을 보도록 할 수 있을까? "딱 하나만 하면 될 겁니다." 톰이 진지하게 말했다. "이제 아무것도 걱정할 거 없다고 시몬에게 확신을 심어 주기만 하면 될 거예요. 어려운 일이라는 거 알아요. 간밤에 봤던 시체가 걸림돌이니까요. 하지만 시몬이 가장 힘들어하는 이유는 상황이 불안하기 때문일 겁니다."

"그렇다면, 이젠 상황이 안전해졌나요?" 조녀선이 물었다. "그건 우리도 확신하지 못하잖아요? 이제 상황은 리브스에게 달려 있어요."

23

풍텐블로에 도착하니 밤 10시였다. 조녀선이 앞장서서 계단을 올라가 문을 두드렸다. 열쇠를 구멍에 넣고 돌렸지만, 안에 빗장이 걸려 있었다.

"누구세요?" 시몬이었다.

"나야, 여보."

시몬이 빗장을 밀었다. "걱정했잖아, 여보."

톰은 그녀의 대답에 희망이 보이는 것 같았다.

톰도 같이 온 걸 보더니 시몬이 곧장 표정을 바꾸었다.

"톰도 왔어. 들어가도 돼?"

시몬은 안 된다고 하려다가 내키지 않은 걸음으로 물러섰다. 조녀선과 톰이 안으로 들어갔다.

"또 뵙네요, 부인."

거실에 텔레비전이 켜져 있었다. 시몬이 코트 안감을 수선하는 중이었는지, 바느질감이 검은색 가죽 소파에 놓여 있었다. 조르주가 바닥에서 장난감 트럭을 가지고 놀고 있었다. 톰은 잔잔한 가정집을 구경하는 듯한 기분이 들었다. 톰이 조르주에게도 인사를 건넸다.

"앉아요, 톰." 조녀선이 말했다.

톰은 앉지 않았다. 시몬이 앉으라고 하지 않았기 때문이다.

"이번에는 무슨 일로 오셨나요?"

"부인, 제가……." 톰이 말을 더듬었다. "비난은 제가 다 받겠습니다. 부인을 설득하고 싶습니다. 남편을 조금만 더 따뜻하게 대해 주세요."

"그러니까 나더러 내 남편이……." 시몬은 문득 조르주의 존재가 신경 쓰였는지, 짜증스레 아들의 손목을 부여잡고 화난 목소리로 말했다. "조르주, 2층에 올라가 있어. 엄마 말 안 들려? 어서!"

조르주가 뒤돌아보며 문으로 해서 복도를 지나 마지못해 계단을 올라갔다.

"어서!" 시몬이 조르주에게 고함치며 거실 문을 쾅 닫았다. "그러니까 지금 내 남편이 아무것도 모른 채 가담했고, 그 더러운 돈은 의사들이 맡긴 판돈이라는 거죠?"

톰이 숨을 골랐다. "비난은 제게 하세요. 조너선의 실수라면 저를 도운 것뿐입니다. 그게 용서받지 못할 일인가요? 남편이잖아요."

"이제는 범죄자죠. 당신의 그 잘난 영향을 받은 덕분에. 맞잖아요?" 조너선이 암체어에 앉았다.

톰은 시몬이 나가라고 하기 전까진 소파에 앉아 있기로 했다. 용기를 내 다시 말을 꺼냈다. "조너선이 오늘 밤에 이 문제를 상의하러 왔더군요. 굉장히 난감해하면서요. 결혼이라는 게 신성하다는 거, 잘 아시잖습니까. 부인의 애정을 잃으면 조너선의 인생도, 삶의 의욕도 사라지고 말 겁니다. 아들도 생각하셔야죠. 아들한테는 아버지가 필요하니까요."

시몬이 톰의 말에 살짝 흔들리면서 말했다. "맞아요, 아버지가 필요하죠. 존경할 만한 아버지가요!"

누가 돌계단을 올라오는 소리가 들리자 톰이 다급히 조너선을 쳐다보았다.

"누가 오기로 했어?" 조너선이 시몬에게 물었다. 시몬이 제라르에게 전화했을지도 몰라서 물었다.

시몬이 고개를 저었다. "아니."

톰과 조너선이 벌떡 일어섰다.

"빗장 다시 걸고." 톰이 조너선에게 영어로 속삭였다. "누군지 물어봐요."

조너선은 이웃 사람이겠거니 생각하면서 현관으로 다가가 조용히 빗장을 걸었다. "누구십니까?"

"트레바니 씨 계십니까?"

조너선은 누구 목소리인지 몰라서 어깨 너머로 복도에 서 있는 톰을 쳐다보았다.

한 명이 아니라 옆에 누가 더 있는 것 같았다.

"지금 뭐 하는 거예요?" 시몬이 물었다.

톰이 입술에 손가락을 갖다 댔다. 그런 다음 시몬의 반응은 무시하고 복도를 따라 불 켜진 주방으로 갔다. 시몬이 톰을 뒤따라왔다. 톰은 주방을 둘러보며 무거운 물체를 찾았다. 바지 뒷주머니에는 올가미가 들어 있었다. 이웃 사람이 찾아온 거라면, 올가미를 쓸 일은 없을 것이다.

230

"지금 뭐 하는 거냐고요?" 시몬이 따졌다.

톰이 주방 한쪽 구석에 있는 좁다랗고 노란 문을 열었다. 청소함이었다. 그 안에 그가 찾던 게 들어 있었다. 망치와 끌도 있고, 무기가 될 것 같지 않은 대걸레와 빗자루도 보였다. "제가 여기에 온 게 도움이 될 겁니다." 톰은 망치를 집어 들고 말했다. 밖에서 현관문을 어깨로 쾅쾅 치다가 총알이 현관문을 뚫고 들어올 줄 알았는데, 빗장이 스르륵 밀리면서 문 열리는 소리가 났다. 조너선이 미쳤나?

시몬이 곧바로 당당히 복도로 걸어 나가다가 헉하고 소리를 질렀다. 현관에서 옥신각신하는 소리에 이어 문이 쾅 닫히는 소리가 났다.

"트레바니 부인?" 남자 목소리가 들렸다.

시몬의 비명이 신음으로 바뀌었다. 이제 징징거리는 소리가 복도를 따라 주방을 향해 다가오고 있었다.

검은 정장을 입은 건장한 사내가 시몬의 입을 틀어막은 채 거칠게 밀자, 시몬의 뒤꿈치가 질질 끌렸다. 남자가 주방으로 들어서는 순간, 톰은 왼편에 숨어 있다가 튀어나와 남자의 모자 밑으로 보이는 목덜미를 망치로 후려쳤다. 남자가 의식을 잃진 않았지만, 시몬을 손에서 놓치고 말았다. 남자가 몸을 바로 세우려는 순간, 톰은 기회를 놓치지 않고 망치로 남자의 코를 내리찍었다. 남자가 쓰고 있던 모자가 벗겨지자, 톰은 도살장에 끌려온 소에게 달려들 듯 남자의 이마를 정통으로 때렸다. 남자는 다리가 풀렸는지 풀썩 주저앉았다.

톰은 일어서는 시몬을 구석에 있는 청소함으로 데려갔는데, 복도에서는 보이지 않는 자리였기 때문이다. 집 안으로 한 명이 더 들어왔을 것이다. 적막이 흐르자, 톰은 녀석이 올가미를 쓰고 있다고 직감했다. 톰은 망치를 들고 복도를 따라 현관 쪽으로 이동했다. 최대한 조용히 움직였지만, 거실에 있는 마피아에게 인기척이 들렸을 것이다. 녀석은 조너선을 바닥에 눕혀 놓고 마피아의 유서 깊은 무기인 올가미를 당기고 있었다. 톰이 망치를 쳐들고 달려들자, 회색 정장에 회색 모자를 쓴 마피아가 올가미를 손에서 놓고 견대에서 총을 꺼내려 했다. 그 순간, 톰이 녀석의 광대뼈를 후렸다. 테니스 라켓보다 정확하게 망치를 휘두르자 녀석이 제대로 서지 못하고 앞으로 고꾸라지려 했다. 톰이 재빨리 왼손으로 모자를 벗기는 동시에 오른손으로 다시 망치질을 했다.

쩍! 리바이어던*처럼 시커멓고 작은 눈이 감기고 벌건 입술이 헤

* 성서에 나오는 괴물

231

벌어지면서 녀석이 바닥으로 쿵 쓰러졌다.

톰이 조너선 옆에 무릎을 꿇었다. 나일론 끈이 이미 조너선의 목을 파고 든 상태였다. 톰은 조너선의 머리를 이리저리 돌리며 끈을 느슨하게 풀어 주려고 애를 썼다. 조너선도 잇몸을 드러낸 채 손으로 어떻게든 풀어보려고 버둥거렸지만, 역부족이었다.

느닷없이 시몬이 뭔가 손에 들고 옆으로 달려왔다. 편지를 뜯을 때 쓰는 칼 같았다. 시몬이 목 옆쪽에 칼끝을 걸자 올가미가 끊어졌다.

톰은 일어서다가 중심을 잃고 바닥에 주저앉았다. 그래도 다시 일어나 정면 유리창 커튼을 치면서 커튼 사이를 10센티미터 남짓 벌려 두었다. 마피아 두 녀석이 집에 들어온 지 1분 30초는 지난 것 같았다. 톰은 바닥에 떨어진 망치를 주운 다음 현관으로 가서 빗장을 다시 걸었다. 밖은 조용했다. 인도를 오가는 발소리와 지나가는 차 소리만 들렸다.

"여보." 시몬이 불렀다.

조너선이 헛기침하며 목을 문지르더니 일어나 앉으려고 했다.

회색 양복을 입은 돼지가 미동도 없이 누워 있었다. 하필 녀석의 머리가 암체어 다리에 닿아 있었다. 톰은 망치를 쥐고 한 번 더 후려 패려다가 말았다. 이미 카펫이 피로 물들었기 때문이다. 녀석이 아직 죽지는 않았다.

"돼지 같은 새끼." 톰이 중얼거리면서 남자의 셔츠 앞섶과 화려한 넥타이를 움켜쥐고 살짝 들어 올리더니 왼쪽 관자놀이에 대고 망치질을 했다.

조르주가 복도에서 눈을 동그랗게 뜨고 있었다.

시몬이 물을 가져와 조너선 옆에 무릎을 꿇고 앉았다. "저리 가, 조르주! 아빠 괜찮으셔! 가라고, 2층으로 올라가, 조르주!"

그런데도 조르주는 움직이지 않았다. 텔레비전보다 훨씬 재미있는 광경에 마음을 빼앗겼는지 가만히 서 있었다. 게다가 그 장면을 별로 심각하게 받아들이지도 않았다. 눈을 크게 뜨고 온몸으로 흡수하면서도 겁먹지 않았다.

톰과 시몬이 조너선을 부축해 소파로 옮겼다. 조너선이 앉자 시몬이 젖은 수건으로 얼굴을 닦아 주었다. "나 정말 괜찮아." 조너선이 중얼거렸다.

톰은 집 앞뒤로 발소리가 나는지 귀를 세우고 있었다. 그동안 시몬에게 비폭력적인 사람이라는 인상을 심어 주려고 노력했는데, 이게 뭐람! "부인, 정원으로 나가는 문은 잠겨 있나요?"

"네."

톰은 철문 위에 장식용 창살이 달려 있던 게 떠올랐다. 조너선에게 영어로 말했다. "밖에 있는 차에 적어도 한 명은 더 있을 겁니다." 톰은 시몬도 알아들었을 거로 생각했지만, 시몬의 표정만 봐서는 알 수 없었다. 시몬은 간신히 죽을 고비를 넘긴 남편을 살피다가 여태 복도에 서 있는 조르주에게 갔다.

"조르주, 제발 올라가!" 시몬이 조르주를 2층으로 다시 쫓으려고 계단 중간까지 같이 올라가며 엉덩이를 찰싹 때렸다. "방에 들어가서 문 닫고 있어!"

톰은 시몬이 잘 하는 일이라고 생각했다. 벨옹브르에서처럼 조만간 한 명이 올라와 문을 두드릴 것이다. 차에 있는 남자가 무슨 생각을 할까, 톰은 마피아의 생각을 유추해 보려 했다. 비명이든 총소리든 아무 소리도 나지 않으니 차에서 기다리던 조직원은 계획대로 착착 진행되는 줄 알고 동료 두 명이 임무를 끝내고 서둘러 밖으로 나오기를 기다릴 게 분명했다. 임무란, 트레바니 부부를 목 졸라 죽이든 때려죽이든 제거하는 것. 보나 마나 리브스가 자백했을 것이다. 조너선의 이름과 주소까지 죄다 불었을 것이다. 톰은 마피아 두 녀석이 쓰고 온 모자를 톰과 조너선이 하나씩 쓰고 권총을 들고 나가 밖에서 대기 중인 차로 달려가 놀라게 하는 무모한 상상을 해 보았다. 조너선에게 같이 하자는 말은 차마 할 수 없었다.

"조너선, 너무 늦기 전에 내가 나가 봐야겠어요." 톰이 말했다.

"너무 늦다니, 뭐가요?" 조너선이 젖은 수건으로 얼굴을 훔치다가 물었다. 금발 머리칼이 몇 가닥 이마에 달라붙어 있었다.

"마피아가 현관으로 올라오기 전에 내가 나가 보려고요. 동료들이 안 나오니 의심할 겁니다." 만약 마피아가 집 안 상황을 본다면 총으로 톰과 트레바니 부부까지 해서 세 명 다 쏴 죽이고 차를 타고 내뺄 것이다. 톰은 창문으로 가서 자세를 낮추고 창문틀보다 살짝 높은 눈높이에서 바깥을 살폈다. 공회전하는 차 소리가 나는지, 미등을 켜고 서 있는 차가 있는지 두리번거렸다. 오늘은 맞은편 길가에 주차해도 되는 요일이었다. 왼쪽 대각선 방향 10미터 떨어진 곳에 차가 한 대 보였다. 대형 승용차가 미등을 켜고 있었다. 시동을 켰는지까지는 확인할 수 없었다. 길가에 다른 소음이 섞여 들어왔기 때문이다.

조너선이 일어나 톰에게 다가왔다.

233

"밖에 녀석들이 타고 온 차가 보여요." 톰이 말했다.

"그럼 어쩌죠?"

집에 있는데 누구든 문을 부수고 들어올 경우, 총을 쏴야 했다. 톰은 혼자서 할 생각이었다. "시몬하고 조르주를 생각해서 집에서는 싸우면 안 돼요. 우리가 녀석들을 밖으로 내몰아 내야 해요. 안 그랬다간 녀석들이 집 안으로 밀고 들어올 겁니다. 집으로 처들어오면 총을 쏴야 하는데, 그건 내가 알아서 할게요, 조너선."

조너선이 갑자기 흥분하더니 집과 가정을 지키려는 의욕을 내비쳤다. "그럼 같이해요!"

"당신이 뭘 하려고?" 시몬이 남편에게 물었다.

"밖에 있는 마피아가 또다시 집으로 처들어올지 몰라." 조너선이 불어로 말했다.

톰은 주방으로 가서 죽은 마피아 옆 리놀륨 바닥에 떨어진 모자를 집어 들고 머리에 썼다. 모자가 귀를 푹 덮었다. 그 순간, 두 녀석 모두 견대를 차고 있었다는 사실이 생각났다. 톰은 주방에 쓰러진 녀석의 견대에서 총을 빼서 들고 거실로 나왔다. 톰이 마루에 쓰러진 마피아의 몸을 뒤지며 말했다. "권총을 두 자루 다 찾았어요!" 톰은 재킷 밑에 깔려 있던 총을 집어 들었다. 톰은 마루에 쓰러진 녀석이 쓰고 온 모자가 더 잘 어울리자, 주방에서 쓰고 나온 모자는 조너선에게 건넸다. "이거 써요. 길 건널 때까지만이라도 마피아처럼 보이는 게 우리에게 유리해요. 당신은 같이 안 나가도 돼요, 조너선. 나 혼자 나가도 됩니다. 밖에서 대기하는 놈들을 쫓아 버리기만 할 거라서요."

"그럼 나도 나갈래요." 조너선은 뭘 해야 할지 알고 있었다. 겁줘서 마피아를 쫓아 버리자는 것. 그러려면 총에 맞기 전에 먼저 총을 쏴야 할지도 모른다.

톰이 시몬에게 총을 건넸다. 이탈리아제 소형 권총이었다. "도움이 될 겁니다, 부인." 시몬이 난감해하며 받지 않자 톰은 총을 소파에 올려놓고 안전장치를 풀었다.

조너선이 들고 있던 총의 안전장치를 해제했다. "차에 몇 명이 있는지 보여요?"

"차 안은 전혀 안 보여요." 톰이 대답을 끝내자마자 현관 앞 계단을 올라오는 발소리가 났다. 누군가 최대한 소리를 죽이며 살금살금 올라오고 있었다. 톰이 조너선에게 고개를 홱 돌렸다. "우리가 나가면 빗장을 걸어요, 부인." 톰이 목소리를 깔고 시몬에게 지시했다.

톰과 조녀선이 모자를 쓰고 현관으로 다가갔다. 톰이 빗장을 밀고 현관문을 열자, 문 앞에 서 있는 마피아의 얼굴이 보였다. 순간, 톰은 몸통 박치기를 하며 녀석의 팔을 붙잡아 돌려세웠고, 조녀선은 반대편 팔을 붙든 채 셋이서 계단으로 내려갔다. 밤이라 근처에서 언뜻 보면 톰과 조녀선이 마피아 같아 보이겠지만, 그런 착시는 끽해야 1~2초를 넘기지 않을 것이다.

"왼쪽으로!" 톰이 조녀선에게 외쳤다. 붙들린 남자가 몸부림은 쳐도 아직 소리는 지르지 않았다. 마피아가 용을 쓰는 바람에 톰은 두 다리가 들릴 뻔했다.

미등을 켜고 있던 차가 이제야 라이트를 제대로 켜더니 시동을 걸고 살짝 후진했다.

"밀어!" 톰이 고함쳤다. 미리 합을 맞춰 본 파트너처럼, 둘이 마피아를 앞으로 떠밀었다. 순간, 녀석의 머리가 천천히 후진하던 차의 측면에 쿵 부딪혔다. 톰은 길에서 마피아가 총을 쏠 수도 있다는 걸 인지하고 있었다. 차가 멈추더니 차 문이 열렸다. 녀석들이 동료를 차에 태우려는 게 확실했다. 톰은 바지 주머니에서 총을 빼 운전석을 조준하고 방아쇠를 당겼다. 운전석에 앉은 녀석이 뒷자리 동료의 도움을 받으며 정신을 못 차리는 동료를 앞자리에 태우려고 했다. 톰은 한 발을 더 쏘기가 겁이 났다. 프랑스가에 있던 행인 두 명이 달려왔고, 근처 주택가 창문이 열려 있었기 때문이다. 이윽고 반대편 뒷문이 열리더니 누군가 차에서 떠밀려 인도로 나뒹굴었다.

뒷좌석에 탄 마피아가 총을 한 발 쐈다. 그리고 한 발을 더 쏘려는 순간, 조녀선이 발을 헛디뎠는지 톰의 앞으로 튀어나왔다. 마피아가 탄 차가 출발했다.

톰은 고꾸라지는 조녀선을 붙들었지만, 마피아의 차가 서 있던 자리로 조녀선이 쓰러지고 말았다. 젠장, 톰이 쏜 총알이 운전석에 앉은 녀석을 맞췄다고 해도, 고작해야 팔뚝일 것이다. 차는 사라지고 없었다.

청년에 이어 남자와 여자가 뛰어왔다.

"무슨 일이에요?"

"총에 맞았어요?"

"경찰을 불러요!" 마지막으로 젊은 여성의 비명이 들렸다.

"조녀선!" 톰은 조녀선이 발에 걸려 넘어진 줄 알았다. 그런데 조녀선이 일어나지도, 움직이지도 않았다. 톰이 청년의 도움을 받아 조녀선을 인도로 옮겼지만, 조녀선은 축 늘어져 있었다.

235

조너선은 가슴에 총을 맞았는데도 감각이 없었다. 가슴이 덜컥하긴 했었다. 조만간 정신을 잃으면 졸도했을 때보다 상황이 훨씬 심각해질 것이다. 사람들이 소리치며 주변으로 모여들고 있었다.

톰은 그제야 인도에서 몸부림치는 형체를 간신히 알아볼 수 있었다. 리브스라니! 리브스가 인도에 쓰러진 채 숨을 고르고 있었다.

"구급차! 구급차 불러요!" 프랑스 여자가 외치는 소리가 들렸다.

"내 차로 갑시다!" 한 남자가 외쳤다.

톰은 조너선의 집이 있는 쪽을 쳐다보았다. 커튼 사이로 내다보는 시몬의 검은 실루엣이 보였다. 시몬을 그대로 집에 두면 안 될 것 같았다. 조너선을 병원에 데려가야 하는데 구급차보다 톰의 차로 가는 게 빠를 것 같았다. "리브스! 조너선을 좀 붙잡고 있어요. 금방 올 테니……. 네, 부인!" 톰이 어떤 여자한테 말했다. (주변에 대여섯 명 정도 모여 있었다.) "내 차에 태워서 당장 병원으로 데려가려고요!" 톰이 길을 건너 현관문을 두드렸다. "시몬! 톰이에요!"

시몬이 문을 열자 톰이 말했다.

"조너선이 다쳤어요. 병원에 당장 가야 하니 코트 들고 나와요. 조르주도 데리고요!"

조르주가 복도에 있었다. 시몬은 코트를 찾으려고 시간을 끌지 않고, 복도에 걸린 코트 주머니를 뒤적이며 열쇠를 찾더니 다급히 나왔다. "그이가 다쳤어요? 총에 맞았어요?"

"그런 것 같아요. 왼쪽에 내 차가 있어요. 녹색 차예요." 톰의 차는 마피아 차가 서 있던 자리에서 15미터 뒤에 있었다. 시몬이 조너선에게 가려 했지만, 톰은 시몬이 차 문을 열어 주는 게 지금으로서는 가장 도움이 된다고 했다. 사람들이 점점 모여 들었지만, 아직 경찰은 오지 않았다. 왜소한 남자가 거들먹거리며 당신이 대체 뭔데 이래라 저래라 하냐며 톰에게 따졌다.

"닥쳐!" 톰이 영어로 일갈했다. 톰과 리브스는 조너선을 들어서 살살 옮기고 있었다. 차를 바싹 갖다 대는 게 현명한 처사였겠지만, 조너선을 땅에 눕혀 놓아야 해서 둘이서 계속 들어서 옮기기로 했다. 행인 두 명이 거들고 몇 걸음을 떼자, 그다음부터는 그리 어렵지 않았다. 조너선을 자동차 뒷자리 구석에 기대어 앉혔다.

톰이 차에 타자 입이 바싹 말랐다. "트레바니 부인이세요." 톰이 리브스에게 소개했다. "리브스 마이넛입니다."

"처음 뵙겠습니다." 마이넛이 미국식 억양으로 인사했다.

시몬이 조너선 옆 뒷자리에 탔고, 리브스가 조르주를 자기 옆에 앉혔다. 톰이 퐁텐블로 병원으로 출발했다.

"아빠가 기절하셨어요?" 조르주가 물었다.

"응, 조르주." 시몬이 울음을 터뜨렸다.

조너선은 모자의 말소리가 들렸지만, 말이 나오지 않았다. 손가락 하나 까딱할 수 없었다. 파도가 밀려 나가는 장면이 흑백으로 펼쳐졌다. 영국의 어느 해안가에서 파도가 가라앉았다가 솟구치면서 부서지는 모습이 보였다. 시몬의 가슴에 머리를 대고 있는데도, 이미 시몬으로부터 멀어지고 있었다. 아니 벌써 멀어진 것 같았다. 톰은 무사했다. 톰은 살아서 신처럼 운전하고 있었다. 조너선은 자기 몸 어딘가에 총알이 박혀 있겠지만, 이제 더는 중요하지 않다고 생각했다. 이번에는 죽음을 향해 달려가고 있었다. 예전부터 아무리 애를 써도 마주할 수 없었던 죽음, 준비하려 해도 준비할 수 없었던 죽음을 맞이하고 있었다. 결국 죽음은 준비하는 게 아니라 그저 복종하는 것이었다. 잘못한 일, 성공한 일, 노력한 일 등등 그가 살면서 지금까지 해 왔던 일들이 죄다 어리석어 보였다.

사이렌을 울리는 구급차가 톰의 차를 스치고 지나쳤다. 톰은 조심조심 차를 몰았다. 4~5분만 더 가면 병원이었다. 차에 탄 사람들이 만들어 낸 정적이 톰에겐 기괴하게 느껴졌다. 조너선이 조금이나마 의식이 있는데도, 톰과 리브스, 시몬과 조르주가 순간 얼어 버린 채 침묵만 지키고 있는 듯했다.

"환자가 사망했는데요!" 인턴이 놀란 목소리로 외쳤다.

"그래도……." 톰은 믿을 수가 없었다. 다른 말이 나오지 않았다.

시몬만 울고 있었다.

다들 병원 출입구 콘크리트 바닥에 서 있었다. 이송 요원 둘이 조너선을 들것에 눕히더니 뭘 해야 할지 모른 채 들것을 들고 가만히 서 있었다.

"시몬, 혹시……." 톰은 무슨 말을 하려는지 자기도 몰랐다. 시몬이 실려 가는 조너선에게 달려가자 조르주가 그 뒤를 따랐다. 톰도 시몬을 따라갔다. 시몬에게 집 열쇠를 받아 안에 있는 시신 두 구를 치우든지 할 생각이었다. 그런데 톰이 걸음을 멈추자 톰이 신고 있는 신발이 콘크리트 바닥 위에서 미끄러졌다. 톰이 도착하기도 전에 이미 경찰이 트레바니의 집 안으로 들어갔을 것이다. 인도에 있던 사람들이 회색 집에서 소동이 시작되었고, 총성이 들린 직후에 어떤 사람(톰)이 집으로 다시 뛰어가더니 여자와 남자아이를 데리고 나와 차를 타고 떠났다고 진술했을 것이다.

시몬은 조너선이 누운 들것을 따라 모퉁이를 돌더니 사라졌다. 톰은 장례를 치르는 시몬의 모습을 미리 본 것 같았다. 톰은 돌아서서 리브스에게 갔다.

"갈 수 있을 때 갑시다." 톰은 누가 와서 이것저것 묻거나 운전면허증 번호라도 알려 달라고 하기 전에 자리를 뜨고 싶었다.

톰과 리브스가 차에 탔다. 톰이 차를 몰고 기념비를 지나 집으로 향했다.

"조너선이 죽었을까요?" 리브스가 물었다.

"죽었을 겁니다. 인턴이 그랬잖아요."

리브스가 몸을 푹 숙이더니 눈을 비볐다.

둘 다 상황을 받아들이지 못했다. 병원에서 나올 때 차가 따라붙을까 봐, 혹시 경찰차가 따라올까 봐 걱정했었다. 죽은 사람을 데려다 놓고 조사도 받지 않은 채 차를 몰고 가 버리는 일은 있을 수 없었다. 시몬이 뭐라고 진술할까? 오늘 밤은 아무 말 하지 않아도 양해해 주겠지만, 내일은 어찌 될까? "당신 말입니다." 톰이 거친 목소리로 물었다. "어디 뼈가 부러지거나, 이가 나가진 않았죠?" 예전에 톰이 어디 다친 데는 없냐고 물어봤던 기억이 곧장 떠올랐다.

"담배빵만 잔뜩 생겼어요." 리브스가 의기소침하게 말했다. 총알에 비하면 담배 자국은 아무것도 아니라는 듯이 말이다. 리브스의 턱에는 벌건 턱수염이 덥수룩하게 자라 있었다.

"트레바니 집에서 무슨 일이 있었는지 당신도 알죠? 두 명이 죽었어요."

"젠장, 당연히 알죠. 둘이 안 보이더라니. 어쩐지 안 나오더라니."

"내가 조너선의 집으로 돌아가서 뭐라도 하려고 했는데, 지금쯤이면 경찰이 도착했을 겁니다." 뒤에서 사이렌이 울리자, 톰은 순간 공포에 휩싸여 핸들을 꽉 붙들었다. 그런데 흰 구급차가 지붕에 파란 불을 켜고 달리다가 기념비 근처에서 톰의 차를 추월한 후 급히 오른쪽으로 꺾어 파리 방향으로 사라졌다. 톰은 저 구급차에 조너선이 타고 있기를 바랐다. 조너선을 더 잘 치료해 줄 파리 병원으로 가는 것이기를 바랐다. 조너선이 일부러 톰 앞으로 몸을 날려 차에서 날아오는 총탄을 막아 준 것 같았다. 톰의 착각일까? 빌페르스까지 가는 동안 두 사람을 따라오는 차도 없었고, 사이렌을 울리며 세우라고 하는 차도 없었다.

리브스는 차 문에 머리를 대고 잠이 들었다가 차가 멈추자 눈을 떴다.

"다 왔네요. 포근한 우리 집에." 톰이 말했다.

두 사람은 차고에 차를 대고 나왔다. 톰이 차고 문을 잠근 다음, 현관문을 열쇠로 땄다. 주위가 온통 고요하다는 게 믿기지 않았다.

"내가 차 준비할 테니, 소파에 앉아 있어요. 차 좀 마십시다." 톰이 말했다.

두 사람은 차와 위스키를 마셨다. 위스키보다 차를 더 많이 마셨다. 리브스는 으레 미안한 표정으로 화상 연고가 있냐고 물었다. 톰은 아래층 약장에서 연고를 꺼내 주었다. 리브스는 연고에 약을 바르려고 자리에서 일어나면서 배에 온통 담배 자국 투성이라고 투덜거렸다. 톰은 시가에 불을 붙였다. 시가를 피우고 싶어서라기보다 시가를 피우면 마음이 가라앉기 때문이었다. 착각일 수도 있겠지만, 중요한 건 문제를 바라보는 태도였다. 자신감 넘치는 태도를 가져야만 했다.

리브스가 거실로 나오다가 하프시코드를 발견했다.

"맞아요. 새로 하나 들였어요. 퐁텐블로에서 레슨을 받을 생각입니다. 어디든 상관없어요. 엘로이즈와 같이 받으려고요. 한 쌍의 원숭이처럼 건반 위에서 손가락만 비틀고 있을 순 없잖아요." 톰은 괜히 부아가 치밀었다. 리브스를 향한 분노도, 특정한 대상을 향한 분노도 아니었다. "아스코나에서 무슨 일이 있었는지 말해 봐요."

리브스가 차와 위스키를 번갈아 마시더니 잠시 침묵을 지켰다. 리브스는 딴 세상에서 조금씩 자기 몸을 잡아 빼야 하는 사람처럼 보였다. "지금 조너선을 생각하고 있었어요. 조너선이 죽다니. 조너선이 죽기를 바란 건 아니었다고요."

톰이 다리를 꼬았다. 그 역시 조너선 생각을 하고 있었다. "아스코나 얘기나 해 봐요. 대체 무슨 일이 있었던 겁니까?"

"그게 말입니다. 마피아가 날 찾아낸 것 같다고 그랬잖아요. 그게 아마 이틀 전일 겁니다. 어떤 사람이 길거리에서 다가오더라고요. 젊은 남자가 여름용 스포티한 옷차림을 하고 있었는데, 이탈리아 관광객 같아 보였어요. 그 남자가 나한테 영어로 말했어요. 짐 싸서 체크아웃하라고요. 자기네들이 기다리고 있겠다고요. 난 대안이 있을 줄 알았어요. 짐을 다 버리고 몸만 내빼면 벗어날 수 있을 줄 알았다고요. 그때가 일요일 저녁 7시경이었어요. 어제가 일요일 맞죠?"

"맞아요. 어제가 일요일이었어요."

리브스가 커피 테이블을 쳐다보다가 허리를 꼿꼿이 세우더니 배에 손을 살짝 댔다. 그쯤에 화상을 입은 것 같았다. "아무튼 난 가방을 들고 나오지도 못했어요. 내 가방은 여태 아스코나 호텔 로비에 있을 겁니다. 녀석들이 문밖에서 날 부르더니, 가방은 그대로 두고 나오라고 했거든요."

"그럼 퐁텐블로에서 호텔로 전화를 해 봐요." 톰이 말했다.

"뭐, 그러려고요. 아무튼 놈들이 나한테 집요하게 캐물었어요. 이 일을 지휘한 사람이 누군지를 가장 궁금해하길래, 그런 사람은 없다고 했어요. 그게 나라고 할 수 없잖아요!" 리브스가 헛웃음을 지었다. "그렇다고 당신도 아니잖아요. 마피아를 함부르크에서 몰아내려고 한 게 아무튼 당신이 아니잖아요. 그래서 없다고 했더니 담뱃불로 지지기 시작했어요. 기차에 탄 사람이 누구냐고 묻는데, 난 프리츠만큼은 못 버티겠더라고요. 우리 착한 프리츠처럼은 할 수가 없었어요……."

"프리츠가 죽진 않았죠?"

"네, 안 죽은 거로 알아요. 아무튼 이 치욕스러운 얘기를 간단히 하자면, 마피아에게 조너선 트레바니의 이름을 댄 사람이 바로 납니다. 주소도 내가 다 말했어요. 날 숲으로 끌고 가더니 담뱃불로 지지는데, 도와 달라고 미친 듯이 외쳐도 아무도 못 들을 것 같더라고요. 녀석들이 내 코를 꽉 움켜쥐고 숨통을 끊어 놓으려고 했다니까요." 리브스가 소파에서 몸부림쳤다.

톰은 연민을 느꼈다. "마피아가 내 이름은 말하지 않았나요?"

"안 했어요."

조너선과 톰이 합심한 쿠데타가 성공했다는 걸 과연 리브스가 믿어 줄지 톰은 궁금했다. 제노티 패밀리는 톰 리플리는 이 일과 상관없다고 진심으로 믿는 것 같았다. "제노티 패밀리 짓일 겁니다."

"정황상 그럴 겁니다."

"그것도 제대로 몰라요?"

"어느 패밀리인지 말을 해야 알죠! 젠장."

그건 사실이었다. "앤지나 리포 얘기는 안 하던가요? 루이지라는 카포 얘기도 없었어요?"

리브스가 기억을 더듬었다. "루이지라……. 이름은 들어 본 것 같기도 한데. 사실 내가 겁에 질려 있던 상태라서요, 톰."

톰이 한숨을 내쉬었다. "토요일 밤에 앤지와 리포를 보내 버린 사람이 나하고 조너선입니다." 톰은 혹시 누가 엿들을까 봐 목소리를 깔았다. "둘 다 제노티 패밀리 출신인데, 우리 집까지 찾아왔었다고요. 그

240

래서 우리 둘이 아주 멀리 가서 두 녀석을 타고 온 차에 태워 불 질러 버린 거예요. 조녀선의 활약이 대단했는데, 신문 좀 봐요!" 톰이 웃으며 덧붙였다. "내가 리포에게 시켜서 루이지라는 카포한테 전화해 그들이 찾는 사람이 내가 아니라고 말하라고 시켰거든요. 그래서 내가 제노티 패밀리 짓이냐고 묻는 겁니다. 그 작전이 먹혔는지 굉장히 궁금하거든요."

리브스가 기억을 쥐어짜고 있었다. "당신 이름은 나오지 않았어요. 여기서 마피아가 둘이나 죽었다니! 이 집에서! 정말 대단해요, 톰!" 리브스가 은근히 미소를 짓더니 등을 소파에 기댔다. 며칠 만에 처음으로 긴장이 풀린 것 같았다.

"아무튼 마피아가 내 이름을 알더라고요. 오늘 밤 차 안에 타고 있던 두 녀석이 내 얼굴을 알아봤는지는 모르겠지만, 그건 하늘에 맡겨야죠." 톰은 자기 입에서 튀어나온 말에 자기가 놀랐다. 가능성은 반반. "오늘 밤 조녀선을 제거한 거로 녀석들의 배가 찼을지 모르겠네요."

톰이 리브스에게 등 돌린 채 자리에서 일어났다. 조녀선이 죽다니. 조녀선은 굳이 톰과 함께 차까지 나가지 않아도 되었다. 조녀선이 일부러 톰의 앞으로 뛰어든 걸까? 차에서 겨누는 총알을 막아 주려고? 그런데 톰은 조녀선이 총구가 향하는 방향을 봤다는 확신이 서지 않았다. 순식간에 벌어진 일이었다. 조녀선은 시몬과 화해하지 못했고, 시몬의 용서도 받지 못했다. 조녀선이 올가미에 목이 걸려 거의 죽을 뻔한 직후에 시몬이 잠시 관심을 보일 때 말고는 관심조차 받지 못했다.

"리브스, 이제 자야죠? 그전에 뭐라도 먹든가. 출출해요?"

"너무 힘들어서 먹지도 못하겠어요. 일단 잠부터 잘래요. 고마워요, 톰. 당신이 날 재워 줄 줄은 몰랐어요."

톰이 웃었다. "나도요." 톰이 리브스를 데리고 2층 손님방을 보여 주면서 조녀선이 잠시 누웠던 침대라 침대보를 갈아야 한다며 양해를 구했지만, 리브스는 상관없다고 했다.

"침대를 보기만 해도 행복해요." 리브스가 옷을 벗으면서 지쳤는지 휘청거렸다.

톰은 생각에 잠겼다. 만일 마피아가 오늘 밤에 또다시 공격한다면, 그에겐 큼직한 이탈리아제 총이며 루거 권총도 있었고, 조녀선 대신 지친 리브스도 있었다. 하지만 오늘 밤에는 마피아가 들이닥칠 것 같지 않았다. 녀석들이라면 퐁텐블로에서 최대한 멀어지는 쪽을 택했을 것이다. 톰은 그가 쏜 총알에 운전석에 앉은 녀석이 다쳤기를, 그것

241

도 중상을 입었기를 바랐다.

다음 날 아침, 톰은 리브스가 계속 자게 두었다. 톰은 거실에 앉아 커피를 마시면서 매시간 정각 뉴스가 나오는 프랑스 인기 라디오 프로그램을 틀어 놓았다. 아쉽게도 조금 전 오전 9시 뉴스는 놓쳤다. 시몬이 경찰에 뭐라고 했을지 궁금했다. 시몬이 어젯밤 뭐라고 했을까? 톰을 언급하면 안 되는데. 그랬다간 조너선이 마피아를 죽이는 데 일조한 사실까지 드러날 것이다. 별일 없겠지? 시몬이 설마 톰 리플리가 남편에게 억지로 시켰다고 하지는 않겠지? 그런데 대체 어떻게, 톰이 어떻게 압력을 행사했다고 하려나? 차라리 시몬이 이렇게 말할 가능성이 더 컸다. '우리 집에 마피아(혹은 이탈리아 사람들)가 온 이유를 도통 모르겠어요.' '남편 옆에 있던 남자는 누굽니까? 목격자에 따르면, 한 명이 더 있었다고 하던데요. 미국식 억양으로 말하던 남자였다던데요.' 톰은 모여든 사람 중에 그 누구도 그의 억양에 관해 언급하지 않기를 바랐지만, 누구라도 언급할 수 있었다. 그럼 시몬이 이렇게 대답할 것이다. '글쎄요. 남편하고는 아는 사이 같던데, 제가 이름을 까먹어서요…….'

지금으로선 상황이 불확실했다.

리브스가 10시가 되기 전에 아래층으로 내려왔다. 톰이 리브스에게 주려고 커피도 더 내리고 스크램블드에그도 만들어 주었다.

"당신이 무사하려면 내가 떠나야 해요. 좀 태워다 줄래요? 오를리 공항으로 갈까 하는데. 내 여행 가방은 호텔에 전화해 봐야 알겠지만, 이 집에서는 전화하지 않으려고요. 퐁텐블로역까지 태워다 줄 수 있어요?"

"퐁텐블로역이든 오를리 공항이든 태워다 드리죠. 어디로 가려고요?"

"취리히가 좋을 것 같아요. 여행 가방을 찾으러 잠깐 아스코나에 들러도 되지만, 호텔로 전화하면 아메리칸 익스프레스 취리히 지점으로 보내 주겠죠. 그냥 깜빡하고 짐을 놓고 왔다고 해야죠, 뭐!" 리브스가 아이처럼 걱정 없이 웃었다. 억지로 웃음을 쥐어짜는 걸지도 모르지만 말이다.

이제 돈 문제가 남았다. 톰의 집에는 현찰로 1천3백 프랑 정도 있었다. 톰은 리브스에게 그 돈으로 비행기표도 끊고, 남은 돈은 취리히에 도착해서 스위스 프랑으로 바꾸라고 했다. 리브스는 여행 가방에 여행자 수표가 들어 있다고 했다.

"여권은요?"

"여기에 있어요." 리브스가 안주머니를 토닥였다. "둘 다 있어요. 턱수염을 기른 랠프 플랫 여권도 있고, 수염 없이 매끈한 리브스 마이넛 여권도 있어요. 함부르크에서 가짜 수염을 붙이고 찍었거든요. 마피아 녀석들이 내 여권을 빼앗지 않았다는 게, 상상이 갑니까? 재수가 좋았죠."

진짜로 운이 좋았다. 리브스는 바위 위로 잽싸게 내빼는 늘씬한 도마뱀 같아서 죽이기가 쉽지 않았을 것이다. 납치당해 담뱃불에 화상을 입고 협박당하다가 길바닥에 버려졌던 리브스. 그런 리브스가 지금 톰의 집에서 스크램블드에그를 먹고 있다니. 두 눈도 멀쩡했고, 코뼈도 부러지지 않았다.

"이제부터는 진짜 여권을 쓸 생각입니다. 아침에 수염도 깎고 목욕도 하려고요. 당신이 해도 된다고 허락해 준다면요. 내가 늦잠을 자느라 급히 내려왔거든요."

리브스가 목욕하는 동안, 톰은 전화를 걸어서 취리히행 비행 편을 알아보았다. 그날에만 세 편이 있었다. 오후 1시 20분에 출발하는 것이 가장 빨랐다. 오를리 공항 직원은 딱 한 자리가 남았다고 했다.

24

12시가 조금 넘어서 오를리 공항에 도착했다. 톰이 차를 세웠다. 리브스가 여행 가방 때문에 스위스 아스코나에 있는 '곰 세 마리' 호텔로 전화를 걸었다. 호텔에서는 가방을 취리히로 보내 주겠다고 했다. 리브스는 별로 걱정하지 않았다. 만약 톰이 중요한 주소가 적힌 수첩이 든 가방을 잠그지도 않은 채 두고 왔다면 걱정했을 텐데, 리브스는 내일 취리히에서 가방을 고스란히 되찾게 될 거라며 천하태평이었다. 톰은 여벌 셔츠와 스웨터며, 잠옷에 양말에 속옷은 물론 그가 쓰던 칫솔과 치약까지 작은 가방에 담아서 들고 가라고 리브스에게 건넸다. 평범해 보이려면 가방 안에 꼭 들어 있어야 하는 물건들이었다. 아무튼 톰은 조녀선이 딱 한 번밖에 안 쓴 새 칫솔을 리브스에게 주고 싶진 않았다. 우비도 챙겨 주었다.

수염을 깎으니 리브스가 핼쑥해 보였다. "톰, 내가 출국장 들어갈 때까지 보고 있지 말아요. 내가 알아서 갈게요. 정말 고맙습니다, 목숨을 구해 줘서."

그건 사실이 아니었다. 마피아가 길에서 리브스에게 총질한 건 아니었으니. "무소식이 희소식으로 알고 있겠습니다" 하고 톰이 웃으며 말했다.

"좋아요, 톰!" 리브스가 손을 흔들면서 유리문 안으로 사라졌다.

톰은 차로 돌아와 집으로 향했다. 비참한 기분에 이어 슬픔이 점차 밀려왔다. 오늘 저녁에는 사람들을 불러서 머리를 비우려는 노력조차 하지 않을 것이다. 그레 부부나 클레그 부부를 또 부르지는 않을 것이다. 파리에서 영화를 보지도 않을 것이다. 톰은 7시경에 엘로이즈에게 전화해 스위스로 여행을 떠났는지 물어볼 생각이었다. 만약 엘로이즈가 떠났다면 장인 장모가 스위스 샬레 전화번호를 알고 있을 것이다. 엘로이즈는 연락할 주소나 전화번호는 반드시 남겨야 한다고 생각하는 사람이었다.

물론 경찰이 집으로 찾아올 수도 있었다. 그러면 울적함을 떨치려는 노력도 끝이다. 경찰한테 뭐라고 하지? 저녁 내내 집에만 있었다고 할까? 톰은 웃음이 나왔다. 웃으니 속이 다 후련했다. 할 수만 있다면 시몬이 경찰에 뭐라고 했는지부터 알아야 했다.

경찰은 오지 않았다. 톰은 시몬과 얘기하려고 시도조차 하지 않았다. 톰은 늘 하던 대로 걱정만 하고 있었다. 이번에는 경찰이 증거를 수집하고 증언을 확보해 코앞에 잔뜩 들이댈 것 같았다. 톰은 저녁거리를 몇 가지 사서 들어간 다음, 하프시코드 연습을 했다. 리옹의 여동생 집에 있을 아네트 여사에게 다정하게 편지를 썼다.

사랑하는 아네트 여사님께
벨옹브르가 애타게 여사님을 찾고 있어요. 그래도 초여름의
아름다운 나날들을 편안히 즐기시길 바랍니다. 여긴 별일 없어요.
저녁때 한번 전화해서 잘 계신지 여쭙겠습니다.

안부를 빌며
톰

파리 라디오에서 퐁텐블로 노상에서 벌어진 '총격전'에 대해 보도했다. 세 명이 사망했다고 했지만, 사망자 이름은 밝히지 않았다. 화요일 자 신문(톰은 빌페르스에서 『프랑수아』를 샀다)에는 상세 기사가 실려 있었다. "퐁텐블로에 사는 조너선 트레바니가 총격으로 사망했으며, 이

탈리아인 두 명이 트레바니의 집에서 총을 맞고 사망했다." 톰은 눈으로 이름을 훑고 지나갔다. 이름은 외우고 싶지 않았지만, 알피오리와 폰티라는 이름이 기억 속에 오래도록 박혀 있을 것 같았다. "시몬 트레바니 부인은 이탈리아인 두 명이 아무 이유도 없이 집으로 쳐들어왔다고 경찰에 진술했다. 그들이 초인종을 누르더니 집 안으로 쳐들어왔고, 트레바니 부인이 이름을 기억하지 못하는 남편의 친구가 남편을 도왔고, 부부와 아들을 퐁텐블로 병원까지 데려다주었다고 진술했다. 남편은 병원에 도착한 당시 이미 숨진 상태였다."

도왔다니. 톰이 집에서 마피아 두 명의 두개골을 박살 내는 것을 시몬이 보고도 '도왔다'고 진술했다는 게 놀라웠다. 조너선과 톰이 그간 총을 차고 나타난 마피아 넷을 상대했던 걸 돌이켜 보면, 망치로 간단히 해치우긴 했었다. 톰은 긴장이 풀렸는지 웃음이 새어 나왔다. 웃음에 히스테리가 조금이라도 섞인들 누가 그를 비난할 수 있을까? 앞으로 신문에 자세한 후속 보도가 실릴 것이다. 만약 신문에 나오지 않더라도 경찰이 시몬에게 혹은 톰에게 직접 연락할 수도 있다. 보아 하니 시몬이 남편의 명예도 지키고 스위스에 있는 비상금도 지키려는 것 같았다. 그게 아니라면, 이미 경찰에 훨씬 자세히 털어놓았을 것이다. 톰 리플리의 이름은 물론, 의심스러운 정황까지 진술할 수도 있었을 것이다. 신문에 트레바니 부인이 나중에 자세히 언급하기로 했다는 내용이 실렸을 것이다. 시몬이 아무 말 하지 않은 게 확실했다.

조너선 트레바니의 장례식은 5월 17일 수요일 오후 3시에 생루이 성당에서 거행됐다. 수요일이 되자 톰은 장례식에 참석하고 싶었지만, 시몬의 입장에서는 톰이 얼굴을 보여서는 안 되는 자리였다. 결국 장례식은 죽은 자가 아닌 산 자들을 위한 자리이기 때문이다. 톰은 장례식이 열리는 동안, 정원을 가꾸며 조용히 시간을 보냈다(온실을 짓는 일 때문에 빌어먹을 일꾼들을 닦달해야 했다). 톰은 조너선이 총알을 막으려고 일부러 몸을 날렸다는 확신이 점차 강해졌다.

경찰은 조만간 시몬을 심문하면서 남편을 도와주었던 친구 이름을 대라고 할 게 분명했다. 지금쯤이면 마피아로 확인된 이탈리아인들이 조너선 트레바니가 아니라 그의 친구를 쫓고 있었다는 게 밝혀지지 않았을까? 경찰은 시몬이 비통함에서 벗어날 때까지 며칠 말미를 준 다음에 다시 물을 것이다. 시몬은 처음 작정했던 시나리오를 보강하여 더욱 강경히 밀고 나갈 것으로 보였다. 시몬은 그 친구가 이름을 밝히길 원치 않으며, 아주 가까운 친구가 아니었음에도 자기방어 차원에서

245

행동한 것 같다고 진술할 것이다. 그리고 남편도 자기방어 차원에서 그런 거라며 악몽을 깡그리 지워 버리고 싶다고 할 것이다.

그로부터 한 달이 지난 6월경에 엘로이즈가 스위스에서 돌아왔다. 트레바니 사건은 톰의 예상대로 흘러갔다. 신문에 트레바니 부인에 관한 기사가 더는 실리지 않았다. 톰이 퐁텐블로의 프랑스가를 걷는데 시몬이 맞은편에서 걸어오고 있었다. 톰은 조금 전 정원에 놓을 묵직한 화분을 사서 들고 가는 중이었다. 시몬을 보고 놀란 건, 시몬이 툴루즈에 집을 사서 아들과 같이 이사 갔다는 소문을 들었기 때문이다. 고티에의 미술용품 가게가 있던 자리에 고급 델리가 생겼다. 그곳을 운영하는 젊은 떠버리 사장이 소식을 전해 준 것이다. 톰은 꽃집 종업원에게 화분을 맡기려다가 들고 왔는데, 하마터면 떨어뜨릴 뻔했다. 고티에의 가게에 들어가면 아무 냄새 없는 물감과 붓과 캔버스가 익숙하게 그를 맞이해 주었었다. 그런데 같은 자리에서 지금은 셀러리 레물라드 소스와 크림을 바른 청어에서 나는 퀴퀴한 냄새가 그의 코를 찔렀다. 시몬이 멀리 이사 갔다는 소문은 진작에 들었기에, 톰은 귀신이나 헛것이 보이는 줄 알았다. 톰이 입고 있는 셔츠가 슬슬 구겨지기 시작했다. 시몬과 마주치지 않았더라면, 톰은 화분을 잠시 바닥에 내려놓았을 것이다. 다음 모퉁이까지 가야 그의 차가 있었다. 시몬은 톰을 보자마자 적군을 조준하듯 노려보더니 잠시 걸음을 멈추었다. 적어도 톰은 '안녕하십니까, 부인' 하고 멈춰 서서 인사하려고 했다. 시몬이 그에게 침을 뱉었다. 침은 톰의 얼굴을 비켜 갔고, 몸도 빗나갔다. 시몬이 생메리가로 황급히 걸어갔다.

침을 뱉는다는 건 마피아가 복수하는 것과 비슷한 행위였을지도 모르겠다. 그것으로 마피아의 복수든, 시몬의 복수든 끝이었으면. 사실, 침을 뱉는다는 건 침에 맞든 안 맞든 불쾌함을 확실히 보장하는 행위였다. 만일 시몬이 스위스 은행에 있는 돈에 연연하지 않기로 했다면, 군이 침을 뱉지 않고 톰을 감옥에 처넣었을 것이다. 시몬도 스스로 민망했을 것이다. 그것으로써 시몬 역시 이 세상에 사는 숱한 사람들 대열에 합류하고 말았다. 만약 남편이 살아 있었다면 그녀의 양심은 남편의 것보다 훨씬 느슨했을 것이다.

추천의 말
실내 인간의 범죄 연대기
김용언, 『미스테리아』편집장

"암흑가를 경험하신 거로 아는데요, 리플리 씨?"
"다들 그렇지 않나요?"_『리플리를 따라간 소년』

1.

어린 시절 부모를 여의고 보스턴의 냉혹한 이모 댁에서 성장했던 톰 리플리는 배우가 되고 싶었다. 그에게는 기가 막히게 타인을 잘 흉내 내는 재능이 있었다. 하지만 대도시 뉴욕은 이 빈털터리 야망 덩어리를 기꺼이 받아들여 주지 않았다. 그는 "하루 벌어 하루 먹고사는 신세"에 "은행 잔고는 바닥"이었다. 스물다섯 살이 된 톰 리플리는 얼마 전까지 국세청의 말단 직원이었지만 주 5일 노력해서 벌어들이는 주급 40달러로는 자신이 간절히 원하는 약간의 호사스러움과 여가를 사들이기가 불가능하다는 걸 일찌감치 깨달았다. 지금은 당시 사무실에서 슬쩍해 온 국세 관련 서식 용지를 이용해서 남들을 등쳐 먹는 일로 겨우 생계를 유지하는 중이다. 그런 그에게 디키 그린리프의 아버지라고 소개하는 신사가 다가온다. 누군가의 파티에서 스친 적이 있던 디키, 잘생기고 돈도 많으며 여유로웠다는 인상만 희미하게 남아 있다. 디키의 아버지는 미국을 떠나 나폴리에 머무르며 시간을 낭비하고 있는 아들을 다시 불러들이기 위해 '친구'의 도움이 필요하다는 요청을 한다. 여행 경비를 대주겠다는 제안을 받아들여 나폴리로 무작정 떠난 톰은 디키의 나른한 매력에 사로잡히는 동시에, 디키에 대한 애정과 환멸 사이에서 방황한다. 디키 그린리프, 리플리를 충분히 좋아하면서도 남들로부터 동성애자라는 의심을 받기 싫어 "비인간적인 오만함"과 "퉁명스러운 무례함"으로 그를 밀어냈던 배신자. "딱 한 번만이라도 왜 숙이질 않는 거지? 뭘 얼마나 대단한 걸 가졌기에 저렇게 뻗대는 걸까?" 리플리는 "애증과 조바심과 절망이 뒤섞여 미칠 것 같은 감정"으로 어쩔 줄 몰라 하다가, "디키를 후려갈기고 올라타서 입을 맞춘 다음 배 밖으로 내던질 수도 있"다는 가능성 앞에 잠시 저울질하다가 결국 그를 죽여 버린다.

247

위의 줄거리는『재능 있는 리플리』의 삼분의 일에 해당하는 내용이다. 범죄소설에서 살인이라는 끔찍한 범죄 행위는 인물 간의 갈등이 쌓여 가고 긴장이 서서히 고조되다가 그 결과로 계획적이든 우발적이든 벌어지는 클라이맥스인 경우가 대부분이다. 하지만『재능 있는 리플리』에서의 살인은 톰 리플리라는 인물의 변곡점, 그의 삶에서 꼭 거쳐야 했던 정류장 같은 순간으로 제시된다. 톰 리플리는 왜 살인을 저질러야 했으며 그 살인을 통해 그가 어떤 사람으로 바뀌는가가 더 중요한 초점이다.

2.
무엇보다 리플리가 견딜 수 없어 하는 부분은 디키와 그의 패거리들(마지와 프레디)이 예술을 대하는 태도다. 디키는 "화가로서 세상을 깜짝 놀라게 할 일은 없겠지만, 그래도 그림을 그리며 큰 기쁨을 얻"는다고 짐짓 겸손한 척하지만, 리플리는 아마추어티가 팍팍 나는 디키의 그림을 바라보며 "디키가 그린 그림이라면 머리에서 죄다 지우고 싶었다"라고 생각한다. 디키의 주변을 계속 맴도는 마지 같은 경우, "글을 쓰는 둥 마는 둥"하며 "하루에 절반은 해변에 늘어지게 누워서 저녁에 뭘 먹을까 고민이나 하"는 사람이다. 그리고 "미국 호텔 체인 소유주의 아들로 극작가"라고 하는 프레디 역시 지금까지 희곡을 겨우 두 편 썼지만 그걸 무대에 올리지도 못했다. 디키와 마지, 프레디 모두 부모의 돈으로 여유로운 삶을 누리면서 자신들의 행운을 아주 자연스러운 상태로 인지한다. 그야말로 무작위적인 행운이었음을 아예 자각하지 못하고, 돈을 벌 필요가 없이 그저 소비하기만 하면 되는 상황에서 자신들의 품위를 '예술'에 종사한다는 자부심에서 찾으려고 한다는 점을, 리플리는 냉소한다.

2권『지하의 리플리』에서 서른한 살의 리플리는 엘로이즈와 결혼하여 파리 인근의 시골 마을 빌페르스에서 행복한 가정을 꾸렸다. 그는 아내와 사이가 좋지만, 아내와 함께 정착한 아름다운 저택 벨옹브르를 더욱 사랑한다. 더 이상 디키의 살해 의혹을 피해 유럽 전역을 떠돌아다니며 전전긍긍할 필요가 없이, 오로지 자신의 취향대로 꾸민 작은 왕국에서 리플리는 더 없는 안락함을 느낀다.

예술을 경애하는 리플리는 영국 화가 더와트와 그의 친구들 무리에 끼게 됐고, 더와트의 요절 이후 그의 친구였던 화가 버나드가 심혈을 기울여 완성한 위조품을 판매하는 작업에 개입한다. 리플리는 진심으로 버나드의 위조품이 걸작이라고 생각한다. "어떤 화가가 자신의 화풍으로 그릴 때보다 남의 화풍으로 그리는 경우가 잦아지다 보면, 자신의 화풍보다 모방한 화풍에 점차 익숙해지고 편안해져서 아예 몸에 배어 버리다 못해 독창적인 창작물로 승화시키지 않을까? 마침내 굳이 따라 그리려고 애쓰지 않아도 위작 화가가 그린 가품이 또 다른 진품의 반열에 오르는 건 아닐까?" 그러다가 리플리는 "화가라면 단색이든 조색이든 일단 다른 색으로 넘어가겠다고 결심한 후엔 예전에 사용하던 색으로는 절대로 회귀하지 않는다"라며 더와트(정확하게는 버나드)의 작품 진위 여부를 따지고 드는 미국인 사업가 머치슨을 살해한다. 머치슨은 위조자가 또 다른 창조자로 도약할 수 있는 노력의 가치를 깎아내렸고, "화가의 화풍에는 그 사람의 진심과 진솔함이 담겨" 있으므로 타인이 그걸 베낄 권리가 없다는 주장을 굽히지 않았기 때문에 때 이른 죽음을 맞았다. 다분히 충동적이었지만, 창조자 더와트, 위조자 버나드, 그리고 디키를 죽인 다음 디키가 되었던 리플리 자신의 명예를 지키기 위한 어쩔 수 없는 선택이었다. "화가는 애쓰지 않고 물 흐르듯 그림을 그린다. 어떤 힘이 화가의 손을 이끄는 것이다. 그에 반해, 위작 화가는 따라하려고 애를 쓰는데, 만약 그가 성공한다면 진정한 성취를 이룬 것이다."

시리즈 속에서 리플리는 더와트, 버나드, 트레바니, 프랭크처럼 정체성 앞에서 흔들리는 이들에게 연민을 느끼고, 그들의 명예를 지켜주고 싶어 했다. 그들에게는 무너질 이유가 없다. 살인의 기억에 사로잡히기보다 스스로의 어둠을 직시하고 다시 살아가는 법을 체득하며 세상 어딘가에서 자신의 동료이자 일족으로 존재하길 기원하기 때문에, 리플리는 그들을 공격하는 사람들을 기꺼이 죽였다. "완벽하게 옹호하는 건 아예 불가능하겠지만, 그래도 태도는 갖춰야 했다. 살면서 실수하게 될 경우, 태도로 만회해야 한다고 톰은 생각했다. 올바른 태도를 보일 수도 있고, 잘못된 태도를 보일 수도 있다. 건설적인 태도를 보일 수도 있고, 자멸적인 태도를 보일 수도 있다. 만약 어떤 사람이 실수했을 때 타인에게 올바른 태도를 보일 수 있는데도 그렇게 하지 않는다면 얼마나 참담할까."(『리플리를 따라간 소년』) 그러나 더와트, 버나드, 트레바니, 프랭크는 자꾸 타인의 시선에 기댄 환상과 희망을 붙잡으려 하거나, '진짜'라고 하는 것의 절대적인 기준에 가닿으려는 과욕을 부렸다. 그들은 어느 순간 자기 자신을 "흉내 내는 것 같은"(『지하의 리플리』) 기분에, 자신이 저지른 죄가 뼛속 깊이 실감되는 순간을 견디지 못하고 스스로를 파괴한다.

반면 리플리는 타인의 죽음과 자신의 죽음 앞에서 반드시 선택해야만 하는 순간이 올 때 절대로 망설이거나 회의하지 않는다. 그에게는 "자기방어"(『심연의 리플리』)가 최우선이며, 그래서 살아남는다. 리플리가 다양한 방식으로 저질렀던 살인들은, 노력의 가치를 알지 못하는 어리석고 불친절한 사람들, 세계를 향한 자신의 심미안을 이해하지 못한 채 "철없는 남정네들이 앞길 망치는 장난을 저지르자 못마땅해하는 나이 먹은 여자" 같은 고지식한 이들에 대한 복수였다. 리플리의 말마따나, "고약하고 더러운 의심 때문에 벌어진 일이었다."(『재능 있는 리플리』) 리플리는 더 이상 타인이 자신을 싫어할까 봐 두려워하는 이들, 타인의 호의와 잣대에 자신의 인생을 건 채 안달복달하며 불공정한 내기에 패배한 채 죽어가는 이들의 전철을 밟지 않는다.

3.

무엇보다 외부로부터 가해지는 끝없는 공격 속에서 리플리가 진심으로 보존하고 싶어 하는 건 가족의 인정, 타인의 평가, 개인의 양심 같은 거대한 기준이 아니다. 그는 아내 엘로이즈와 가구, 옷, 하프시코드, 정원, 그림 같은 소유물들을 지키고자 한다. 그 모든 소유물을 집약하는 '집'이라는 공간은 너무나 중요하다. 심지어 리플리는 어린 시절 자신을 매몰차게 대했던 이모가 약간의 유산을 그에게 남겼을 때도, 좁아터진 낡은 집을 다른 사람에게 줬다는 사실을 아쉬워했다. 이모와 함께했던 삶은 불행했지만, 리플리라는 인간의 토대를 형성했던 시절의 증거는 오로지 그 좁은 집에 들어찬 공기와 벽에 스며든 기억들뿐이다. 시간을 간직할 수 있는 유일한 방법은 시간을 보냈던 공간을 소유하는 것이다. 그래서 리플리의 유일한 결핍은, 미국에서의 25년을 기억할 만한 실체를 가지지 못했다는 점이다. 그는 그저 여행자나 방문객의 입장에서만 과거의 근처를 가끔 맴돌 수밖에 없다.

하지만 그 결핍이 리플리의 발목을 잡을 순 없다. 『재능 있는 리플리』에서 디키를 죽인 다음 리플리가 가장 먼저 한 일은 로마의 아파트를 구입한 것이다. 손님을 초청할 생각도 없으면서 손님 접대실과 넓은 거실이 갖춰진 아파트에서 자신의 취향을 과시할 수 있는 방식으로 치장하는 일에 그는 몰두했다. "그런 물건들이 그의 자존심을 채워 주었다. 과시할 수 있어서가 아니라 엄선된 물건의 품질이, 그리고 그 품질을 고이 간직하려는 애정이 살아 있음을 느끼게 해 주었다. 덕분에 톰은 자기 존재를 즐기게 되었다. 이렇게 간단할 수가. 그렇다면 자기 존재를 즐긴다는 게 뭔가 가치 있는 일 아닐까? 톰이라는 존재는 존재했다. 돈이 아무리 많아도 자기 존재를 즐길 줄 아는 이는 세상에 그리 많지 않았다."『재능 있는 리플리』에서 멋진 구찌 여행 가방을 산 다음 황홀경에 휩싸여 밤마다 영양 크림으로 세심하게 가죽을 손질하던 그는, 4권『리플리를 따라간 소년』에 이르면 "콧대가 너무 높아진" 구찌 대신 마크 크로스라는 브랜드에서 새롭게 여행 가방을 구입한다.

3권『리플리의 게임』에서 마피아의 테러 위협에 시달릴 때도, 리플리는 "하프시코드가 불에 타거나, 폭탄이 터져서 산산조각이 나는 모습"을 상상하는 것만으로도 못 견뎌 하면서 "주로 여자들에게 보이는 집과 가정에 대한 애착을 그 역시 갖고 있음을 인정할 수밖에 없었다." 그는 타인과의 접촉보다 집(을 채우는 사물들)에 대한 애착으로 세계와 관계 맺는다. "소파 모서리의 굴곡이 어깨에 딱 맞아서 그런지, 남의 팔을 베고 누운 것 같"(『재능 있는 리플리』)은 느낌이 그에게는 훨씬 편안한 것이다.

5권『심연의 리플리』에서 리플리는 자신의 과거를 파헤치는 프리처드 부부가 무례한 시선으로, 카메라 렌즈로, 전화로 그의 안락한 실내 생활을 훼손하고 간섭하는 것에 격분한다. 그는 프리처드 부부 같은 인간들이 자신의 집에 발을 들여놓지 못하게 하겠다고 맹세한다. 디키와 그 친구들처럼 부모의 돈으로 유유자적할 수 있는 프리처드는 그런 행운에 감사하기는커녕, 타인의 오래된 비밀을 파헤치고 협박하는 즐거움에 전심전력한다는 점에서 가장 쓸모없는 현실주의자이자 최악의 방해꾼이었다. 부부의 진짜 속셈이 무엇인지 알아내기 위해 프리처드의 집을 방문했을 때 리플리는 즉각적으로 혐오감을 느낀다. "가짜 앤티크"가 확실한 식탁을 들여놓고, 어디서나 볼 법한 평범한 꽃무늬 벽지와 그림이 집 안 곳곳을 차지한 광경은 프리처드 부부의 얄팍함과 저속함을 그대로 내비치는 거울이다. 아름다움을 알아보는 감각이 없는데다가 타인의 '추한' 과거를 킁킁거리며 쫓는 데에만 열성적으로 덤벼드는 이에게 베풀 관용은 없다. "프리처드의 몸에 닿은 거라면 그게 뭐든 못마땅했다." 리플리는 그 집을 곧장 미워하게 되고, 결국 그 집이 프리처드를 '잡아먹는' 덫으로 작동하게끔 이끈다.

4.

1권『재능 있는 리플리』를 제외하고 나머지 시리즈는 일종의 우화처럼 읽히기도 한다. 그러니까 살인범이자 사기꾼, 양성애자(하이스미스는 리플리가 동성애자가 아니라고 인터뷰에서 강력하게 부인했지만, 리플리는 아내 엘로이즈와 '정상적인' 부부 생활을 자주 즐기지도 않는다)라는 정체성을 간직한 채 자신의 행복을 지키기 위해 고군분투하는 리플리라는 특별한 인물이 거의 초인처럼 유럽 전역을 누비며 법망의 감시를 완벽하게 빠져나가는 상황이 되풀이되는데, 현실적 잣대는 물론이거니와 범죄소설의 잣대로 보기에도 가끔 터무니없을 때가 있기 때문이다. 그 이유를 굳이 생각해 보자면, 시리즈의 발표 시점을 떠올려 볼 수 있다.

　1955년 매카시즘의 광풍 직후 발표된 『재능 있는 리플리』이후, 냉전의 1970년대와 새로운 물질주의의 향연이 펼쳐진 1980년과 1991년에 이르기까지 총 다섯 권의 시리즈물이 차례로 등장했다. 놀랄 만큼 죄의식이 없는 성실한 개인주의자이자 지독한 쾌락주의자로서의 '취향의 인간'인 리플리가 각 시대의 특징적 양식에 기민하게 대응하는 모습을 통해 20세기 중후반의 디오라마를 만들고자 한 건 아닐까. 이를테면 1권 『재능 있는 리플리』는 1955년에, 2권 『지하의 리플리』는 1970년에 발표됐는데, 작중에서는 단 6년만 흐른 것으로 되어 있다. 작가는 1960년대를 통째로 건너뛴 것이다. 기존의 질서를 모두 뒤집어 버리겠다며 혁명과 사랑과 평화를 부르짖는 시절과 리플리가 어울리지 않기 때문일까. 정확하게는, 리플리를 위한 무대일 수 없기 때문일까.

　이 비밀스러운 남자는 탁 트인 공간으로 나가길 열망하지 않고, 안락한 밀실 안에서 자신만의 자유를 만끽하길 원하며, 취향과 기억의 아카이브로서의 밀실을 엄격하게 수호하고자 한다. 그래서 역설적으로 리플리는 수많은 개인의 부르짖음으로 절절 끓는 시절보다, 개인을 억압하는 고집스러운 질서와 규칙이 지배하는 시절, 혹은 개인이 완전히 압도당할 만큼 거센 쾌락의 추구가 만연한 시절에 더 잘 어울린다. 개인주의자의 성취를 돋보이게 하려면 거대한 전체주의적 배경이 필요하기 때문이다. 또한 살인이라는 범죄야말로 내밀한 속성의 극단적인 사례 아닌가. 섹스와 더불어 가장 사적인 행위인 살인을 저지르기 위해, 그에게는 자신만의 공간을 찾아내고 유지하는 것이 가장 중요했다. 발터 벤야민이 「사유이미지」라는 글에서 '흔적을 보존하는 이들'과 '파괴주의자'를 비교했던 것을 떠올려 본다면, 어떤 의미에서 실내의 살인자 톰 리플리는 모순되게도 가장 보수적인 전통주의자, 자신의 흔적을 세세하게 기록하는 작업에 몰두했던 부르주아의 첨병이었다.

범죄자 리플리의 여정은 그렇게 20세기 후반을 관통하는 특이점이 되어 간다. 위조를 통해 예술에 다다랐고 살인을 통해 생을 보존했던 이의 '집을 찾는 모험담'이라고 부를 수도 있을 것이다.

퍼트리샤 하이스미스는 1921년 미국 텍사스에서 태어났다. 그녀가 태어나기도 전에 부모가 이혼한 까닭에 홀어머니 밑에서 자랐는데, 하이스미스라는 성은 어머니와 재혼한 계부에게 물려받은 것이다. 스스로 '작은 지옥'이라 칭했던 불우하고 우울한 어린 시절을 보내면서 당대 작가들의 추리 소설보다는 톨스토이와 도스토옙스키를 탐독하며 작가의 꿈을 키웠다. 바너드대학을 졸업한 후 1950년에 발표한 데뷔작 『열차 안의 낯선 자들』이 이듬해 앨프리드 히치콕 감독에 의해 영화화되면서 주목받기 시작했다. 이를 계기로 하이스미스는 전업 작가로 집필에만 몰두하게 되었다. 1952년에 두 번째 소설 『소금의 값』을 발표하면서 당시 금기시되던 동성애를 다루느라 클레어 모건이라는 필명을 사용했다. 동성애를 소재로 한 기존 소설들이 주인공의 비극적인 죽음으로 막을 내리는 것과는 달리, 『소금의 값』은 해피엔드로 끝나는 파격적인 이야기로 백만 부 이상 팔려 나가는 대성공을 거두었다.

　하이스미스를 범죄소설의 대가로 우뚝 서게 한 작품은 『리플리』 시리즈다. 1955년 『재능 있는 리플리』를 발표하면서 하이스미스 문학의 정수로 꼽히는 『리플리』 5부작의 서막이 화려하게 올랐다. 이 작품은 1957년 에드거 앨런 포 상을 받았으며, 1960년에는 프랑스에서 〈태양은 가득히〉라는 제목으로 영화화되었다. 이로써 리플리는 거짓말을 일삼는 사이코패스의 대명사로 대중의 머릿속에 각인되었다. 계속해서 하이스미스는 톰 리플리를 주인공으로 내세운 후속작을 네 편 더 발표했다. 『지하의 리플리』(1970), 『리플리의 게임』(1974), 『리플리를 따라온 소년』(1980), 『심연의 리플리』(1991)까지 36년에 걸쳐 완결된 『리플리』 5부작은 심리 서스펜스 장르의 대표작으로 자리매김했다.

　하이스미스는 1963년 미국 생활을 정리하고 영국, 프랑스, 이탈리아를 거쳐 1982년 스위스에 정착했다. 오랫동안 우울증과 알코올 중독, 거식증과 싸웠고, 나이를 먹으면서 반사회적 기질이 강해져 고양이와 달팽이를 키우며 고립된 생활을 자처했다. 그럼에도 정치적 성향은 공개적으로 드러냈는데, 자신을 사회 민주주의자로 소개하거나 팔레스타인을 지지하는 견해를 거침없이 밝히기도 했다. 평생 미혼이었던 하이스미스는 동성애자임을 감추지 않았지만, 1990년 『소금의 값』

을 『캐롤』이라는 새 제목으로 재출간하면서 클레어 모건이 자신임을 38년 만에 인정하며 '문학적 커밍아웃'을 했다. 평생 넘치는 아이디어로 글쓰기를 멈추지 않았던 그녀는 1995년 스위스 로카르노에서 폐암으로 사망했다.

하이스미스가 창조한 가장 유명한 캐릭터인 톰 리플리는 교양 있고 지적이며 타인을 배려하는 것이 몸에 밴 인물인 동시에 살인을 저지르고도 미꾸라지처럼 빠져나가는 데에 도가 튼 사이코패스다. 『리플리』 5부작 중 1권인 『재능 있는 리플리』에서 톰 리플리는 교활한 거짓말로 선박회사 사장 그린리프를 속여 돈을 타내고, 그 돈으로 그린리프의 아들 디키를 찾으러 유럽으로 떠난다. 톰은 디키와 친해져서 그의 집에 얹혀살지만 디키가 자신을 멀리하기 시작하자 디키의 신분을 가로채려는 모종의 계획을 세운다.

『지하의 리플리』에서는 그로부터 6년이 지난 후에도 이어지는 톰 리플리의 기행을 그린다. 톰은 1권에서 강탈한 부를 발판 삼아 제약회사 딸과 결혼해 프랑스 파리 근교 저택에서 부유하고 한가로운 삶을 누린다. 과거 시끄러웠던 구설수로 더럽혀진 자신의 명성을 지키기 위해 노력하면서도, 한편으로는 고인이 된 화가 더와트의 위작을 그리도록 사주해 수수료를 받아 챙긴다. 그런 그의 앞에 위작임을 눈치채고 이를 폭로하려는 인물이 나타난다.

『리플리의 게임』에서 톰은 파티에서 만난 액자 가게 사장이 자신을 무시했다는 이유로 투병 중인 그의 약점을 이용해 게임을 시작한다. 톰의 계략에 말려든 사장은 죽기 전에 아내와 아들에게 얼마라도 남겨줘야 하지 않겠느냐는 감언이설에 흔들려 제 발로 살인자의 길로 들어선다.

『리플리를 따라온 소년』에서는 미국에서 온 한 소년이 어느 날 밤 톰을 따라오면서 이야기가 시작된다. 소년은 나이와 이름은 물론 출신 배경까지 속였지만, 톰은 소년이 거대 식품 기업의 아들임을 눈치챈다. 소년은 자기가 아버지를 죽였다고 자백하지만, 톰은 살인을 했다고 해서 인생이 달라져서는 안 된다며 자신도 여러 번 사람을 죽였다고 소년을 다독인다.

5부작의 완결편인 『심연의 리플리』에서 톰은 연쇄 살인마로서 최대 위기를 맞이한다. 그가 사는 동네로 미국인 부부가 이사를 왔는데, 그들은 톰의 과거를 아는 눈치다. 탐욕스러운 미국인 남편은 톰이 죽여서 유기했던 시신을 강에서 건져낸다. 이 일로 톰은 그간의 행적이 만천하에 발각될까 봐 불안에 떤다.

톰 리플리는 누구보다 세련되고 고급스러운 취향을 소유한 탐미주의 자지만 도덕심이라곤 찾아볼 수 없는 소시오패스이기도 하다. 리플리는 디키 그린리프를 죽인 일만 가끔 후회할 뿐, 그간 몇 명이나 죽였는지 기억하지 못하며 죄책감에 심하게 시달린 적조차 없다고 고백한다. 저택의 정원을 가꾸고 그림을 그리고 외국어를 연마하는 리플리에게는 나름의 윤리 기준이 있다. 꼭 필요한 경우가 아니면 살인하지 않는다는 것. 하이스미스는 자신과 주변인의 이익이 침해될 위기에 처하는 순간 가차 없이 와인 병이나 재떨이를 휘둘러 누구라도 단숨에 숨통을 끊어 버리는 톰 리플리의 머릿속으로 우리를 초대해 그가 왜 그런 기행을 저지를 수밖에 없는지를 이해시키고 그의 시각에서 세상을 보도록 조종한다.

그러다 보니 독자는 연쇄 살인마인 톰이 제발 잡히기를 기원하기보다, 무사히 위기를 넘기고 법망을 빠져나가기를 응원하는 자신을 발견하게 된다. 톰이 이번에는 잡힐지도 모른다는 긴장감이 증폭될수록 이야기 속으로 더 강하게 빨려 들어가는 것이다. 하이스미스가 5부작 내내 이런 음산한 경험을 지속적으로 제공하기에 이 책을 읽다 보면 사이코패스 살인마에게 동조하는 듯한 자신의 모습에, 어쩌면 내 안에도 소시오패스 같은 심리가 숨어 있는 것은 아닌지 의심하는 자각에 거북함을 느끼는 지점에 이르기도 한다.

또한 하이스미스는 리플리를 동성애자라거나 양성애자라고 명확히 기술하는 대신 작품 곳곳에 암시적 묘사를 숨겨 놓았다. 하이스미스는 리플리의 성적 취향에 대해 애매모호한 태도를 보였는데, 1988년 『사이트 앤드 사운드』와의 인터뷰에서 자신은 리플리가 동성애자라고 생각하지 않는다고 말했다. 그러면서 그가 다른 남자의 잘생긴 외모를 감상하는 건 사실이지만 나중에는 여자와 결혼까지 한다면서, 리플리는 성욕이 강하지 않을 뿐이라고 주장했다. 그럼에도 리플리와 여러 등장인물 사이에서 묘한 기운이 흐르는데, 이걸 어떻게 해석할 것인지는 독자의 몫으로 남겨진다.

이 책은 연쇄살인마 톰 리플리의 이중생활이 담긴 심리 서스펜스이기도 하지만, 새로운 시각에서 보면 유럽 곳곳을 소개하는 여행 책자 같다는 인상을 받았다. 하이스미스는 스위스에 정착하기 전까지 유럽 곳곳에서 살았는데, 여러 도시를 거치면서 보고 들은 경험과 그때 연마한 외국어 실력이 『리플리』 5부작을 완성하는 데에 크게 영향을 준 것으로 보인다. 이탈리아, 프랑스, 영국, 오스트리아, 독일, 그리스, 모로코의 주요 도시와 관광 명소가 등장하는데, 하이스미스의 섬세하고 생생한 묘사에 그곳의 풍경이 눈앞에 그려질 정도다. 특히 동서로 나뉜 베를린에 관한 소회와 대화를 읽다 보면, 당시 냉전 시대의 대립과 긴장을 간접 체험할 수 있다. 살인마 톰 리플리가 위기를 모면하는 이야기의 흐름에 주목하면서도 탐미주의자 리플리가 여행하면서 보고 느끼는 것들에도 집중하며 『리플리』 시리즈를 즐긴다면 색다른 유럽 여행 안내서가 될 것이다.

　『리플리』 5부작은 따로 읽어도 좋지만, 번역자로서 권하는 방법은 긴 호흡으로 다섯 권을 연달아 읽어보는 것이다. 이 방식으로 읽는다면 고갈되지 않는 소재로 이야기에 살을 붙여 끝까지 힘 있게 밀고 나가는 하이스미스의 저력을 가장 확실히 느낄 수 있을 것이다. 전편에서 스쳐 가듯 등장했던 인물이 다음 편에서는 주요 인물로 활약하기도 하고, 앞에서 완전 범죄로 묻힌 줄 알았던 살인 사건이 마지막 작품에서 큰 걸림돌이 되어 다시 불거지기도 한다. 1권이 가장 유명하긴 하나, 다른 네 권이 그보다 재미가 떨어지는 것은 결코 아니다. 각각의 이야기는 톰이 쓴 가면이 살짝 들리는 순간 숨겨왔던 추악한 얼굴을 드러내며 팽팽한 긴장감과 껄끄러운 쾌감을 저마다 선사한다. 제2차 세계 대전 이후 미국 현대 문학을 총정리하는 시기가 온다면 하이스미스의 『리플리』 5부작은 그녀가 생전에 유럽보다 미국에서 덜 인정받았던 기존의 평가를 크게 뛰어넘을 것이 분명하다.